대성당

CATHEDRAL
by Raymond Carver

Copyright ⓒ 1983 by Raymond Carver: ⓒ 1989 by Tess Gallagher
Korean Translation Copyright ⓒ MUNHAKDONGNE Publishing Corp., 2007, 2014
All Rights Reserved.

This Korean edition is published by arrangement with
The Wylie Agency Ltd.

이 책의 한국어판 저작권은 The Wylie Agency Ltd. 사와
독점 계약한 (주)문학동네에 있습니다.
저작권법에 의해 한국 내에서 보호를 받는 저작물이므로
무단 전재 및 무단 복제를 금합니다.

Raymond Carver : Cathedral

대성당

레이먼드 카버 소설
김연수 옮김

문학동네

일러두기

1. 주석은 모두 옮긴이주이다.
2. 본문 중 고딕체는 원서에서 이탤릭체로 강조한 부분이다.

테스 갤러거에게,
아울러 존 가드너를 추억하며

차례

깃털들 009
셰프의 집 043
보존 055
칸막이 객실 071
별것 아닌 것 같지만, 도움이 되는 089
비타민 129
신경써서 155
내가 전화를 거는 곳 175
기차 203
열 217
굴레 255
대성당 285

해설 | 맹인에게서 '뭔가'를 보는 법을 배우기 313
레이먼드 카버 연보 339

깃털들

직장에서 알게 된, 버드라는 친구가 있는데, 그가 저녁이나 함께 먹자며 프랜과 나를 초대했다. 나는 버드의 아내를 몰랐고 버드는 내 아내 프랜을 몰랐다. 그 점에서 우리는 공평했다. 하지만 버드와 나는 친구였다. 버드의 집에 아기가 있다는 사실도 나는 알고 있었다. 버드가 저녁식사에 초대했을 즈음, 아기는 생후 팔 개월 정도였을 것이다. 팔 개월이라니? 그 시간들은 다 어디로 간 것일까? 도대체, 지금까지의 시간은 또 다 어디로 간 걸까? 버드가 시가 박스를 들고 출근한 날이 생각난다. 구내식당에서 버드는 내게 시가를 내밀었다. 드럭스토어에서 파는 시가였다. 더치 매스터스. 그런데 한 개비마다 붉은 스티커를 붙여놓고 '사내애랍니다'라는 글씨가 인쇄된 포장지로 싼 시가였다.* 원래 시가를 잘 피우지 않지만, 어쨌든 한 개비를 집었다. "몇 개 더 가져." 버드가 말했다. 그는 박스를 흔들었다. "나도 시가는 안 좋아해. 그 사람 아이디어지." 그러니까 버드는 자기 처에 대해 말하고 있었다. 올라.

한 번도 버드의 아내를 만나지 못했지만, 전화기를 통해 목소리는 들어본 적이 있었다. 어느 토요일 오후였는데 하고 싶은 일이 하나도 없었다. 뭔가 재미있는 일이 없을까 해서 버드에게 전화를 걸었다. 그 여자가 전화를 받고는 "여보세요"라고 말했다. 그 순간, 머릿속이 깜깜해지더니 그녀의 이름이 기억나지 않았다. 버드의 아내인데. 버드는 그녀의 이름을 꽤 여러 차례 내게 말했다. 하지만 그 이름은 한쪽 귀로 들어왔다가 다른 쪽 귀로 빠져나갔다. "여보세요!" 그 여자가 한번 더 말했다. 수화기 저편에서 TV 소리가 흘러들었다. 이윽고 그 여자가 "누구세요?"라고 물었다. 아기 우는 소리도 들리기 시작했다. "버드!"라고 그 여자가 소리쳤다. "왜?" 버드의 목소리가 들렸다. 그때까지도 나는 그 여자의 이름을 기억해내지 못했다. 그래서 나는 전화를 끊었다. 나중에 직장에서 버드를 만났을 때, 내가 집에 전화했었다는 사실을 말하지 않은 건 당연했다. 하지만 버드 스스로 처의 이름을 말하게 하는 데는 성공하고야 말았다. "올라"라고 버드가 말했다. 올라, 나는 혼자 되뇌었다. 올라.

"대단한 건 없어." 버드가 말했다. 우리는 구내식당에서 커피를 마시고 있었다. "넷이서 먹을 거니까. 자네하고 자네 부인, 나와 올라. 멋진 건 전혀 아니고. 일곱시쯤에 와. 여섯시에는 아내가 아기 젖을 먹이

---

* 아이가 태어났을 때, 아빠는 직장 동료에게 아들이면 'It's a boy', 딸이면 'It's a girl'이라고 적힌 시가를 돌리는 전통이 있다.

니까. 그다음에 아기를 재우고 밥을 먹으면 되는 거지. 집을 찾는 건 어렵지 않을 거야. 그래도 약도를 그렸네." 버드는 내게 한쪽에 동서남북의 방위를 나타내는 화살표를 그려놓고 대로, 소로, 골목 등을 이런저런 선으로 표시한 종이 한 장을 내밀었다. 집이 있는 곳에는 크게 ×자로 표시해놓았다. 나는 말했다. "우리 손꼽아 기대하겠네." 하지만 프랜은 그렇게 좋아하지 않았다.

그날 저녁, TV를 보다가 내가 우리도 뭘 좀 가져가야 하지 않겠느냐고 프랜에게 물었다.

"예를 들면?" 프랜이 말했다. "그 사람이 뭘 가져오래? 난 모르겠는데. 좋은 생각이 없어." 프랜은 어깨를 으쓱하더니 알 듯 말 듯한 표정으로 나를 바라봤다. 그녀는 전에도 내가 버드 얘기 하는 걸 들은 적이 있었다. 하지만 프랜은 버드를 잘 알지 못했고 알고 싶어하지도 않았다. "우리가 와인 한 병쯤 가져갈 순 있겠지." 프랜이 말했다. "하지만 난 신경 안 쓸래. 와인이나 가져가든지." 프랜은 머리를 흔들었다. 프랜의 긴 머리칼이 어깨 앞뒤로 넘실거렸다. 왜 우리한테 다른 사람이 필요해? 꼭 그렇게 말하는 것 같았다. 우리에겐 서로가 있는데. "이리 와봐." 내가 말했다. 나는 내 쪽으로 다가온 프랜을 안았다. 프랜은 키가 크고 늘씬했다. 프랜의 등뒤로 금발머리가 길게 드리워져 있었다. 나는 그 머리칼을 움켜쥐고 냄새를 맡았다. 나는 그 머리칼을 손에 감았다. 안고 있는 동안, 프랜은 가만히 있었다. 나는 그 머리칼에 얼굴을 파묻고는 얼마간 안고만 있었다.

때로 거추장스러울 때면 프랜은 그 머리칼을 손으로 잡아 어깨 뒤로 넘겨버렸다. 프랜은 그걸 지긋지긋하게 여겼다. 종종 그녀는 "아유, 이

깃털들 13

머리 귀찮기만 하지"라고 말했다. 프랜은 유업회사에 다녔기 때문에 출근하면 머리에 뭔가를 뒤집어써야 했다. 그래서 매일 저녁 머리를 감은 뒤 함께 TV를 볼 때면 반드시 빗질을 했다. 가끔은 머리카락을 잘라버리겠다고 내게 협박하기도 했다. 하지만 그러지 못한다는 걸 나는 알고 있었다. 내가 그 머리칼을 얼마나 좋아하는지 프랜도 알고 있었으니까. 내가 그 머리칼에 얼마나 빠져 있는지. 나는 그 머리칼 때문에 프랜을 사랑하게 됐다고 말하는 사람이었다. 만약 그 머리칼을 자른다면, 그녀를 더이상 사랑하지 않을 거라고 말한다. 이따금 나는 '스위드Swede', 그러니까 스웨덴 사람이라고 프랜을 불렀다. 프랜을 스웨덴 사람이라고 소개하더라도 의심할 사람은 거의 없을 것이다. 프랜이 머리칼을 빗질하는 저녁이면 우리는 지금 우리에게는 없지만 꼭 갖고 싶은 것들을 소리 내어 말하곤 했다. 새 자동차를 가질 수 있다면, 같은 게 우리가 소원 삼아 말했던 일들 중 하나다. 또 두 주 정도 캐나다로 여행을 갈 수 있으면 좋겠다고도 말했다. 반면에 우리가 원하지 않는 것 중에는 아이들이 있었다. 우리에게 아이가 없었던 건, 우리가 한번도 아이를 원한 적이 없었기 때문이었다. 언젠가는 낳겠지, 라고 서로 말한 적은 있다. 하지만 그때까지도 우리는 미뤄두고 있었다. 그렇게 계속 미루기만 하겠지, 라고 우리는 생각했다. 어떤 밤에는 영화를 보러 갔다. 어떤 밤에는 그냥 집에서 TV를 봤다. 때로 프랜이 뭘 구워오면 우리는 나란히 앉아 남김없이 먹었다.

"그 사람들이 와인을 안 마시면 어떡하지?" 내가 말했다.

"그냥 와인 가져가." 프랜이 말했다. "안 마시면 우리가 마시면 되지."

"그럼, 화이트로 가져갈까, 레드로 가져갈까?" 내가 말했다.

"우리 달달한 과자를 가져가자." 내 말에는 아랑곳하지 않고 프랜이 말했다. "아니다. 뭘 가져가든 난 신경 안 쓸래. 이건 당신 체면치레니까. 법석 떨지 않았으면 좋겠어. 그러면 난 안 갈 거야. 라즈베리 커피 링을 만들 수는 있어. 아니면 컵케이크나."

"디저트는 준비하겠지." 내가 말했다. "디저트도 정하지 않고 식사 초대를 하는 사람이 어디 있을까?"

"라이스 푸딩을 준비할 수도 있어. 젤로Jell-O라면! 우리가 싫어하는 것들이 나오면 어떡해." 프랜이 말했다. "나는 그 여자에 대해 하나도 몰라. 그 여자가 뭘 준비할지 우리가 어떻게 알겠냐고. 젤로라도 내놓으면 어떻게 할 거야?" 프랜은 머리를 흔들었다. 나는 어깨를 으쓱해 보였다. 어쨌든 프랜 말이 맞긴 했다. "당신이 받은 그 대단한 시가 말이야." 프랜이 말을 꺼냈다. "그것도 가져가. 저녁 먹은 뒤에 그 사람 따라 응접실 같은 데 가서 시가를 피우라고. 영화에 나오는 것처럼 포트와인 같은 거라도 홀짝이면서 말이야."

"알았어. 그냥 가자." 내가 말했다.

프랜이 말했다. "내 빵은 하나 가져가자."

버드와 올라는 시내에서 20마일 정도 떨어진 곳에 살고 있었다. 우리가 이 도시에 산 지도 벌써 삼 년이 넘었는데, 아쉽게도 프랜과 나는 교외로 나가본 일이 많지 않았다. 꼬불꼬불한 소로를 드라이브하는 맛은 좋았다. 상쾌하고 따뜻한 초저녁이었고, 우리는 목초지를, 가로장 울타리를, 낡은 축사로 천천히 이동하는 젖소떼를 보았다. 우리는 울타리에 앉은 붉은어깨검정새들과 건초보관소 위를 선회하는 비둘기들을 보았다. 정원 같은 것들이 있었고, 활짝 핀 야생화 무리가 있었고, 도로에서 멀찌감치 물러선 작은 집들이 있었다. 내가 말했다. "우리도 이런 곳에 집이 있으면 어떨까." 그건 부질없는 생각, 이뤄지지 않을 또하나의 소망일 뿐이었다. 프랜은 대답하지 않았다. 그녀는 버드의 약도를 보느라 정신이 없었다. 우리는 버드가 표시해놓은 네거리 정지 표지판에 이르렀다. 우리는 약도에 표시된 대로 우회전해서 정확하게 3.3마일을 달렸다. 도로의 왼쪽으로 옥수수밭, 우편함, 자갈 깔린 긴 진입로 등이 시야에 들어왔다. 몇 그루의 나무 너머, 진입로가 끝나는 곳에 포치*를 갖춘 집 한 채가 있었다. 굴뚝이 딸린 집이었다. 그러나 여름이었으므로, 물론 당연하게도, 연기는 나지 않았다. 하지만 나는 그것 참 그림 같은 풍경이라고 생각했고 프랜에게 그렇게 말했다.

"깡촌이네." 그녀가 말했다.

나는 진입로로 차를 돌렸다. 진입로 양옆으로는 옥수수가 늘어서 있었다. 옥수수는 차보다 키가 더 컸다. 타이어가 자갈을 밟는 소리가 들렸다. 집 쪽으로 좀더 가까이 갔을 때, 우리는 정원의 나무 덩굴에 야구공만한 크기로 주렁주렁 매달린 초록색 물체를 봤다.

"저게 뭐지?" 내가 물었다.

"낸들 알아?" 프랜이 말했다. "호박이겠지. 나도 알 도리가 없다구."

"이봐, 프랜. 마음 편하게 있자."

프랜은 대꾸하지 않았다. 그녀는 아랫입술을 한 번 빨아당겼다가 놓았다. 집에 가까워지자, 그녀는 라디오를 껐다.

---

* 건물의 현관 또는 출입구의 바깥쪽으로 튀어나와 지붕으로 덮인 부분.

앞마당에는 아기용 그네 세트가 있었고 포치에는 장난감 몇 개가 흩어져 있었다. 나는 집 앞에 차를 바짝 붙인 뒤, 시동을 껐다. 우리가 난데없이 끔찍한 울음소리를 듣게 된 것은 바로 그 순간이었다. 그 집에 아기가 있다는 건 알았지만, 아기 우는 소리라기엔 너무나 컸다.

"이건 또 무슨 소리지?" 프랜이 물었다.

그때, 콘도르만큼이나 몸집이 큰 녀석이 날개를 펄럭이며 나무 위에서 덮치듯 날아와 자동차 바로 앞에 내려앉았다. 녀석은 몸을 부르르 떨었다. 그러고는 긴 목을 자동차 쪽으로 돌리더니, 고개를 곧추세우고 우리를 빤히 쳐다봤다.

"하느님 맙소사." 내가 말했다. 나는 운전석에 그대로 앉아 핸들을 꽉 잡은 채 그놈을 바라봤다.

"세상에. 저 새를 두 눈으로 보는 건 난생처음이야." 프랜이 말했다.

물론, 우리는 둘 다 그 새가 공작이라는 사실을 알고 있었지만, 그 단어를 소리 내어 말하지는 않았다. 우리는 그저 지켜보기만 했다. 그 새는 하늘로 고개를 치켜들더니 다시 끽끽대는 그 울음소리를 냈다. 녀석이 몸을 부풀리자, 처음 내려앉았을 때보다 몸집이 두 배 정도는 커 보였다.

"하느님 맙소사." 내가 다시 말했다. 우리는 나가지 않고 앞좌석에 그대로 앉아 있었다.

그 새가 조금 앞쪽으로 움직였다. 그러더니 녀석은 고개를 한쪽으로 돌린 뒤, 몸에 힘을 주었다. 그 밝고 야성적인 눈동자는 여전히 우리에게 고정돼 있었다. 그놈의 꼬리가 올라갔다. 꼬리는 접었다 펴는 부채와 비슷했다. 그 꼬리로부터 다채로운 무지개 빛깔들이 뿜어져나왔다.

"하느님." 프랜이 나지막이 읊조렸다. 그녀는 내 무릎 위로 손을 뻗었다.

"하느님 맙소사." 내가 또 말했다. 달리 할말이 없었다.

그 새는 그 괴기하고도 구슬픈 울음소리를 한번 더 냈다. "메이오, 메이오!"라고 하는 것 같았다. 깊은 밤, 생전 처음 그런 소리를 듣게 됐다면, 아마도 나는 누군가가 죽어가고 있다고, 혹은 야생의, 위험한 뭔가가 있다고 생각했을 것이다.

현관문을 열고 버드가 포치로 나왔다. 버드는 셔츠의 단추를 채우고 있었다. 머리는 젖어 있었다. 막 샤워를 마치고 나온 것처럼 보였다.

"조용히 해, 조이!" 버드가 공작에게 말했다. 버드가 그 새를 향해 손뼉을 치자, 그놈은 조금 뒤로 물러섰다. "이제 됐어. 괜찮으니까, 조용히 해! 조용히 해, 이 괴물 녀석아!" 버드가 계단을 밟고 내려왔다. 차까지 걸어오면서 버드는 셔츠를 바지 속으로 구겨넣었다. 직장에 올 때면 늘 입고 다니던 옷, 그러니까 청바지에 데님 셔츠 차림이었다. 나는 슬랙스에 반소매 운동 셔츠를 걸치고 있었다. 신발은 늘 신던 로퍼였다. 버드의 옷차림을 보자 갖춰 입은 내 차림새가 영 마음에 들지 않았다.

"잘 찾아와서 다행이야." 차 옆으로 다가오며 버드가 말했다. "안으로 들어가자."

"어이, 버드." 내가 말했다.

프랜과 나는 차에서 내렸다. 공작은 사납게 생긴 대가리를 좌우로 흔들어대면서 한쪽으로 조금 물러섰다. 우리는 그 녀석 쪽으로 가까이

가지 않으려고 조심했다.

"집을 찾는 건 어렵지 않았나?" 버드가 내게 말했다. 프랜 쪽은 바라보지도 않았다. 내가 소개해주기만을 기다렸던 것이다.

"어찌나 훌륭한 약도였던지." 내가 말했다. "이봐, 버드. 프랜이야. 프랜, 버드야. 자네에 대해서는 프랜도 들을 만큼 들었지."

버드는 웃으며 프랜과 악수했다. 프랜은 버드보다 키가 컸다. 버드는 올려다봐야만 했다.

"이이한테서 얘기 많이 들었어요." 프랜이 말했다. 그녀는 손을 뺐다. "버드가 어쩌구저쩌구, 버드가 이러쿵저러쿵. 이이가 얘기하는 회사 사람은 그쪽 한 분뿐이에요. 그래서 어쩐지 아는 분 같네요." 프랜은 계속 공작에게서 눈을 떼지 않고 있었다. 녀석은 포치 근처로 옮겨 갔다.

"여기 이 사람은 제 친구니까요." 버드가 말했다. "당연히 제 얘기를 할 수밖에요." 버드는 씩 웃고는 내 팔을 가볍게 툭 쳤다.

프랜은 빵을 들고 있었다. 그 빵을 어떻게 해야 할지 그녀는 모르고 있었다. 프랜은 빵을 버드에게 건넸다. "뭘 좀 가져왔어요."

버드가 빵을 받았다. 빵이라고는 난생처음 본 사람처럼 버드는 이리저리 뒤집어가며 빵을 살펴봤다. "이거 참 고맙습니다." 그는 얼굴 높이로 빵을 들고 냄새를 맡았다.

"프랜이 구운 빵이야." 내가 버드에게 말했다.

버드는 고개를 끄덕였다. 그리고 말했다. "이제 같이 들어가서 집사람이자 엄마를 만납시다."

물론, 올라에 대한 얘기였다. 엄마라면 올라밖에는 없었으니까. 버드는 내게 자신의 어머니가 이미 죽었으며 아버지는 자신이 아이였을 때 집을 떠났다고 얘기한 적이 있었다.

공작은 우리 앞을 가로질러 뛰어가더니 버드가 현관문을 열자 포치 위로 껑충 뛰어올랐다. 녀석은 집안으로 들어가려고 했다.

"으악!" 공작이 다리에 달라붙자, 프랜이 소리쳤다.

"하느님 맙소사, 조이." 버드가 말했다. 그는 녀석의 머리를 주먹으로 내리쳤다. 공작은 포치로 물러서더니 몸을 부르르 떨었다. 녀석이 떨어대자 꼬리의 깃들이 차르르 소리를 냈다. 버드가 발로 차려고 들자, 공작은 조금 더 뒤로 물러섰다. 버드는 우리가 들어갈 수 있도록 문을 잡았다. "집사람이 저 빌어먹을 놈을 집안에 들여놓았거든. 아주 이제는 빌어먹을 식탁에서 밥도 드시고 빌어먹을 침대에서 잠도 주무실 기세라니까."

프랜은 문 안쪽에서 걸음을 멈췄다. 그녀는 옥수수밭을 돌아봤다. "멋진 곳에 사시네요." 프랜이 말했다. 그때까지도 버드는 문을 잡고 있었다. "그렇지 않아, 잭?"

"두말하면 잔소리지." 내가 대답했다. 나로서는 그녀의 말이 좀 의외였다.

"다들 그렇게 생각하지만, 꼭 그렇지만은 않아요." 여전히 문을 잡은 채 버드가 말했다. 그는 공작을 위협하는 동작을 취했다. "계속 할 일이 생겨요. 잠시도 지루할 틈이 없어." 그러더니 버드는 "안으로 들어갑시다"라고 말했다.

"이봐, 버드. 저기서 키우는 건 뭔가?"

"토마토야." 버드가 말했다.

"대단한 농부가 곁에 있었네." 프랜은 말하면서 고개를 흔들었다.

버드는 웃었다. 우리는 안으로 들어갔다. 머리칼을 동그랗게 말아올린 오동통한 여자가 거실에서 우리를 기다리고 있었다. 여자는 앞치마 위에 두 주먹을 둥글게 말아쥐고 있었다. 여자의 뺨은 홍조를 띠고 있었다. 여자를 보자마자 나는 숨이 찬 건가, 아니면 뭐 못마땅한 것이라도 있나, 생각했다. 여자는 나를 스쳐본 뒤, 시선을 프랜 쪽으로 옮겼다. 싫은 내색은 아니고 그저 바라보는 눈빛이었다. 여자는 계속 얼굴을 붉힌 채 프랜을 쳐다봤다.

버드가 말했다. "올라, 이분은 프랜이야. 그리고 이쪽은 내 친구 잭. 잭에 대해서는 모르는 게 없겠지. 여러분, 이 사람은 올라예요." 그는 올라에게 빵을 건넸다.

"이게 뭔가요?" 올라가 말했다. "아, 손수 만든 빵이군요. 음, 고맙습니다. 좀 앉으세요. 어려워 마시고요. 버드, 이분들 뭘 좀 마시면 좋을지 여쭤보지그래요? 저는 불에다가 얹어놓은 게 있어서." 그렇게 말하고 올라는 빵을 들고 부엌으로 돌아갔다.

"앉게나." 버드가 말했다. 프랜과 나는 털썩 소파에 앉았다. 나는 담배를 꺼냈다. 버드가 말했다. "재떨이는 여기 있네." 그는 TV 위에서 묵직한 것을 집었다. "이걸 사용하게." 버드는 그렇게 말한 뒤, 내 앞에 있는 다탁에 그놈을 올려놓았다. 백조 모양으로 만든 유리 재떨이였다. 나는 불을 붙이고 백조의 등 쪽 재 터는 곳에 성냥을 넣었다. 그리고 백조로부터 연기 한줄기가 조금 피어오르는 것을 지켜봤다.

컬러 TV가 켜져 있었기 때문에 우리는 잠시 그걸 쳐다봤다. 화면에서는 스톡카들이 트랙을 질주하고 있었다. 아나운서의 목소리는 낮았다. 하지만 한편으로는 흥분을 억누르고 있는 듯 들렸다. "여전히 공식 발표가 나오기를 기다리는 중입니다." 아나운서가 말했다.

"이거 계속 볼 텐가?" 버드가 물었다. 그는 그때까지도 서 있었다.

어떻게 하든 신경쓰지 않는다고 나는 말했다. 사실 그랬다. 프랜은 어깨를 으쓱해 보였다. 그러든 말든 내게 무슨 차이가 있겠어? 그녀는 그렇게 말하는 것 같았다. 어쨌든 하루는 지나가.

"이제 스무 바퀴만 돌면 된다구." 버드가 말했다. "끝날 때가 다 됐지. 처음에 엄청난 연쇄 추돌이 있었어. 대여섯 대는 족히 박살이 났어. 다친 선수들도 있었고. 얼마나 다쳤는지 여태 알려주지 않네."

"그냥 켜봐." 내가 말했다. "같이 보자구."

"저 빌어먹을 차들이 우리가 보는 앞에서 폭발하면 어떻게 하지." 프랜이 말했다. "아니면 그랜드스탠드 쪽으로 달려가 싸구려 핫도그나 팔고 다니는 사람들을 깔아뭉개기라도 하면." 그녀는 머리카락 한 가닥을 잡고는 TV에서 눈을 떼지 않았다.

그게 무슨 농담인가 하는 표정으로 버드가 프랜을 쳐다봤다. "그 사고는, 충돌은, 대단했어요. 사고가 또다른 사고로 이어진 거죠. 자동차들, 부품들, 사람들이 온통 널브러졌죠. 그건 그렇고, 뭘 드실까나. 에일이 있고, 올드 크로도 한 병 있는데."

"자네는 뭘 마실 건가?" 내가 버드에게 물었다.

"에일." 버드가 말했다. "완전 시원하거든."

"그럼 나도 에일." 내가 말했다.

"저는 그 올드 크로하고 물 좀 주세요." 프랜이 말했다. "큰 컵에다가 주시구요. 얼음도 주시면 고맙겠어요, 버드."

"물론입니다." 버드가 말했다. 그는 TV를 한번 더 쳐다본 뒤 부엌으로 사라졌다.

프랜은 나를 팔꿈치로 찌르더니 TV를 향해 고갯짓을 했다. "저기 위쪽을 봐." 그녀가 소곤거렸다. "당신도 저거 보여?" 나는 프랜이 가리키는 곳을 쳐다봤다. 거기에는 뜰에서 꺾어온 듯, 데이지 몇 송이가 가느다란 빨간색 꽃병에 꽂혀 있었다. 꽃병 바로 옆 도일리* 위에는, 세상에나 그렇게나 비뚤비뚤 고르지 못할 수가 없는 치열의 모양을 본뜬 색바랜 석고가 놓여 있었다. 그 흉측한 모양의 물건에는 입술도, 턱도 없었고 다만 두터운 노란색 잇몸처럼 보이는 것 안에 석고 치아만 박혀 있었다.

바로 그때 올라가 믹스너트 한 캔과 루트비어 한 병을 들고 걸어왔다. 이번에는 앞치마가 없었다. 올라는 다탁 위 백조 재떨이 옆에다 너트 캔을 놓았다. 그녀가 말했다. "좀 드세요. 버드가 마실 것을 가져올 거예요." 그 말을 하는 동안, 올라의 얼굴이 다시 붉어졌다. 그녀는 낡은 등나무 흔들의자에 앉아서 의자를 흔들었다. 올라는 들고 온 루트비어를 마시며 TV를 봤다. 버드는 작은 나무쟁반에 프랜의 위스키 한 잔과 물, 그리고 내 몫의 에일 한 병을 들고 왔다. 쟁반 위에는 자신이 마실 에일 한 병도 있었다.

"컵 줄까?" 버드가 내게 물었다.

나는 고개를 저었다. 버드는 내 무릎을 한 번 툭 치고 프랜 쪽을 향

---

* 가구 위에 덮는 작은 장식용 덮개.

했다.

프랜은 버드에게서 잔을 건네받은 뒤, "고마워요"라고 말했다. 그녀의 시선은 다시 이빨로 향했다. 버드는 그녀가 바라보는 곳을 봤다. 자동차들은 날카로운 소리를 내면서 트랙을 돌았다. 나는 에일을 마시며 화면을 뚫어져라 쳐다봤다. 이빨이야 내가 알 바 아니었다. "치열교정기를 씌우기 전에 올라의 이빨 모양이 저랬답니다." 버드가 프랜에게 설명했다. "나는 익숙해졌어요. 하지만 저렇게 놓아두는 건 좀 그렇겠죠. 도대체 왜 저렇게 놔두는지 알 수가 없다니까요." 그는 올라를 쳐다봤다. 그러더니 나를 바라보며 윙크를 했다. 그는 레이지보이 의자에 발을 꼬고 앉았다. 그러곤 에일을 마시고 올라를 바라봤다.

올라의 얼굴이 다시 붉어졌다. 그녀는 루트비어 병을 잡고 있었다. 올라는 루트비어를 한 모금 마시고는 말했다. "저걸 보면 제가 버드에게 얼마나 신세를 많이 졌는지 알 수 있거든요."

"방금 뭐라고요?" 프랜이 말했다. 프랜은 너트 캔에서 캐슈를 꺼내 먹고 있었다. 그녀는 갑자기 행동을 멈추고 올라를 바라봤다. "미안해요. 못 들었거든요." 프랜은 올라를 바라보면서 그녀가 뭐라고 말을 할 때까지 기다렸다.

올라의 얼굴이 다시 붉어졌다. "제가 고마워할 일이 참 많아요." 그녀가 말했다. "저것도 그런 일 중 하나예요. 버드에게 신세진 걸 잊지 않으려고 저렇게 둔 거예요." 올라는 루트비어를 마셨다. 그러더니 그녀는 병을 내려놓고 말했다. "당신은 이가 참 예쁘네요, 프랜. 한눈에 알아봤어요. 하지만 제 이빨은 어릴 때부터 저렇게 비뚤비뚤했어요." 올라가 손톱으로 앞니 두 개를 톡톡 두드렸다. "집에 돈이 없어서 치아를 교정할 수 없었어요. 그래서 내 이빨은 제멋대로 그냥 자라게 된 거예요. 첫 남편은 내 생김새 따위는 신경쓰지 않았어요. 진짜, 그랬다니까요! 어떻게 하면 술이나 한잔 더 할까만 궁리했지, 다른 건 신경쓰지 않았어요. 세상에 그 사람 친구라고는 하나뿐인데, 그게 바로 술병이었죠." 올라는 고개를 흔들었다. "그러다가 버드하고 잘되어서 그 엉망진창에서 빠져나왔어요. 함께 지내기 시작한 뒤, 버드가 제일 처음 한 말은 '그 이빨 교정하자'는 말이었어요. 저 치형은 버드와 내가 막 만날 무렵의 모양인데요, 두번째로 치과에 갔을 때 뜬 거예요. 치열교정기를 씌우기 바로 직전이었죠."

올라의 얼굴은 여전히 붉었다. 그녀는 화면을 바라봤다. 올라는 루트비어를 마셨고, 그 이상 할말은 없는 것처럼 보였다.

"그 치과의사, 기술이 좋았나봐요." 프랜이 말했다. 그녀는 TV 위에 있는, 공포영화에나 나올 법한 그 이빨을 다시 바라봤다.

"대단했죠." 올라가 말했다. 그녀는 의자에서 몸을 돌리며 "보세요"라고 말했다. 그녀는 입을 벌리고 우리에게 치아를 한번 더 보여줬는데, 도무지 부끄러워하는 기색이라고는 없었다.

버드는 TV 쪽으로 가서 치형을 집었다. 그리고 올라 쪽으로 가서 그걸 올라의 뺨에 들이밀고 말했다. "교정 전과 교정 후."

올라는 손을 뻗어 버드가 쥔 치형을 받았다. "그런데 무슨 일이 있었는지 아세요? 그 치과의사가 이걸 가지려고 했어요." 그녀는 무릎 위에 치형을 잡아놓고는 말을 계속했다. "절대로 안 된다고 말했지요. 그건 내 이라고 의사한테 따끔하게 못박았어요. 그랬더니 사진을 찍어놓더라구요. 그 사진을 잡지에다 실을 생각이라고 하던걸요."

깃털들 25

"그런 잡지라는 게 뭐 뻔하지. 공짜로 준대도 볼 사람은 없을 거야, 왜 아니겠어?" 버드의 말에 우리는 모두 웃음을 터뜨렸다.

"교정기를 뺀 뒤에도 나는 입을 가리고 웃었어요, 이렇게." 올라가 말했다. "요즘도 가끔 그럴 때가 있어요. 버릇이죠. 한번은 버드가 '이젠 그렇게 하지 마, 올라. 그 예쁜 이를 가릴 필요 없잖아. 이젠 당신 이도 멋있다구'라고 말하더라구요." 올라는 버드를 넘겨다봤다. 버드는 올라에게 윙크했다. 그녀는 씩 웃더니 눈길을 낮췄다.

프랜은 잔을 들어 마셨다. 나는 에일을 조금 마셨다. 도무지 뭐라고 할말이 없었다. 프랜도 마찬가지였다. 하지만 나는 나중에 프랜이 이 일에 대해 말할 게 꽤 많으리라는 걸 알고 있었다.

내가 말했다. "올라, 이 집에 전화한 적이 한 번 있어요. 당신이 받았죠. 그런데 그냥 끊어버리고 말았어요. 도대체 왜 그랬는지 모르겠지만." 나는 그 말과 함께 에일을 홀짝였다. 그 순간에 왜 그런 얘기를 꺼냈는지 나도 알 수 없었다.

"기억 안 나요." 올라가 말했다. "언제였나요?"

"얼마 전이었죠."

"기억 안 나요." 머리를 흔들며 올라가 말했다. 그녀는 무릎 위에 올려놓은 석고 이빨을 손가락으로 두들겼다. 그녀는 자동차 경주를 쳐다보면서 다시 흔들의자를 움직였다.

프랜은 시선을 돌려 나를 바라봤다. 그녀는 아랫입술을 끌어당겼다. 하지만 어떤 말도 하지 않았다.

"그건 그렇고, 뭐 다른 건 없어?" 버드가 물었다.

"너트를 더 드세요." 올라가 말했다. "저녁은 조금 있다가 준비할 테니까."

 집 뒤쪽에 있는 방에서 울음소리가 났다.

 "걘 아니겠지." 올라가 버드에게 말하곤 얼굴을 찌푸렸다.

 "우리 아기야." 버드가 말했다. 그는 의자 깊숙이 몸을 파묻었다. 우리는 아무 소리 없이 서너 바퀴 남은 자동차 경주를 지켜봤다.

 한 번인가 두 번인가 그 아기가 우는 소리, 집 뒤쪽 방에서 울려퍼지는 작으면서도 신경에 거슬리는 그 울음소리가 또 들렸다.

 "왜 저럴까?" 올라가 말했다. 그녀는 의자에서 몸을 일으켰다. "모든 게 준비가 다 끝났어요. 이제 자리에 앉기만 하면 됩니다. 그레이비 소스를 뜨기만 하면 돼요. 하지만 먼저 아기를 보고 오는 게 낫겠네요. 여러분은 일어나셔서 식탁으로 가시는 게 어때요? 저도 곧 갈 테니까."

 "저도 아기 보고 싶은데." 프랜이 말했다.

 올라는 그때까지도 이빨을 잡고 있었다. 그녀는 걸어가 TV 위에 그걸 놓았다. "지금 가면 더 울어댈지도 몰라요." 올라가 말했다. "낯을 많이 가리거든요. 제가 다시 재워볼 테니까 잠깐만 기다리세요. 그다음에 살짝 들여다보면 되잖아요. 아기가 잘 때 말이에요." 그렇게 말한 뒤, 올라는 복도를 따라 방으로 걸어가 문을 열었다. 그녀는 조심스레 들어가더니 문을 닫았다. 아기는 울음을 그쳤다.

 버드가 화면을 껐고 우리는 식탁으로 가서 앉았다. 버드와 나는 직장의 일들에 대해 얘기했다. 프랜은 듣고 있었다. 이따금 그녀는 질문도 던졌다. 하지만 내가 보기에 그녀는 지루해하고 있었다. 어쩌면 아기를 보러 가겠다는데 올라가 거절해서 외면당한 기분을 느꼈을지도

깃털들 27

모른다. 그녀는 올라의 부엌을 둘러봤다. 그녀는 손가락으로 머리카락을 꼬며 올라의 물건들을 살폈다.

부엌으로 돌아온 올라가 말했다. "기저귀를 갈고 고무 오리를 줬어요. 이제 저녁 좀 먹게 해줄 것 같아요. 물론 장담할 수 없지만." 그녀는 뚜껑을 열고 레인지에 있던 팬을 들었다. 그녀는 붉은 그레이비소스를 큰 그릇에 부은 뒤, 그 그릇을 식탁으로 가져왔다. 그녀는 다른 냄비들의 뚜껑도 들어 모든 게 준비됐는지 들여다봤다. 식탁 위에는 구운 햄, 고구마, 매시트포테이토, 라이머콩, 찐 옥수수, 그린 샐러드 등이 놓여 있었다. 프랜이 만든 빵은 햄 옆, 눈에 잘 띄는 곳에 있었다.

"냅킨을 까먹었네요." 올라가 말했다. "다들 드셔도 돼요. 마실 것은 뭘로 준비할까요? 버드는 우유 없이는 밥을 못 먹죠."

"우유 좋습니다." 내가 말했다.

"저는 물이 좋아요." 프랜이 말했다. "제가 가져올게요. 시중을 받아가면서 밥을 먹고 싶지는 않아요. 할 일도 많으실 텐데." 그녀는 의자에서 몸을 일으키려고 했다.

올라가 말했다. "그러지 마세요. 손님인데. 그냥 앉아 계세요. 제가 가져올게요." 그녀는 다시 얼굴을 붉혔다.

우리는 두 손을 무릎 위에 얹어놓고 기다렸다. 나는 그 석고 이빨을 생각했다. 올라는 냅킨, 버드와 내가 마실 우유가 든 큰 유리컵, 프랜이 마실 얼음물이 든 유리컵을 들고 나타났다. 프랜이 "고마워요"라고 말했다.

"천만에요." 올라가 말했다. 그리고 그녀는 자리에 앉았다. 버드가 헛기침을 내뱉었다. 그는 머리를 숙이고 식전 기도를 몇 마디 했다. 하도 나지막한 목소리였기 때문에 내용은 알아들을 수 없었다. 하지만 말의 취지는 알 수 있었다. 그는 우리가 막 해치워버리려고 하는 음식을 주신 데 대해 전능한 신에게 감사하고 있는 중이었다.

"아멘." 그가 기도를 마치자, 올라가 말했다.

버드는 햄 플래터를 내게 건넨 뒤, 자신은 매시트포테이토를 가져갔다. 그리고 우리는 먹기 시작했다. 이따금 버드나 내가 "이거 정말 좋은 햄이네"라거나 "내가 먹어본 중에 제일 맛있는 옥수수야" 등의 말을 했을 뿐, 다들 별다른 말이 없었다.

"이 빵 정말 훌륭하네요." 올라가 말했다.

"샐러드 좀더 먹을게요, 올라." 프랜이 한결 부드러워진 목소리로 말했다.

"이거 더 먹게나." 햄 플래터나 붉은 그레이비소스를 내게 건네면서 버드는 그렇게 말했다.

가끔 가다가 우리는 아기가 내는 소리를 들었다. 올라는 고개를 돌려 그 소리에 귀를 기울이다가, 그냥 칭얼대는 소리라는 걸 알고는 다시 음식으로 주의를 돌렸다.

"아기가 오늘밤에는 컨디션이 좀 안 좋아요." 올라가 버드에게 말했다.

"그래도 보고 싶은걸요." 프랜이 말했다. "언니에게 아기가 있어요. 하지만 언니도 아기도 덴버에 살고 있거든요. 어느 세월에 내가 덴버에 가보겠어요? 조카는 있지만, 한 번도 본 적이 없어요." 프랜은 잠시 생각에 잠겼다가 다시 밥을 먹기 시작했다.

올라는 포크로 햄을 집어 입에 넣었다. "곤히 잠들기만 기다려보자구요." 그녀가 말했다.

"부지런히 드십시다. 햄도 드시고 고구마도 드세요, 여러분." 버드가 말했다.

"한입도 더 못 먹겠어요." 프랜이 말했다. 그녀는 앞접시 위에 포크를 놓았다. "정말 맛있어요. 하지만 이젠 정말 못 먹겠어요."

"조금은 남겨두세요." 버드가 말했다. "올라가 만든 루바브 파이가 있으니까요."

"그거 조금 들어갈 자리는 나올 거예요. 다들 드실 때쯤에는요." 프랜이 말했다.

"나도." 내가 말했다. 그건 예의상 한 말이었다. 열세 살 때, 딸기 아이스크림과 함께 먹었다가 탈이 난 뒤로 나는 루바브 파이를 싫어했다.

우리는 접시를 모두 비웠다. 그때 그 빌어먹을 공작이 내는 소리가 다시 들렸다. 이번에 그놈은 지붕 위에 올라가 있었다. 머리 위에서 들려오는 그 소리를 우리는 들을 수 있었다. 지붕의 널판을 밟고 다니는지 또각또각 하는 소리가 났다.

버드가 머리를 흔들었다. "곧 조용해질 거야. 제풀에 지쳐서 금방 잠들 테니까." 버드가 말했다. "저기 어디 나무에서 잠을 자거든."

그 새는 한번 더 울음소리를 냈다. "메이오!" 하는 소리. 누구도 입을 열지 않았다. 달리 할말이 뭐가 있겠는가?

그때 올라가 말했다. "들어오고 싶어서 그래요, 버드."

"글쎄, 들어올 수는 없어." 버드가 말했다. "손님들이 오셨잖아. 깜빡하기라도 한 거야? 이분들은 저 빌어먹을 새가 집에 들어오는 걸 좋아하지 않는다구. 더러운 새에다가 석고 치형이라니. 이분들이 어떻게 생각하겠어?" 그는 머리를 흔들었다. 그는 웃음을 터뜨렸다. 우리는 모두 웃었다. 프랜도 우리와 함께 웃었다.

"더럽다니요, 버드." 올라가 말했다. "당신 어떻게 된 거 아니에요? 당신은 조이를 좋아하잖아요. 당신이 언제부터 조이더러 더럽다고 말하기 시작했죠?"

"조이가 깔개에다 똥을 싸갈긴 뒤부터지." 버드가 말했다. "프랑스 말을 해서 죄송합니다."* 버드가 프랜에게 말했다. "하지만 분명히 말하건대, 저 늙은 새의 목을 비틀어버리는 게 녀석을 위하는 거라고 생각할 때가 많아. 저놈은 죽일 가치도 없어. 안 그래, 올라? 한밤중에 저놈의 소리 때문에 침대에서 일어나는 일도 있다구. 한푼어치의 가치도 없는 놈이야. 안 그래, 올라?"

버드의 터무니없는 반응에 올라는 고개를 저었다. 그녀는 자기 접시에 라이머콩을 조금 덜었다.

"처음에 어떻게 해서 공작이 생긴 건가요?" 프랜이 궁금해하며 물었다.

올라는 접시에서 눈을 들었다. "오래전부터 공작이 있었으면 하고 생각해왔어요. 소녀 시절에 잡지를 보다가 사진을 발견했거든요. 그때까지 제가 본 것 중에 가장 아름다운 것이었어요. 그 사진을 오려서 머리맡에 붙여놓았죠. 얼마나 오랫동안 그 사진을 간직했는지 몰라요. 그러다가 버드와 내가 여기 왔을 때, 기회를 엿봤어요. 내가 '버드, 공작이 있으면 좋겠어요'라고 말했죠. 내 말에 버드는 웃더라구요."

---

* 영어에는 심한 말을 한 뒤에 그걸 프랑스 말이라고 눙치는 언어 관습이 있다.

"결국에는 내가 찾아나섰습니다." 버드가 말했다. "옆 카운티의 어떤 녀석이 공작들을 기른다는 얘기를 들었어요. 그 사람은 공작이 낙원의 새라고 말하더군요. 우리는 그 낙원의 새에 백 달러를 지불했지요." 그는 이마를 툭 쳤다. "전지전능한 하느님, 왜 제게 이토록 사치스런 취미를 가진 마누라를 주셨습니까." 그러고는 올라를 향해 씩 웃었다.

"버드." 올라가 말했다. "그렇지 않다는 걸 당신도 알잖아요. 다른 건 다 그만두고라도 조이는 집을 잘 지키잖아요." 그러고는 프랜에게 말했다. "조이 때문에 우린 따로 개를 키울 필요가 없어요. 조이는 못 듣는 게 없거든요."

"모르긴 해도 사정이 안 좋아지면, 조이를 냄비에 넣어버릴 거야." 버드가 말했다. "깃털도 안 뽑고 그대로 말이지."

"버드! 그걸 농담이라고 해요?" 올라가 말했다. 하지만 그녀는 웃었고 우리는 다시 한번 그녀의 이를 찬찬히 들여다봤다.

아기가 다시 시작했다. 이번에는 울음소리가 심각했다. 올라는 냅킨을 내려놓고 식탁에서 일어섰다.

버드가 말했다. "한 놈이 조용하면 다른 놈이 시끄럽군. 녀석을 여기로 데려와, 올라."

"그럴 거예요." 그렇게 말하고 올라는 아기를 데리러 갔다.

공작은 다시 소리 내어 구슬프게 울었고, 나는 뒷목의 머리털이 쭈뼛거리는 걸 느꼈다. 나는 프랜을 쳐다봤다. 그녀는 자기 앞의 냅킨을 집었다가 내려놓았다. 나는 부엌 창문을 바라봤다. 바깥은 어두웠다.

창문은 올라가 있었고 방충망이 쳐져 있었다. 소리를 들어보니 그 새는 앞쪽 포치에 있는 것 같았다.

프랜은 눈을 돌려 복도 쪽을 바라봤다. 그녀는 올라와 아기가 오는지 살펴보고 있었다.

잠시 뒤, 올라가 녀석을 데리고 왔다. 나는 아기를 바라보다가 흠칫 숨을 삼켰다. 올라는 아기와 함께 식탁에 앉았다. 그녀는 우리가 바라볼 수 있게 겨드랑이를 잡고 아기를 무릎 위에 세웠다. 그녀는 프랜을, 그다음에는 나를 쳐다봤다. 그때는 그녀의 얼굴이 붉지 않았다. 그녀는 우리가 한마디씩 해주기를 기다리고 있었다.

"아!" 프랜이 말했다.

"왜요?" 올라가 재빨리 물었다.

"아니에요." 프랜이 말했다. "창 쪽에 뭐가 보여서. 박쥐 같았는데."

"박쥐 같은 건 한 마리도 못 봤는데." 올라가 말했다.

"그럼 나방인가보네요." 프랜이 말했다. "암튼 뭐가 있었어요." 그녀가 말했다. "그나저나 대단한 아기잖아요."

버드는 아기를 바라보고 있었다. 그러다 그는 프랜을 넘겨봤다. 그는 의자 뒷다리를 축으로 의자를 뒤로 기울이고는 고개를 끄덕였다. 그는 한번 더 고개를 끄덕이고는 말했다. "괜찮아요, 애쓰지 않아도 됩니다. 지금으로서는 걔가 미남대회에서 일등할 만한 생김새가 아니라는 걸 우리도 알거든요. 클라크 게이블은 아니에요. 시간이 필요하죠. 아시겠지만, 어른이 되면 운좋게도 제 아버지를 닮기도 하니까요."

아기는 올라의 무릎에 서서 식탁 주위에 앉은 우리를 둘러봤다. 올라는 살찐 다리로 선 아기가 앞뒤로 몸을 움직일 수 있도록 손을 움직

깃털들 33

여 허리를 잡았다. 장담하건대, 그렇게 못생긴 아기는 여태 본 적이 없었다. 얼마나 못생겼는지 뭐라고 할말이 없었다. 내 입에서는 어떤 말도 나오지 않았다. 병이 있다거나 기형이라는 뜻이 아니다. 그런 건 하나도 없었다. 그냥 못생겼을 뿐이었다. 엄청나게 큰 붉은 얼굴에 툭 튀어나온 눈, 널따란 이마와 비대한 입술. 목이라고 부를 만한 것은 없었고 살찐 턱은 서너 겹에 달했다. 턱의 주름은 귀밑까지 이어졌고 두 귀는 민둥머리에 툭 튀어나와 있었다. 손목도 온통 살투성이였다. 팔과 손가락에도 피둥피둥 살이 붙어 있었다. 못생겼다는 말조차 녀석에게 영예로울 정도였다.

그 못생긴 아기가 소리를 내면서 엄마의 무릎 위에서 아래위로 뛰었다. 그러더니 녀석은 뛰기를 멈췄다. 녀석은 몸을 앞으로 기울이더니 통통한 손으로 올라의 접시를 잡으려고 했다.

나는 아기를 많이 봤다. 내가 한창 성장할 무렵, 누나들이 낳은 아기들이 모두 여섯 명이었다. 아이였을 때부터 내 주위에는 아기들이 있었다. 가게 같은 곳에서도 아기들을 많이 봤다. 하지만 이 아기를 당할 아기는 없었다. 프랜도 녀석을 뚫어져라 쳐다봤다. 그녀 역시 할말을 잊은 게 틀림없었다.

"덩치가 산만하네." 내가 말했다.

"단언컨대 조만간 미식축구 선수가 된다고 봐야지. 두말하면 잔소리지만, 이 녀석은 이 집에 있는 음식을 다 먹어치우고 말 거야." 버드가 말했다.

그 말을 증명이라도 하듯이, 올라가 포크로 고구마를 조금 찍어 아기의 입으로 가져갔다. "아이고, 내 새끼." 그녀가 그 뚱뚱한 놈에게 말했다. 우리 얘기는 무시한 채.

아기는 몸을 앞으로 기울이고 고구마를 받아먹기 위해 입을 벌렸다. 올라가 고구마를 녀석의 입으로 가져가자 녀석은 올라의 포크를 덥석 물었다. 아기는 입에 든 것을 오물거리면서 올라의 무릎 위에서 몸을 조금 흔들었다. 어쩌나 눈이 툭 튀어나왔는지, 뭔가에 끼워놓은 것 같았다.

"대단한 아기네요, 올라." 프랜이 말했다.

아기가 얼굴을 찡그렸다. 녀석은 다시 칭얼거리기 시작했다.

"조이를 안으로 데려와요." 올라가 버드에게 말했다.

버드는 의자 앞다리를 다시 마루에 붙였다. "내 생각에는 그래도 괜찮은지 최소한 손님들에게 물어보는 게 순서일 것 같은데." 버드가 말했다.

올라는 프랜을 바라보고, 그다음에 나를 바라봤다. 그녀의 얼굴이 다시 붉어졌다. 올라의 무릎에 있던 아기는 밑으로 내려가려고 온몸을 버둥거렸다.

"우리가 뭐 손님인가." 내가 말했다. "좋을 대로 하게나."

"이분들은 조이처럼 큰 새가 집안에 돌아다니는 걸 싫어할 거야. 그런 생각 해본 적 있어, 올라?" 버드가 말했다.

"내키지 않으세요?" 올라가 우리에게 물었다. "조이가 들어오면요? 오늘밤, 저 새한테는 모든 게 이상한 방향으로 흘러가고 있거든요. 내가 보기에는 아기도 그렇구요. 항상 조이를 집에 데려와 좀 논 뒤에야 아기가 잠을 잤거든요. 오늘밤에는 둘 다 얌전해질 수가 없을 거예요."

깃털들 35

"우리가 뭐라 할 건 아니네요." 프랜이 말했다. "새를 들여놓아도 저는 관계없어요. 이렇게 가까이에서 본 적은 한 번도 없어요. 하지만 저는 관계없어요." 그녀는 나를 바라봤다. 그녀는 내가 무슨 말이라도 해주기를 기다리고 있었다.

"절대로, 그렇지." 내가 말했다. "들여놓으세요." 나는 잔을 들어 남김없이 우유를 마셨다.

버드는 의자에서 일어났다. 그는 현관문으로 가서 문을 열었다. 그러고는 현관 불을 켰다.

"아기 이름이 뭔가요?" 프랜은 그게 알고 싶었다.

"해럴드예요." 올라가 말했다. 그녀는 해럴드에게 자기 접시 위에 있던 고구마를 더 줬다. "정말 똑똑해요. 하나를 가르치면 둘을 안다니까요. 무슨 말을 하면 그걸 다 알아들어요. 그렇지, 해럴드? 한번 아기를 낳아보세요, 프랜. 금방 알게 될 거예요."

프랜은 그저 그녀를 바라보기만 했다. 현관문이 열렸다가 다시 닫히는 소리가 들렸다.

"똑똑하다는 것만은 사실이야." 부엌으로 들어오면서 버드가 말했다. "외할아버지를 닮았거든. 그런데 똑똑한 녀석이 여기 하나 더 있다구."

버드 뒤를 살펴보니 공작이 손거울에 얼굴을 비춰보듯 머리를 이리저리 돌리며 거실로 걸어오는 모습이 보였다. 녀석은 몸을 부르르 떨었는데, 그 소리가 꼭 다른 방에서 카드 한 벌을 섞고 있는 소리처럼 들렸다.

녀석은 한 걸음 더 앞으로 움직였다. 그리고 또 한 걸음.

"아기를 안아봐도 되나요?" 프랜이 물었다. 그녀는 만약 올라가 그렇게 해준다면 그게 대단한 친절이라도 된다는 듯이 말했다.

올라는 식탁 너머로 아기를 들어 그녀에게 건넸다.

프랜은 아기를 자기 무릎 위에 잘 앉히려고 애를 썼다. 하지만 아기는 몸을 뒤틀면서 낑낑댔다.

"해럴드." 프랜이 말했다.

올라는 아기와 함께 있는 프랜을 바라보며 말했다. "해럴드의 외할아버지는 열여섯 살 때 백과사전을 A부터 Z까지 읽으려고 마음먹었대요. 뿐만 아니라 실제 해냈어요. 스무 살 때 끝냈죠. 그러고 나서 바로 우리 엄마를 만났어요."

"지금은 어디에 계세요?" 내가 물었다. "무얼 하시나요?" 나는 그런 목표를 세웠던 사람이 지금은 어떤 사람이 됐는지 알고 싶었다.

"돌아가셨어요." 올라가 말했다. 그녀는 프랜을 바라봤는데, 프랜은 이제 아기를 자기 무릎 위에 옆으로 뉘었다. 프랜은 아기의 살찐 턱 한 부분을 살살 두드렸다. 그녀는 아기를 어르는 소리를 냈다.

"그분은 숲에서 일했어." 버드가 말했다. "벌목꾼들이 쓰러뜨린 나무가 그분을 덮쳤지."

"엄마는 보험금을 좀 받았어요." 올라가 말했다. "하지만 그걸 다 써버려서 버드가 매달 엄마에게 돈을 보내주고 있어요."

"많지는 않아." 버드가 말했다. "우리도 돈이 많지 않으니까. 하지만 올라의 어머니잖아."

그러는 사이 공작은 용기를 내어 뒤뚱뒤뚱 실룩실룩 부엌 쪽으로 천천히 움직이기 시작했다. 녀석은 머리를 세웠으나 어쩐지 비뚜름했고, 녀석의 붉은 눈동자는 우리를 향했다. 깃털이 몇 가닥 남지 않은 볏은 머리 위로 몇 인치 솟아 있었다. 꼬리에는 더 큰 깃털들을 세우고 있었다. 그 새는 식탁에서 몇 피트 떨어져 걸음을 멈추고는 우리를 넘겨다봤다.

"사람들이 괜히 저것들을 낙원의 새라고 하는 게 아니지." 버드가 말했다.

프랜은 바라보지 않았다. 그녀는 아기에게 온 주의를 다 쏟고 있었다. 그녀는 곤지곤지 맴맴을 하기 시작했는데, 아기도 조금은 좋아하는 눈치였다. 내 말은, 그러니까 적어도 그놈이 칭얼거리는 것은 그만뒀다는 뜻이다. 그녀는 그놈을 목까지 끌어당기고는 귀에다 대고 뭐라고 중얼거렸다.

"알겠지?" 그녀가 말했다. "내가 말한 거 딴 사람에겐 말하기 없기다."

아기는 툭 튀어나온 눈으로 그녀를 뚫어져라 쳐다봤다. 그러더니 그 녀석은 손을 뻗어 제 손으로 잡을 수 있을 만큼 프랜의 금발머리를 한 움큼 움켜잡았다. 공작은 식탁으로 더 가까이 걸어왔다. 우리는 누구도 말하지 않았다. 우리는 그저 가만히 앉아 있었다. 아기 해럴드가 그 새를 봤다. 그놈은 프랜의 머리칼에서 손을 떼고 그녀의 무릎 위에 섰다. 그리고는 통통한 손가락으로 그 새를 가리켰다. 그놈은 껑충껑충 뛰면서 소리를 질렀다.

공작은 재빨리 식탁 주위를 돌아 아기에게 다가갔다. 그리고는 긴 목을 아기의 다리 위로 내밀었다. 그놈은 부리를 아기의 파자마 상의 아래로 밀어넣고는 딱딱한 머리를 앞뒤로 흔들었다. 아기는 웃음을 터뜨리면서 발을 굴렀다. 위를 보고 누운 채로 아기는 프랜의 무릎에서 마룻바닥으로 내려왔다. 마치 둘이서 재미있는 놀이라도 하는 양, 공작은 계속해서 아기를 밀어댔다. 몸을 비틀어 앞으로 나아가려고 하는 아기를 프랜이 다리 쪽으로 당겨 잡고 있었다.

"이게 무슨 일이야." 그녀가 말했다.

"공작이 미쳐서 그래요." 버드가 말했다. "저 빌어먹을 새는 자기가 새인 줄도 모른다는 거, 그게 제일 큰 문제예요."

올라는 씩 웃으며 다시 이를 드러냈다. 그녀는 버드를 쳐다봤다. 버드는 의자를 뒤로 빼 식탁에서 물러나면서 고개를 끄덕였다.

정말 못생긴 아기였다. 하지만 그러거나 말거나, 버드와 올라에게는 그렇게 중요한 문제는 아니었을 것이다. 설령 그렇다 치더라도, 아마 그들은 못생겼다고 해도 어쨌든 괜찮아, 라고 생각했을 것이다. 우리 아기니까. 지금은 이런 시기를 거치는 것뿐이지. 조만간 다른 시기가 찾아올 거야. 이런 시기도 있고 다른 시기도 있는 것이니까. 결국에는, 그러니까 모든 시기가 지나가고 나면, 모두 괜찮아질 거야. 그들은 그런 생각을 하고 있었던 게 틀림없었다.

버드가 잡아올려 머리 위로 흔들자, 해럴드는 소리를 내질렀다. 공작은 깃털을 곤두세우며 쳐다봤다.

프랜은 다시 머리를 흔들었다. 그녀는 아기 때문에 구겨진 드레스를 폈다. 올라는 포크를 잡고 앞접시에 있던 라이머콩을 찔러댔다.

버드는 아기를 엉덩이 위로 옮기면서 말했다. "아직 파이와 커피도 남았어."

버드와 올라의 집에서 보낸 그날 저녁은 특별했다. 특별하다는 걸 나는 알고 있었다. 그날 저녁, 나는 내 인생이 여러모로 썩 괜찮다고 느꼈다. 내가 느낀 걸 프랜에게 말하고 싶어서라도 나는 어서 둘만 있고 싶었다. 그 저녁에 내게는 소원 하나가 생겼다. 식탁에 앉아서 나는 잠시 두 눈을 감고 열심히 생각했다. 소원이란 그날 저녁을 절대 잊지 않겠다는 것, 혹은 다시 말해 그날 저녁을 놓아버리지 않겠다는 것이었다. 그 소원은 실제로 이뤄졌다. 그리고 그렇게 된 것은 내게는 불행이었다. 하지만, 물론, 당시에는 그걸 알 도리가 없었다.

"지금 무슨 생각 하는 건가, 잭?" 버드가 내게 물었다.

"뭐, 그냥 생각." 내가 대답했다. 나는 그를 보며 웃었다.

"멍한 생각." 올라가 말했다.

나는 그저 웃다가 머리를 저었다.

그날 밤, 버드와 올라의 집에서 우리집으로 돌아와 이불 속으로 들어갔을 때, 프랜이 말했다. "여보, 당신 씨로 내 몸을 꽉꽉 채워줘!" 그녀의 그 말은 내 발가락 끝까지 가 닿았고, 나는 소리를 지르며 놓아버렸다.

얼마 뒤, 우리를 둘러싼 이런저런 일들이 변하고 난 뒤, 아이가 생겼다. 프랜은 그 모든 일의, 그 변화의 시초로 버드의 집에서 보낸 그날 저녁의 일들을 떠올리곤 했다. 하지만 그녀는 틀렸다. 변화는 나중에 찾아왔다. 그리고 변화가 찾아왔을 때, 그건 다른 사람들에게나 일어날 법한 변화였지, 우리에게 일어날 수 있는 것은 아니었다.

"끔찍한 부부인데다가 그렇게 못생긴 아기라니." 밤에 함께 TV를 볼 때면, 분명한 이유도 없이 프랜은 말하곤 했다. "게다가 그 냄새나는 새하며." 그녀는 말했다. "예수님, 그걸 어디다 써!" 그렇게 딱 한 번 본 뒤로 다시는 버드와 올라를 만나지 못했는데도, 그녀는 종종 그런 식으로 말하곤 했다.

프랜은 이제 유업회사에서 일하지 않았고 벌써 오래전에 머리카락을 잘랐다. 또 그녀는 내겐 너무 뚱뚱해졌다. 우리는 그것에 대해 말하지 않는다. 무슨 말을 하겠는가?

여전히 공장에서 나는 버드를 만난다. 우리는 함께 일하고 함께 점심 도시락 뚜껑을 연다. 내가 물어보면, 그는 내게 올라와 해럴드에 대해서 말한다. 조이는 무대에서 사라졌다. 어느 날 밤 조이는 나무로 날아갔고, 그게 끝이었지. 내려오지 않더군. 아마도, 나이가 들었으니까. 버드가 말했다. 그다음에는 올빼미들이 그 자리를 차지했어. 버드는 어깨를 으쓱해 보인다. 그는 샌드위치를 먹으면서 해럴드는 라인배커*가 될 것 같다고 말한다. "척 보면 알 거라구"라고 버드는 말한다. 나는 고개를 끄덕인다. 우리는 여전히 친구 사이다. 그건 조금도 변하지 않았다. 하지만 그에게 말하는 것들에 대해 나는 신경쓰게 됐다. 그가 그 사실을 느낀다는 것도, 그런 게 달라지기를 원한다는 것도 나는 안다. 나 역시 그랬으면 좋겠다.

가뭄에 콩 나듯이, 그는 내 가족에 대해 묻는다. 그가 물을 때면, 나는 그에게 두루 평안하다고 말한다. "두루 평안해"라고 나는 말한다. 나는 도시락 뚜껑을 닫고 담배를 꺼낸다. 버드는 고개를 끄덕이고 커

---

* 미식축구에서 수비 2선에서 러닝 공격이나 짧은 패스를 막는 수비수.

깃털들 41

피를 홀짝인다. 진실은, 내 아이에게는 뭔가 음흉한 구석이 있다는 점이다. 하지만 나는 그런 건 말하지 않는다. 심지어 애 엄마와도. 특히 그녀와는. 그녀와 나는 점점 말하는 횟수가 줄어들고 있는 게 사실이다. 대개 TV뿐이다. 하지만 나는 그 저녁을 기억한다. 어떻게 공작이 그 회색 다리를 들어올려 잰걸음으로 식탁을 돌아왔는지 떠올린다. 그 다음에는 내 친구와 그의 아내가 포치에 서서 우리에게 잘 가라고 말하는 장면을. 올라가 집에 가져가라며 공작 깃털 몇 개를 프랜에게 주는 장면을. 나는 우리 모두가 악수를 하고, 서로 포옹하고, 이런저런 말을 하던 장면을 기억한다. 운전해 나오는 동안, 차에서 프랜은 내게 바투 가까이 앉았다. 그녀는 내 다리에 손을 올려놓았다. 그 상태로 우리는 내 친구의 집에서 우리집까지 차를 몰고 돌아왔다.

셰프의 집

그해 여름, 웨스는 유레카 북쪽에 가구 일체가 구비된 셋집을 하나 구했다. 주인은 알코올중독이었다가 치료받은 경험이 있는 사람으로 셰프라고 불렸다. 그는 내게 전화해 어떻게 지냈든 다 잊어버리고 거기로 와 자신과 함께 살자고 말했다. 그는 내게 마차에 올라탔다고 말했다.* 그 마차라는 게 뭔지 나는 알고 있었다. 하지만 그는 '싫다'는 대답을 받아들이려고 하지 않았다. 그는 다시 전화를 걸어 에드나, 앞쪽 창문으로 바다를 볼 수 있어, 바람에 소금기가 배어 있어, 라고 말했

---

* 19세기에 날이 너무 무더우면 거리에 물을 뿌리는 마차가 있었다. 이때 이 물 마차를 두고 술을 마시느니 차라리 이 물 마차에 올라타 길에 뿌리는 물을 마시겠노라고 금주 의지를 다지는 사람들이 있었다. 마차에 올라탔다는 말이 '금주'를 뜻하게 된 것은 이 때문이다.

다. 나는 그가 하는 말을 잘 들어봤다. 웅얼거리거나 하지 않았다. 나는 생각해볼게, 라고 말했다. 그리고 생각해봤다. 일주일 뒤 그는 다시 전화를 걸어, 올 거지? 라고 말했다. 나는 아직도 생각중이라고 말했다. 우리는 다시 시작할 수 있어, 라고 그는 말했다. 나는 만약 거기 가게 되면, 날 위해 당신이 뭘 좀 해줬으면 좋겠다고 말했다. 뭐든 말만 해, 라고 웨스가 말했다. 나는 당신이 좀더 노력해 내가 원래 알던 웨스로 돌아가기를 원한다고 말했다. 예전의 웨스. 내가 결혼한 웨스. 웨스는 울기 시작했는데, 나는 그걸 성의가 있다는 신호로 받아들였다. 그래서 나는 좋아, 갈게, 라고 말했다.

웨스가 먼저 여자친구와의 관계를 끊었는지, 아니면 여자친구가 먼저 끊었는지는 나로서는 알 수도 없었고 신경쓰지도 않았다. 웨스와 함께 살기로 결심하고 나니, 내 친구에게 이별을 고해야만 했다. 친구는 너 지금 실수하는 거야, 라고 말했다. 그는 나한테 이러지 마, 라고 말했다. 그럼 우리는? 이라고 그는 말했다. 나는 다 웨스를 위해서야, 그는 술을 끊으려고 애쓰고 있다구, 그게 어떤 건지 잊은 건 아니겠지? 라고 말했다. 잊지 않았어, 하지만 당신이 가지 않았으면 좋겠어, 라고 친구가 말했다. 나는 여름 동안만 같이 있을 거야, 그다음에 보자구, 라고 말했다. 돌아올게, 라고 나는 말했다. 나는 어떻게 하고? 나를 위해서는? 이라고 그는 말했다. 돌아오지 마, 라고 그는 말했다.

우리는 그 여름 동안 커피를, 청량음료를, 온갖 종류의 과일주스를 마셨다. 여름 내내, 우리는 그런 것들만 마셔야 했다. 언제부터인가 나는 그 여름이 끝나지 않기를 바라고 있었다. 그를 믿을 만큼 멍청하진 않았지만, 셰프의 집에서 웨스와 한 달을 보낸 뒤, 나는 결혼반지를 다시 손가락에 꼈다. 이태 동안 나는 그 반지를 끼지 않았다. 술에 취한 웨스가 자기 결혼반지를 복숭아밭에 던져버린 그날 밤 이후로는 줄곧.

 웨스에게 돈이 얼마간 있었기 때문에 나는 일할 필요가 없었다. 그리고 셰프가 거의 돈을 받지 않고 그 집을 빌려줬다는 사실도 알게 됐다. 집에는 전화도 없었다. 가스비와 전기료만 지불했고 세이프웨이에 가서 특별할인가 상품들을 샀다. 어느 일요일 오후, 스프링클러를 구하러 나갔던 웨스가 나를 위해 뭔가를 들고 돌아왔다. 그는 멋진 데이지 한 다발과 밀짚모자를 들고 돌아왔던 것이다. 화요일 저녁에는 영화관에 가곤 했다. 다른 날 저녁이면 웨스는 스스로 '안 마시기 모임'이라고 지칭하던 모임에 갔다. 셰프가 집 앞까지 차를 몰고 와 그를 태우고 갔다가 모임이 끝나면 다시 집까지 태워다줬다. 몇 번은 송어를 잡으려고 웨스와 함께 근처에 있는 담수호까지 가기도 했다. 우리는 둑에 앉아 하루종일 낚싯대를 드리우고는 작은 물고기 몇 마리만 낚아오곤 했다. 그런 밤이면 나는 그 정도면 괜찮아, 라고 말하면서 저녁 삼아 그놈들을 기름에 구웠다. 때때로 나는 모자를 벗어던지고 낚싯대 옆에 깔아놓은 담요 위에 누워 잠들었다. 잠에 빠져드는 내 눈으로 센트럴 밸리 쪽으로 떠가는 구름들이 들어왔다. 그런 밤이면 웨스는 두 팔로 나를 꽉 껴안고 내가 여전히 자신의 여자가 맞는지 물어보곤 했다.

 우리 아이들은 멀리 있었다. 딸 셰릴은 오리건의 한 농장에서 다른 사람들과 함께 살고 있었다. 딸은 염소떼를 길러 그 젖을 내다팔았다. 또 꿀벌을 두고 꿀단지를 채우기도 했다. 셰릴에게는 셰릴만의 삶이 있었기 때문에 나는 그런 딸을 비난하지 않았다. 우리가 끌어들이지 않는 한, 자기 아빠와 내가 어떻게 하든지 간에 그애는 신경쓰지 않았다. 바비는 워싱턴에서 건초 만드는 일을 했다. 건초 시즌이 끝나면 아들은 사과농사를 지어보려고 계획하고 있었다. 애인이 있었기 때문에 아들은 돈을 모으고 있었다. 나는 편지들을 보내면서, "늘 사랑한단다"라는 서명을 남겼다.

어느 오후 마당에서 웨스가 잡초를 뽑고 있을 때, 셰프가 집 앞까지 차를 몰고 찾아왔다. 나는 싱크대에서 부엌일을 하고 있었다. 셰프의 큰 차가 다가오는 게 보였다. 나는 그의 차를, 프리웨이 진입로를, 프리웨이를, 그리고 프리웨이 너머 해변 모래언덕과 바다를 볼 수 있었다. 수면 위로는 구름들이 걸려 있었다. 차에서 내린 셰프는 바지춤을 끌어당겼다. 무슨 일이 있다는 걸 나는 알 수 있었다. 웨스는 하던 일을 멈추고 일어섰다. 그는 장갑을 끼고 캔버스 모자를 쓰고 있었다. 그는 모자를 벗고 손등으로 얼굴의 땀을 닦았다. 웨스에게 다가간 셰프는 그의 어깨에 팔을 둘렀다. 웨스는 한 손의 장갑을 벗었다. 나는 문으로 갔다. 나는 셰프가 웨스에게 정말 미안하게 생각하지만 월말까지는 집을 비워줘야겠다고 말하는 소리를 들었다. 웨스는 다른 손의 장갑을 마저 벗었다. 이유가 뭐야, 셰프? 셰프는 딸 린다, 웨스가 술을 마시던 시절부터 뚱땡이 린다*라고 부르는 그 여자에게 살 곳이 필요하게 됐는데, 이 집밖에는 없다고 말했다. 셰프는 몇 주 전 린다의 남편이 낚싯배를 타고 나간 뒤로 영 소식이 끊겼다고 웨스에게 말했다. 그래

---

* 자기 인생이 너무 불행해 익명의 투서 등으로 다른 사람을 괴롭히는 데에서 즐거움을 찾는 여자를 가리키는 말.

도 내 혈육인데 말이지, 라고 셰프는 웨스에게 말했다. 남편을 잃었어, 애아빠를 잃었어, 내 도움이 필요해, 도와줄 수 있는 처지니까 그래도 참 다행이지, 라고 셰프는 말했다. 미안하지만, 웨스, 다른 집을 알아봐줘야겠네. 그러더니 셰프는 다시 한번 웨스를 안고, 바지춤을 추어 올린 뒤, 자신의 큰 차에 올라타고 떠나버렸다.

웨스는 집안으로 들어왔다. 그는 카펫에 모자와 장갑을 떨어뜨린 뒤, 큰 의자에 주저앉았다. 셰프의 의자다, 라는 생각이 내게 문득 들었다. 셰프의 카펫이다, 그것마저도. 웨스는 창백해 보였다. 나는 커피 두 잔을 따른 뒤 한 잔을 그에게 건넸다.

괜찮아, 라고 내가 말했다. 웨스, 걱정 마, 라고 내가 말했다. 나는 커피를 들고 셰프의 소파에 앉았다.

뚱땡이 린다가 우리 대신에 여기서 살게 됐다는군, 이라고 웨스가 말했다. 그는 컵을 들고만 있을 뿐, 마시지는 않았다.

웨스, 너무 열받지 마, 라고 내가 말했다.

그 남자는 케치칸*에 나타날 거야, 라고 웨스가 말했다. 뚱땡이 린다의 남편은 그들에게서 빠져나간 것뿐이야, 누가 그 사람을 욕하겠어? 라고 웨스는 말했다. 자신이 그런 경우였다고 해도, 배와 함께 가라앉을지언정 여생을 뚱땡이 린다와 애를 데리고 살지는 않았을 것이라고 웨스는 말했다. 그러더니 웨스는 장갑 옆에 컵을 내려놓았다. 지금까지 이 집에서 참 행복했는데, 라고 그가 말했다.

다른 집을 구하자, 라고 내가 말했다.

---

* 미국 알래스카 주 남동부에 있는 항구도시.

이 집만 할까, 라고 웨스가 말했다. 어쨌든 같을 수는 없겠지, 우리한테는 참 좋은 집이었어, 좋은 추억이 많은 집인데, 이젠 뚱땡이 린다와 애가 여기 살겠군, 이라고 웨스가 말했다. 그는 컵을 들어 커피를 마셨다.

셰프의 집이잖아, 라고 내가 말했다. 그 사람은 할 바를 하는 것뿐이야.

나도 알아, 라고 웨스가 말했다. 그렇다고 기뻐할 수는 없는 노릇이잖아.

웨스는 바로 그 표정을 지었다. 나는 그 표정을 잘 알고 있었다. 그는 혀로 입술을 계속 핥았다. 그는 허리띠 아래 셔츠자락을 엄지손가락으로 계속 만졌다. 그는 의자에서 일어나 창문으로 갔다. 그는 서서 바다를, 막 생겨나고 있는 구름들을 바라봤다. 그는 생각에 잠긴 듯 손가락으로 턱을 두들겼다. 실제로 그는 생각에 잠겨 있었다.

쉽게 생각해, 웨스, 라고 내가 말했다.

당신은 내가 쉽게 생각하기를 바라고 있구나, 라고 웨스가 말했다. 그는 그렇게 서 있기만 했다.

하지만 조금 뒤, 그는 다시 돌아와 소파 위 내 옆에 앉았다. 그는 다리를 꼬고 앉아 셔츠의 단추를 만지작거리기 시작했다. 나는 그의 손을 잡았다. 나는 말하기 시작했다. 나는 그 여름에 대해 말했다. 그러다가 나는 과거에 일어난 어떤 일인 양 그 여름에 대해 말하는 나 자신을 발견했다. 몇 년 전쯤의. 어쨌든 이제는 모두 끝나버린 일처럼. 그리고 나는 아이들에 대해 이야기하기 시작했다. 웨스는 모든 것을 다시 시작할 수 있다면, 바로 지금 할 수 있다면 좋겠다고 말했다.

아이들은 당신을 사랑해, 라고 내가 말했다.

아니야, 그렇지 않아, 라고 그가 말했다.

나는, 언젠가는 아이들도 이해할 날이 올 거야, 라고 말했다.

그렇겠지만, 이라고 웨스가 말했다. 그때는 소용이 없는걸.

당신은 몰라, 라고 내가 말했다.

나도 조금은 알아, 라고 웨스는 말한 뒤, 나를 바라봤다. 당신이 여기에 와서 좋다는 것 정도는 나도 알아, 그걸 잊어버리는 일은 없을 거야, 라고 웨스가 말했다.

나도 좋아, 라고 내가 말했다. 당신이 이 집을 구해서 좋았어, 라고 내가 말했다.

웨스는 콧소리를 냈다. 그러더니 웃음을 터뜨렸다. 우리는 같이 웃었다. 셰프 녀석, 이라고 말하고는 웨스는 고개를 흔들었다. 그 개자식이 우리한테 너클볼을 던진 거야. 그래도 나는 좋아, 당신이 반지를 꼈으니까. 이번에 같이 지낼 수 있어서 나는 좋아, 라고 웨스는 말했다.

그리고 나도 뭔가 얘기했다. 만약에, 정말 만약에, 그동안 아무 일도 없었다면, 이게 처음이라고 치면, 그냥 그렇다고 한다면, 그저 상상하는 것일 뿐이니까, 이제까지 일어난 일이 없었다고 한다면, 내가 무슨 말을 하는지 알아? 그게 뭐지? 라고 내가 말했다.

웨스는 나를 뚫어져라 쳐다봤다. 그는 말했다. 그런 경우라면 우리가 아닌 다른 누군가가 돼야 한다고 상상하란 뜻이겠지. 우리가 아닌 다른 사람. 그런 식의 상상 같은 건 내 안에 남아 있지 않아. 원래 태어나기를 우리는 이렇게 태어난 거야. 내가 무슨 말을 하는 건지 알아?

나는 그런 말을 듣기 위해 온갖 일들을 다 팽개치고 600마일을 달려

온 게 아니라고 말했다.

그는 말했다. 미안해, 하지만 내가 딴사람처럼 말할 수는 없는 거야. 나는 다른 어떤 사람이 아니니까. 만약 내가 다른 사람이었다면 분명히 여기에 있지도 않았겠지. 내가 다른 누군가였다면 나일 순 없잖아. 하지만 나는 원래 이런 사람이야. 모르겠어?

웨스, 맞아, 라고 내가 말했다. 나는 그의 손을 잡아 뺨에 갖다댔다. 그 순간, 이유는 알 수 없었지만, 열아홉 시절의 그가 어땠는지 기억이 났다. 들판을 가로질러, 손으로 눈 위를 가리고 자신을 바라보던 아버지가 앉아 있는 트랙터까지 달려가던 그의 모습이 어땠는지. 우리는 캘리포니아에서 차를 몰고 막 도착했던 참이었지. 셰릴과 바비를 안고 내리면서 나는 저기 할아버지가 계시네, 라고 말했었지. 그애들은 아직 아기였을 뿐이었는데도.

웨스는 내 옆에 앉아서 이제 뭘 해야 하는지 생각하려고 애쓰는 사람처럼 턱을 가볍게 두드렸다. 웨스의 아버지는 세상을 떠났고 우리 아이들은 모두 성인이 됐다. 나는 웨스를 바라본 뒤 셰프의 거실 안에 있는 셰프의 물건들을 둘러봤다. 그리고 지금 해야 할 일이 있으니 빨리 그 일을 해야만 해, 라고 생각했다.

여보, 라고 나는 말했다. 웨스, 내 말 좀 들어봐요.

내가 어떻게 해줬으면 좋겠어? 라고 그가 말했다. 하지만 그 말이 전부였다. 그는 마음을 정한 것 같았다. 하지만 마음을 정했음에도 그는 서두르지 않았다. 그는 두 눈을 감은 채, 무릎 위에 두 손을 포개고 소파 깊숙이 몸을 파묻었다. 그는 아무런 말도 하지 않았다. 그에게는 더 이상 할말이 없었다.

나는 그의 이름을 중얼거렸다. 부르기 쉬운 이름이었다. 오랫동안 나는 그 이름을 불러왔다. 나는 한번 더 이름을 불러봤다. 이번에는 소리 내어 불렀다. 웨스, 라고 내가 말했다.

그가 눈을 떴다. 하지만 나를 바라보지는 않았다. 그는 그대로 가만히 앉아서 창문을 바라봤다. 뚱땡이 린다, 라고 그가 말했다. 그러나 그 말이 그녀를 뜻하는 게 아니라는 걸 나는 알고 있었다. 그녀는 무의미했다. 그저 이름일 뿐. 웨스는 일어나 커튼을 쳤고 바다는 그렇게 사라졌다. 나는 저녁을 준비하러 갔다. 아이스박스에는 아직 물고기가 몇 마리 남아 있었다. 다른 건 별로 없었다. 오늘밤에 다 먹어치워야겠다, 라고 나는 생각했다. 그게 마지막이 될 것 같다고.

보존

석 달 전, 해고된 뒤로 샌디의 남편은 늘 소파에 앉아 있었다. 석 달 전 그날, 그는 직장에서 쓰던 물건들이 담긴 상자 하나를 들고 겁에 질린 창백한 표정으로 집에 돌아왔다. "밸런타인데이 축하해." 샌디에게 말하며 그는 식탁 위에 하트 모양의 사탕 상자와 짐빔 한 병을 꺼내놓았다. 그는 모자도 벗어 식탁 위에 놓았다. "오늘 잘렸어. 이봐, 이제 우리 어떻게 하면 좋을지 말 좀 해줄래?"

샌디와 남편은 식탁에 앉아서 위스키를 마시고 초콜릿을 먹었다. 그들은 신축 건물에 지붕 얹는 일을 했던 그가 할 수 있는 일이 뭐가 있는지에 대해서 얘기를 나눴다. 하지만 그들은 아무것도 생각해내지 못했다. "무슨 일거리가 생기겠지." 샌디가 말했다. 그녀는 힘을 실어주고 싶었다. 그러나 겁이 나는 건 그녀 역시 마찬가지였다. 마지막에는 그가 일단 자고 난 다음에 생각해보겠다고 말했다. 실제로 그는 그렇게 했다. 그날 밤 그는 소파에서 잠이 들었는데, 그 일이 있은 이후로 매일 밤 거기서 잠을 자게 됐다.

 해고된 다음날에는 실업수당 수속을 밟아야 했다. 그는 시내에 있는 주 정부 사무소로 가 지원용지의 빈칸을 채우고 다른 일자리를 알아봤다. 하지만 그가 일하는 분야든 그렇지 않은 분야든 일자리는 하나도 없었다. 거기에 몰려든 남녀들에 관해 샌디에게 설명하려고 애쓰는 동안, 그의 얼굴에는 땀이 흘러내렸다. 그날 저녁, 그는 다시 소파로 돌아갔다. 그는 하루종일 소파에서 지내기 시작했다. 이제 어떤 일자리도 구할 수 없으니 할 수 있는 일이라고는 그것뿐이라고 여기는 모양이라고 그녀는 생각했다. 가끔은 일자리가 있을까 해서 사람을 만나러 나가기도 하고, 두 주에 한 번씩은 서류를 작성하고 실업수당을 받기 위해 나가야만 했다. 하지만 그 외의 시간에는 소파에 있었다. 소파에서 살아가는 사람처럼 보인다고 샌디는 생각했다. 그는 거실living room에서 살고 있다고. 이따금 그는 그녀가 식품점에서 가져온 잡지를 훑어보기도 했다. 그녀가 북클럽에 가입해 공짜로 얻게 된 두꺼운 책을 들여다보는 그의 모습도 꽤 자주 볼 수 있었다. '과거의 미스터리'라던가. 그는 두 손으로 그 책을 들고서 지금 읽고 있는 문장에 모든 걸 빼앗긴 사람처럼 고개를 앞으로 내밀었다. 그러나 잠시 뒤에 살펴보면 페이지는 조금도 넘어가지 않았다. 그는 늘 같은 곳에 머물러 있었다. 아마도 제2장 정도쯤일 거라고 그녀는 짐작했다. 한번은 샌디가 그 책을 들고 그가 읽던 페이지를 찾아본 일이 있었다. 거기에는 네덜란드의 어느 토탄土炭 구덩이 속에서 이천 년 만에 발견된 한 남자에 대한 이야기가 있었다. 그 페이지에는 사진 한 장이 같이 있었다. 그 사람의 이마에는 주름이 잡혀 있었지만, 얼굴은 평온했다. 그 사람은 가죽모자를 쓰고 한쪽으로 누워 있었다. 그 사람의 손발은 오그라들어 있었지만, 그 외에는 그다지 끔찍한 데가 보이지 않았다. 그녀는 책을 조금 더 읽다가 그 자리에 다시 놓았다. 남편은 쉽게 손이 닿을 수 있도록 소파 앞에 있는 다탁 위에 책을 놓아뒀다. 빌어먹을 놈의 소파! 그녀로서는 다시는 그 소파에 앉고 싶은 마음이 없었다. 옛날에 그 소파에 누워 섹스를 했다는 사실이 그녀는 도무지 믿기지 않았다.

매일 신문이 배달됐다. 그는 1면에서 마지막 면까지 신문을 읽었다. 그녀는 모든 기사를 읽는 그를 지켜봤다. 부고란에서 주요 도시의 기온을 알려주는 지면, 합병과 이율을 알리는 경제면에 이르기까지. 아침이면 그는 그녀가 일어나기도 전에 잠에서 깨어 욕실을 사용했다. 그다음에 그는 TV를 켜고 커피를 끓였다. 그녀가 보기에 그 시간만큼은 그가 명랑하고 활기차 보였다. 그러나 그녀가 출근할 즈음이면 그는 소파에 자리를 잡고 앉기 마련이었고 TV는 계속 켜져 있었다. 그녀가 오후에 돌아왔을 때도 대개 그런 풍경이 이어졌다. 그는 회사에 나가던 시절에 입고 다니던 옷인 청바지와 플란넬 셔츠를 입은 채, 여전히 소파에 앉아 있거나 혹은 누워 있었다. 간혹 TV가 꺼지는 경우가 있긴 했지만, 그럴 때면 그는 그 책을 붙들고 소파에 앉아 있었다.

"오늘 어땠어?" 그녀가 쳐다보면 그는 그렇게 묻곤 했다.

"괜찮았어." 그녀가 말했다. "당신은?"

"나도."

그는 그녀를 위해 레인지로 커피포트를 항상 따뜻하게 데워놓았다.

거실에서 그녀는 큰 의자에, 그는 소파에 앉아서 두 사람은 그날 그녀에게 있었던 일에 대해 이야기했다. 그들은 각자 컵을 들고 커피를 마셨다. 꼭 아무 일도 없었던 사람들처럼. 샌디는 생각했다.

어딘가 이상해지고 있다는 걸 알았지만, 샌디는 여전히 그를 사랑했다. 자신에게 일자리가 있다는 사실을 그녀는 고맙게 여겼다. 하지만 자기들에게, 또 세상 다른 모든 사람들에게 무슨 일이 일어나고 있는 것인지 알 수 없었다. 그녀는 직장 동료인 여자 친구에게 남편에 대한 문제를 털어놓은 적이 있었다. 하루종일 소파에서 벗어나지 않는 일에 대해. 무슨 이유에서인지 친구는 그게 별로 이상한 일이 아니라고 여기는 듯해 샌디로서는 놀랍기도 했고 맥이 빠지기도 했다. 친구는 테네시에 사는 자기 삼촌 얘기를 꺼냈다. 마흔 살이 됐을 때, 그 사람은 침대로 들어가 더이상 일어나려고 하지 않았다. 그 사람이 한 일이라고는 걸핏하면 우는 일뿐이었다. 하루에 한 번씩은 꼭 울었다. 그분은 나이가 드는 게 겁이 났던 것 같다고 친구는 말했다. 심장마비나 그런 병이 무서웠던 게 아니겠냐고 친구는 짐작했다. 올해 예순세 살인데 아직 숨쉬고 있다니까, 라고 친구는 말했다. 그 얘기를 듣고 샌디는 기절하는 줄 알았다. 그 여자 말이 사실이라면 그 사람은 이십삼 년 동안이나 침대에 있었다는 얘기라고 그녀는 생각했다. 샌디의 남편은 올해 겨우 서른한 살이었다. 서른하나 더하기 스물셋은 쉰넷. 그때는 그녀도 오십대가 될 것이었다. 맙소사, 누구도 여생을 침대든 소파든 그런 곳에서만 보낼 수는 없는 일이 아닌가. 만약 남편이 외상을 입었거나 병에 걸렸다면, 그러니까 교통사고라도 당한 것이라면 얘기가 다르다. 그녀는 이해할 수 있었으리라. 그 비슷한 경우였다면 분명히 견뎌

냈을 것이라는 걸 그녀는 안다. 그랬다면, 그가 소파에서만 살아야 한다고 해도 거기까지 음식을 갖다줬을 것이며 숟가락으로 입에 떠다 먹일 용의도 충분히 있었다. 그건 순애보적인 느낌도 다분히 있으니까. 하지만 아직 젊은데다 몸도 건강한 그녀의 남편이 화장실에 갈 때나 아침에 TV를 켜고 저녁에 TV를 끌 때를 제외하고는 줄곧 소파를 차지하고 있다는 건 다른 문제였다. 그녀는 부끄러웠다. 그래서 그 한 번을 빼고는 누구에게도 그 사실을 말하지 않았다. 그녀는 친구, 그러니까 이십삼 년이 지난 지금까지도 침대에서 나오지 않는다던 삼촌을 둔 그 친구에게도 그 일에 대해서는 더이상 이야기하지 않았다.

어느 늦은 오후, 퇴근한 그녀가 차를 주차한 뒤 집으로 들어갔다. 부엌문을 열고 들어가는데 거실에 켜놓은 TV 소리가 들렸다. 커피포트는 레인지 위에 있었고, 불이 약하게 켜져 있었다. 핸드백을 손에 쥔 채, 부엌에 서서 거실 쪽을 넘겨다보니 소파의 뒷면과 TV 화면이 눈에 들어왔다. 화면에는 여러 장면들이 스쳐갔다. 소파 한쪽 끝으로 남편의 맨발이 보였다. 다른 쪽 끝으로는 소파의 팔걸이에 걸쳐놓은 베개 위에 놓인 남편의 정수리가 보였다. 그는 꼼짝하지 않았다. 잠든 건지, 잠든 게 아닌 건지, 그녀가 들어오는 소리를 들었는지, 듣지 못했는지 알 수 없었다. 다만 그녀는 그렇든 그렇지 않든 아무런 상관이 없다고 생각했다. 그녀는 식탁 위에 핸드백을 놓고 요구르트를 먹으려고 냉장고로 갔다. 그러나 냉장고의 문을 열자, 갇혀 있던 미적지근한 공기가 그녀에게 밀려왔다. 그 안이 어찌나 엉망진창인지 믿지 못할 정도였다. 먹다 남은 생선 스틱과 양배추 샐러드가 냉동칸에서 녹아내린 아이스

크림으로 뒤범벅이었다. 아이스크림은 스패니시 라이스를 넣어둔 용기로도 흘러들었고 냉장고 바닥에도 고여 있었다. 죄다 아이스크림 범벅이었다. 그녀는 냉동실 문을 열었다. 역겨운 냄새가 얼굴로 밀려들어 욕지기가 치밀었다. 아이스크림은 3파운드씩 묶음 판매하는 햄버거 고기 주위를 포함해 냉동실 바닥을 뒤덮고 있었다. 그녀는 셀로판지로 포장한 그 고기를 손가락으로 눌러봤다. 손가락은 깊이 들어갔다. 돼지고기도 녹아 있었다. 남은 생선 스틱, 스테이크엄즈* 묶음, 셰프 새미 중국 식당에서 가져온 중국요리 두 개 등 모든 게 다 녹아 있었다. 핫도그와 손수 만든 스파게티 소스도 녹아버렸다. 그녀는 냉동실 문을 닫고 냉장실 안 요구르트 상자로 손을 뻗었다. 그녀는 요구르트 뚜껑을 따고 냄새를 맡아봤다. 그녀가 남편에게 고함을 지른 것은 바로 그때였다.

"왜 그래?" 몸을 일으켜 앉아 소파 너머를 바라보면서 그가 물었다. "왜, 뭐가 잘못됐어?" 그는 손으로 두어 번 머리칼을 빗어넘겼다. 그가 그때까지 쭉 자고 있었는지 아니었는지 그녀로서는 판단할 수 없었다.

"제기랄, 냉장고 전기가 나갔어." 샌디가 말했다. "그래서 그래."

남편은 소파에서 일어나 TV 볼륨을 낮췄다. 그리고 TV를 끈 뒤, 부엌으로 걸어왔다. "내가 볼게." 그가 말했다. "이게 도대체 무슨 일이야."

"당신이 직접 봐." 그녀가 말했다. "음식이 죄다 상하겠어."

남편은 냉장고 안을 살펴봤는데, 그 표정이 자못 진지했다. 그는 냉장고 안 여기저기를 만져보면서 상태가 어떤지 점검했다.

---

* 샌드위치에 끼워 먹을 수 있게 얇게 저민 소고기를 뜻한다. 대개 묶음으로 판매한다.

"다음 순서는 뭔지 알고 싶네." 그가 말했다.

그 말을 듣자 참으로 많은 것들이 떠올랐지만, 그녀는 입을 열지 않았다.

"제기랄." 그가 말했다. "눈 내린 데 서리 친다더니. 십 년도 채 못 쓰는 냉장고인 모양이네. 살 때만 해도 새것 같더니. 그거 알아? 우리 부모님은 이십오 년 동안이나 같은 냉장고를 쓰셨다구. 그 냉장고를 형이 결혼하니까 물려줬어. 그래도 잘만 돌아가더라구. 도대체 왜 이러지?" 그는 뒤로 돌아가 벽과 냉장고 사이의 좁은 틈을 살펴봤다. "모르겠네"라고 말하며 그는 고개를 저었다. "전원은 꽂혀 있는데." 그러더니 그는 냉장고를 붙들어 안고 앞뒤로 흔들었다. 그는 어깨로 냉장고를 받치고 몇 인치 앞으로 끄집어냈다. 냉장고 안의 선반에서 뭔가가 떨어져 깨졌다. "개박살나네." 그가 말했다.

샌디는 자신이 그때까지 요구르트를 들고 있었다는 사실을 문득 깨달았다. 그녀는 철제 쓰레기통으로 가서 뚜껑을 열고 요구르트를 상자째로 버렸다. "오늘밤에 죄다 요리하는 수밖에 없겠어." 그녀가 말했다. 그녀는 고기를 볶으면서 동시에 레인지와 오븐을 이용해 여러 가지 요리를 하는 자신의 모습을 떠올렸다. "새 냉장고가 필요해." 그녀가 말했다.

그는 아무런 말도 하지 않았다. 그러고는 냉동실을 한번 더 들여다보더니 앞뒤로 고개를 끄덕였다.

그녀는 그의 앞으로 가서 냉장고 선반 속에 있는 것들을 식탁 위로 꺼내놓기 시작했다. 그도 도왔다. 그는 냉동실에 있던 고기를 꺼내 묶음째 식탁 위에 얹어놓았다. 그다음에는 냉동실에 있던 다른 것들도 꺼내 식탁 위 빈자리에 놓았다. 모든 것을 꺼낸 다음에 그는 종이타월과 행주를 가져와 냉장고 내부를 닦기 시작했다.

"프레온이 빠져나간 거야"라고 말하면서 그는 닦는 일을 멈췄다. "원인은 그거야. 냄새가 나. 프레온이 새나갔어. 무슨 일 때문인지 프레온이 빠져나간 거라구. 전에 이렇게 고장난 냉장고를 본 적이 있어." 그러고는 말이 없었다. 그는 다시 닦기 시작했다. "프레온 때문이야." 그가 말했다.

그녀는 하던 일을 멈추고 그를 쳐다봤다. "다른 냉장고가 필요해." 그녀가 말했다.

"아까 들었어. 근데, 어디 가서 냉장고를 구한단 말이야? 어디 나무에 가서 따올 수도 없잖아."

"냉장고는 있어야 돼." 그녀가 말했다. "냉장고가 없어도 될까? 아마 안 될걸. 그럼 셋방살이하는 사람들처럼 상하기 쉬운 것들을 창틀에 두자는 말이잖아. 그게 아니라면 작은 스티로폼 아이스박스라도 구해서 매일 얼음을 사서 넣자는 말이겠지." 그녀는 식탁 위 고기 묶음 옆에 양상추와 토마토 몇 알을 얹어놓았다. 그러더니 식탁 의자에 앉아서 두 손으로 턱을 괴었다.

"냉장고를 구하긴 구할 거야." 남편이 말했다. "젠장, 그러자구. 냉장고는 필요하지, 왜 안 필요하겠어? 냉장고도 없이 어떻게 살아? 하지만 내 말은, 어디서 또 얼마를 주고 구하느냐는 거야. 신문 같은 데 보면 중고 냉장고 판다는 사람이 얼마든지 있잖아. 신문을 펼치고 살펴보기만 하면 되는 일이야. 이래 봬도 내가 광고란 읽는 데는 도사란 말이지." 그가 말했다.

그녀는 얼굴에서 손을 떼고 그를 바라봤다.

"샌디, 신문에서 잘 찾아보면 중고라도 좋은 냉장고를 구할 수 있을 거야." 그는 말을 이었다. "보통 냉장고들은 평생 쓴다고. 이놈의 냉장고는, 도대체 알다가도 모르겠네. 내 평생 고장났다는 냉장고는 이게 두 번째야." 그는 다시 냉장고 쪽으로 시선을 돌렸다. "지지리 복도 없지."

"신문 가져와봐." 그녀가 말했다. "쓸 만한 게 있는지 보자구."

"걱정하지 마." 그가 말했다. 그는 다탁으로 가서 쌓여 있는 신문 뭉치를 뒤적거리더니 광고면만 들고 부엌으로 돌아왔다. 그녀는 그가 신문을 펼쳐놓을 수 있도록 음식을 식탁 한쪽으로 치웠다. 그는 의자에 앉았다.

그녀는 신문을 힐끔 내려다본 뒤, 녹아내리는 음식 쪽으로 눈을 돌렸다. "오늘밤에는 돼지고기를 구워야겠어." 그녀가 말했다. "이 햄버거도 요리해야 해. 저 샌드위치 스테이크하고 생선 스틱도. TV 디너*도 있다구."

"빌어먹을 프레온." 그가 말했다. "냄새나지?"

그들은 광고면을 훑어보기 시작했다. 그가 손가락으로 한 단 한 단 짚어내려갔다. 그는 '구인란'은 재빨리 건너뛰었다. 그가 몇 군데 표시를 해놓은 것이 보였지만, 그녀는 정확하게 어디에다가 표시해놓았는지 살펴보지 않았다. 그건 중요하지 않았으니까. 그다음에는 '아웃도어 캠핑용품'이라는 제목이 나왔다. 그리고 마침내 '신제품 및 중고용품'이 보였다.

---

* 데우기만 하면 바로 먹을 수 있도록 포장해서 파는 식품. TV를 보고 있는 사이에 완성된다고 하여 이런 이름이 붙여졌다.

"여기 있네." 손가락으로 신문을 가리키며 그녀가 말했다.

그는 그녀의 손가락을 치웠다. "어디 볼까." 그가 말했다.

그녀는 다시 그 자리에 손가락을 갖다댔다. "'냉장고, 레인지, 세탁기, 건조기, 기타 물품'"이라고 그녀가 광고 박스 안에 쓰인 글자를 읽었다. "'창고 경매'. 이게 뭐지? 창고 경매." 그녀는 계속 읽었다. "매주 목요일 밤, 신제품 및 중고용품 경매. 시간은 일곱시. 오늘이네. 오늘이 목요일이잖아." 그녀가 말했다. "오늘 경매가 있네. 그렇게 먼 곳도 아니고. 파인 스트리트야. 내가 백 번도 더 가본 곳이야. 당신도 그렇겠지만. 어딘지 알잖아. 배스킨라빈스에서 가까운 곳이야."

남편은 아무 말도 하지 않았다. 그는 그 광고를 쳐다봤다. 그는 손을 들어 두 손가락으로 아랫입술을 잡아당겼다. "창고 경매라." 그가 말했다.

그녀는 그를 가만히 바라봤다. "가보자. 어때? 밖에 한번 나가보는 게 당신한테도 좋을 거야. 가서 살 만한 냉장고가 있는지 없는지 살펴볼 수도 있잖아. 일석이조지." 그녀가 말했다.

"평생 경매에는 한 번도 안 가봤어." 그가 말했다. "이제 와서 그런 곳에 가고 싶지는 않아."

"제발." 샌디가 물었다. "뭘 그렇게 심각하게 생각해? 재미있잖아. 요 몇 년 동안은 나도 안 가봤지만, 어렸을 때는 자주 갔었어. 아빠하고 말이야." 갑자기 그 경매장에 꼭 가보고 싶다고 그녀는 생각했다.

"당신 아빠"라고 그가 말했다.

"응, 우리 아빠." 아무 말이라도 해주기를 바라며 그녀가 남편을 바라봤다. 한마디라도. 하지만 그는 그러지 않았다.

"경매 재미있어." 그녀가 말했다.

"그렇겠지. 하지만 난 안 갈래."

"수면등도 필요했단 말이야." 그녀가 말을 이었다. "그것도 있을 거야, 아마."

"우린 필요한 게 한두 가지가 아니야. 하지만 난 실직 상태라고, 응?"

"난 경매에 갈 거야." 그녀가 말했다. "당신이 가든지 말든지. 같이 가는 게 당신한테 좋을 거야. 하지만 난 신경 안 쓸래. 솔직하게 말하면 나한테는 중요하지 않은 일이야. 하지만 난 갈 거야."

"나도 같이 갈 거야. 언제 내가 안 간다고 그랬어?" 그는 그녀를 바라보다가 시선을 돌렸다. 그는 신문을 집어들고 광고를 다시 읽었다. "나는 경매의 기역자도 몰라. 하지만, 좋아, 한번 해보도록 할게. 경매에 가서 냉장고를 사게 될 줄 누가 알았겠어?"

"아무도 몰랐지." 그녀가 말했다. "어쨌든 한번 해보자구."

"오케이." 그가 말했다.

"좋아." 그녀가 말했다. "그런데 진짜 가고 싶은 거지?"

그는 고개를 끄덕였다.

그녀는 말했다. "일단 저녁을 하는 게 좋을 것 같아. 저 빌어먹을 돼지고기를 요리해서 밥을 먹자. 다른 것들은 좀 있어도 되니까. 조금 있다가 죄다 요리해버릴 테니까. 이 경매에 다녀와서 말이야. 그렇지만 빨리 움직여야 해. 일곱시에 시작한다고 신문에 적혀 있으니까."

"일곱시." 그가 말했다. 그는 식탁에서 일어나 거실 쪽으로 걸어가 잠시 내닫이창 밖을 바라봤다. 바깥 거리로는 자동차 한 대가 지나가고 있었다. 그는 손을 들어 입술을 만졌다. 그녀는 그가 소파에 앉아 책을 집어드는 광경을 지켜봤다. 그는 늘 보던 페이지를 펼쳤다. 그러나 곧 그는 책을 내려놓고 소파에 등을 기댔다. 그녀는 그의 머리가 소파 팔걸이에 놓인 베개로 내려가는 모습을 봤다. 그는 머리 뒤로 베개를 잘 받친 뒤, 두 손으로 목을 괴었다. 그렇게 그는 가만히 누워 있었다. 얼마 지나지 않아 두 팔이 몸 옆으로 내려가는 걸 그녀는 봤다.

그녀는 신문을 접었다. 그녀는 의자에서 일어나 조용히 거실로 걸어가 소파 너머를 바라봤다. 그의 눈은 감겨 있었다. 그의 가슴은 거의 느껴지지 않을 정도로 고요하게 오르내렸다. 그녀는 부엌으로 돌아와 레인지 위에 프라이팬을 올렸다. 그녀는 레인지의 불을 켜고 프라이팬에 기름을 둘렀다. 그녀는 폭찹을 굽기 시작했다. 그녀는 아빠와 경매에 가곤 했다. 그 시절의 경매물품은 대부분 가축이었다. 그녀의 기억에 의하면, 아빠는 늘 송아지를 팔거나 사들였다. 때로 농기구나 가정용품이 경매에 나오기도 했다. 하지만 대부분은 가축들이었다. 그러다가, 아빠와 엄마가 이혼한 뒤부터, 그녀는 엄마와 함께 살게 되었고, 아빠는 그녀와 경매장에 다니던 일들이 그립다는 내용의 편지를 보내왔다. 아빠가 그녀에게 쓴 마지막 편지, 그러니까 그녀가 자라 남편과 결혼한 뒤 보내온 편지에는 경매에서 멋진 차를 이백 달러에 샀다고 적혀 있었다. 같이 갔더라면 그녀에게도 차를 한 대 사줬을 거라고 아빠는 적어놓았다. 그리고 석 주가 지난 어느 깊은 밤, 한 통의 전화가 걸려와 아빠의 죽음을 알렸다. 아빠가 산 바로 그 차의 바닥에서 일산화탄소가 새어나오고 있었고 그 때문에 아빠는 운전석에서 의식을 잃었다. 아빠는 시골에 살고 있었다. 탱크에 들어 있던 기름이 모두 소진되고 나서야 시동은 꺼졌고, 며칠이 지난 뒤에야 아빠는 차 안에서 발견뎄다.

프라이팬에서 연기가 일었다. 그녀는 기름을 더 두르고 환풍기를 돌렸다. 지난 이십 년간 한 번도 가보지 않았던 경매장을 그녀는 그날 밤 가보려고 하는 셈이었다. 하지만 그전에 먼저 폭찹을 구워야 했다. 운이 나쁘게도 냉장고는 박살이 났지만, 덕분에 경매장에 가게 되어 그녀는 마음이 부풀어올랐다. 그녀는 아빠가 그리웠다. 이제는 엄마마저도 그리웠다. 지금의 남편을 만나 함께 살기 시작하기 전까지만 해도 두 사람은 늘 다투기만 했는데도. 그녀는 레인지 앞에 서서 고기를 뒤집으며 아빠와 엄마를 그리워했다.

그리움에 사로잡힌 채, 그녀는 손잡이를 잡고 불에서 프라이팬을 들어냈다. 연기가 레인지 위 통풍구로 빨려들어갔다. 그녀는 프라이팬을 들고 부엌 출입구로 걸어가 거실을 들여다봤다. 손에 든 프라이팬에서는 여전히 연기와 함께 기름과 돼지기름이 사방으로 튀고 있었다. 그 새 어두워진 탓에 남편의 머리와 발이 겨우 그녀의 눈에 들어왔다. "밥 다 됐어." 그녀가 말했다. "와서 식사해."

"오케이." 그가 말했다.

그녀는 소파 한쪽 끝에서 그의 머리가 올라오는 광경을 바라봤다. 그녀는 프라이팬을 다시 레인지 위에 올려놓고 찬장을 바라봤다. 그녀는 접시 두 개를 꺼내 조리대 위에 내려놓았다. 그녀는 뒤집개로 폭찹 하나를 들어올렸다. 그러고는 접시에 고기를 올려놓았다. 고기는 고기처럼 보이지 않았다. 어깨뼈의 일부처럼 보이기도 하고 땅 파는 도구처럼 보이기도 했다. 하지만 그녀는 그게 폭찹이라는 걸 알고 있었다. 그녀는 프라이팬에 남은 고기를 집어 다른 접시 위에 올려놓았다.

잠시 뒤, 남편이 부엌으로 들어왔다. 그는 문이 열린 채로 한쪽에 서 있는 냉장고를 한 번 바라봤다. 그다음에 그의 눈길은 폭찹에 머물렀다. 무슨 말인가 하려다가 그는 입을 다물었다. 아무 말이나 하기를 기다렸지만 그는 그러지 않았다. 그녀는 식탁에 소금과 후추를 놓고 그에게 앉으라고 권했다.

"앉아"라고 그녀는 말한 뒤, 폭찹의 잔해가 놓인 접시를 그에게 내밀었다. "이걸 먹어야 해." 그녀가 말했다. 그는 접시를 받았다. 하지만 접시를 바라보며 그대로 서 있었다. 그녀는 자기 접시를 가져오려고 몸을 돌렸다.

샌디는 신문을 치우고 음식들을 식탁 가장자리로 밀어놓았다. "앉아." 그녀가 남편에게 다시 말했다. 그는 접시를 다른 손으로 옮겼다. 하지만 여전히 서 있었다. 그 순간, 그녀는 식탁 위에 물이 생겼다는 걸 알아차렸다. 물소리도 들렸다. 식탁에서 리놀륨 바닥으로 물방울이 떨어지고 있었다.

그녀는 남편의 맨발을 내려다봤다. 그녀는 맨발 옆에 고인 물을 쳐다봤다. 이런 이상한 광경을 보는 일은 남은 평생 한 번도 없을 거라고 그녀는 생각했다. 하지만 그걸 어떻게 이해해야 할지는 여전히 알 수 없었다. 립스틱을 살짝 바르고 외투를 챙긴 뒤, 경매에 가는 게 낫겠다고 그녀는 생각했다. 그렇지만 그녀는 남편의 발에서 시선을 뗄 수가 없었다. 그녀는 식탁 위에 자기 몫의 접시를 놓은 뒤, 그 맨발이 부엌을 떠나 거실로 돌아가는 모습을 지켜보기만 했다.

칸막이 객실

마이어스는 스트라스부르의 대학교에 다니는 아들을 만나기 위해 일등석 기차를 타고 프랑스를 지나가고 있었다. 그는 지난 팔 년 동안 그 아이를 보지 못했다. 이 기간, 마이어스와 아이 엄마가 각자의 길을 가기로 하고 아이가 엄마와 함께 산 이래, 둘 사이에는 전화도, 단 한 장의 엽서도 오가지 않았다. 부부 둘만의 문제에 그 아이가 악의적으로 개입했기 때문에 이혼 결정이 더 빨라졌다고 마이어스는 항상 생각했다.

자신을 향해 달려드는 모습이 마이어스가 마지막으로 본 아들의 모습이었는데, 그때 부부는 격렬한 말다툼중이었다. 마이어스의 아내는 찬장 옆에 서서 부엌 바닥을 향해 도기그릇을 하나둘 던지고 있었다. 그러더니 그녀는 컵으로 옮겨갔다. "할 만큼 했어!"라고 마이어스가 말하자마자 그 아이가 달려들었다. 마이어스는 몸을 빼면서 팔로 아이의 목을 졸랐고, 아이는 눈물을 흘리며 마이어스의 등과 콩팥 부위를 주먹으로 때렸다. 마이어스는 아이를 잡은 뒤, 그 상황을 최대한 이용했다. 그는 아이를 벽으로 밀어붙인 뒤, 죽여버리겠다고 위협했다. 진심이었다. "누구 때문에 네가 태어났는데"라고 소리쳤다고 마이어스는 기억한다. "그러니까 난 널 없앨 수도 있는 사람이야!"

그 끔찍한 일을 다시 떠올리면서 마이어스는 그게 다른 사람의 일이라도 되는 듯 머리를 흔들었다. 사실 그렇기도 했다. 그는 정말 그때와 다른 사람이었다. 그즈음 그는 혼자 살았고 일을 떠나서는 그 어떤 사람과도 관계를 유지하지 않았다. 밤이면 클래식 음악을 들으며 물새 미끼들에 관한 책을 읽었다.

그는 담배에 불을 붙인 뒤, 모자를 푹 눌러쓴 채 잠이 든 문가의 옆자리 승객 쪽으로는 시선을 돌리지도 않고 창밖만 바라봤다. 이른 아침이라 스쳐가는 초록빛 들판으로 안개가 내려앉아 있었다. 이따금 담장으로 둘러친 농가와 별채들이 눈에 들어왔다. 그는 그것도, 그러니까 담장으로 둘러싸인 시골집에서 사는 것도 괜찮은 삶의 방식이겠다고 생각했다.

여섯시를 막 지났을 즈음이었다. 전날 밤 열한시에 밀라노에서 기차에 올라탄 뒤로 마이어스는 한숨도 자지 않았다. 기차가 밀라노를 떠날 때까지만 해도 칸막이 객실에 자신뿐이어서 참 다행이라고 생각했다. 그는 객실의 불을 끄지 않은 채, 여행안내서를 살펴봤다. 그가 읽어보니, 그 책들이 설명하는 곳에 가기 전에 읽었으면 좋았을 것 같았다. 자신이 보지 못하거나 하지 못하고 지나친 일들이 너무 많다는 것을 그는 깨달았다. 처음이자, 그리고 의심의 여지 없이 마지막 방문이 될 게 틀림없는 이탈리아를 떠나는 그 시점에 그 나라에 대한 많은 정보를 발견하게 돼 그로서는 후회가 됐다.

그는 여행안내서를 여행가방 안에 넣은 뒤, 그걸 머리 위 선반에 올려놓았다. 그리고 담요 삼아 사용하려고 외투를 벗었다. 그는 전등을 끈 뒤, 잠이 찾아오기만을 기다리며 두 눈을 감고 어두운 칸막이 객실에 앉아 있었다.

긴 시간이 흐른 뒤, 막 잠이 든다고 생각하는 찰나 기차가 속도를 줄이기 시작했다. 기차는 바젤 외곽의 간이역에 멈췄다. 그 역에서 검은색 양복에 모자를 갖춰 쓴 중년 남자가 칸막이 객실로 들어왔다. 그 남자는 마이어스가 알아들을 수 없는 언어로 마이어스에게 뭐라고 말을 한 뒤, 가죽가방을 선반에 올려놓았다. 그는 칸막이 객실 건너편 자리에 앉고는 어깨를 쭉 폈다. 그러고는 눈 아래까지 모자를 눌러썼다. 기차가 다시 출발할 즈음에는 이미 살짝 코까지 골 정도로 잠이 들어 있었다. 마이어스는 그가 부러웠다. 얼마 지나지 않아 스위스 관리가 칸막이 객실의 문을 열고 불을 켰다. 영어로, 또다른 언어로(아마 독일어일 거라고 마이어스는 생각했다) 관리는 그들에게 여권을 제시하라고 요구했다. 마이어스와 함께 칸막이 객실에 앉아 있던 그 남자는 모자를 바로 쓰고 눈을 깜빡거리더니 외투 주머니에 손을 넣었다. 관리는 여권을 살펴보고 그 남자를 면밀히 관찰한 뒤, 다시 여권을 돌려줬다. 마이어스도 여권을 내밀었다. 관리는 기록사항을 검토하고 사진을 살펴본 뒤, 마이어스를 바라보고는 고개를 끄덕이며 여권을 돌려줬다. 그는 전등을 끄고 다시 나갔다. 마이어스의 맞은편에 앉은 남자는 모자를 눈까지 눌러쓰고 두 다리를 쭉 뻗었다. 그가 곧 잠 속으로 빠져들 것이라고 생각하니, 마이어스는 다시 그에게 샘이 났다.

그후로도 그는 잠들지 못하다가 이제 불과 몇 시간밖에 남지 않은 아들과의 만남에 대해 생각하기 시작했다. 역에서 그 아이를 보게 되면 그는 어떻게 행동할까? 아들을 안아줘야 할까? 그로서는 그런 기대가 불편하기만 했다. 아니면 그저 손만 내밀며 지난 팔 년간의 세월은 없었다는 듯이 웃고는 아이의 어깨를 토닥거리는 게 좋을까? 어쩌면 그 아이도 '만나서 반가워요, 여행은 어떠셨나요?' 같은 말을 몇 마디 할 수도 있으리라. 그러면 마이어스도 말하겠지. 무슨 말이라도. 하지만 그는 자신이 무슨 말을 할지 정말 알 수 없었다.

프랑스인 승무원이 칸막이 객실 옆을 지나갔다. 그는 마이어스와 마이어스의 맞은편에서 잠자고 있던 남자를 들여다봤다. 이미 그 승무원이 두 사람의 차표에 구멍을 냈기 때문에 마이어스는 고개를 돌려 창문 밖을 쳐다봤다. 더 많은 집들이 나타나기 시작했다. 하지만 이제는 담장도 없었고, 집들도 더 작았으며 서로 더 가까이 붙어 있었다. 곧 프랑스 마을을 보게 될 것이 분명하다고 마이어스는 생각했다. 안개가 걷히고 있었다. 기차는 기적을 울리더니 차단기가 내려진 건널목을 잽싸게 가로질렀다. 그는 스웨터를 입고 틀어올린 머리를 핀으로 묶은 채 자전거 옆에 서서 쏜살같이 지나가는 기차를 바라보는 젊은 여자를 봤다.

엄마는 잘 지내니? 역에서 나와 조금 걷기 시작하면 그는 아이에게 그렇게 물을지도 모른다. 엄마 소식은 듣고 있니? 느닷없이 그녀가 죽었을지도 모른다는 생각이 마이어스의 머리를 스쳤다. 하지만 바로 그럴 수는 없는 일이라는 걸 깨달았다. 그랬다면 소식을 들었을 것이다. 어떤 식으로든 소식을 들었을 것이다. 이런 식으로 넋놓고 생각하다가는 마음이 찢어질 수 있다는 걸 그는 알고 있었다. 그는 셔츠의 맨 위 단추를 잠그고 넥타이를 바로 했다. 그리고 옆자리에 외투를 내려놓았다. 그는 신발끈을 묶고 일어선 뒤, 잠자고 있던 남자의 다리를 피해 성큼성큼 걸었다. 그는 칸막이 객실 밖으로 나섰다.

　마이어스는 복도 창문에 손을 짚어 흔들리는 몸을 지탱하며 객차의 끝까지 걸어갔다. 그는 좁은 화장실로 들어가 문을 잠갔다. 그러고는 물을 틀고 얼굴을 씻었다. 기차는 속도를 줄이지 않은 채 굽은 길로 접어들었고, 마이어스는 균형을 잡으려고 세면대를 잡았다.

　아이에게서 편지가 온 건 두어 달 전이었다. 간략한 편지였다. 아이는 프랑스에 살고 있다고, 또 지난해부터 스트라스부르에 있는 한 대학교에서 공부하고 있다고 편지에 썼다. 무슨 연력이 있어서 그 아이가 프랑스까지 가게 됐는지, 혹은 프랑스에 가기 전까지는 어떻게 지냈는지 등에 관한 얘기는 없었다. 편지에 아이의 어머니에 대한 언급, 예컨대 그녀의 건강이 어떤지 혹은 어디에 사는지 등에 관한 언급이 없는 것도 마이어스로서는 충분히 그럴 수 있겠다는 생각이 들었다. 하지만 불가사의하게도 아이는 '사랑해요'라는 말로 편지를 끝맺었고, 그 때문에 마이어스는 이 점에 대해 오랫동안 생각해야만 했다. 결국 마이어스는 답장을 썼다. 얼마간 숙고한 뒤, 마이어스는 언젠가부터 유럽에 잠깐 다녀와야겠다고 생각하고 있었다고 썼다. 스트라스부르 역에 나를 마중나올 수 있겠니? 마이어스는 "사랑하는 아빠가"라고 끝맺었다. 그는 아이에게서 답신을 받았고 여행 준비를 했다. 자신의 비서와 몇몇 회사 동료를 제외하고는 자신이 떠난다는 사실을 알려야만 하는 사람이 아무도 없다는 생각이 머릿속에 떠올랐다. 건설회사에 다니던 그는 그간 모아둔 휴가 일수가 육 주에 달했는데, 이 여행에 그 휴가 일수를 다 쓸 수 있겠다고 생각했다. 그는 이렇게 하게 돼 기뻤다. 비록 이제는 유럽에서 그 휴가 일수를 모두 써버릴 생각은 사라졌지만.

그는 먼저 로마에 갔다. 하지만 혼자서 거리를 걸어다닌 그는 몇 시간 지나지 않아 단체관광을 신청하지 않은 걸 후회했다. 그는 외로웠다. 그다음에는 자신과 아내가 늘 한번쯤 가보고 싶다고 말했던 베니스에 갔다. 하지만 베니스는 실망스러웠다. 거기서 그는 오징어튀김을 먹는 외팔이 사내를 봤고 어디에서나 흔한, 칙칙하고 물때가 탄 건물들을 봤다. 그는 밀라노까지 기차를 타고 간 뒤, 별 네 개짜리 호텔에 들어가 방송이 끝날 때까지 소니 컬러 TV에서 흘러나오는 축구경기를 시청하면서 밤을 보냈다. 다음날 아침 그는 시내를 어슬렁거리다가 기차 시간에 맞춰 역으로 갔다. 그는 스트라스부르에 머무는 동안 여행의 절정을 맞이할 수 있도록 계획을 짰다. 하루나 이틀, 혹은 사흘—그건 되어가는 사정을 봐서—스트라스부르에서 머문 뒤 파리로 가서 비행기를 타고 돌아올 예정이었다. 그는 외국인들에게 자신의 뜻을 이해시키는 일에 지쳐 있었기 때문에 돌아가는 일이 기뻤다.

누군가 화장실 문을 열려 했다. 마이어스는 셔츠를 쑤셔넣었다. 그는 허리띠를 조였다. 그러고는 화장실 문을 열고 밖으로 나가 열차의 흔들림에 맞춰 몸을 흔들며 칸막이 객실로 걸어갔다. 칸막이 객실의 문을 열었을 때, 그는 자신의 외투가 옮겨졌다는 사실을 금방 알아차렸다. 외투는 그가 놓았던 곳이 아닌 다른 자리에 놓여 있었다. 그는 황당하지만 경우에 따라서는 심각할 수도 있는 상황에 들어섰다는 걸 깨달았다. 두근거리는 가슴으로 그는 외투를 집어들었다. 그는 안주머니에 손을 넣은 뒤 여권을 꺼냈다. 그는 바지 뒷주머니에 지갑을 넣고 다녔다. 그러니까 그의 지갑과 여권은 사라지지 않은 셈이었다. 그는 외투의 다른 주머니도 훑었다. 없어진 것은 아이에게 주려고 산 선물, 그러니까 로마의 한 가게에서 산 고가의 일제 손목시계였다. 그는 잃어버릴까봐 그 시계를 외투 안쪽 주머니에 간직하고 있었다. 그 시계가 없어진 것이다.

"실례합니다만." 그는 모자로 눈을 가리고 두 다리는 쭉 뻗은 채 의자에서 곯아떨어진 남자에게 말했다. "실례합니다." 남자는 모자를 바로 하고 두 눈을 떴다. 그는 몸을 일으켜세우고 마이어스를 쳐다봤다. 그의 눈동자는 컸다. 그는 꿈을 꾸고 있었던 것인지도 모른다. 하지만 그렇지 않은 것인지도 몰랐다.

마이어스가 "여기에 누가 들어오는 거 봤습니까?"라고 물었다.

하지만 그 남자는 마이어스가 무슨 말을 하는지 모르는 게 분명했다. 마이어스로서는 자신의 말을 전혀 이해하지 못한다고 여길 수밖에 없는 표정으로 그는 마이어스를 바라보기만 했다. 하지만 어쩌면 그게 아닐지도 모른다고 마이어스는 생각했다. 어쩌면 그건 교활함과 거짓을 감추려는 표정일지도 모른다. 마이어스는 보라는 듯이 외투를 흔들었다. 그다음에는 주머니에 손을 넣어 뒤졌다. 그는 소매를 걷어 남자에게 자기 손목시계를 보여줬다. 남자는 마이어스와 시계를 번갈아 봤다. 그는 혼란스러운 모양이었다. 마이어스는 손목시계의 앞면을 톡톡

쳤다. 그는 다른 손을 다시 외투 주머니에 넣고 뭔가를 집어내는 듯한 몸짓을 보여줬다. 마이어스는 한번 더 시계를 가리킨 뒤, 그 시계가 이 방 바깥으로 나갔다는 걸 알아먹을 수 있도록 손가락을 흔들었다.

남자는 어깨를 으쓱해 보이더니 고개를 저었다.

뜻대로 되지 않자 마이어스가 "빌어먹을"이라고 말했다. 그는 외투를 입고 복도로 나갔다. 그는 칸막이 객실 안에 일 초도 머무르기 싫었다. 그랬다가는 그 남자를 때릴 것만 같았다. 시계를 훔쳐간 도둑을 혹시 알아볼 수 있지 않을까 싶어 그는 복도를 이리저리 둘러봤다. 하지만 거기에는 아무도 없었다. 어쩌면 칸막이 객실의 그 남자는 시계를 가져가지 않았는지도 모른다. 어쩌면 다른 누군가, 예컨대 화장실 문을 열려고 했던 사람이 도둑일지도 모른다. 칸막이 객실을 지나치다가 외투와 잠든 남자를 봐둔 뒤, 그저 문을 열고 주머니를 뒤지고 나서 문을 닫고 사라졌을 수도 있다.

마이어스는 다른 칸막이 객실 안을 살펴보면서 객차의 끝까지 천천히 걸어갔다. 그가 탄 일등석 객차에는 사람들이 그다지 많지 않아 각 칸막이 객실마다 겨우 한두 사람이 있을 뿐이었다. 대부분은 잠들었거나 잠든 것처럼 보였다. 다들 눈을 감고 머리를 시트에 기대고 있었다. 한 칸막이 객실에서는 그 또래의 남자가 차창 밖 전원 풍경을 바라보고 있었다. 마이어스가 유리 앞에서 걸음을 멈추고 안을 들여다보자, 사내는 고개를 돌리고 사납게 그를 쳐다봤다.

마이어스는 이등석 객차로 건너갔다. 이등석 객차의 칸막이 객실은 사람들로 북적댔다. 한 객실마다 대여섯 명 정도의 승객들이 앉아 있었는데, 한눈에 보기에도 그 사람들은 상황이 더 안 좋았다. 대부분은 깨어 있다가—잠자기에는 너무나 불편했다—지나가는 그에게 눈을 돌렸다. 외국인들이라고 그는 생각했다. 만약 같은 객실의 남자가 시계를 가져간 게 아니라면 도둑은 이런 칸막이 객실 중 하나에 있을 게 분명했다. 그렇다고 그에게 무슨 뾰족한 수가 있겠는가? 희망은 없어 보였다. 시계는 사라졌다. 지금쯤은 다른 누군가의 주머니 속에 있을 것이었다. 그는 자신에게 일어난 일을 승무원에게 설명할 자신이 없었다. 설사 설명한다고 쳐도 그다음에는 어떻게 하겠는가? 그는 자기 칸막이 객실로 돌아왔다. 안을 들여다보니 그 남자는 다시 얼굴에 모자를 뒤집어쓴 채 다리를 쭉 뻗고 있었다.

마이어스는 남자의 다리를 넘어가 창가 자신의 자리에 앉았다. 어찌나 화가 나는지 머리가 멍할 정도였다. 기차는 이제 도시 근교를 달리고 있었다. 농장과 목초지는 건물의 정면에 발음하기 곤란한 이름을 적어놓은 공장들에게 자리를 내주고 있었다. 기차는 속력을 줄이기 시작했다. 마이어스는 거리를 달리는 자동차와 건널목에 줄지어 서서 기차가 지나가기만을 기다리는 자동차들을 볼 수 있었다. 그는 일어나서 여행가방을 내렸다. 그는 가방을 무릎에 올려놓고 그저 짜증만 날 뿐인 차창 밖 풍경을 바라봤다.

그때 갑자기 결국 자신은 아이가 보고 싶지 않은 게 아닌가 하는 생각이 그에게 들었다. 자신이 무슨 생각을 했는지 깨달은 그는 충격을 받았고, 잠시 그 비열함에 자신이 초라하다고 느꼈다. 그는 머리를 흔들었다. 살아오면서 수많은 바보짓을 했지만, 이 여행은 그중에서도 가장 멍청한 일일지도 몰랐다. 하지만 분명한 건, 오래전에 이미 자신의 애정을 거둬들이게 행동했던 그 아이를 만나고 싶은 욕망이 그에게는 없다는 점이었다. 갑자기, 그리고 너무나 분명하게 자신에게 달려들던 그 순간의 아이 얼굴이 떠오르면서 쓰라림이 물결처럼 마이어스를 지나갔다. 그 아이는 마이어스의 청춘을 집어삼켜버렸고, 그가 연애해서 결혼한 젊은 여인을 신경과민의 알코올중독자로 바꿔놓고는 번갈아가며 병도 주고 약도 줬다. 도대체 무슨 까닭으로 자신이 싫어하는 누군가를 만나려고 이 먼길을 나섰단 말인가. 마이어스는 자문했다. 그는 아이의 손, 자기 인생의 적인 그 아이의 손을 잡고 싶지도 않았고 어깨를 토닥거리며 이런저런 안부를 나누고 싶은 생각도 없었다. 그는 아이에게 엄마에 대해 묻고 싶지도 않았다.

　기차가 역으로 들어가는 동안 그는 자세를 펴고 앉았다. 객실 내 스피커에서는 프랑스어로 정차역 안내가 흘러나왔다. 마이어스의 맞은편에 앉은 남자가 몸을 움직이기 시작했다. 스피커를 통해 프랑스어로 다른 내용이 흘러나오는 동안, 그는 모자를 고쳐 쓰고 의자에 바로 앉았다. 마이어스는 방송 내용을 전혀 알아들을 수 없었다. 기차가 속력을 늦추며 정차하는 동안, 그는 더욱 마음이 흔들렸다. 그는 칸막이 객실을 떠나지 않기로 결심했다. 그는 기차가 다시 출발할 때까지 계속 거기 앉아 있을 작정이었다. 기차가 출발하면, 그는 거기 앉아서, 파리행 기차에 앉아서 갈 테고, 그러면 끝이다. 그는 혹시 유리를 통해 아이의 얼굴을 보게 될까 걱정하며 조심스레 차창 밖을 내다봤다. 만약 그렇게 된다면 어떻게 할지 그로서도 알 수 없었다. 그는 주먹을 휘두를까봐 걱정이 됐다. 여행가방을 옆에 두고 외투에 스카프를 두른 채 기차에 오르려고 승차장에 서 있는 몇몇 사람들이 눈에 들어왔다. 짐이 없는 몇몇 사람들은 주머니에 손을 넣은 채, 누군가를 기다리는 게 분명한 자세로 서 있었다. 그들 중에 그의 아들은 없었지만, 물론, 그렇다고 해서 그게 거기 바깥 어딘가에 아들이 없다는 뜻은 아니었다. 마이어스는 여행가방을 무릎에서 바닥으로 내려놓고 의자에 좀더 몸을 파묻었다.

그의 맞은편에 있던 남자가 하품을 하면서 창밖을 내다봤다. 그러고는 마이어스에게 눈을 돌렸다. 그는 모자를 벗고 손으로 머리칼을 빗어넘겼다. 그리고 다시 모자를 쓰더니 벌떡 일어서서 짐칸에 놓여 있던 가방을 끌어내렸다. 그는 칸막이 객실의 문을 열었다. 하지만 나가기 전에 그는 몸을 돌리고 역 쪽을 가리켰다.

"스트라스부르." 남자가 말했다.

마이어스는 얼굴을 돌렸다.

남자는 잠시 머뭇거리다가 가방을 들고 복도로 나갔다. 마이어스는 손목시계도 함께, 라는 걸 확실히 느꼈다. 하지만 그건 이제 그의 관심사가 아니었다. 그는 다시 한번 차창 밖을 내다봤다. 역으로 들어가는 문 앞에 앞치마를 두르고 서서 담배를 피우는 사내가 보였다. 그 사내는 긴 치마를 입고 아기를 안은 채 서 있는 여자에게 뭔가를 설명하는 승무원 두 사람을 바라보고 있었다. 그 여자는 설명을 들은 뒤 고개를 끄덕이고는 좀더 얘기를 들었다. 그녀는 팔을 옮겨가며 아기를 안았다. 승무원들은 계속 말했다. 그녀는 듣고만 있었다. 승무원 중 하나가 아기의 턱을 간질였다. 여자는 아래를 내려다보며 미소를 지었다. 그녀는 다시 다른 팔로 아기를 안으며 계속 귀를 기울였다. 자신의 객차에서 조금 떨어진 승차장에서 포옹하는 젊은 연인을 마이어스는 봤다. 그때 젊은 남자가 안고 있던 팔을 풀었다. 그는 뭐라고 말하더니

칸막이 객실 83

작은 여행가방을 집어들고 기차에 올라타기 위해 움직였다. 여인은 떠나가는 그를 지켜봤다. 그녀는 얼굴 쪽으로 손을 들더니 손등으로 두 눈을 차례차례 훔쳤다. 잠시 뒤, 누군가를 따라가는 것처럼 기차에서 시선을 떼지 않은 채 승차장을 걸어가는 그녀의 모습이 마이어스의 눈에 보였다. 그는 여인에게서 시선을 떼고 역 대합실 위에 매달린 큰 시계를 바라봤다. 그는 승차장 여기저기를 바라봤다. 아이는 어디에서도 보이지 않았다. 늦잠을 잤을 수도 있고, 혹은 아이 역시 마음을 바꿨을 수도 있다. 어쨌든 마이어스로서는 마음이 놓였다. 다시 시계를 바라보다가 그는 자신이 앉은 차창 쪽으로 뛰어오는 그 젊은 여인에게로 시선을 돌렸다. 마이어스는 그녀가 창문을 두들기기라도 하는 듯 조금 물러났다.

칸막이 객실의 문이 열렸다. 바깥에 서 있던 그 젊은 남자가 객실로 들어와 문을 닫고 그에게 "봉주르"라고 말했다. 대답을 기다리지도 않고 그는 작은 여행가방을 머리 위 짐칸에 던져넣은 뒤 창 쪽으로 다가갔다. "파르도네 무아."* 그는 창문을 내렸다. "마리." 그가 말했다. 젊은 여인은 웃는 듯 우는 듯 묘한 표정을 지었다. 젊은 남자는 그녀의 손을 끌어당겨 손가락에 입을 맞추기 시작했다.

마이어스는 고개를 돌리고 이를 악물었다. 곧 기차가 출발할 거라고 외치는 승무원의 목소리가 들렸다. 누군가가 호루라기를 불었다. 이내 기차는 승차장을 빠져나가기 시작했다. 젊은 남자는 여인의 손을 놓았지만, 기차가 빠져나가는 동안 계속해서 그녀에게 손을 흔들었다.

---

* '실례합니다'라는 뜻의 불어.

하지만 기차는 조금만 움직였을 뿐, 뻥 뚫린 조차장操車場으로 들어갔고 그 순간 마이어스는 갑자기 기차가 멈추는 것을 느꼈다. 젊은 남자는 창문을 닫고 문 쪽의 좌석으로 갔다. 그는 외투에서 신문을 꺼내 읽기 시작했다. 마이어스는 일어나 문을 열었다. 그는 복도의 끝, 객차들이 연결되는 지점까지 갔다. 그는 왜 기차가 멈췄는지 알지 못했다. 뭔가 잘못된 것 같았다. 그는 차창 쪽으로 움직였다. 그러나 보이는 것이라고는 객차들을 분리시키거나 교체하는 등, 기차를 조립하는 데 사용하는 복잡한 선로 시스템뿐이었다. 그는 차창에서 물러섰다. 옆 칸으로 연결되는 문에는 POUSSEZ*라는 글씨가 적혀 있었다. 마이어스는 주먹으로 그 글씨를 쳤고 문은 스르르 열렸다. 그는 다시 이등 객차에 왔다. 그는 긴 여행을 준비하기라도 하듯 자리를 잡고 앉은 사람들로 북적대는 칸막이 객실들을 지나갔다. 그는 이 기차가 어디로 가는지 누군가에게 물어봐야겠다고 생각했다. 차표를 살 때까지만 해도 그 기차가 스트라스부르를 거쳐 파리까지 간다고 알고 있었다. 하지만 칸막이 객실 중 하나에 머리를 들이밀고 정확한 발음이 뭔지는 모르겠지만 "빠리?"라고, 마치 목적지에 도착한 것인 양 묻는 게 마이어스로서는 창피하게 느껴졌다. 덜컹거리는 큰 소리를 듣자마자 기차는 조금 뒤로 움직였다. 다시 역이 보이자, 아이 생각이 한번 더 났다. 아마도 그 아이는 역까지 뛰어오느라 숨을 헐떡거리며 거기 서서 아버지에게 무슨 일이라도 생긴 게 아닌지 의아해하고 있을지도 몰랐다. 마이어스는 고개를 가로저었다.

---

* '미시오'라는 뜻의 불어.

그가 타고 있는 객차의 아래쪽에서 끽끽거리는 쇳소리가 나더니 뭔가가 다가와서 세차게 부딪치고는 자리를 잡았다. 마이어스는 미로 같은 선로들을 내다보다가 기차가 다시 움직이기 시작했다는 사실을 알아차렸다. 그는 돌아서서 허겁지겁 객차의 끝으로 가서 원래 자기가 앉아 있던 객차로 넘어갔다. 그는 복도를 걸어 자신의 칸막이 객실로 갔다. 하지만 신문을 읽고 있던 젊은 남자는 없었다. 그리고 마이어스의 여행가방도 없었다. 그건 그가 타고 있던 칸막이 객실이 아니었던 것이다. 번쩍 정신이 들며 그는 기차가 조차장에 있는 동안 자신이 타고 있던 객차를 떼어낸 뒤 다른 이등 객차를 연결시킨 게 분명하리라는 사실을 알아차렸다. 그가 서 있는 칸막이 객차 안에 꽉 들어찬, 몸집이 작고 살갗이 검은 사내들은 마이어스가 한 번도 들어본 적이 없는 언어로 빠르게 말하고 있었다. 그들 중 하나가 그에게 들어오라는 몸짓을 했다. 마이어스가 칸막이 객실 안으로 들어서자 그 사람들이 앉을 공간을 만들어줬다. 칸막이 객실 안의 분위기는 화기애애했다. 몸짓을 했던 사내는 웃음을 터뜨리더니 자기 옆에 앉으라고 의자를 두들겼다. 마이어스는 진행 방향으로 등을 돌리고 앉았다. 차창 밖 시골 풍경이 점점 더 빨리 스쳐가기 시작했다. 한순간, 마이어스는 그 풍경이 자신에게서 멀어진다는 인상을 받았다. 그는 어딘가로 가고 있었고, 그걸 알았다. 그리고 그게 잘못된 방향이라면, 조만간 그는 알게 되리라.

 그는 의자에 등을 기대고 앉아 눈을 감았다. 사내들은 웃음을 터뜨리며 떠들었다. 그에게는 그 목소리들이 아득하게 느껴졌다. 이윽고 목소리들이 움직이는 기차의 일부처럼 느껴졌다. 마이어스는 자기 몸이 어딘가로 실려가고 있다는 걸 느끼는가 싶다가, 그렇게 뒤로 뒤로, 잠 속으로 들어갔다.

별것 아닌 것 같지만, 도움이 되는

토요일 오후, 그녀는 쇼핑센터에 있는 제과점까지 차를 몰고 갔다. 갈피마다 케이크 사진들을 테이프로 붙여놓은 바인더를 훑어본 뒤, 그녀는 아이가 가장 좋아하는 초콜릿 케이크를 주문했다. 그녀가 고른 케이크에는 하얗게 뿌려놓은 별들 아래 우주선이 설치된 발사대, 그리고 반대쪽으로 빨간색 프로스팅으로 만든 행성 하나가 그려져 있었다. 아이의 이름인 '스코티'는 그 행성 아래에 초록색으로 적을 예정이었다. 다음주 월요일이면 아이가 여덟 살이 된다고 그녀가 말하는 동안, 굵은 목의 늙은 빵집 주인은 묵묵히 듣기만 했다. 빵집 주인은 하얀 앞치마를 두르고 있었는데, 그게 작업복인 모양이었다. 앞치마의 끈은 겨드랑이 아래를 거쳐 등을 한 바퀴 휘감은 뒤, 다시 앞으로 나와 묵직한 허리 아래에서 매듭을 짓고 있었다. 그는 앞치마에 손을 닦으며 그녀의 말을 들었다. 그는 사진에서 시선을 떼지 않은 채, 그녀가 얘기하도록 했다. 그는 그녀가 충분히 얘기하게 했다. 그는 막 일하러 왔고, 밤새 빵을 구울 작정이었으므로 서두를 일이 하나도 없었다.

그녀는 빵집 주인에게 자신의 이름, 앤 와이스와 전화번호를 불러줬다. 월요일 아침에 오븐에서 막 꺼낸 케이크가 준비될 텐데, 아이의 파티는 그날 오후에 열릴 테니, 시간은 충분했다. 빵집 주인은 쾌활하지 않았다. 예의상 주고받는 가벼운 대화도 없이 둘은 최소한의 말만, 필요한 정보만 교환했을 뿐이다. 그 사람 때문에 불편했고, 그녀는 그게 안 좋았다. 그가 한 손에 연필을 쥐고 계산대로 몸을 숙이는 동안, 그녀는 그의 허접한 용모를 살피며 빵장사가 되는 일 말고 그의 삶에서 다른 걸 해보기라도 했을까 하는 의문을 가졌다. 그녀는 애엄마에 서른세 살이었고 그녀가 보기에 모든 사람들, 특히 그녀의 아버지뻘 정도로 늙은 빵집 주인의 나이라면 이런 케이크와 생일파티의 특별한 시기를 지나온 자식들이 있을 게 분명할 것 같았다. 자신들 사이에는 그런 게 있으리라고 생각했다. 그런데 그는 그녀에게 퉁명했다. 무례한 건 아니고, 다만 퉁명했다. 그녀는 그와 친해지려고 애쓰는 일을 포기했다. 그녀는 제과점 안쪽으로 시선을 돌렸다. 거기 길고 육중한 나무 탁자 한쪽 끝에 알루미늄으로 만든 파이 팬들이 놓여 있는 게 보였다. 탁자 옆에는 선반이 텅 비어 있는 철제 보관함이 있었다. 또 거대한 오븐도 있었다. 라디오에서는 컨트리 웨스턴 음악이 흘러나오고 있었다.

빵집 주인은 특별 주문카드에 인쇄체로 정보를 다 기입한 뒤, 바인더를 덮었다. 그녀를 바라보며 그는 "월요일 아침이오"라고 말했다. 그녀는 고맙다고 말한 뒤, 차를 타고 집으로 돌아왔다.

월요일 아침, 생일을 맞은 아이는 다른 아이와 함께 걸어서 등교하고 있었다. 포테이토칩 한 봉지를 서로 주고받으며 걸어가는 동안, 생일을 맞은 아이는 그날 오후에 있을 생일파티에서 친구에게 받을 선물이 뭔지 알아내려고 애를 썼다. 앞을 살피지 않은 채, 걸어가던 아이는 교차로에서 인도 연석에 발을 헛디뎠고 곧바로 차에 치여 쓰러졌다. 옆으로 넘어지면서 아이의 얼굴은 배수로에 처박혔고 다리는 차도 쪽으로 나와 있었다. 두 눈은 이미 감겼으나 다리만은 마치 기어나오겠다는 듯이 앞뒤로 까딱거렸다. 친구는 포테이토칩 봉지를 떨어뜨린 채, 울음을 터뜨렸다. 100피트쯤 더 나아갔던 차는 길 한가운데에서 멈춰 섰다. 운전석에 앉은 남자는 고개를 돌려 어깨 너머로 돌아봤다. 그는 아이가 불안정한 자세로 일어설 때까지 그렇게 있었다. 아이는 선 채로 비틀거렸다. 넋이 나간 표정이었으나 멀쩡해 보였다. 운전사는 기어를 넣고 떠나버렸다.

생일을 맞은 아이는 울지도 않았지만, 그게 무엇이든 뭐라고 말할 만한 상태도 아니었다. 자동차에 부딪힌 기분이 어떠냐고 묻는 친구의 말에도 아이는 대답하지 않았다. 아이는 집으로 돌아갔고 친구는 학교로 갔다. 하지만 생일을 맞은 아이는 집안으로 들어가 엄마에게 있었던 일을 얘기하다가—그녀는 아이를 소파에 앉히고 자기도 옆에 앉아서 아이의 손을 무릎으로 끌어당긴 채, "스코티, 정말 괜찮은 거니?"라고 물으면서, 괜찮다고 하더라도 의사를 불러야겠다고 생각했다—갑자기 소파에 몸을 파묻더니 눈을 감고 축 늘어졌다. 아무리 깨워도 아이가 일어나지 않자, 그녀는 전화기가 있는 곳으로 달려가 남편 직장에 전화를 걸었다. 하워드는 진정하라고, 진정하라고 그녀에게 말하고 아이를 태워갈 구급차를 전화로 부른 뒤, 자신도 병원으로 출발했다.

당연히 생일파티는 취소됐다. 아이는 충격에 의한 가벼운 뇌진탕과 통증으로 병원에 입원했다. 구토가 있었고 아이의 폐에 체액이 들어차 그날 오후에 펌프로 빼내야만 했다. 이제 아이는 꼭 깊은 잠 속에 빠져든 것처럼 보였다. 하지만 혼수상태는 아니었다. 닥터 프랜시스는 부모의 눈빛에 서린 공포를 보고, 혼수상태는 아니라고 강조했다. 수많은 엑스레이 촬영과 검사를 거친 뒤, 아이가 편안하게 잠든 것처럼 보이던 그날 밤 열한시, 이제 아이가 의식을 되찾고 깨어나는 일만 남았다고 생각한 하워드는 병원을 떠났다. 앤과 함께 오후부터 줄곧 병원에서 아이 곁에 있었기 때문에 그는 잠깐 집에 들러 몸도 씻고 옷도 갈아입을 작정이었다. "한 시간 안에 올게." 그가 말했다. 그녀는 고개를 끄덕였다. "괜찮아." 그녀가 말했다. "내가 여기 있을 테니까." 그는 그녀의 이마에 입을 맞춘 뒤, 손을 잡았다. 그녀는 병상 옆 의자에 앉아 아이를 바라봤다. 그녀는 아이가 깨어나 모든 게 괜찮아지기만을 기다리고 있었다. 그러면 그녀도 마음을 놓을 수 있었다.

하워드는 병원에서 집까지 차를 몰고 갔다. 그는 비에 젖은 어두운 거리를 매우 빠른 속도로 달리다가, 문득 정신을 차리고 속도를 늦췄다. 지금까지 그의 삶은 순탄했고 그로서는 만족스러웠다. 대학, 결혼, 경영학 고급과정 학위를 받기 위해 다시 다닌 일 년의 대학생활, 투자회사의 하위 동업자. 아버지 되기. 그는 행복했고, 지금까지는, 운이 좋았다. 그도 알고 있었다. 부모님은 여전히 살아 계시고, 형제자매들은 다들 자리를 잡았으며, 대학 친구들은 모두 사회에 나가 나름의 위치를 차지했다. 갑자기 모든 상황이 바뀌면 한 사람을 꺾어버리거나 내팽개쳐버리는 힘들이 있다는 것을 그도 알고 있었지만, 지금까지는 그 힘들로부터도, 또 그 어떤 실제적인 위해로부터도 멀리 떨어져 있었다. 그는 집 앞 진입로로 차를 몰고 들어가 주차했다. 그의 왼쪽 다리가 떨리기 시작했다. 그는 잠시 차에 앉아서 이성적인 태도로 그 상황에 대처하려고 애썼다. 스코티는 차에 치였고 병원에 있었다. 하지만 아이는 곧 멀쩡해질 것이었다. 하워드는 눈을 감고 손으로 얼굴을 한 번 훑었다. 그는 차에서 내려 현관문 쪽으로 걸어갔다. 집안에서 개가 짖고 있었다. 전화벨이 울렸다. 그가 열쇠로 문을 열고 들어가 전등 스위치를 더듬거리는 동안에도 전화벨은 계속 울렸다. 병원을 떠나는 게 아니었다. 그러는 게 아니었다. "빌어먹을!" 그가 말했다. 그는 수화기를 들고 말했다. "막 문 열고 들어온 참이었어!"

"여기 가져가지 않은 케이크 하나가 있어요." 수화기 저편에서 그런 목소리가 들렸다.

"무슨 말씀이죠?" 하워드가 물었다.

"케이크 말이오." 그 목소리가 말했다. "십육 달러짜리 케이크."

하워드는 무슨 얘기인지 알아들으려고 애쓰며, 수화기를 귀에다 바짝 붙였다. "케이크라니 지금 무슨 말입니까?" 그가 말했다. "젠장, 지금 무슨 얘기 하고 있는 겁니까?"

"그렇게 말하면 안 되죠." 그 목소리가 말했다.

하워드는 수화기를 내려놓았다. 그는 부엌으로 가서 위스키를 들이마셨다. 그는 병원에 전화했다. 하지만 아이의 상태는 마찬가지였다. 아이는 아직 잠에서 깨어나지 않았고 아무런 변화도 없었다. 욕조에 물을 받는 동안, 하워드는 얼굴에 거품을 바르고 면도를 했다. 그가 욕조에 들어가 발을 뻗고 눈을 감으려는 찰나, 다시 전화벨이 울렸다. 그는 욕조에서 몸을 일으켜세우고 나와 수건을 집어들고 집안을 가로질러 달려갔다. 병원을 떠난 일을 두고 자신에게 "바보, 이 바보!"라고 소리치며. 하지만 그가 수화기를 들고 "여보세요!"라고 소리쳤을 때, 저편에서는 아무런 소리도 흘러나오지 않았다. 그리고 전화를 건 사람은 수화기를 내려놓았다.

자정이 조금 지나서 그는 병원으로 돌아갔다. 그때까지도 앤은 병상 옆 의자에 앉아 있었다. 그녀는 하워드를 올려본 뒤, 다시 아이 쪽으로 시선을 돌렸다. 아이는 여전히 눈을 감은 상태였고 머리에 감고 있는 붕대도 그대로였다. 아이의 숨소리는 조용하면서도 규칙적이었다. 병상에 설치된 쇠막대에 걸린 용기에서 튜브를 통해 아이의 팔로 포도당이 주입되고 있었다.

"좀 어때?" 하워드가 말했다. "이건 다 뭐지?" 그는 포도당 용기와 튜브를 가리켰다.

"닥터 프랜시스의 지시야." 그녀가 말했다. "영양보충이 필요하대. 기력을 끌어올려야만 해. 그런데 왜 깨어나지 않는 걸까? 괜찮다고 하는데 도대체 뭐가 뭔지 모르겠어."

하워드는 그녀의 뒷머리에 손을 올렸다. 그는 손가락으로 그녀의 머리카락을 훑었다. "애는 괜찮아지고 있는 중이야. 조금 있으면 깨어날 거야. 닥터 프랜시스가 어련히 알아서 하려고."

잠시 말을 끊었다가 그가 말했다. "당신도 집에 가서 좀 쉬는 게 어떨까. 여긴 내가 있을게. 자꾸 전화하는 미친놈이 있는데, 상대하지 말고. 그냥 끊어버려."

"누군데?" 그녀가 물었다.

"나도 몰라. 그냥 여기저기 전화 거는 일밖에는 할 일이 없는 작자겠지. 어서 가봐."

그녀는 머리를 저었다. "아니야." 그녀가 말했다. "난 괜찮아."

"그러지 말고." 그가 말했다. "잠깐이라도 집에 갔다 와. 아침에 나랑 교대하면 되잖아. 괜찮을 거야. 닥터 프랜시스가 뭐라고 했어? 스코티는 곧 괜찮아질 거라고 했잖아. 걱정할 거 하나도 없어. 지금은 푹 자고 있어, 그게 다야."

간호사가 문을 밀고 들어왔다. 병상 쪽으로 다가오며 그녀는 그들을 향해 목례했다. 그녀는 이불 밑에서 아이의 왼쪽 손을 잡아 뺀 뒤, 손가락을 대고 맥박을 찾고는 시계를 들여다봤다. 그러고는 팔을 이불 속으로 밀어넣고 병상 발치로 가더니 거기 붙은 클립보드에 뭔가를 기입했다.

"좀 어떤가요?" 앤이 물었다. 하워드는 앤의 어깨를 잡고 있던 손에 지그시 힘을 줬다. 그녀는 그의 손가락에 힘이 들어갔다는 사실을 느꼈다.

"안정적이에요." 간호사가 말했다. 그러고는 "선생님이 곧 또 오실 거예요. 병원에 다시 오셨거든요. 지금 회진을 돌고 있어요"라고 말했다.

"집사람에게 집에 가서 쉬지 않겠냐고 말하던 중이었어요." 하워드가 말했다. "선생님 다녀가신 다음에요." 그가 말했다.

"그렇게 하세요." 간호사가 말했다. "제 생각에 그런 일은 두 분 다

하시고 싶은 대로 하시면 돼요." 간호사는 금발머리에 덩치가 큰 스칸디나비아 출신의 여인이었다. 말에 독특한 억양이 있었다.

"의사 선생님 말씀을 들어봐야지." 앤이 말했다. "얘기를 좀 해봤으면 좋겠어. 어떻게 이렇게 계속 잠만 잘 수 있는 건지 이해가 안 돼. 이게 좋아지는 건지 뭔지." 그녀는 손을 눈가로 올리고 잠시 머리를 앞쪽으로 떨궜다. 하워드는 그녀의 어깨를 잡은 손에 힘을 줬다가 다시 목쪽으로 옮겨가 거기 근육들을 주무르기 시작했다.

"몇 분 안에 프랜시스 선생님이 오실 거예요." 간호사는 말했다. 그러고는 병실을 나갔다.

하워드는 잠시 아들을, 이불 밑에서 조용하게 오르내리는 작은 가슴을 바라봤다. 사무실로 앤의 전화가 걸려온 그 끔찍했던 몇 분간을 제외하고는 처음으로 진짜 공포심이 그의 온몸을 감쌌다. 그는 머리를 가로젓기 시작했다. 스코티는 괜찮다. 집에 있는 침대에서 자는 대신 머리에는 붕대를 칭칭 감고 팔에는 주삿바늘을 꽂은 채 병원에 누워 있는 것뿐이다. 하지만 이건 나아지는 데 반드시 필요한 일들이다.

병실 안으로 들어온 닥터 프랜시스는 하워드와 악수했다. 헤어진 지 불과 몇 시간도 지나지 않았는데도. 앤은 의자에서 일어섰다. "선생님?"

"예." 그가 말하고 목례했다. "일단 아이부터 봅시다." 의사는 말했다. 그는 병상 옆으로 가서 아이의 맥박을 쟀다. 그는 아이의 한쪽 눈꺼풀을 젖혀 들여다본 뒤, 다른 쪽 눈도 살폈다. 하워드와 앤은 의사 옆에 서서 그 광경을 지켜봤다. 그러더니 의사는 이불을 걷고 청진기로 아이의 심장과 폐에서 나는 소리를 들었다. 그는 아이의 아랫배 여기저기를 손가락으로 눌러봤다. 검진을 마친 그는 병상 끝으로 가서 차트를 들여다봤다. 그는 시간에 주목하더니 차트에다가 뭔가 휘갈겨 쓴 뒤, 하워드와 앤을 바라봤다.

"선생님, 애는 어떤가요?" 하워드가 물었다. "도대체 정확하게 문제가 뭡니까?"

"왜 깨어나지 않는 건가요?" 앤이 물었다.

의사는 태닝한 얼굴에 어깨가 떡 벌어진 미남이었다. 그는 줄무늬 넥타이에 아이보리 커프스단추가 달린 푸른색 스리피스 양복을 입고 있었다. 회색 머리칼을 머리 양쪽으로 잘 빗어넘겨서 이제 막 연주회라도 갔다 온 사람처럼 보였다. "아이는 괜찮습니다." 의사가 말했다. "따로 말씀드릴 진전은 없지만, 차차 좋아지리라고 저는 생각합니다. 하지만 지금도 아이는 괜찮아요. 저 역시 아이가 깨어났으면 좋겠습니다. 이제 곧 깨어날 겁니다." 의사는 아이를 다시 바라봤다. "검사 결과가 두 시간 안에 나올 테니까 그때는 좀더 상세한 상황을 알 수 있을 겁니다. 하지만 아이는 괜찮아요, 정말입니다. 다만 두개골에 실처럼 가는 금이 났어요. 그런 게 있는 건 맞습니다."

"말도 안 돼!" 앤이 말했다.

"그리고 이미 말씀드렸다시피 약간의 뇌진탕하구요. 물론 쇼크 상태라는 건 아실 테고." 의사가 말했다. "쇼크의 경우 때로 이런 상황을 볼 수 있습니다. 이렇게 잠들어 있는 것 말입니다."

"그럼 이제 실제적인 위험에서는 벗어난 겁니까?" 하워드가 말했다. "아까는 혼수상태는 아니라고 하셨잖습니까? 이걸 혼수상태라고 말할 수는 없다고, 그렇게 말씀하셨죠?" 그렇게 말한 뒤, 하워드는 대답을 기다렸다. 그는 의사를 쳐다봤다.

"맞아요. 이걸 혼수상태라고 부르고 싶지는 않아요." 그렇게 말하고 의사는 한번 더 아이 쪽으로 눈길을 돌렸다. "아주 깊이 잠든 것뿐이에요. 몸이 제 나름대로 회복하는 방법인 거죠. 이제 실제적인 위험에서는 벗어났어요. 분명하게 말하자면, 그렇습니다. 하지만 아이가 깨어나고 다른 검사를 더 받아보면 좀더 분명한 상태를 알 수 있을 겁니다." 의사가 말했다.

"혼수상태인 거예요." 앤이 말했다. "뭐라고 다르게 말씀하신다고 해도."

"아직은 혼수상태가 아니에요, 절대로." 의사가 말했다. "혼수상태라고 부르고 싶진 않습니다. 아직은, 어쨌든. 쇼크로 힘든 거예요. 쇼크의 경우에 이런 반응을 흔히 볼 수 있습니다. 육체적 손상에 대한 일시적인 반응이에요. 혼수상태. 그러니까, 혼수상태는 깊은, 장기적 무의식 상태로, 여러 날, 혹은 심지어 몇 주간 계속되는 거예요. 스코티는 그 지점에 있는 게 아니에요. 그렇게 부를 만한 상황은 아닙니다. 아침까지는 상태가 좋아질 거라고 저는 확신해요. 그럴 거라고 장담합니다. 이게 더 길어지지 말아야 하는데, 일단 애가 깨어나면 더 많은 것들을 알 수 있을 거예요. 그때까지는 여기 있어도 되고 잠깐 집에 다녀오셔도 됩니다. 병원에서 잠깐 나갔다 오는 건 언제라도 가능해요. 쉬운 상황이 아니라는 건 저도 압니다." 의사는 다시 아이를 유심히 바라보며 관찰하더니, 앤에게로 시선을 돌리고 말했다. "엄마는 걱정을 좀 덜할 생각을 하셔야 해요. 저를 믿으세요. 우리가 해볼 수 있는 일은 다 할 테니까요. 지금부터 시간이 조금만 더 필요한 문제예요." 그는 그녀를 향해 목례하고 다시 하워드와 악수한 뒤 병실을 떠났다.

앤은 손으로 아이의 이마를 만졌다. "그래도 열은 없으니까." 그녀가 말했다. 그러더니 그녀는 "세상에, 하지만 이건 너무 차갑잖아. 하워드? 원래 이 정도였나? 머리 좀 만져봐"라고 말했다.

하워드는 아이의 관자놀이에 손을 댔다. 그의 호흡이 느려졌다. "내 생각에 지금으로서는 원래 이 정도인 것 같아." 그는 말했다. "얘는 지금 쇼크 상태야. 알지? 의사가 그렇게 말했잖아. 방금까지 의사가 여기 있었고. 스코티에게 무슨 일이 있었으면 분명히 얘기했을 거라구."

앤은 이빨로 입술을 깨물며 잠시 서 있었다. 그러더니 자기 의자로 가서 앉았다.

하워드는 그녀 옆에 있는 의자에 앉았다. 둘은 서로를 쳐다봤다. 그녀에게 뭔가 말해주고 싶은데, 그녀를 달래주고 싶은데, 겁이 나는 건 그로서도 마찬가지였다. 그는 그녀의 손을 잡고 자기 무릎 위로 끌어당겼다. 그녀의 손이 거기 있으니 마음이 한결 나아졌다. 그는 그녀의 손을 들어올리고 힘을 줬다. 그러고는 그냥 잡고만 있었다. 그들은 아이를 바라보며, 아무 말 없이 잠시 그렇게 앉아 있었다. 이따금 그가 잡은 손에 힘을 줬다. 그리고 마침내 그녀가 손을 빼냈다.

"기도했어." 그녀가 말했다.

그는 고개를 끄덕였다.

"기도하는 법을 다 잊어버렸다고 생각했었는데, 하니까 또 되네. 내가 할 수 있는 거라고는 눈을 감고 '하느님, 우릴 도와주세요. 스코티를 도와주세요'라고 말한 게 다지만. 그러고 나니까 나머지는 쉬웠어. 그냥 술술 나오네. 당신도 기도하고 싶으면," 이라고 그녀가 그에게 말했다.

"나는 벌써 했어." 그가 말했다. "오늘 오후에, 아니, 어제 오후구나, 당신 전화 받고 병원으로 차 몰고 오는 동안 기도했어. 내내 기도하고 있었어." 그가 말했다.

"잘했어." 그녀가 말했다. 처음으로 그녀는 자신들이 이 곤경 속에 함께 있다고 느꼈다. 그녀는 지금까지는 그 곤경이 자신과 스코티에게만 일어난 것이라고 생각했다는 사실을 불현듯 깨달았다. 내내 함께 있으면서 도왔음에도 그녀는 하워드를 받아들이지 않고 있었다. 그녀는 그의 아내라는 사실이 기뻤다.

아까 그 간호사가 들어와 다시 아이의 맥박을 재고, 병상 위 용기에서 흘러드는 용액의 양을 살펴봤다.

한 시간이 지나지 않아, 다른 의사가 들어왔다. 그는 방사선과에서 온 파슨스라고 자신을 소개했다. 그는 콧수염이 무성했다. 그는 웨스턴 셔츠와 청바지에 로퍼를 신고 있었다.

"내려가봐야 되겠습니다. 사진을 더 찍어야 하거든요." 그가 두 사람에게 말했다. "사진도 더 찍어야 하고, 스캔도 받아야 하고."

"뭐라고요?" 앤이 말했다. "스캔?" 그녀는 새로 온 의사와 병상 사이에 섰다. "엑스레이는 이제 찍을 게 없는 걸로 알고 있는데요."

"더 찍게 돼 죄송합니다만," 그가 말했다. "걱정할 일은 하나도 없습니다. 그냥 사진을 좀더 찍고, 뇌 스캔을 해보려는 겁니다."

"맙소사." 앤이 말했다.

"이런 경우에 딱 필요한 정상적인 절차예요." 새로 나타난 의사가 말했다. "왜 얘가 여태 깨어나지 않는 건지 그 이유를 좀더 정확하게 알아내려는 것뿐입니다. 정상적인 치료 절차니까, 걱정할 거 하나도 없어요. 몇 분만 밑에 데려갈게요." 그 의사가 말했다.

 잠시 후, 간호보조원 두 사람이 바퀴 달린 침대를 끌고 병실로 들어왔다. 검은 머리칼, 거무스름한 얼굴색에 하얀 작업복을 입은 두 사람은 알아들을 수 없는 외국어를 몇 마디 주고받으면서 아이의 몸에 연결된 튜브를 떼고 아이를 바퀴 달린 침대로 옮겼다. 그러더니 두 사람은 그 침대를 밀며 병실을 빠져나갔다. 하워드와 앤은 바퀴 달린 침대를 따라 엘리베이터에 올라탔다. 앤은 아이를 빤히 쳐다봤다. 엘리베이터가 내려가기 시작하자, 그녀는 두 눈을 감았다. 보조원 두 사람은 각기 침대의 양쪽 끝에 서서 아무런 말이 없었다. 한 번 한 사람이 자기네들 말로 뭐라고 얘기하자, 다른 사람이 알아들었다는 식으로 천천히 고개를 끄덕인 것을 빼고는.

 이윽고 아침이 찾아와 방사선과 바깥 대기실 창문으로 햇살이 비치기 시작할 무렵, 아이를 데리고 나온 그들은 병실로 돌아갔다. 하워드와 앤은 다시 아이와 함께 엘리베이터에 올라탔다. 다시 두 사람은 병상 옆에 자리잡았다.

 그들은 종일토록 기다렸으나, 아이는 깨어나지 않았다. 가끔 한 사람이 커피를 마시려고 아래층에 있는 카페테리아에 가기도 했으나, 이내 아이의 일이 떠올라 죄를 짓는 듯한 기분이 들어 테이블을 박차고 허겁지겁 병실로 돌아왔다. 그날 오후 다시 병실을 찾은 닥터 프랜시스는 아이의 상태를 다시 한번 살펴보더니 병세가 좋아지고 있으니 당장이라도 깨어날 것이라고 말하고는 병실을 떠났다. 전날 밤에 일하던 간호사들과는 다른 간호사들이 이따금 병실을 찾았다. 그리고 검사실에서 온 젊은 여성이 방문을 두드리고 병실로 들어왔다. 하얀 슬랙스에 하얀색 블라우스를 입은 그녀는 몇 가지 물건이 담긴 작은 쟁반을 들고 와 병상 옆 작은 탁자에 놓았다. 그녀는 그들에게 한마디도 하지 않고, 아이의 팔에서 피를 뽑았다. 그 여자가 아이의 팔에서 핏줄을 찾아 주삿바늘을 찌르자, 하워드는 눈을 감았다.

"이건 또 뭐예요?" 앤이 그 여자에게 말했다.

"의사의 지시예요." 젊은 여자가 대답했다. "저는 시킨 대로 하는 것뿐이에요. 피를 뽑으라고 해서 피를 뽑는 거예요. 그런데 어디가 아픈 거예요?" 그녀가 말했다. "이렇게 예쁜 애가."

"차에 치였답니다." 하워드가 말했다. "뺑소니요."

젊은 여자는 머리를 설레설레 흔들더니 다시 아이를 바라봤다. 그러더니 쟁반을 들고 병실을 떠났다.

"애가 왜 깨어나지 않는 걸까?" 앤이 말했다. "하워드, 이 사람들한테 무슨 대답 좀 들었으면 좋겠어."

하워드는 아무 말이 없었다. 그는 다시 의자에 앉더니 다리를 꼬았다. 그러고는 두 손으로 얼굴을 문질렀다. 그는 아들을 한 번 바라본 뒤, 의자 깊숙이 몸을 기대고 앉아 눈을 감고 잠들었다.

앤은 창가로 걸어가 주차장을 내다봤다. 밤이라 자동차들은 불을 켜고 주차장을 들락날락하고 있었다. 그녀는 두 손으로 창틀을 꽉 잡은 채 서 있었다. 그녀는 이제 자신들이 다른 어떤 곳, 어떤 어려운 국면으로 접어들고 있다는 사실을 깨달았다. 그녀는 두려웠다. 입이 덜덜 떨리기 시작하자 그녀는 입을 앙다물었다. 그녀는 병원 앞에 대형 자동차 한 대가 서자 롱코트를 입은 한 여인이 그 차에 올라타는 걸 봤다. 자신이 그 여자였더라면, 그래서 그게 누구든, 누군가 자기를 태우고 여기가 아닌 어딘가로, 그러니까 스코티가 기다리고 있다가 자신이 차에서 내리면 "엄마!" 하고 외치면서 품안으로 뛰어들어오는 곳으로 데려갔으면 좋겠다고 그녀는 생각했다.

얼마 지나지 않아, 하워드가 깨어났다. 그는 다시 아이를 쳐다봤다. 그러더니 의자에서 일어나 기지개를 켠 뒤, 창가로 걸어가 앤의 곁에 섰다. 두 사람은 나란히 주차장을 빤히 쳐다봤다. 그들은 아무 말도 하지 않았다. 그럼에도 이제 그들은 서로의 가슴속까지도 느끼는 듯했다. 마치 걱정을 많이 하다보니 아주 자연스럽게 온몸이 투명해진 사람들처럼.

문이 열리고 닥터 프랜시스가 들어왔다. 이번에 그는 다른 양복에 다른 넥타이를 매고 있었다. 잿빛 머리칼을 양옆으로 잘 빗었으며 막 면도를 한 사람처럼 보였다. 그는 곧장 병상으로 걸어가 아이를 진찰했다. "지금쯤은 의식이 돌아와야 하는데. 이 경우에는 뭐라고 설명할 방법이 없네요." 그가 말했다. "어찌되었건 위험한 고비는 넘겼다고 생각해도 좋다는 걸 말씀드리고 싶습니다. 아이가 정신을 차리면 우리도 마음을 놓을 수 있겠죠. 왜 의식이 돌아오지 않는지, 설명할 방법이 없어요, 정말 없습니다. 이제 금방입니다. 아, 깨어나게 되면 머리가 엄청나게 아플 텐데, 그건 염두에 두셔야겠어요. 하지만 다른 건 다 괜찮습니다. 아주 정상적이에요."

"그럼 혼수상태인 거 맞죠?" 앤이 말했다.

의사는 매끄러운 뺨을 손으로 문질렀다. "당분간은 그렇다고 할 수 있겠죠. 곧 깨어나면 달라지겠지만. 어쨌든 지치실 겁니다. 힘든 일이에요. 힘든 일이라는 건 저도 알아요. 나가서 뭘 좀 드세요." 그가 말했다. "그래야 힘을 내죠. 병실을 지킬 간호사를 하나 부를 테니까 편안한 마음으로 다녀오세요. 가서 뭘 좀 드세요."

"입맛이 전혀 없어요." 앤이 말했다.

"그럼 편하신 대로 하세요." 의사가 말했다. "어쨌든 제가 말씀드리고 싶은 건 모든 징후는 좋으며, 모든 검사 결과가 음성으로 나왔다는 겁니다. 이상한 건 하나도 없으니까 이제 깨어나기만 하면 모든 고비를 넘긴 거예요."

"고맙습니다, 선생님." 하워드가 말했다. 그는 다시 의사와 악수했다. 의사는 하워드의 어깨를 토닥이더니 밖으로 나갔다.

"둘 중 한 사람은 집에 다녀와야 할 것 같아." 하워드가 말했다. "슬러그 녀석 밥도 줘야 하고 말이야."

"옆집에 전화해." 앤이 말했다. "모건네에다. 부탁하면 강아지 밥쯤이야 주겠지."

"알았어." 하워드가 말했다. 그러고는 조금 쉬었다가 말을 이었다. "여보, 당신이 밥을 주고 오면 어때? 가서 집도 좀 둘러보고 다시 오면? 그게 당신에게도 좋을 것 같아. 여기는 내가 지키고 있을 테니까. 진심으로 하는 말이야." 그가 말했다. "힘을 아껴둘 필요가 있는 거니까. 얘가 깨어난 뒤에도 얼마간은 병실을 지켜야만 할 테니까 말이야."

"당신이 가지그래?" 그녀가 말했다. "슬러그 밥 주고. 당신도 밥 먹고."

"나는 이미 갔다 왔잖아." 그가 말했다. "정확하게 한 시간 십오 분 동안 갔다 왔지. 당신도 한 시간 정도 집에 가서 기운을 좀 차리라구. 그런 다음 다시 와."

그녀는 그 말에 대해 생각해보려고 노력했지만, 너무 지쳐 있었다. 그녀는 두 눈을 감고 한번 더 생각해보려고 애썼다. 잠시 뒤 그녀가 말했다. "그래, 어쩌면 잠시라도 내가 집에 가야만 하는 건지도 모르겠다. 어쩌면 내가 여기 앉아서 눈도 떼지 않고 지켜보기 때문에 이애가 깨어나지 않는 건지도 몰라. 그럴지도 모르지. 내가 여기 없으면 스코티가 깨어날지도. 집에 가서 목욕하고 깨끗한 옷으로 갈아입을게. 슬러그 밥도 주고. 그리고 돌아올게."

"내가 여기 있을게." 그가 말했다. "당신은 집에 다녀와. 내가 여기서 지켜보고 있을 테니까." 오랫동안 술을 마신 사람처럼 그의 눈은 작아졌고 충혈돼 있었다. 그의 옷은 구겨져 있었다. 턱에는 다시 수염이 비어져나왔다. 그녀는 손으로 그의 얼굴을 만지고는 다시 손을 거두었다. 얼마간이라도 말을 하거나 자기 근심을 나눠야 한다는 부담감 없이, 잠시 혼자 있고 싶어하는 그 마음을 그녀는 이해했다. 그녀는 병상 옆 탁자에 놓인 핸드백을 집었다. 그는 외투를 입는 그녀를 도왔다.

"금방 올게." 그녀가 말했다.

"집에 가면 그냥 의자에 앉아서 잠시라도 쉬어." 그가 말했다. "뭐 좀 먹고. 목욕도 하고. 욕조에서 나온 뒤에는 가만히 앉아서 그냥 쉬어. 그렇게 하면 꽤 기분이 좋아진다는 거, 잘 알겠지. 그런 다음에 돌아와." 그가 말했다. "걱정은 이제 좀 그만하기로 하자구. 닥터 프랜시스가 하는 말 들었잖아."

그녀는 외투를 입고 선 채로 잠시 의사가 정확하게 무슨 말을 했는지 기억하려고 애썼다. 그가 한 말 말고, 그의 말 이면에 어떤 뉘앙스나 어떤 암시가 있었는지 따져보며. 그녀는 의사가 몸을 수그리고 아이를 진찰할 때 조금이라도 표정이 달라진 게 있었는지 기억하려고 애썼다. 그러자 아이의 눈꺼풀을 들춰보고 숨쉬는 소리에 귀를 기울일 때 태연한 척 표정을 가다듬던 의사의 얼굴이 세세한 부분까지도 기억났다.

그녀는 문까지 걸어갔다가 몸을 돌려 다시 돌아봤다. 그녀는 아이를 바라본 뒤, 애아빠를 바라봤다. 하워드는 고개를 끄덕였다. 문밖으로 걸어나간 그녀는 문을 끌어당겨 닫았다.

그녀는 엘리베이터를 찾아, 간호사 스테이션을 지나 복도 끝까지 쭉 걸었다. 복도 끝에서 그녀는 오른쪽으로 돌아 흑인 일가족이 고리버들 의자에 앉아 있는 작은 대기실로 들어갔다. 거기에는 카키색 셔츠와 바지를 입고 야구모자를 뒤로 눌러쓴 중년 남자가 있었다. 홈드레스와 슬리퍼 차림의 덩치 큰 여자는 의자에 구부정하게 앉아 있었다. 청바지 차림에 여러 갈래 꼬아 묶은 머리 모양의 십대 여자애는 발목을 교차시킨 채 의자에 거의 눕다시피 앉아서 담배를 피우고 있었다. 앤이 대기실로 들어서자, 그 가족들의 눈동자가 앤을 향했다. 작은 탁자 위에는 햄버거 포장지들과 스티로폼 컵들이 어지럽게 널려 있었다.

"프랭클린." 덩치 큰 여자가 정신을 차리며 말했다. "프랭클린 때문에 온 건가요?" 그녀의 눈동자가 커졌다. "어서 말해주세요, 선생님?" 그 여자가 말했다. "프랭클린 때문인가요?" 그녀가 의자에서 일어서려고 하자 남자가 여자의 팔뚝으로 손을 가져갔다.

"이봐, 이봐." 그가 말했다. "에벌린."

"미안합니다." 앤이 말했다. "저는 엘리베이터를 찾고 있어요. 제 아들이 입원했는데, 지금 엘리베이터를 찾을 수가 없어요."

"엘리베이터는 그쪽으로 쭉 가서 왼쪽으로 돌면 나와요." 손가락으로 방향을 가리키며 그 남자가 말했다.

여자애는 담배 연기를 빨아당기고 앤을 빤히 쳐다봤다. 그애의 눈이 찢어질 듯 가늘어지는가 싶더니 두툼한 입술이 천천히 벌어지며 연기가 빠져나왔다. 흑인 여자는 어깨 위로 고개를 떨구고 더이상 관심이 없다는 듯 앤에게서 시선을 돌렸다.

"제 아들은 차에 치였어요." 앤이 남자에게 말했다. 뭐라도 변명해야 할 것 같았다. "뇌진탕에다가 두개골에 조금 금이 갔는데, 점점 나아지고 있다는군요. 지금은 쇼크 상태에 빠졌는데요, 말하자면 혼수상태라고도 할 수 있죠. 우리가 진짜 걱정하는 건 그거예요, 혼수상태 부분. 저는 지금 잠깐 나갔다 오려고 하구요, 남편이 애하고 같이 있어요. 어쩌면 제가 없는 동안, 애가 깰지도 몰라요."

"참 안됐습니다"라고 말하며 그 남자는 앉은 자세를 조금 바꿨다. 그는 고개를 흔들었다. 그는 탁자를 내려다보더니 다시 앤을 바라봤다. 그녀는 여전히 거기에 서 있었다. 그가 말했다. "우리 애 프랭클린은 지금 수술대 위에 있어요. 어떤 사람이 칼로 찔렀습니다. 죽이려고 했죠. 싸움에 휘말렸어요. 파티에서 말이죠. 사람들 말로는 우리 애는 그냥 서서 구경만 하고 있었대요. 누굴 해코지하지도 않았고요. 요새는 그래봐야 아무 소용도 없지만. 그 녀석은 지금 수술대에 누워 있어요. 그저 기도하고 잘되기를 바라는 것 빼고는 지금 우리가 할 수 있는 일이 없지요." 그는 그녀를 줄곧 응시했다.

다시 앤은 여전히 자신을 지켜보는 여자애를, 그리고 머리를 수그린 채 이제는 두 눈을 감은 나이든 여자를 쳐다봤다. 앤은 그 입술이 소리

없이 움직이며 말을 만드는 것을 봤다. 그 순간 앤은 무슨 말이냐고 너무도 묻고 싶었다. 그녀는 자신과 같은 종류의 기다림이라는 상황에 처한 이 사람들과 더 많은 이야기를 나누고 싶었다. 그녀도 두려웠고, 그들도 두려웠다. 다들 그런 공통점이 있었다. 그녀는 그 사고에 대해 더 많은 얘기를 하고 싶었다. 스코티가 어떤 아이였는지 그들에게 더 얘기하고, 또 사고가 월요일, 그러니까 그애의 생일에 일어났다는 것을, 그런데 그애는 아직 의식을 회복하지 못하고 있다는 것을 말하고 싶었다. 그러나 그녀는 어떻게 이야기를 시작해야 할지 알 수 없었다. 그녀는 아무 말도 더 말하지 못한 채 그들을 바라보며 서 있었다.

그녀는 그 남자가 가리킨 복도를 따라 걸어가다 엘리베이터를 발견했다. 그녀는 지금 자신이 하는 행동이 올바른 것인지 곱씹으면서 닫힌 문 앞에서 일 분 정도 기다렸다. 그리고 손가락을 내밀어 버튼을 눌렀다.

그녀는 진입로로 들어선 뒤 엔진을 껐다. 그러고는 눈을 감고 잠시 운전대에 고개를 숙이고 기댔다. 그녀는 식어가는 엔진에서 탁탁거리며 들려오는 소리를 가만히 들었다. 그리고 자동차 밖으로 나왔다. 집 안에서 개가 짖어대는 소리가 들렸다. 그녀는 앞문으로 걸어갔다. 문은 잠겨 있지 않았다. 그녀는 안으로 들어가 불을 켜고 차를 마시기 위해 주전자를 불 위에 올렸다. 그녀는 사료 봉지를 열어 뒷베란다에서 슬러그에게 밥을 줬다. 개는 쩝쩝 소리를 내면서 굶주린 듯 밥을 먹었다. 개는 밥을 먹다가도 그녀가 계속 있는지 보려고 부엌으로 달려오곤 했다. 그녀가 차를 들고 소파에 앉았을 때, 전화벨이 울렸다.

"예!" 그녀가 전화를 받았다. "여보세요!"

"와이스 부인?" 남자 목소리였다. 그때가 새벽 다섯시였는데, 무슨 기계나 장비 같은 것이 작동하는 듯한 소리가 배경음으로 들린다고 그녀는 생각했다.

"예, 예! 무슨 일이죠?" 그녀가 말했다. "제가 와이스 부인이에요. 접니다. 무슨 일인가요, 예?" 그녀는 전화기에서 들리는 자그마한 소리에도 귀를 기울였다. "스코티 얘기인가요? 혹시?"

"스코티." 남자의 목소리가 말했다. "스코티 얘기요, 그래요. 스코티랑 관계가 있죠, 그 문제는. 스코티 일은 잊어버리셨소?" 남자가 말했다. 그러더니 전화를 끊었다.

그녀는 병원 전화번호를 눌러 삼층을 부탁했다. 그녀는 전화를 받은 간호사에게 아들에 대한 소식을 알려달라고 했다. 그다음에 그녀는 남편을 바꿔달라고 부탁했다. 아주 급해요, 라고 그녀는 말했다.

그녀는 기다리면서 손가락으로 전화기 줄을 꼬았다. 눈을 감자, 속이 메슥거렸다. 뭔가를 먹기는 먹어야 할 것 같았다. 슬러그가 뒷베란다에서 들어와 그녀의 발치 근처에 누웠다. 개는 꼬리를 흔들었다. 그녀가 귀를 잡아당기자, 개는 그녀의 손가락을 핥았다. 하워드가 전화를 받았다.

"어떤 사람이 방금 집에 전화를 걸었어." 그녀가 말했다. 그녀는 전화기 줄을 꼬았다. "스코티에 관한 거라고 말했어." 그녀가 소리쳤다.

"스코티는 괜찮아." 하워드가 그녀에게 말했다. "그러니까 내 말은 여전히 자고 있다고. 달라진 건 없어. 당신이 떠난 뒤에 간호사가 두 번 찾아왔어. 간호사였는지, 의사였는지 암튼. 애는 괜찮아."

별것 아닌 것 같지만, 도움이 되는　111

"어떤 남자가 전화했어. 스코티에 관한 거라고 말했다구." 그녀가 그에게 말했다.

"여보, 좀 쉬어. 당신에겐 휴식이 필요해. 나한테 전화했던 사람일 거야. 잊어버려. 여기 오기 전에 좀 쉬라고. 그다음에 우리 아침이나 뭘 좀 먹도록 하자."

"아침이라고?" 그녀가 말했다. "나는 아침 안 먹어도 괜찮아."

"그런 뜻이 아니라는 거 잘 알잖아." 그가 말했다. "주스나 그런 것 말이야. 나도 모르겠어. 나도 뭐가 뭔지 모르겠다고, 앤. 젠장, 나도 하나도 배고프지 않아. 앤, 지금은 얘기하는 것도 너무 힘들어. 나 지금 여기 간호사 책상 앞에 서 있어. 아침 여덟시에 닥터 프랜시스가 다시 오기로 했어. 그때는 우리한테 뭔가 얘기해줄 거야. 세세하게 말이야. 어떤 간호사가 그렇게 얘기했어. 그 간호사도 그것밖에는 모른대. 앤? 여보, 그때 가면 우리도 더 많은 걸 알게 될 거야. 여덟시에. 여덟시 전에 와. 그동안 나는 여기 있고 스코티는 괜찮아. 아까랑 똑같아." 그가 덧붙였다.

"차를 마시고 있었어." 그녀가 말했다. "그때 전화벨이 울린 거야. 그 사람들이 스코티에 관한 거라고 말했어. 전화기에서는 무슨 잡음 같은 게 들렸어. 당신이 받은 전화에서도 그런 잡음이 들렸어? 응, 하워드?"

"기억 안 나." 그가 말했다. "그 차를 몰았던 사람이겠지. 사이코패스인데 스코티에 대해서 뭔가 알게 된 모양이지. 어쨌든 스코티와 난 여기 있어. 그러니까 원래 하려고 했던 대로 좀 쉬라구. 목욕한 뒤에 일곱시 정도에 다시 와. 의사가 오면 함께 얘기해야 할 테니까. 다 잘

되고 있어, 여보. 내가 지키고 있고 여기에는 의사들하고 간호사들이 많아. 그 사람들 말이 애 상태는 안정적이래."

"무서워 죽을 것 같아." 그녀가 말했다.

그녀는 물을 받은 뒤, 옷을 벗고 욕조 안으로 들어갔다. 그리고 머리는 감지도 않은 채, 재빨리 몸을 씻고 물기를 닦아냈다. 그녀는 깨끗한 속옷과 모직바지와 스웨터를 입었다. 그녀가 거실로 들어가자, 개는 그녀를 보면서 꼬리로 바닥을 한 번 쳤다. 그녀가 자동차로 걸어갈 즈음에는 사위가 밝아오고 있었다.

병원 주차장으로 들어간 그녀는 현관 근처의 빈자리를 발견했다. 그녀는 아이에게 그런 일이 일어난 데는 막연하나마 자신에게도 책임이 있다고 느꼈다. 생각은 흑인 가족의 일로 이어졌다. 그녀는 프랭클린이라는 이름과 햄버거 포장지로 뒤덮여 있던 탁자와 담배 연기를 빨아들이며 그녀를 바라보던 십대 여자애를 기억했다. "아이를 갖지 마." 병원 현관으로 들어서면서 그녀는 머릿속에 떠오른 그 여자애에게 말했다. "정말이야, 갖지 마라."

그녀는 막 근무를 시작한 간호사 두 명과 함께 엘리베이터를 타고 삼층으로 올라갔다. 수요일 오전 일곱시 정각이 얼마 남지 않은 시각이었다. 삼층에서 엘리베이터 문이 열리자, 닥터 매디슨을 호출하는 방송이 들렸다. 그녀는 간호사들을 따라 내렸다. 그 간호사들은 그녀가 엘리베이터에 올라타는 바람에 멈췄던 대화를 계속하면서 다른 방향으로 걸음을 옮겼다. 그녀는 복도를 따라 흑인 일가족이 기다리고 있던 작은 방 앞까지 걸어갔다. 그들은 보이지 않았고, 불과 몇 분 전에 허겁지겁 떠난 것처럼 의자들만 여기저기 흩어져 있었다. 탁자 위에는 아까와 마찬가지로 컵과 종이가 어지럽게 널려 있었고 재떨이에는 꽁초가 가득했다.

그녀는 간호사 스테이션 앞에 멈춰 섰다. 한 간호사가 카운터 뒤에 서서 하품을 하며 머리를 빗고 있었다.

"어젯밤에 수술받은 흑인 아이가 하나 있었죠." 앤이 말했다. "프랭클린이라는 이름이었는데. 가족들은 대기실에 있었구요. 그 아이 상태가 어떤지 궁금해서요."

카운터 뒤 책상에 앉아 있던 간호사가 들여다보던 차트에서 시선을 떼고 올려다봤다. 전화벨이 울리자 그녀는 수화기를 들었지만 시선만은 앤에게서 떼지 않았다.

"그 아이는 사망했어요." 카운터에 서 있던 간호사가 말했다. 간호사는 빗을 든 채 그녀를 계속 쳐다봤다. "그 아이의 가족과 잘 아시는 분인가요?"

"어젯밤에 그 가족을 만났거든요." 앤이 말했다. "제 아들도 입원중이에요. 쇼크 상태인 것 같아요. 뭐가 잘못됐는지 우리는 몰라요. 그냥 프랭클린 일이 궁금했을 뿐이에요. 고맙습니다." 그녀는 복도를 따라 걸었다. 벽과 색깔이 같은 엘리베이터 문이 열렸고 하얀 바지에 하얀 캔버스 운동화를 신은, 수척한 대머리 남자가 엘리베이터에서 무겁게 카트를 밀었다. 어젯밤에는 거기 문이 있다는 걸 알아차리지 못했다. 엘리베이터 바깥으로 카트를 밀고 나온 남자는 엘리베이터에서 가장 가까운 병실 앞에 멈춰 서더니 클립보드를 들여다봤다. 그러더니 몸을 수그려 카트에서 쟁반 하나를 끌어냈다. 그는 문을 가볍게 두드리고는 병실 안으로 들어갔다. 카트 옆을 지나가는 동안, 그녀는 데워진 음식에서 나오는 불쾌한 냄새를 맡을 수 있었다. 그녀는 그 어떤 간호사들에게도 눈길을 돌리지 않고 서둘러 걸어가 아이가 있는 병실의 문을 밀었다.

하워드는 뒷짐을 진 채 창가에 서 있었다. 그녀가 들어가자, 그는 돌아섰다.

"애는 어때?" 그녀가 말했다. 그녀는 병상 쪽으로 다가갔다. 그녀는 침대 탁자 옆 바닥에 핸드백을 떨어뜨렸다. 아주 오랫동안 자리를 비운 듯한 느낌이 들었다. 그녀는 아이의 얼굴을 만졌다. "하워드?"

"닥터 프랜시스가 조금 전에 다녀갔어." 하워드가 말했다. 그녀는 그를 자세히 살펴보고는 어깨가 굳어 있다고 생각했다.

"오늘 아침 여덟시에 온다고 알고 있었는데." 그녀가 바로 말했다.

"다른 의사하고 함께 왔어. 신경과 의사."

"신경과 의사라고?" 그녀가 말했다.

하워드는 고개를 끄덕였다. 그의 어깨가 점점 굳어간다는 사실을, 그녀는 눈으로 볼 수 있었다. "그 사람들이 뭐라고 했어, 하워드? 제발 말해봐. 도대체 뭐래?"

"그 사람들은 얘를 데리고 가서 몇 가지 검사를 더 해봐야겠다고 말했어, 앤. 수술을 해야 한다고 생각하고 있어, 여보. 여보, 수술을 할 거라구. 얘가 왜 정신을 못 차리는지 자기들도 모른대. 쇼크나 뇌진탕 이상의 뭔가라는 건데, 이제 그 정도만 알게 된 거지. 두개골 안에 말이야, 골절이, 그러니까 뭔가가, 해결해야만 하는 뭔가가 있다고 생각하는 거야. 그래서 그 사람들은 수술을 하려고 해. 당신과 통화하려고 했는데, 벌써 집을 나선 뒤였던 모양이야."

"오, 하느님." 그녀가 말했다. "안 돼, 하워드. 안 돼." 그의 팔을 잡으며 그녀가 말했다.

"저기 봐!" 하워드가 말했다. "스코티! 저기 봐, 앤!" 그는 그녀의 몸을 병상 쪽으로 돌렸다.

아이는 두 눈을 떴다가 다시 감았다. 아이는 다시 두 눈을 떴다. 일 분 정도 앞쪽만 바라보던 눈동자는 천천히 움직이다 하워드와 앤을 향해서 잠시 멈췄다. 그러다가 다시 움직이기 시작했다.

"스코티." 병상 쪽으로 다가가며 아이 엄마가 말했다.

"얘야, 스코티." 아빠가 말했다. "이 녀석아."

그들은 병상으로 몸을 기울였다. 하워드는 아이의 손을 잡고 토닥이다가 꽉 움켜잡았다. 앤은 몸을 굽혀 아이의 이마에 몇 번이고 입을 맞췄다. 그녀는 두 손으로 아이의 양쪽 뺨을 감쌌다. "스코티, 착하지. 엄마 아빠야." 그녀가 말했다. "스코티?"

아이는 그들을 바라봤지만, 알아본다는 느낌은 전혀 없었다. 그러더니 입이 벌어지는가 싶다가 두 눈은 굳게 감겼고, 폐 속에 더이상 숨이 남아 있지 않을 때까지 아이는 신음을 내뱉었다. 그리고 아이의 얼굴은 편안해졌다. 아이의 입술이 벌어지면서 마지막 숨이 목구멍을 지나 앙다문 이빨 사이로 천천히 빠져나갔다.

의사들은 이를 히든 오클루전*이라고 불렀는데, 백만 명당 한 명꼴

---

* hidden occlusion. 눈에 보이지 않는 혈관폐색 증상을 뜻한다.

로 발생하는 특이증상이라고 했다. 귀신같이 그 사실을 알아차리고 즉시 수술을 했더라면 아이를 살릴 수도 있었을 것이다. 하지만 그럴 일은 거의 없었다. 어쨌든 그들이 뭘 찾을 수 있었겠는가? 검사에도, 엑스레이에도 나오는 건 아무것도 없었는데.

 닥터 프랜시스는 동요했다. "제 마음이 지금 어떤지 설명할 방법이 없습니다. 너무너무 죄송합니다만, 이런 말로도 부족합니다." 그들을 의사 휴게실 안으로 이끌며 그가 말했다. 의사 한 명이 다른 의자에 두 다리를 걸친 채 의자에 앉아 오전에 방영하는 TV쇼를 시청하고 있었다. 그는 분만실용 초록색 옷, 그러니까 헐렁한 초록색 바지에 초록색 상의, 그리고 초록색 수술모자 차림이었다. 그는 하워드와 앤을 쳐다본 뒤, 닥터 프랜시스를 바라봤다. 그는 자리에서 일어나 TV를 끄고 휴게실에서 나갔다. 닥터 프랜시스는 소파로 앤을 안내한 뒤, 그녀의 옆에 앉아 낮은 목소리로 위로하듯 말하기 시작했다. 어느 시점에 이르자 그는 몸을 내밀어 그녀를 안았다. 그녀는 자신의 어깨에 닿은 그의 가슴이 규칙적으로 오르내리는 걸 느낄 수 있었다. 그녀는 눈을 뜬 채로 그에게 그대로 안겨 있었다. 하워드는 화장실로 들어갔으나, 문을 열어둔 상태였다. 그는 한 번 격렬하게 통곡하더니 물을 틀고 얼굴을 씻었다. 그리고 밖으로 나와 전화기가 놓인 작은 탁자 앞에 앉았다. 그는 제일 먼저 해야 할 일이 뭔지 생각하는 사람처럼 전화기를 바라봤다. 그는 몇 군데 전화를 걸었다. 조금 있다가 닥터 프랜시스가 그 전화기를 사용했다.

 "이제 제가 도와드릴 일은 없습니까?" 그가 물었다.

 하워드는 고개를 저었다. 앤은 무슨 소리를 하는지 알 수 없다는 듯

닥터 프랜시스를 쳐다봤다.

의사는 그들을 따라 병원 현관까지 걸어갔다. 사람들은 병원으로 들어오거나 병원을 나서고 있었다. 오전 열한시였다. 앤은 자신의 두 다리가 너무나 천천히, 거의 마지못해 움직인다는 사실을 느낄 수 있었다. 그녀가 생각하기에 자신들은 마땅히 병원에 있어야 하는데, 병원에 있는 게 더 옳은 일인데, 닥터 프랜시스는 자신들을 보내려고 하는 것 같았다. 그녀는 주차장을 빤히 쳐다보다가 몸을 돌려 병원 현관을 돌아봤다. 그녀는 머리를 좌우로 흔들기 시작했다. "안 돼, 안 돼요." 그녀는 말했다. "이렇게 놔두고 갈 순 없어. 안 돼." 그녀는 자기 입에서 그런 말이 나오는 걸 듣고는, 흘러나오는 말이라는 게 고작 TV 프로그램 같은 데 보면, 폭력이나 갑작스러운 죽음 앞에서 넋이 빠진 사람들이 쓰는 그런 따위라는 건 너무 억울하다고 생각했다. 그녀는 자기 자신의 말을 원했다. "안 돼"라고 그녀는 말했고, 어떤 이유에선가 축 늘어지던 흑인 여자의 머리통이 떠올랐다. "안 돼." 그녀가 다시 말했다.

"이따가 말씀드리겠지만," 의사가 하워드에게 말하고 있었다. "몇 가지 일들이 아직 남아 있습니다. 아직 만족스럽게 파악되지 않은, 몇 가지 일들이 있어요. 우리가 좀더 명확히 알아야만 하는 일들 말입니다."

"부검입니까?" 하워드가 말했다.

닥터 프랜시스가 고개를 끄덕였다.

"이해해요." 하워드가 말했다. 그리고 말을 이었다. "아, 하느님 맙소사. 아니야, 이해하긴 뭘 이해해, 의사 선생. 나는 이해 못해요. 이해 못해요. 절대로 이해 못해요."

닥터 프랜시스는 팔로 하워드의 어깨를 감싸안았다. "죄송합니다. 정말 너무 죄송합니다." 그는 하워드의 어깨를 감쌌던 팔을 풀고 손을 내밀었다. 하워드는 그 손을 바라보다가 잡았다. 닥터 프랜시스는 두 팔로 앤을 한번 더 안았다. 그는 그녀가 이해할 수 없는 어떤 종류의 선함으로 가득차 보였다. 그녀는 자신의 머리를 그냥 그의 어깨에 기댔으나 두 눈만은 뜨고 있었다. 그녀는 계속 병원을 쳐다봤다. 차를 타고 주차장을 빠져나오는 동안에도 그녀는 병원 쪽을 돌아봤다.

집에서 그녀는 외투 주머니에 두 손을 넣은 채 소파에 앉아 있었다. 하워드는 아이 방의 방문을 닫았다. 그는 커피메이커를 켜고 빈 상자를 하나 찾아왔다. 그는 거실 여기저기에 흩어져 있는 아이의 물건을 담아넣을 생각이었다. 하지만 그 대신에 그는 그녀가 앉아 있는 소파 옆에 앉아서 상자를 한쪽으로 치우고 두 무릎 사이에 팔을 늘어뜨린 채 몸을 숙였다. 그는 흐느끼기 시작했다. 그녀는 자기 무릎 쪽으로 그의 머리를 당기고 어깨를 토닥였다. "없어." 그녀가 말했다. 그녀는 계속 그의 어깨를 토닥였다. 그의 흐느낌에 겹쳐 부엌에서 커피 끓는 소리가 들려왔다. "괜찮아, 괜찮아." 그녀가 상냥하게 말했다. "하워드, 없어. 스코티는 이제 없고, 우리는 앞으로 그런 삶에 익숙해져야만 해. 혼자 남는 삶에."

조금 뒤, 하워드는 일어나 상자를 들고 거실 주위를 목적 없이 움직이기 시작했다. 상자에는 무엇도 담지 않고, 대신 소파의 한쪽 끝에 몇몇 물건을 모아놓으며. 그녀는 여전히 외투 주머니에 손을 넣은 채 앉아 있었다. 하워드는 상자를 내려놓고 거실로 커피를 가져왔다. 얼마 뒤, 앤은 친척들에게 전화를 걸었다. 상대편이 전화를 받을 때마다 앤은 몇 마디 꺼내지도 못하고 잠시 울음을 터뜨렸다. 그다음에야 그녀는 절제된 목소리로 차근차근 일어난 일과 이후의 절차에 대해 설명했다. 하워드는 상자를 들고 차고로 갔다가 거기서 아이의 자전거를 봤다. 그는 상자를 내려놓고 자전거 옆 바닥에 앉았다. 그가 엉거주춤 자전거를 잡는 바람에 자전거가 그의 가슴 쪽으로 넘어졌다. 그는 자전거를 잡았다. 고무페달이 가슴으로 파고들었다. 그는 바퀴를 한 번 돌렸다.

앤은 언니와 통화한 뒤 수화기를 내려놓았다. 그녀가 다른 전화번호를 찾아보고 있을 때, 전화벨이 울렸다. 그녀는 전화벨이 울리자마자 받았다.

"여보세요." 그녀가 말했다. 수화기 저편에서 뭔가 웅웅거리는 소음이 들려왔다. "여보세요!" 그녀가 말했다. "제발"이라고 그녀가 말했다. "누구세요? 원하는 게 뭐예요?"

"당신 스코티 말이오. 당신을 위해 내가 그애를 준비해놓았소." 그 남자 목소리가 말했다. "스코티를 잊어버렸소?"

"이 못된 새끼야!" 그녀가 수화기에 대고 소리쳤다. "네가 어떻게 이런 짓을 할 수 있어, 이 못된 자식아."

"스코티 말이오." 그 남자가 말했다. "스코티에 대해서 완전히 잊어버린 것 아니오?" 그러더니 그 남자는 전화를 끊어버렸다.

하워드가 고함소리를 듣고 안으로 들어왔을 때, 그녀는 탁자 위에 두 팔을 올리고 거기에 얼굴을 묻고 울고 있었다. 그는 수화기를 집어들고 신호음에 귀를 기울였다.

시간이 꽤 흘러, 자정이 되기 얼마 전, 그러니까 그들이 여러 일들을 끝마쳤을 때, 다시 전화벨이 울렸다.

"당신이 받아봐." 그녀가 말했다. "하워드, 그놈이야, 분명해." 그들은 부엌 식탁에 커피를 놓고 앉아 있었다. 하워드는 자기 커피잔 옆에 작은 잔으로 위스키도 한 잔 놓았다. 세번째 전화벨이 울렸을 때, 그가 전화를 받았다.

"여보세요." 그가 말했다. "당신 누구요? 여보세요! 여보세요!" 전화는 끊어졌다. "끊었어." 하워드가 말했다. "누군지 모르겠지만."

"그놈이야." 그녀가 말했다. "그 개자식. 죽여버릴 거야." 그녀가 말했다. "총으로 쏜 뒤에 버둥대는 꼴을 보고야 말 거야."

"세상에, 앤." 그가 말했다.

"무슨 소리 못 들었어?" 그녀가 말했다. "뒤에서 들려오는 소리. 무슨 기계 같은 게 웅웅대는 듯한 시끄러운 소리?"

"못 들었어, 정말이야. 그런 소리는 안 들렸어." 그가 말했다. "그럴 만한 시간도 없었으니까. 라디오에서 나오는 음악 같은 건 있었어. 그래, 라디오를 틀어놓은 건 분명해. 그건 내가 들었거든. 도대체 무슨 일인지 모르겠네." 그가 말했다.

그녀는 머리를 흔들었다. "내 손에 잡히기만 해봐." 그러다가 뭔가가 떠올랐다. 그녀는 그게 누군지 알아냈다. 스코티, 케이크, 전화번호. 그녀는 식탁에서 의자를 뒤로 밀어내고 벌떡 일어섰다. "쇼핑센터까지 좀 태워다줘." 그녀가 말했다. "하워드."

"무슨 말이야?"

"쇼핑센터 말이야. 누가 전화했는지 알겠어. 누군지 알겠다고. 빵집 주인, 그 못된 놈의 빵집 주인이야, 하워드. 스코티 생일에 쓸 케이크를 만들어달라고 했거든. 그놈이 전화한 거야. 우리집 전화번호가 있으니까 계속 전화한 거지. 그 케이크 때문에 우리를 괴롭힌 거라고. 빵집 주인, 그 못된 새끼."

그들은 쇼핑센터까지 차를 몰고 갔다. 밤하늘이 맑아 별이 다 떠올랐다. 날씨가 추워 그들은 자동차의 히터를 틀었다. 그들은 빵집 앞에 차를 세웠다. 가게와 상점은 모두 문을 닫았지만, 주차장 한쪽 구석 극장 앞에는 자동차들이 주차돼 있었다. 빵집의 창은 어두웠으나, 유리창 저쪽을 살펴보니 뒤쪽 방에 불이 켜져 있었고 그 단조로울 정도로 하얀 빛 아래 앞치마를 두른 덩치 큰 남자가 오가고 있었다. 유리창을 통해 그녀는 진열장과 의자가 딸린 작은 탁자들을 볼 수 있었다. 그녀는 문을 열어보려고 했다. 유리창을 두드렸다. 하지만 그 소리가 빵집 주인에게 들렸는지 어쨌는지 그는 기척을 보이지 않았다. 그는 그들이 있는 쪽을 쳐다보지도 않았다.

그들은 빵집 뒤쪽으로 돌아가 그곳에 차를 세웠다. 그들은 차에서 내렸다. 불이 켜진 창이 하나 있었지만, 너무 높아서 안을 들여다볼 수는 없었다. 뒷문 근처의 간판에는 '각종 빵과 과자, 특별 주문 가능'이라고 적혀 있었다. 그녀는 안쪽에서 나지막이 흘러나오는 라디오 소리와 아마도 오븐의 문을 내릴 때 나는 소리랄까, 아무튼 뭔가 끽끽대는 소리를 들을 수 있었다. 그녀는 문을 두드리고 기다렸다. 다시 그녀는 더 세게 두들겼다. 라디오 소리가 작아지더니 이번에는 뭔가 문지르는 소리, 서랍을 열고 닫는 듯한 소리가 멀찍감치 들려왔다.

안에서 잠긴 문을 여는 사람이 있었다. 불빛을 받은 빵집 주인이 그들을 내다봤다. "영업시간은 끝났습니다." 그가 말했다. "시간이 너무 늦었잖습니까? 한밤중이에요. 술이라도 드신 모양이구려."

그녀는 열린 문을 통해 쏟아져나오는 빛 속으로 들어갔다. 그는 눈을 무겁게 껌뻑거리다 그녀를 알아봤다. "당신은"이라고 그가 말했다.

"나예요." 그녀가 말했다. "스코티 엄마예요. 이 사람은 스코티 아빠구요. 안으로 좀 들어갈까 하는데요."

"나는 지금 바빠요. 해야 할 일이 있소." 빵집 주인이 말했다.

어쨌든 그녀는 문 안으로 걸어갔다. 하워드가 그녀의 뒤를 따랐다. 빵집 주인은 뒤로 물러섰다. "여기서 빵집 냄새가 나지 않아? 여기서 나는 냄새가 빵집 냄새 맞지, 여보?"

"왜들 이러는 거요?" 빵집 주인이 말했다. "케이크 때문에 그러는 거요? 맞아, 이제야 케이크가 필요해진 모양이군. 당신이 케이크 주문한 건 기억하시오?"

"그렇게 똑똑한 머리로 빵집이나 하고 있군요." 그녀가 말했다. "여보, 이 사람이 우리한테 전화한 거야." 그녀는 주먹을 불끈 쥐었다. 그러고는 맹렬한 기세로 그를 노려봤다. 내부 깊은 곳에서 타오르는 분노로 그녀는 자신이 원래의 자신보다, 거기 있는 남자들보다 크다고 느꼈다.

"여기서 잠깐만 기다리시오." 빵집 주인이 말했다. "만든 지 사흘이나 지난 케이크를 가지러 오셨다 이거지? 그거요? 나는 아줌마하고 싸우고 싶지 않아요. 상해가는 그 케이크는 저기 있소. 원래 부른 가격의 반값에 주겠소. 아니오. 당신들이 원하잖소? 가져가시오. 나한테는 아무 쓸모 없소, 이젠 누구한테도 쓸모없소. 저 케이크를 만드느라 나는 시간과 돈만 낭비했소. 가져가고 싶으면 좋소, 가져가시오. 가져가기 싫다고 해도 좋소, 아무 문제 없소. 나는 이제 일을 해야겠소." 그는 그들을 바라보며 앙다문 이 뒤로 혀를 말았다.

"케이크가 더 필요해요." 그녀가 말했다. 그녀는 자신이 감정을, 속에서 치밀어오르는 것을 진정할 수 있게 됐다는 것을 알았다. 그녀는 침착해졌다.

"아줌마, 나는 먹고살자고 이 안에서 하루에 열여섯 시간을 일합니다." 빵집 주인이 말했다. 그는 앞치마로 두 손을 닦았다. "여기서 밤낮없이 일해야 겨우 수지를 맞출 수가 있어요." 앤의 얼굴에 지나가는 표정을 보고 빵집 주인은 뒤로 물러서면서 말했다. "번거로운 건 질색이오." 그는 조리대로 손을 뻗더니 오른손으로 반죽밀대를 집어들고 왼쪽 손바닥을 두들기기 시작했다. "케이크 가져갈 거요, 말 거요? 나는 다시 일해야 하오. 빵장수들은 밤에 일하오." 그가 다시 말했다. 그의 눈이 작고 비열해 보인다고 그녀는 생각했다. 그 눈은 꺼칠꺼칠한 뺨 주위의 살에 파묻혀 잘 보이지 않았다. 목은 살이 많아 두꺼웠다.

"빵장수들이 밤에 일한다는 거, 나도 알아요." 앤이 말했다. "빵장수들, 전화질도 밤에 잘하죠. 이 못된 자식아." 그녀가 말했다.

빵집 주인은 밀대로 손바닥을 계속 두들겼다. 그는 하워드와 눈을 마주쳤다. "신경 좀 쓰세요, 신경 좀." 그가 하워드에게 말했다.

"우리 아들은 죽었어요." 그녀가 냉정하고 침착한 목소리로 잘라 말했다. "월요일 아침에 차에 치였어요. 우리가 줄곧 곁에 있었지만, 결국 죽고 말았어요. 물론, 당신이야 그 사실을 알 수는 없었겠죠? 빵장수라고 해서 모든 것을 알 수는 없을 테니까. 안 그래요, 빵장수 아저씨? 하지만 그애는 죽었어요. 그애는 죽었다구, 이 못된 놈아!" 갑자기 솟구친 분노는 또한 갑자기 고자누룩해지더니 다른 뭔가로, 그러니까 구역질이 날 것 같은 어지러운 느낌으로 바뀌었다. 그녀는 밀가루가 묻어 있는 나무탁자에 몸을 기대고 얼굴을 두 손으로 감싸더니 어깨를 들썩이며 소리 내어 울기 시작했다. "너무하잖아." 그녀가 말했다. "너무해도 정말 너무하잖아."

하워드는 그녀의 잘록한 허리 부분에 손을 얹으며 빵집 주인을 바라봤다. "부끄러운 줄 아세요." 하워드가 그에게 말했다. "부끄러운 줄을."

빵집 주인은 밀대를 조리대 위에 내려놓았다. 그는 앞치마도 풀어 조리대 위에 던졌다. 그는 그들을 바라보더니 천천히 머리를 흔들었다. 그는 서류와 영수증과 계산기와 전화번호부가 놓여 있는 접이식 탁자에서 의자를 하나 꺼냈다. "여기 좀 앉으시오." 그가 말했다. "당신 의자도 가져오겠소." 그가 하워드에게 말했다. "여기 좀 앉아주시오." 그는 가게 앞쪽으로 가더니 작은 철제의자 두 개를 들고 왔다. "두 분 다 여기 좀 앉으시오."

앤은 눈가의 눈물을 닦고 빵집 주인을 바라봤다. "당신을 죽이고 싶었어요." 그녀가 말했다. "당신이 죽었으면 좋겠다고 생각했어요."

빵집 주인은 그들을 위해 탁자 위를 치웠다. 그는 계산기와 함께 공책과 영수증을 한쪽으로 밀어냈다. 그가 전화번호부를 밀어내자 전화번호부는 소리를 내며 바닥으로 떨어졌다. 하워드와 앤은 의자를 탁자 쪽으로 붙이며 앉았다. 빵집 주인도 함께 앉았다.

"미안하다는 말을 해야겠소." 빵집 주인이 팔꿈치를 탁자 위에 올리며 말했다. "내가 얼마나 미안한지는 하느님만이 아실 거요. 내 말을 잘 들어요. 나는 빵장수일 뿐이라오. 다른 뭐라고는 말하지 못하겠소. 예전에, 그러니까 몇십 년 전에는 다른 종류의 인간이었을지 몰라요. 지금은 기억도 안 나는 일들이니까 나도 잘 모르겠소. 어쨌든 내가 어땠건 이제는 더이상 예전의 내가 아니라는 거요. 지금은 그저 빵장수일 뿐이오. 그렇다고 해서 내가 한 일들의 변명이 될 순 없겠지요. 그러나 진심으로 미안하게 됐습니다. 자제분에게 일어난 일은 안됐다고 생각합니다. 그런 상황에서 제가 한 일도 죄송합니다." 빵집 주인은 말했다. 그는 탁자 위로 두 손을 내밀더니 손바닥을 펼쳤다. "내게는 아이가 하나도 없었기 때문에 지금 당신들의 심정에 대해서는 간신히 짐작만 할 수 있을 뿐이라오. 지금 이 순간, 내가 할 수 있는 말이라고는 미안하다는 것뿐이라오. 부디 용서해주시길 바랍니다." 빵집 주인은 말했다. "나는 못된 사람이 아니오. 적어도 그렇다고 생각합니다. 당신이 말한 것처럼 전화로 못된 짓 하는 사람은 아니라오. 요약하자면, 더이상 어떻게 행동해야 할지 나도 모르겠다는 걸 알아줬으면, 뭐, 그렇다고나 할까요. 부탁이오." 그 남자는 말했다. "나를 용서할 마음이 생기는지 여쭤봐도 되겠소?"

빵집 안은 따뜻했다. 하워드는 탁자에서 일어나 외투를 벗었다. 그는 앤이 외투를 벗는 것을 도왔다. 빵집 주인은 그들을 가만히 쳐다보다가 고개를 끄덕이며 탁자에서 일어났다. 그는 오븐으로 가더니 몇몇 스위치를 껐다. 그는 컵을 찾아 전기 커피메이커에서 커피를 따랐다. 그는 크림이 든 종이곽을 탁자 위에 놓았고, 설탕 종지도 가져왔다.

"아마 제대로 드신 것도 없겠죠." 빵집 주인이 말했다. "내가 만든 따뜻한 롤빵을 좀 드시지요. 뭘 좀 드시고 기운을 차리는 게 좋겠소. 이럴 때 뭘 좀 먹는 일은 별것 아닌 것 같지만, 도움이 될 거요." 그가 말했다.

그는 오븐에서 따뜻한 계피롤빵을 가져왔는데, 겉에 입힌 아이싱이 아직 굳지도 않았다. 그는 탁자 위에 버터를 놓고, 버터를 바를 칼을 가져왔다. 그러고 나서 빵집 주인은 그들과 함께 탁자에 앉았다. 그는 기다렸다. 그들이 각자 접시에 놓인 롤빵을 하나씩 집어먹기 시작할 때까지 그는 기다렸다. 그들을 바라보며 그가 말했다. "뭔가를 먹는 게 도움이 된다오. 더 있소. 다 드시오. 먹고 싶은 만큼 드시오. 세상의 모든 롤빵이 다 여기에 있으니."

그들은 롤빵을 먹고 커피를 마셨다. 앤은 갑자기 허기를 느꼈는데, 그 롤빵은 따뜻하고 달콤했다. 그녀는 롤빵을 세 개나 먹어 빵집 주인을 기쁘게 했다. 그리고 그가 이야기하기 시작했다. 그들은 신경써서 귀를 기울였다. 그들은 지치고 비통했으나, 빵집 주인이 하고 싶어하는 말에 귀를 기울였다. 빵집 주인이 외로움에 대해서, 중년을 지나면서 자신에게 찾아온 의심과 한계에 대해서 말하기 시작할 때부터 그들은 고개를 끄덕였다. 그는 그들에게 그런 시절을 아이 없이 보내는 일이 어떤 것인지 말했다. 매일 오븐을 가득 채웠다가 다시 비워내는 일을 반복하면서 보내는 일이 어떤 것인지. 그가 만들고 또 만들었던 파티 음식, 축하 케이크들. 손가락이 푹 잠길 만큼의 당의糖衣. 케이크에 세워두는 작은 신혼부부 인형들. 몇백, 아니, 지금까지 몇천에 달할 것들. 생일들. 그 많은 촛불들이 타오르는 것을 상상해보라. 그는 반드시 필요한 일을 했다. 그는 빵집 주인이었다. 그는 자신이 꽃장수가 아니라 좋았다. 사람들이 먹을 것을 만드는 게 더 좋았다. 언제라도 빵냄새는 꽃향기보다 더 좋았다.

"이 냄새를 맡아보시오." 검은 빵 덩어리를 잘라내면서 빵집 주인이 말했다. "퍽퍽한 빵이지만, 맛깔난다오." 그들은 빵냄새를 맡았고, 그는 맛보라고 권했다. 당밀과 거칠게 빻은 곡식 맛이 났다. 그들은 그에게 귀를 기울였다. 그들은 먹을 수 있는 만큼 먹었다. 그들은 검은 빵을 삼켰다. 형광등 불빛 아래에 있는데, 그 빛이 마치 햇빛처럼 느껴졌다. 그들은 이른 아침이 될 때까지, 창으로 희미한 햇살이 높게 비칠 때까지 이야기를 나눴는데도 떠날 생각을 하지 않았다.

비타민

나는 일자리가 있었고 패티는 그렇지 않았다. 나는 밤에 병원에서 몇 시간 정도 일했다. 변변찮은 일이었다. 적당하게 일하고, 여덟 시간 일했다고 카드에 사인하고, 간호사들과 술 마시러 갔다. 얼마 뒤, 패티는 일자리를 원했다. 자기의 자존감을 위해서라도 일자리가 필요하다고 그녀는 말했다. 그래서 그녀는 복합비타민 방문판매 일을 시작했다.

얼마 동안 그녀는 낯선 동네를 기웃거리며 집집마다 대문을 두드리는 여자들 중 하나에 불과했다. 그러나 그녀는 요령을 깨쳤다. 그녀는 머리 회전이 빨랐고 학교 다닐 때도 뛰어났었다. 성격도 한몫했다. 곧 그녀는 회사에서 승진했다. 그만큼 열심이지 않았던 여자들은 그녀 밑에서 일하게 됐다. 오래지 않아, 그녀는 자기 팀을 꾸려 쇼핑몰에 작은 사무실을 냈다. 하지만 그녀 밑에서 일하는 여자들은 항상 바뀌었다.

몇몇은 이삼일 만에 그만두었다. 때로는 두세 시간 만에 그만두는 여자도 있었다. 그렇긴 해도 일을 잘하는 여자들은 있었다. 비타민을 잘 팔 수 있는 여자들이었다. 패티와 붙어 지낸 건 이런 여자들이었다. 그들이 팀의 핵심을 이루었다. 하지만 비타민을 공짜로도 주지 못하는 여자들도 있었다.

생각보다 못한 여자들은 그냥 그만두곤 했다. 그냥 일하러 나오지 않았다. 전화가 있는 경우엔 수화기를 내려놓았다. 문을 두들겨도 내 답하지 않았다. 그 여자들이 갈 길을 잃은 개종자改宗者라도 된다는 듯이 패티는 그 상실감을 마음에 담아뒀다. 그녀는 자신을 책망했다. 그러나 그녀는 그걸 이겨냈다. 너무나 많이 당하는 일이라 이겨내지 않을 수 없었다.

이따금 얼어붙어서 초인종을 누르지도 못하는 여자들이 나왔다. 또 대문 앞까지는 갔다고 하더라도 목소리에 문제가 생기는 여자들도 있었다. 혹은 인사만 하고 안으로 들어가면 되는데 그 순간에 아직 꺼내서는 안 되는 말을 뒤죽박죽 섞어대는 여자들도 있었다. 이런 여자들은 일을 그만두기로 마음먹고, 샘플이 담긴 가방을 든 채 자동차가 있는 곳으로 내달려, 패티와 동료들이 일을 끝마칠 때까지 빈둥거리곤 했다. 모두가 참석하는 회의를 가진 뒤, 그들은 함께 자동차를 타고 사무실로 돌아왔다. 그들은 서로 힘을 북돋워주는 말을 하기도 했다. "위기를 기회로, 기회를 내 것으로." 그리고, "반듯이 행하면 반드시 일어난다." 그런 것들.

가끔은 외근 나간 여자가 샘플이 든 가방 일체를 들고 그냥 사라지는 일도 있었다. 다른 차를 얻어 타고 시내로 들어간 뒤 그길로 도망쳤다. 하지만 그런 여자의 빈자리를 메울 여자들은 항상 있었다. 그 시절에 여자들은 수시로 바뀌고 있었다. 패티에겐 명단이 있었다. 몇 주에 한 번씩 그녀는 〈페니세이버〉에 작은 광고를 게재했다. 더 많은 여자들과 더 많은 교육과정이 있었다. 여자들은 끊이지 않았다.

    패티, 도나, 실라가 핵심 멤버였다. 패티는 인물이 좋았다. 도나와 실라는 예쁜 걸로 따지면 중간 정도였다. 어느 밤 실라가 패티에게 자기는 이 세상 그 무엇보다 패티를 사랑한다고 말했다. 패티는 이 말을 그대로 내게 들려줬다. 패티는 실라를 집까지 태워줬고 그들은 실라의 집 앞에 멈춰 잠시 앉아 있었다. 패티는 자신도 그녀를 사랑한다고 실라에게 말했다. 패티는 일하는 여직원 모두를 사랑한다고 실라에게 말했다. 하지만 실라가 생각하는 방식은 아니었다. 그러자 실라는 패티의 가슴을 만졌다. 패티는 실라의 손을 떼내 움켜잡았다고 말했다. 그녀는 실라에게 자기는 그런 식으로 즐기지는 않는다고 했다고 한다. 실라는 눈 하나 깜짝하지 않고 그저 고개만 끄덕이고는, 패티의 손을 붙잡고 있다가 거기에 입을 맞춘 뒤, 차에서 내렸다고 그녀는 얘기했다.

    크리스마스 무렵이었다. 그즈음 비타민 사업은 상황이 꽤 좋지 않아서, 우리는 다들 힘을 낼 수 있도록 파티를 열기로 계획했다. 그때는 그게 좋은 생각처럼 보였다. 제일 먼저 술에 취해 정신을 잃은 사람은 실라였다. 서 있다가 정신을 잃고 쓰러진 그녀는 몇 시간이고 깨어나지 않았다. 거실 한가운데에 서 있는가 싶더니, 두 눈이 감기면서 두 다리가 구부러졌고, 그렇게 손에 잔을 든 채 넘어졌다. 그녀가 쓰러질 때 술잔을 잡은 손이 다탁을 세게 쳤다. 그 소리뿐, 그녀는 어떤 소리도 내지 않았다. 술은 러그 위로 쏟아졌다. 패티하고 나, 그리고 누군가 한 사람이 그녀를 집 뒤의 포치까지 끌고 가 간이침대에 눕히는 것으로 우리는 그녀에 대해서는 잊어버릴 수 있었다.

다들 술에 취해 집으로 돌아갔다. 패티는 침대로 들어갔다. 나는 더 마시고 싶어서 바깥이 환해지기 시작할 때까지 술 한 잔을 놓고 탁자에 앉아 있었다. 그때 실라가 뒤 포치에서 안으로 들어와 정신을 차리기 시작했다. 그녀는 어찌나 머리가 아픈지 누군가 자기 머릿속에서 철사로 찔러대는 것 같다고 말했다. 그녀는 너무나 끔찍한 두통이라 이대로 영영 사팔뜨기가 될까봐 무섭다고 말했다. 새끼손가락이 부러진 게 확실하다고도 했다. 그녀는 새끼손가락을 내게 보여줬다. 새끼손가락은 보라색이었다. 그녀는 콘택트렌즈를 낀 채 밤새도록 잠들게 내버려뒀다며 우리를 탓했다. 그녀는 다들 강 건너 불구경이었단 말이냐고 물었다. 그녀는 새끼손가락을 치켜들어 쳐다봤다. 그러더니 머리를 흔들었다. 그녀는 손가락을 가능한 한 멀리 내밀고 좀더 쳐다봤다. 그날 밤 자신에게 일어났음직한 일들을 전혀 믿을 수 없다는 표정이었다. 그녀의 얼굴은 부었고 머리카락은 부스스했다. 그녀는 찬물을 틀어 손가락을 적셨다. "세상에, 오, 세상에"라고 말하며 우는 소리가 싱크대 쪽에서 들렸다. 하지만 그녀가 패티에게 진지한 추파를, 이를테면 사랑의 선언을 했기 때문에 나는 조금도 동정심이 들지 않았다.

나는 우유를 섞은 스카치위스키에 얼음을 띄워 마시고 있었다. 실라는 싱크대에 기대고 있었다. 그녀는 눈을 가늘게 뜨고 나를 쳐다봤다. 나는 술을 조금 마셨다. 나는 아무 말도 하지 않았다. 그녀는 기분이 얼마나 더러운지 다시 내게 말하기 시작했다. 그녀는 병원에 가봐야겠다고 말했다. 패티를 깨울 작정이라고 했다. 그녀는 일을 그만두고 이 주_州를 떠나 포틀랜드로 갈 생각이라고 말했다. 제일 먼저 패티에게 작별인사를 해야겠다고 했다. 그녀는 계속 주워섬겼다. 그녀는 손가락과 눈이 어떤지 병원에 가봐야 하는데 패티가 자신을 태워다주면 좋겠다고 했다.

"내가 태워다주지." 내가 말했다. 그러고 싶은 생각은 없었지만, 할 수도 있는 일이었다.

"패티가 태워주면 좋겠어요." 실라가 말했다.

그녀는 안 아픈 손으로 아픈 손의 손목을 잡고 있었는데, 새끼손가락은 주머니 손전등만큼이나 부어 있었다. "게다가, 우린 얘기를 좀 해야 해요. 패티에게 포틀랜드로 갈 거라고 말해야 하거든요. 작별인사도 해야 하고."

"당신 일은 내가 전해줄 수 있을 거야. 패티는 지금 자고 있으니까." 내가 말했다.

실라는 심술을 부렸다. "우리는 친구란 말이에요." 그녀가 말했다. "패티에겐 내가 말해야 해요. 내가 직접 말해야만 한다구요."

나는 머리를 저었다. "자고 있다니까. 내가 그렇게 말해줄게."

"우리는 친구고 서로 사랑해요." 실라가 말했다. "패티에게 잘 있으라고 인사해야만 해요."

실라는 부엌을 나섰다.

나는 일어서기 시작했다. "내가 태워준다고 얘기했잖아." 나는 말했다.

"당신은 취했잖아! 지금까지 잠도 자지 않았고." 그녀는 손가락을 쳐다보더니 "젠장, 이게 도대체 무슨 일이야?"라고 말했다.

비타민 135

"술을 마셨어도 병원까지는 태워다줄 수 있어." 내가 말했다.

"당신하고는 차 타지 않을 거야!" 실라가 소리쳤다.

"마음대로 하시지. 하지만 패티를 깨울 생각은 하지 마. 이 레즈비언 갈보년아." 내가 말했다.

"개자식." 그녀가 말했다.

정확하게 그렇게 말하고, 그녀는 부엌에서 나가 화장실에 들르지도, 얼굴을 씻지도 않은 채 앞문으로 나갔다. 나는 창으로 가 밖을 내다봤다. 그녀는 유클리드 애비뉴로 이어지는 길을 따라 걸어가고 있었다. 길에는 아무도 없었다. 너무 이른 시간이었다.

술잔을 비운 뒤, 나는 한 잔 더 만들어야겠다고 생각했다.

나는 한 잔 더 만들었다.

그뒤로 실라의 모습을 본 사람은 없었다. 적어도 비타민과 관련된 사람 중에서는, 어쨌든. 그녀는 유클리드 애비뉴 쪽으로 걸어가면서 우리의 삶에서 영영 사라졌다.

나중에 패티가 "실라는 어떻게 된 거지?"라고 물었고, 나는 말했다. "그녀는 포틀랜드로 떠났어"라고.

나는 팀의 또다른 핵심 멤버인 도나 때문에 몸이 달아 있었다. 그 날 저녁 파티에서 우리는 듀크 엘링턴의 음악 몇 곡이 흐르는 동안 함께 춤을 췄다. 러그 위에서 그녀를 잡고 움직이는 동안, 나는 한 손으로 등의 아래쪽을 잡은 채, 그녀의 머리카락의 향기를 맡으며 정말 세게 안고 있었다. 그녀와 춤추는 일은 정말 굉장했다. 그 파티에 남자라고는 나 혼자뿐이었고 여자는 모두 일곱 명이었는데, 나머지 여섯 명은 자기들끼리 춤추고 있었다. 거실을 한번 둘러보는 것만 해도 대단했다.

내가 부엌에 있을 때, 빈 잔을 든 도나가 들어왔다. 잠시나마 우리 둘뿐이었다. 나는 그녀를 살짝 안았다. 그녀도 나를 껴안았다. 우리는 거기 서서 서로 안고 있었다.

그때 그녀가 말했다. "안 돼요. 지금은 안 돼."

"지금은 안 돼"라는 말을 들었을 때, 나는 그녀를 풀어줬다. 나는 그 말이 은행에 있는 돈 같은 것이라고 생각했다.

실라가 다친 손가락으로 들어왔을 때, 나는 탁자에 앉아 그 포옹을 생각하고 있었다.

나는 도나에 대해 조금 더 생각했다. 나는 술잔을 다 비웠다. 그리고 수화기를 전화기에서 내려놓고 침실로 직행했다. 나는 옷을 벗고 패티 옆으로 들어갔다. 나는 몸을 풀면서 잠시 누워 있었다. 그다음에 나는 시작했다. 하지만 그녀는 깨지 않았다. 그 이후에 나는 눈을 감았다.

눈을 다시 뜬 건 오후였다. 침대에는 나 혼자였다. 빗줄기가 창을 두들겼다. 패티의 베개에 설탕 도넛 하나가 놓여 있었고, 침대 옆 탁자에는 놔둔 지 오래된 물 한 잔이 있었다. 나는 술이 깨지 않아 정신이 제대로 돌아가지 않았다. 나는 그날이 일요일이며 크리스마스가 멀지 않았다는 것을 알았다. 나는 도넛을 먹고 물을 마셨다. 그러고는 패티가 진공청소기를 돌리는 소리에 다시 깰 때까지 계속 잤다. 그녀는 침실로 들어와 실라에 대해 물었다. 그때 그녀에게 말했다. 그녀는 포틀랜드로 떠났어, 라고.

해가 바뀌고 한 주가량이 지났을 무렵, 패티와 나는 술을 마셨다. 그녀는 사무실에서 막 돌아온 참이었다. 그다지 늦은 시간은 아니었지만, 밖은 어둡고 비가 내렸다. 나는 두 시간 정도 일하러 가야 했다. 하지만 그전에 우리는 스카치를 조금 마시며 얘기를 했다. 패티는 지쳐 있었다. 그녀는 잔뜩 침울해져 세 잔까지 마셨다. 이제 비타민을 사는 사람이 없었다. 그녀에게 남은 사람은 도나와 신입 아닌 신입이자 상습절도범인 팸뿐이었다. 우리는 지긋지긋한 날씨와 주차위반 딱지는 얼마나 쌓일 때까지 내버려둬도 좋은지 등에 대해 얘기했다. 그러다가 우리는 애리조나나, 그 비슷한 곳으로 이사를 가면 더 낫지 않겠냐고 얘기했다.

나는 우리 술을 한 잔씩 더 만들었다. 그리고 창밖을 내다봤다. 애리조나는 나쁜 생각이 아니었다.

패티는 "비타민들"이라고 말했다. 그녀는 잔을 들고 얼음을 돌렸다. "빌어먹을!" 그녀가 말했다. "그러니까, 어렸을 때만 해도 내가 이런 일을 할 줄은 꿈에도 생각하지 못했어. 세상에, 내가 어른이 돼서 비타민이나 팔고 있을 줄은 상상도 못했다구. 비타민 방문판매라니. 기가 막혀. 기절초풍하겠어."

"그럴 줄이야 나도 정말 몰랐어, 허니." 내가 말했다.

"맞아." 그녀가 말했다. "쉽게도 말하시는군."

"허니."

"허니, 허니, 그런 달달한 소리 하지 마." 그녀가 말했다. "이건 힘든 일이야, 이 양반아. 이런 인생은 쉽지 않다구. 당신이 뭐라고 뭉개버린다 해도."

그녀는 얼마간 이것저것 더 생각하는 것 같았다. 그녀는 머리를 흔들었다. 그러더니 술잔을 비웠다. "잠잘 때도 나는 비타민 꿈만 꿔. 놓여나는 일이 없어. 놓여나는 일이 전혀 없다구! 당신은 거기 다 놔두고 직장에서 걸어나오면 그만이잖아. 자기가 하는 일에 대해서 꿈을 꿔본 일도 한 번도 없잖아. 맞잖아. 거기서 바닥을 닦든지 뭘 하든지 간에 그걸 꿈까지 꾸는 일은 절대 없을걸. 일단 거기서 나오면 집에 와서 그에 대한 꿈을 꾸는 건 아니잖아, 안 그래?" 그녀는 소리를 질렀다.

"내가 무슨 꿈을 꾸는지 나는 기억도 못해. 꿈도 안 꾸는 것 같아. 일어나면 꿈 같은 건 다 잊어버린다고." 나는 이렇게 말하며 어깨를 으쓱해 보였다. 나는 잠자는 동안 내 머릿속에 무엇이 오가는지 전혀 알지 못했다. 그런 따위는 신경도 안 썼다.

"꿈은 꾸잖아!" 패티가 말했다. "기억하지 못할 뿐이지. 꿈꾸지 않는 사람이 어디 있어. 꿈을 꾸지 않으면 미쳐버려. 책에 그렇게 나와. 그건 배출구라구. 사람들은 잠잘 때마다 모두 꿈을 꿔. 꿈을 안 꾸면 돌아버려. 그런데 나는 꿈이랍시고 꾸는 게 비타민뿐이란 말이야. 내가 무슨 얘길 하는지 모르겠어?" 그녀의 시선이 내게 고정됐다.

"알 듯 말 듯하네." 내가 대답했다.

간단하게 대답할 수 있는 질문이 아니었다.

"나는 비타민 사라고 설득하는 꿈을 꿔." 그녀가 말했다. "밤이고 낮이고 나는 비타민만 팔고 있어. 빌어먹을, 무슨 놈의 인생이 이래." 그녀가 말했다.

그녀는 잔을 비웠다.

"팸은 어떻게 지내?" 내가 물었다. "아직도 물건을 훔쳐가나?" 나는 화제를 돌리고 싶었다. 그런데 별다른 화제가 떠오르지 않았다.

패티는 "제기랄"이라고 말하더니 나는 아무것도 모른다는 듯이 머리를 흔들었다. 우리는 빗소리에 귀를 기울였다.

"비타민을 팔고 있는 사람은 아무도 없어." 패티가 말했다. 그녀는 잔을 집었다. 하지만 잔은 비어 있었다. "비타민을 사는 사람도 아무도 없고. 이게 내가 하고 싶은 말이야. 내 말이 들리지 않아?"

나는 우리 술을 한 잔씩 더 만들었다. "도나는 뭘 좀 해?" 내가 말했다. 나는 병에 붙은 라벨을 읽으면서 잠시 기다렸다.

"걔는 이틀 전에 조금 팔았지. 그게 다야. 그게 이번주에 우리가 한 일 전부야. 도나가 그만둔다고 해도 이상할 게 하나도 없어. 탓할 처지도 못 돼." 패티가 말했다. "내가 도나였다고 해도 그만둘 거야. 하지만 도나가 그만두고 나면 이제 어떻게 하지? 다시 처음 그 자리로 돌아가겠지. 출발점으로. 지금은 한겨울이고 우리 주 곳곳에 아픈 사람투성이고 죽어가는 사람들도 있는데, 비타민이 필요하다고 생각하는 사람은 아무도 없어. 죽도록 아픈 사람은 바로 나야."

"무슨 문제가 있는 거야, 허니?" 탁자 위에 술잔들을 내려놓고 나는 자리에 앉았다. 그녀는 내가 한마디도 말하지 않은 것처럼 자기 말을 계속했다. 어쩌면 내가 말하지 않은 것인지도 모르겠다.

"내 유일한 고객이 바로 나야." 그녀가 말했다. "비타민을 하도 복용해서 피부가 이상해진 것 같아. 당신 눈에는 내 피부가 괜찮아 보여? 비타민은 남용할 수 있는 모양이지? 이제 나는 보통 사람들처럼 똥을 싸지도 못하는 처지가 됐으니까."

"허니." 내가 말했다.

"당신이야 내가 비타민을 복용하든지 말든지 신경도 안 쓰겠지. 중요한 건 그거야. 당신은 아무것도 신경쓰지 않아. 오후에 비가 내리는데 자동차 와이퍼가 움직이지 않더라. 사고 나기 직전이었어. 끝장날 뻔했다구."

내가 일하러 갈 시간이 될 때까지 우리는 술을 마시면서 얘기를 나눴다. 패티는 곯아떨어지기 전에 욕조에 들어가야겠다고 말했다. "서서도 잠잘 것 같아." 그녀는 말했다. "비타민. 앉으나 서나 그것뿐이야." 그녀는 부엌을 둘러봤다. 그녀는 자신이 마시던 빈 잔을 쳐다봤다. 그녀는 취했다. 그래도 내 키스는 받아줬다. 그리고 나는 일하러 떠났다.

일이 끝난 뒤에 내가 가는 곳이 있었다. 음악 때문에 가기 시작했는데, 영업시간이 끝난 뒤에도 술을 마실 수 있다는 이유 때문이기도 했다. '오프브로드웨이'라는 상호였다. 깜둥이 동네에 있는 깜둥이 술집이었다. 카키라는 이름의 깜둥이가 운영하는 곳이었다. 다른 곳이 더이상 영업을 하지 않게 되면 사람들이 그곳으로 모여들었다. 그들은 RC콜라에 위스키 한 잔을 섞은 하우스 스페셜을 주문하거나, 그렇지 않으면 외투 속에 술을 몰래 숨겨와 RC콜라를 주문해 자기가 먹을 술을 직접 제조하기도 했다. 뮤지션들은 잼 연주를 하기 위해 찾아왔고, 술을 계속 마시고 싶은 술꾼들은 술을 마시며 그들의 음악을 들으려고 찾아왔다. 때로 사람들은 춤을 췄다. 그러나 대개는 주변에 앉아 술을 마시며 음악을 들었다.

간혹 한 깜둥이가 병으로 다른 깜둥이의 머리를 갈기기도 했다. 한

번은 남자화장실에 간 사람이 손을 내리고 오줌을 누는 동안, 뒤따라간 누군가가 목을 잘랐다는 얘기도 돌았다. 하지만 나는 별다른 소동을 본 적이 한 번도 없었다. 카키가 처리할 수 없는 건 하나도 없었다. 카키는 형광등 조명을 받으면 기괴하게 반짝이는 대머리의, 덩치 큰 깜둥이였다. 그는 바지까지 내려오는 하와이풍의 셔츠를 입었다. 내 생각에는 허리띠에 뭘 넣고 다니는 것 같았다. 최소한 곤봉쯤은 들어 있었을 것이다. 누군가 선을 넘는 행동을 시작하면, 카키는 초장에 그곳으로 갔다. 그가 상대방의 어깨에 큰 손을 얹고 몇 마디 하면 그걸로 끝이었다. 나는 몇 달간 거기를 가다 말다 했다. 나는 그가 내게 하는 말들, 예컨대 "오늘밤은 어떠신가, 친구?"라거나 "친구, 잠시지만 얼굴이 안 보이더군" 따위의 말을 듣는 게 좋았다.

오프브로드웨이는 데이트를 하며 도나를 데려간 곳이다. 우리가 한 데이트는 그 한 번이었다.

자정이 조금 지나 나는 병원을 걸어나왔다. 맑게 갠 하늘로 별들이 보였다. 패티와 마신 스카치의 취기가 내게 아직 남아 있었다. 하지만 나는 집에 가는 길에 '뉴 지미'에 들러 가볍게 한잔할 생각이었다. 주차장에 가니 도나의 차가 내 차 옆에 서 있었고, 차 안에는 도나가 있었다. 나는 부엌에서 우리가 했던 포옹을 기억했다. "지금은 안 돼"라고 그녀는 말했었다.

그녀는 차창을 돌려 내리고 담뱃재를 떨었다.

"잠이 안 와요." 그녀는 말했다. "머릿속에 생각이 많아서 잠이 오지 않아요."

"도나. 어라, 반가워, 도나." 나는 말했다.

"도대체 뭐가 문제인지 모르겠어요." 그녀는 말했다.

"어디 가서 한잔하지 않을래?" 내가 말했다.

"패티는 내 친구예요." 그녀가 말했다.

"내 친구이기도 하지." 나는 말했다. 그리고 나는 "가자"라고 말했다.

"뻔히 다 알면서." 그녀가 말했다.

"아는 집이 있어. 깜둥이 술집이야." 내가 말했다. "음악도 해. 음악 좀 들으면서 한잔할 수 있어."

"당신이 나를 태워줄래요?" 도나가 물었다.

"자리 좀 내줘봐." 내가 말했다.

그녀는 곧바로 비타민에 대한 이야기를 시작했다. 비타민 판매는 사양길에 접어들었으며, 비타민 판매는 곤두박질쳤다. 비타민 시장의 토대는 무너졌다.

"패티에게는 이런 말을 하긴 싫어요. 패티는 좋은 친구고 또 우리를 위해 잘해보려고 안간힘을 쓰고 있죠. 하지만 나는 일을 그만둬야 할까봐요. 우리끼리니까 하는 말이에요. 절대로 말하면 안 돼요! 어쨌든 나도 먹고살아야 하니까. 집세도 내야 하고. 신발도 사야 하고 외투도 사야 하고. 비타민으로는 거기에 맞출 수가 없어요." 도나가 말했다. "비타민은 더이상 현재 위치도 못 지킨다고 생각해요. 패티에게는 이런 말 전혀 하지 않았어요. 말했다시피 지금도 그저 생각하고 있는 중이니까."

도나는 내 다리 옆에 손을 내렸다. 나는 손을 뻗어 그녀의 손가락을 꽉 쥐었다. 그녀도 내 손을 꽉 잡았다. 그러더니 손을 빼내 자동차 시

거라이터를 눌렀다. 담배에 불을 붙인 뒤, 그녀는 다시 손을 가져왔다. "무엇보다도 안 좋은 건, 패티의 기대를 저버리기 싫다는 거예요. 내 말이 무슨 뜻인지 알겠어요? 우리는 한 팀이었어요." 그녀는 내게 자기 담배를 내밀었다. "브랜드가 다르다는 건 알아요." 그녀가 말했다. "하지만 한번 피워봐요, 어서."

나는 오프브로드웨이에 가기 위해 주차장으로 들어갔다. 깜둥이 세 명이 앞유리창에 금이 간 낡은 크라이슬러에 기대서 있었다. 그들은 봉지에 든 술병을 서로 주고받으며 빈둥거리고 있었다. 그들이 우리를 힐끔 쳐다봤다. 밖으로 나간 나는 차를 돌아 도나의 문을 열어줬다. 나는 차문을 잠그고 그녀의 팔을 잡았다. 우리는 거리를 따라 걸었다. 깜둥이들은 우리를 바라볼 뿐이었다.

"포틀랜드로 떠날 생각을 하고 있는 건 아니겠지?" 내가 말했다.

우리는 인도 위에 있었다. 나는 그녀의 허리에 팔을 둘렀다.

"나는 포틀랜드에 대해서 아무것도 몰라요. 지금껏 포틀랜드는 생각해본 적도 없는걸요."

오프브로드웨이의 앞쪽 반은 평범한 카페 겸 바와 마찬가지였다. 몇몇 깜둥이들은 카운터에 앉아 있었고, 그보다 더 많은 깜둥이들은 빨간 기름천이 깔린 탁자에서 접시에 놓인 음식을 먹고 있었다. 우리는 카페를 가로질러 뒤쪽에 있는 큰 방으로 들어갔다. 벽을 따라 칸막이 자리들과 긴 카운터가 있었고, 더 뒤쪽으로는 연주자가 설 수 있는 무대가 있었다. 무대 앞은 대개 춤추는 곳으로 여겨졌다. 다른 바와 나이트클럽이 영업하고 있는 시간이어서 사람들의 숫자는 아직 평소 같지 않았다. 나는 외투를 벗는 도나를 도왔다. 우리는 칸막이 자리로 들어가 탁자 위에 담배를 놓았다. 해나라는 이름의 깜둥이 여종업원이 다가왔다. 해나와 나는 서로 고개를 끄덕였다. 그녀는 도나를 쳐다봤다. 나는 RC스페셜을 두 잔 시키고 편안하게 마음먹기로 결심했다.

음료가 나와 나는 돈을 지불했다. 한 모금씩 마신 뒤, 우리는 껴안기 시작했다. 서로 꽉 껴안은 채 몸을 더듬고 얼굴에 입을 맞추는 등, 한동안 우리는 그렇게 계속했다. 몇 번이고 도나는 나를 밀치며 몸을 뒤로 뺐다가는, 또 내 손목을 잡았다. 그녀는 내 눈을 바라봤다. 그러더니 슬그머니 두 눈을 감았고, 우리는 다시 입을 맞췄다. 얼마 지나지 않아 그곳이 북적대기 시작했다. 우리는 키스를 멈췄다. 하지만 나는 계속 팔로 그녀를 안고 있었다. 그녀는 내 다리에 손가락을 올려놓았다. 깜둥이 나팔 연주자 두 명과 백인 드럼 연주자가 슬슬 음악 소리를 내기 시작했다. 나는 도나와 한 잔 더 마시며 그들의 연주곡을 들을 생각이었다. 그다음에는 거기에서 나와 그녀의 집으로 가서 하던 일을 마저 하면 되는 것이었다.

내가 해나에게 두 잔을 더 주문했을 때, 베니라는 이름의 깜둥이가 또다른 깜둥이, 그러니까 옷을 갖춰 입은 덩치 큰 깜둥이와 함께 우리 쪽으로 왔다. 덩치 큰 깜둥이는 눈자위가 약간 붉었는데, 세로줄 무늬 스리피스 양복을 입고 있었다. 그는 장밋빛 셔츠, 넥타이, 외투, 중절모 등 모든 것을 갖춰 입고 있었다.

"자네, 잘 지냈는가?" 베니가 말했다.

베니는 손을 내밀어 형제의 악수*를 청했다. 베니와 나는 얘기를 나

---

* 1960년대 미국 흑인들 사이에서 시작된 악수 방식이다. 전통적인 악수로 시작해 서로 엄지손가락을 잡았다가 손을 잡아 빼면서 손가락을 거는 것으로 끝난다.

놨다. 그는 내가 음악을 좋아한다는 것을 알고 있어 내가 보이면 늘 나를 찾아와 말을 걸었다. 그는 조니 호지스의 백업 색소폰 연주자로 일할 때의 일들을 즐겨 말했다. 말하자면 이런 식이다. "메이슨 시티에서 조니와 내가 연주할 때 말이지."

"안녕, 베니." 내가 말했다.

"넬슨을 소개해주고 싶군." 베니가 말했다. "베트남에서 오늘 막 돌아왔다네. 오늘 아침에. 이 멋진 소리를 들어보겠다고 여기를 찾았지. 가방에 댄싱슈즈도 가져왔어." 베니는 넬슨을 바라보더니 고개를 끄덕였다. "넬슨을 소개합니다."

나는 번쩍번쩍 빛나는 넬슨의 신발을 바라보다가 넬슨을 쳐다봤다. 그는 어디선가 나에 대한 기억이 있는 사람처럼 보였다. 그는 나를 꼼꼼히 살폈다. 그러더니 이를 드러내며 미소를 지었다.

"이쪽은 도나야." 내가 말했다. "도나, 이 친구는 베니고 이 사람은 넬슨이야. 넬슨, 여기는 도나라고 해."

"안녕, 아가씨." 넬슨이 말했다. "그쪽도 안녕, 넬슨. 안녕, 베니." 도나도 바로 받아쳤다.

"우리가 살짝 끼어들어 여러분과 합석 좀?" 베니가 말했다. "괜찮지?"

나는 "물론이야"라고 대답했다.

하지만 그들이 다른 곳으로 가지 않은 게 나로서는 유감이었다.

"여기에 오래 있을 생각은 아니야." 내가 말했다. "이것만 마시면 일어설 작정이었다구."

"자네 말 알겠네. 잘 알겠어." 베니가 말했다. 넬슨이 칸막이 자리로 들어오고 난 뒤, 그는 내 맞은편에 앉았다. "할 일도 있으시고, 갈 곳도 있으시다. 이 베니 녀석, 잘 알아먹겠습니다." 베니가 말하고 윙크를 했다.

넬슨은 칸막이 안 맞은편의 도나를 쳐다봤다. 그러더니 그는 중절모를 벗었다. 모자챙을 살펴보기라도 하는 듯 그는 큰 손으로 중절모를 이리저리 돌렸다. 그는 탁자 위에 중절모를 올려둘 자리를 만들었다. 그는 도나를 쳐다봤다. 그는 이를 보이며 웃더니 어깨를 쭉 폈다. 그는 몇 분 간격으로 어깨를 펴야만 했다. 짐을 메고 오느라 무척 힘들었던 모양이었다.

"당신, 이 남자랑 진짜 좋은 친구인가봐." 넬슨이 도나에게 말했다.

"서로 좋은 친구들이죠." 도나가 말했다.

해나가 다가왔다. 베니는 RC를 주문했다. 해나가 가자, 넬슨은 외투에서 1파인트들이 위스키병을 꺼냈다.

"좋은 친구들," 넬슨이 말했다. "정말 좋은 친구들이라." 그는 위스키병의 마개를 돌려서 땄다.

"조심해, 넬슨." 베니가 말했다. "보이지 않게 해야 해. 넬슨은 지금 막 베트남에서 비행기를 타고 왔지." 베니가 말했다.

넬슨은 병을 치켜들어 위스키를 조금 마셨다. 그는 다시 마개를 돌려 닫고는 탁자 위에 병을 올려놓더니 그 위에 중절모를 씌웠다. "정말 좋은 친구들이라." 그가 말했다.

베니는 나를 한번 바라본 뒤, 눈을 굴렸다. 하지만 그도 취하긴 마찬가지였다. "이제 작업에 들어가야겠어." 그가 내게 말했다. 그는 두 잔에 든 RC를 마신 뒤, 탁자 아래로 잔을 내리고 위스키를 부었다. 그는 위스키병을 외투 주머니에 넣었다. "이봐, 나는 한 달 동안 리드*를 입

비타민

에 대지 않았어. 이제 그런 걸 받아들여야 해."

우리는 각자의 잔을 앞에 두고 넬슨의 중절모가 탁자 한가운데에 놓인 칸막이 자리에 모여 있었다. "너 말이야." 넬슨이 내게 말했다. "너하고 사는 여자가 있지, 안 그래? 이 아름다운 숙녀분은 네 마누라가 아니잖아. 뻔하지, 뭐. 그렇지만 두 사람은 정말 좋은 친구 사이다, 그런 말씀인가?"

나는 술을 조금 들이켰다. 위스키 맛이 하나도 느껴지지 않았다. 그 어떤 맛도 느껴지지 않았다. "우리가 TV에서 보는 그 끔찍한 베트남 이야기가 모두 사실이야?" 내가 물었다.

넬슨은 충혈된 눈으로 나를 주시했다. 그가 말했다. "내가 하고 싶은 말은 하나뿐이야. 네 마누라는 지금 어디 있는지 아느냐는 거지? 네놈이 여기서 좋은 친구와 떡하니 있는 동안, 네 마누라도 지금 밖에서 어떤 놈팽이랑 붙어서 젖꼭지를 쥐어짜고 자지를 움켜쥐고 있다는 걸 알아야지. 네 마누라라고 좋은 친구가 없을 것 같아?"

"넬슨." 베니가 말했다.

"넬슨은 무슨 넬슨." 넬슨이 말했다.

"넬슨, 이 사람들은 그냥 내버려두고 다른 데 가자. 저기 다른 칸막이 자리에도 아는 사람이 있으니까. 전에 너한테도 얘기했던 사람이야. 넬슨은 오늘 아침에 비행기에서 내렸거든." 베니가 말했다.

"네가 뭘 생각하는지 다 알아." 넬슨이 말했다. "보나마나 '어휴, 이 덩치 큰 깜둥이 새끼 골치 아파 죽겠네. 엉덩이를 채찍질해서 쫓아버

---

* 기명악기의 발음원이 되는 얇은 진동판.

리면 좋겠군' 뭐, 이런 생각을 하고 있겠지."

나는 실내를 돌아봤다. 무대 근처에 카키가 서 있는 게 보였다. 연주자들은 카키의 뒤쪽에서 연주하고 있었다. 플로어에서 춤추고 있는 사람들도 몇몇 보였다. 카키가 나를 봤다고 생각했는데, 정말 나를 본 건지 아닌지 그는 다시 시선을 돌렸다.

"이제 너도 한마디할 차례잖아?" 넬슨이 말했다. "널 약 올리는 거야, 지금. 베트남을 떠나온 뒤로는 누굴 약 올릴 일이 있었어야지. 누런 새끼들 약 올리는 재미로 살았는데." 그는 큼지막한 입술을 안으로 당겨 이빨을 드러내며 웃었다. 그러다 갑자기 웃음을 그치고 쳐다봤다.

"이 사람들한테도 그 귀를 보여줘." 베니가 말했다. 그는 탁자 위에 잔을 내려놓았다. "넬슨이 그 난쟁이 새끼들 귀를 잘라왔거든." 베니가 말했다. "지금 가지고 있어. 꺼내봐, 넬슨."

넬슨은 그냥 앉아 있었다. 그러더니 외투 주머니 속을 뒤지기 시작했다. 그는 주머니에 든 물건들을 꺼냈다. 그는 열쇠 몇 개와 기침약 상자를 꺼냈다.

도나는 "귀 따위는 보고 싶지 않아요. 웩. 정말 웩이에요. 정말 역겨워, 세상에"라고 말했다. 그녀는 나를 바라봤다.

"우린 이만 가야겠어." 내가 말했다.

넬슨은 여전히 주머니 속을 뒤졌다. 그는 양복 상의 안주머니에서 지갑을 꺼내 탁자 위에 놓았다. 그는 지갑을 손가락으로 톡톡 두들겼다. "큰 걸로 다섯 장이 들어 있어. 들어보라구." 그가 도나에게 말했다. "당신에게 두 장을 줄 작정이야. 알아먹겠어? 당신에게 큰 걸로 두 장을 줄 테니까 내 걸 좀 빨아달란 말이야. 이 새끼 여편네가 다른 놈한테 하듯이 말이야. 듣고 있어? 이 새끼가 여기 앉아서 한 손으로 당신 치마를 위로 올리는 지금 이 순간, 그 여편네는 다른 놈의 방망이에다 입을 대고 있다는 걸 알잖아. 그래야 공평하지. 자, 보라구." 그는 지갑에서 백 달러짜리 지폐를 살짝 꺼내 보였다. "좋아, 씨발. 당신의 좋은 친구에게도 백 달러를 주지. 그래야 소외감을 느끼지 않겠지. 이 친구는 아무것도 할 필요가 없어. 너는 아무것도 할 필요가 없다구." 넬슨이 내게 말했다. "너는 거기 앉아서 음악을 들으며 술이나 마시면 되는 거야. 음악 좋잖아. 나하고 이 여자는 좋은 친구처럼 함께 밖으로 걸어나갈 거구. 조금 있다가 이 여자 혼자 들어오는 거지. 오래 걸릴 일도 아니니까 금방 올 거야."

"넬슨." 베니가 말했다. "말도 안 되는 소리 좀 하지 마, 넬슨."

넬슨은 이를 보이며 웃었다. "내 말은 끝났어." 그가 말했다.

그는 찾던 물건을 꺼냈다. 은색 담배케이스였다. 그는 케이스를 열었다. 나는 그 안에 들어 있는 귀를 봤다. 귀는 깔아놓은 솜 위에 놓여 있었다. 말라버린 버섯처럼 보였다. 하지만 진짜 귀였다. 그 귀는 열쇠고리에 매달려 있었다.

"엄마야." 도나가 소리쳤다. "우욱."

"대단하지 않아?" 넬슨이 물었다. 그는 도나를 바라봤다.

"하나도 안 대단해. 치우기나 해." 도나가 말했다.

"이 아가씨야." 넬슨이 말했다.

"넬슨." 내가 말했다. 그러자 넬슨은 충혈된 눈으로 나를 주시했다. 넬슨은 중절모와 지갑과 담배케이스를 한쪽으로 치웠다.

"넌 뭘 원해?" 넬슨이 말했다. "줄게, 네가 원하는 걸로."

카키는 한 손을 내 어깨에, 다른 손을 베니 어깨에 올렸다. 탁자 쪽으로 몸을 숙이자, 불빛을 받은 그의 머리가 반짝였다. "어떠신가, 여러분. 다들 재미 좋으신가?"

"다 좋아, 카키." 베니가 말했다. "다 오케이야. 여기 이분들은 이제 일어설 참이야. 나하고 넬슨은 앉아서 음악을 감상할 거구."

"좋아." 카키가 말했다. "여러분들, 행복하세요. 가 내 모토지."

그는 칸막이 안을 둘러봤다. 그는 탁자 위에 놓인 넬슨의 지갑을 바라본 뒤, 지갑 옆에 열린 채 놓여 있는 담배케이스로 시선을 옮겼다. 그는 귀를 봤다.

"저거 진짜 사람 귀인가?" 카키가 물었다.

"맞아. 그 귀를 보여줘, 넬슨. 넬슨은 이 귀를 품고 이제 막 베트남발 비행기에서 내렸어. 이 귀는 지구를 반 바퀴나 돌아 오늘밤 이 탁자 위에 놓이게 된 거지. 넬슨, 보여줘." 베니가 말했다.

넬슨은 케이스를 들어 카키에게 건넸다.

카키는 귀를 자세히 살폈다. 그가 열쇠고리를 끄집어내 흔들자, 귀가 그의 눈앞에서 달랑거렸다. 그는 귀를 쳐다봤다. 그러고는 열쇠고리에 달린 귀를 앞뒤로 흔들었다. "이렇게 귀나 자지 같은 걸 자른다는 얘기를 들어본 적이 있지."

"누런 새끼들한테서 내가 잘라냈지." 넬슨이 말했다. "그 새끼들은 이제 아무것도 듣지 못할 거야. 기념품이 필요했거든."

카키는 열쇠고리에 매달린 귀를 돌렸다.

도나와 나는 칸막이 자리를 나서기 시작했다.

"가지 마, 아가씨." 넬슨이 말했다.

"넬슨." 베니가 말했다.

카키는 눈을 돌려 넬슨을 바라봤다. 나는 도나의 외투를 들고 칸막이 자리 옆에 서 있었다. 두 다리가 후들거렸다.

넬슨은 목소리를 높였다. "이 개자식과 지금 연애하시겠다, 이 녀석이 네 달달한 데다가 얼굴을 들이밀게 내버려두시겠다, 너희 둘이서 나를 처리하시겠다."

우리는 칸막이 자리에서 멀어지기 시작했다. 사람들이 우리를 쳐다봤다.

"넬슨은 오늘 아침에 베트남발 비행기에서 내렸거든." 베니가 말하는 소리가 들렸다. "하루종일 술을 얼마나 마셨는지 몰라. 역사상 최고로 긴 하루였어. 그래도 나하고 이 친구하고는 아무 문제 없어, 카키."

음악 소리 너머로 넬슨의 고함소리가 들렸다. 그는 "그래봐야 아무 소용 없다구! 니들이 무슨 짓거리를 하든, 좋아할 사람은 아무도 없어!"라고 소리쳤다. 거기까지는 나도 들었지만, 그 이상은 무슨 말을 하는지 알 수 없었다. 음악이 멈췄다가 다시 시작됐다. 우리는 돌아보지 않았다. 우리는 계속 걸었다. 우리는 인도로 나왔다.

나는 그녀를 위해 차문을 열었다. 나는 다시 병원으로 돌아가기 시작했다. 도나는 자기 자리에 가만히 있었다. 그녀는 라이터로 담배에 불을 붙였지만, 말은 하지 않았다.

나는 뭔가 말하고 싶었다. "이봐, 도나. 이것 때문에 우울해하지는 마. 그런 일을 겪게 해서 미안해. 정말 미안해." 내가 말했다.

"그 돈 받았으면 잘 썼을 텐데." 도나가 말했다. "그 생각을 하고 있었어요."

나는 그녀를 바라보지 않은 채, 운전을 계속했다.

"정말이에요." 그녀가 말했다. "그 돈 잘 썼을 텐데." 그녀는 머리를 흔들었다. "나도 모르겠어요." 그녀는 이렇게 말하고는 고개를 숙이고 울었다.

"울지 마." 내가 말했다.

"내일, 아니 오늘부터 일하러 가지 않을 거예요. 아무리 알람이 울려도." 그녀가 말했다. "안 갈 거야. 이 동네를 떠날 거야. 아까 그 일을 겪으면서 알게 됐어요." 그녀는 시거라이터를 밀어넣고 다시 튀어나올 때까지 기다렸다.

나는 내 자동차 옆에 차를 대고 엔진을 껐다. 나는 넬슨이 탄, 낡은 크라이슬러가 내 뒤를 따라 주차장으로 오는 걸 본 것 같다는 막연한 생각을 하며 룸미러를 들여다봤다. 얼마간 두 손으로 핸들을 꽉 잡고 있다가 나는 내 무릎 위로 두 손을 내렸다. 도나를 만지고 싶지는 않았다. 그날 밤 부엌에서 서로 안았던 일, 오프브로드웨이에서 나눴던 키스, 그런 것들은 이제 다 끝났다.

"도대체 뭘 할 건데?" 내가 물었다. 그렇긴 해도 내가 신경쓸 바는 아니었다. 바로 이 순간, 그녀가 심장마비로 죽는다고 해도 나한테는 아무런 의미가 없었다.

"포틀랜드로 갈까봐요." 그녀가 말했다. "포틀랜드에 가면 뭐가 있겠죠. 요즘 사람들은 죄다 포틀랜드를 마음에 담아두고 있으니까. 포틀랜드 광고판. 포틀랜드가 어쩌구, 포틀랜드가 저쩌구. 여느 곳 못지

비타민

않게 포틀랜드도 좋은 곳이겠죠. 그러거나 말거나."

"도나." 내가 말했다. "나는 가야겠어."

나는 차에서 내리기 시작했다. 내가 문을 열자, 실내등이 켜졌다.

"젠장, 그 불 좀 꺼줄래!"

나는 서둘러 밖으로 나왔다. "잘 가, 도나." 나는 말했다.

대시보드를 하염없이 바라보는 그녀를 놔두고 나는 떠났다. 나는 차의 시동을 걸고 헤드라이트를 켰다. 나는 기어를 넣고 액셀을 밟았다.

나는 잔에 스카치위스키를 부어서 조금 들이켠 뒤, 잔을 들고 욕실로 갔다. 나는 이를 닦았다. 그리고 서랍을 열었다. 침실에서 패티가 뭐라고 소리를 질렀다. 그녀는 욕실 문을 열었다. 그녀는 외출복 그대로였다. 옷을 입은 채로 잠들었었군, 이라고 나는 짐작했다.

"지금이 몇시야?" 그녀가 외쳤다. "잠을 너무 많이 잤잖아! 세상에, 맙소사! 왜 깨우지 않은 거야, 젠장!"

그녀는 몹시 화를 냈다. 그녀는 옷을 입은 채 문간에 서 있었다. 그 상태 그대로 바로 일하러 가려는 것인가 싶었다. 하지만 샘플이 담긴 가방도, 비타민도 없었다. 그녀는 악몽을 꾸고 있었던 것이다. 그녀는 좌우로 머리를 흔들기 시작했다.

나는 오늘밤은 이쯤에서 그만하고 싶었다. "허니, 다시 자. 뭘 좀 찾고 있었어." 내가 말했다. 나는 약 서랍통 속에 든 것들을 손으로 쳤다. 거기 있던 것들이 굴러서 세면대로 들어갔다. "아스피린 어디 있지?" 내가 말했다. 나는 좀더 많은 것들을 손으로 쳐서 떨어뜨렸다. 나는 신경쓰지 않았다. 이것저것 계속 떨어졌다.

신경써서

수많은 이야기를 나눈 뒤—그의 아내인 이네즈는 자기평가라고 표현했다—로이드는 집에서 나와 자기 거처로 들어갔다. 그 집은 삼층 건물의 맨 꼭대기 층에 있는 집으로 두 개의 방과 욕실 하나로 이뤄져 있었다. 방에 들어가면 급하게 경사진 지붕의 안쪽이 나왔다. 방안을 서성거리면 필시 머리가 부딪힐 수밖에 없었다. 창밖을 내다보려면 꾸부정하게 몸을 숙여야 했으며 침대를 들락거릴 때마다 신경써야 했다. 그 집에는 열쇠가 두 개였다. 우선 건물로 들어가는 데 필요한 열쇠가 있었다. 거기서 얼마간 계단을 밟고 올라가면 층계참이 나왔다. 방문까지 가려면 층계를 하나 더 올라가야 했다. 다른 열쇠는 그 방문을 여는 데 필요했다.

한번은 오후에 앙드레 샴페인 세 병과 슬라이스햄을 넣은 종이봉투를 들고 거처로 돌아가다가 그는 층계참에 멈춰 서서 주인 할머니의 거실을 들여다봤다. 할머니는 카펫에 등을 대고 누워 있었다. 잠든 것 같았다. 갑자기 그 할머니가 죽었을지도 모른다는 생각이 들었다. 하지만 TV가 켜져 있었기 때문에 설핏 잠든 것이라고 생각하기로 했다. 도대체 어떻게 이해해야 할지 그로서는 알 수 없었다. 그는 종이봉투를 한쪽 팔에서 다른 쪽 팔로 옮겼다. 그때 할머니가 헛기침을 한 번 하더니 손을 몸 쪽으로 붙이고는 다시 아무 말 없이 가만히 누워 있었다. 로이드는 계단을 밟고 올라가 문을 열었다. 시간이 흘러 그날 저녁 무렵, 부엌 창문으로 내려다보니 밀짚모자를 쓴 할머니가 한 손을 몸에 붙인 채 뒷마당에 서 있는 게 보였다. 할머니는 작은 양철 물뿌리개로 팬지에 물을 주고 있었다.

부엌에는 냉장고와 레인지 겸용 장치가 설치돼 있었다. 냉장고 겸용 레인지는 그다지 크지 않은 것으로 싱크대와 벽 사이의 공간에 붙박여 있었다. 냉장고에 든 물건을 꺼내려면 거의 무릎이 바닥에 닿을 정도로 몸을 수그려야 했다. 하지만 냉장고에 들어 있는 것이라고는 과일주스, 슬라이스햄, 샴페인이 다였기 때문에 별다른 문제는 없었다. 레인지의 버너는 두 개였다. 그는 이따금 손잡이가 달린 냄비에 물을 끓여 인스턴트커피를 끓여먹었다. 커피를 마시지 않는 날도 있었다. 마시는 걸 잊어버리거나, 그냥 마시고 싶은 마음이 들지 않아서였다. 어느 날 아침에는 깨어나자마자 샴페인과 함께 크림 도넛을 먹은 적도 있었다. 몇 년 전까지만 해도 이런 식으로 아침을 해결한다고 하면 껄껄거리고 웃었을 사람이었다. 이제는 뭐 이상하게 여길 게 하나도 없어 보였다. 사실은 그날 저녁 침대에 누워 아침에 일어나서 했던 일들을 하나하나 돌이켜보고서야 그 일도 생각났다. 처음에는 기억할 만한 일은 하나도 없다고 생각했다. 그러다가 샴페인과 함께 도넛을 먹은 일이 떠올랐다. 예전의 그였다면 살짝 미친 게 아니냐며 친구에게 들려줘야겠다고 생각했을 것이다. 그러나 이제는 생각하면 생각할수록 이거든 저거든 그게 뭐가 문제냐는 생각이 들었다. 샴페인과 도넛으로 아침식사를 했다. 그래서 어쩌라고?

가구가 구비된 그의 방에는 작은 식탁 세트, 작은 소파, 낡은 안락의자, 다탁 위에 놓인 TV가 있었다. 전기요금을 따로 내지 않았기 때문에, 심지어 TV도 그의 것이 아니었기 때문에, 때로 그는 밤낮으로 TV를 켜두기도 했다. 하지만 보다가 시청하고 싶은 게 없으면 소리를 줄여놓았다. 전화기도 없었는데, 그건 괜찮았다. 전화기는 없는 게 나았다. 욕실이 딸린 침실에는 더블베드, 침대용 탁자, 서랍장도 있었다.

이네즈가 한 번 찾아온 적이 있었는데, 그게 아침 열한시였다. 새로운 거처에 살기 시작한 지 두 주가 지나는 동안, 그는 그녀가 지나는 길에 한 번쯤 들르지 않을까 생각하고 있었다. 하지만 한편으로는 자신의 음주 문제를 해결하고자 노력하고 있었기 때문에 혼자 있는 게 좋기도 했다. 당분간은 혼자 지낼 필요가 있다는 점을 그는 스스로 분명히 해두고 있었다. 그녀가 찾아온 날, 그는 파자마 차림으로 소파에 앉아 주먹으로 오른쪽 머리를 치고 있었다. 한 대 더 치려고 하는 순간, 층계참에서 목소리들이 들렸다. 그는 아내의 목소리를 알아들을 수 있었다. 멀리서 사람들이 웅성대는 소리처럼 들렸지만, 그는 그게 이네즈의 목소리이며 이번 방문이 매우 중요하다는 사실을 깨달았다. 그는 주먹으로 머리에 한번 더 충격을 가한 뒤 벌떡 일어섰다.

그날 아침에 일어나보니 귀지가 귀를 틀어막고 있었다. 소리가 잘 들리지 않았고, 그 과정에 균형감각을, 몸의 평형을 잃어버린 것 같았다. 지금까지 한 시간 동안이나 때때로 주먹으로 머리를 때리며, 될 것 같지 않아도 귀를 어떻게 해보려고 애쓰며 그는 소파에 앉아 있었다. 가끔은 귀 아래쪽 연골 같은 부위를 마사지하거나 귓불을 세게 당기기도 했다. 그러다가 새끼손가락으로 미친듯이 귓구멍을 파고는 하품하는 것처럼 입을 벌렸다. 떠올릴 수 있는 모든 방법은 다 시도했지만 그는 점점 궁지에 몰릴 뿐이었다. 그는 아래의 목소리들이 웅성거림을 멈췄다는 건 귀로 분간할 수 있었다. 그는 머리를 한 대 제대로 때린 뒤, 잔에 든 샴페인을 다 마셨다. 그는 TV를 끄고 잔을 싱크대에 가져갔다. 건조대 위에 놓아둔, 마개를 딴 샴페인병도 욕실로 가져가 변기 뒤에 놓았다. 그다음에 그는 문을 열어주려고 나갔다.

"안녕, 로이드." 이네즈가 말했다. 그녀는 웃지 않았다. 그녀는 화사한 봄옷을 한 벌 갖춰 입고 문간에 서 있었다. 전에 못 보던 옷이었다. 그녀는 앞뒤로 해바라기를 수놓은 캔버스백을 들고 있었다. 그 가방도 마찬가지로, 전에 못 보던 것이었다.

"내 목소리를 못 들었다고 생각했어." 그녀가 말했다. "집에 없거나, 뭐 다른 일이 있을 거라고 생각했어. 그런데 아래층에 있는 할머니 말이야. 이름이 뭐더라? 그래, 매슈스 부인이 위에 있을 거라고 하더라구."

"부르는 소리 들었어." 로이드가 말했다. "그런데 잘 안 들리더라." 그는 파자마를 잡아당겼다가 머리를 쓰다듬었다. "사실 지금 내 꼴이 말이 아니거든. 들어와."

"아침 열한시야." 그녀가 말했다. 그녀는 문을 닫으며 안으로 들어왔다. 그녀는 그의 말을 듣지 못한 것처럼 행동했다. 어쩌면 진짜 듣지 못한 것일지도 몰랐다.

"몇시인지는 나도 알아." 그가 말했다. "일어난 지는 꽤 됐어. 여덟시부터 깨어 있었어. 〈투데이〉 쇼를 조금 봤어. 그런데 지금은 어떤 일 때문에 미치기 일보 직전이야. 귓구멍이 막혔나봐. 옛날에도 이런 적이 있었는데, 기억나? 배달 전문 중국 음식점 근처에 살 때였어. 쇠줄을 끌고 다니던 불독을 애들이 찾아낸 곳이 거기가 맞지? 그때 병원에 가서 귓속을 씻어냈잖아. 분명히 기억날 거야. 당신이 모는 차를 타고 가서 둘이 한참 기다렸으니까. 아무래도 그때와 비슷해. 그때만큼이나 안 좋은 상태라는 거야. 다른 게 있다면 오늘 아침에는 병원에 가지 못했다는 사실뿐. 무엇보다도 찾아갈 만한 의사가 없으니까. 미쳐버릴 것 같아, 이네즈. 머리통을 잘라버리고 싶어."

그는 소파의 한쪽 끝에, 그녀는 다른 쪽 끝에 앉았다. 그래봐야 작은 소파였기 때문에 둘 사이는 여전히 가까웠다. 얼마나 가까웠냐면 손을 뻗으면 그녀의 무릎에 닿을 정도였다. 하지만 그는 그러지 않았다. 그녀는 실내를 한번 둘러본 뒤 다시 그를 바라봤다. 자기가 수염도 깎지 않고 머리도 덥수룩하다는 사실을 그는 알고 있었다. 그렇지만 그녀는 그의 아내였으니까 그에 대해서 알 만한 것은 이미 다 알고 있었다.

"노력은 해봤어?" 그녀가 물었다. 그녀는 파우치를 열어보더니 담배 한 개비를 꺼냈다. "내 말은, 지금까지 뭘 해봤느냐는 거야."

"무슨 소리가 하고 싶은 거야?" 그는 고개를 돌려 왼쪽 귀를 그녀 쪽으로 향했다. "이네즈, 맹세해. 허풍 떠는 게 아니야. 아주 미쳐버리겠다구. 말을 해도 꼭 통 속에서 말하고 있는 것 같아. 머리통에서 덜컹대는 소리가 들려. 게다가 소리도 제대로 안 들려. 당신이 말하는 소리가 꼭 납파이프 저편에서 들리는 것 같아."

"큐팁스*나 웨슨 오일 같은 것 써봤어?" 이네즈가 물었다.

"여보, 이건 심각해." 그가 말했다. "내가 큐팁스나 웨슨 오일이 어디 있어? 웃자고 하는 소리지?"

"웨슨 오일이 있으면 데워서 당신 귀에 조금 넣으면 돼. 엄마는 늘 그렇게 했어." 그녀가 말했다. "그러면 귓속에 든 것들이 말랑말랑해져."

그는 고개를 흔들었다. 머릿속이 액체로 꽉 차 있는 듯한 느낌이었다. 옛날에 시립수영장의 바닥까지 헤엄쳐 들어갔다가 귀에 물을 가득 채운 채 위로 솟구쳤을 때의 느낌과 비슷했다. 하지만 그 시절에는 귀의 물을 빼는 일은 간단했다. 폐 속 가득히 공기를 들이마시고 입을 꾹 다문 채, 코를 꽉 쥐기만 하면 됐다. 그다음에 양볼 가득 숨을 내뱉어 머리 쪽으로 공기를 밀어넣는 것이다. 그러면 귀가 뻥 뚫리고 몇 초 동안 머리에서 흘러내린 물이 어깨로 뚝뚝 떨어질 때의 상쾌한 느낌을 맛볼 수 있었다. 그러고 나서 그는 수영장 바깥으로 몸을 빼냈다.

이네즈는 담배를 다 피운 뒤 불을 껐다. "로이드, 우리 상의할 게 있어. 하지만 한 번에 하나씩 해야겠지. 의자에 앉아봐. 그 의자 말고, 부엌에 있는 의자! 뭐가 어떻게 됐는지 환한 데서 봐야 하니까."

그는 머리통을 한번 더 세게 후려쳤다. 그런 뒤 그는 식탁 의자로 가서 앉았다. 그녀도 따라와 그의 뒤에 섰다. 그녀는 손가락으로 그의 머리칼을 매만졌다. 그러더니 귀가 보이도록 그의 머리칼을 넘겼다. 그

---

* Q-tips. 면봉 브랜드.

가 손을 잡으려 하자, 그녀는 그 손을 뿌리쳤다.

"어느 쪽 귀가 그런 거야?" 그녀가 물었다.

"오른쪽 귀." 그가 말했다. "오른쪽이야."

"우선," 그녀가 말했다. "움직이지 말고 여기 가만히 앉아 있어. 내가 머리핀하고 화장지를 좀 찾아볼 테니까. 그걸로 어떻게 한번 닦아내볼 테니까. 잘하면 될 거야."

그는 그녀가 귓속에 머리핀을 넣는다는 상상만으로도 깜짝 놀랐다. 그는 그게 효과가 있을지에 대해 중얼거렸다.

"뭐라고?" 그녀가 말했다. "이런, 이젠 나까지 말을 알아들을 수가 없네. 전염성이 있는 건가."

"어릴 적, 학교 다닐 때 말이야." 로이드가 말했다. "양호 선생님이 있었어. 간호사 같았던 여자 선생님이었지. 그분은 팔꿈치보다 작은 물건은 절대로 귓속에 넣으면 안 된다고 하셨거든.*" 그는 귀의 내부를 크게 그려놓고 그 안에 들어 있는 각종 기관들, 예컨대 도관, 통로, 내벽 따위의 복잡한 구조를 설명해놓은 벽걸이 차트를 어렴풋하게 떠올렸다.

"그래? 그 간호사는 이런 경우를 한 번도 본 적이 없었겠지." 이네즈가 말했다. "어쨌거나 뭐가 하긴 해야지. 일단 이것부터 해보는 거야. 만약 그래도 안 된다면, 다른 방법을 찾아야지. 그게 인생이야. 그렇지 않아?"

"하고 싶은 말이 뭐 따로 있는 거야?" 로이드가 물었다.

---

* 팔꿈치만한 크기의 물건은 귓속에 들어갈 수 없으니, 귓속에는 뭐든 넣어서는 안 된다는 뜻의 관용구.

신경써서 163

"말한 그대로야. 하지만 당신이 무슨 생각을 하든 그건 자유야. 여기는 자유국가니까." 그녀가 말했다. "이젠 내가 하고 싶은 걸 하게 해주시지. 거기 그대로 앉아 있어."

그녀는 파우치를 뒤졌으나 찾고자 하는 물건을 발견하지 못했다. 결국 그녀는 소파에다가 파우치에 든 물건을 다 쏟아냈다. "머리핀이 하나도 없네." 그녀가 말했다. "빌어먹을." 꼭 다른 방에서 말하는 목소리처럼 들렸다. 어떤 면에서는 그의 상상 속에서 그녀가 그런 말을 한 것 같기도 했다. 오래전에, 자신들에게는 ESP*가 있어서 서로 무슨 생각을 하는지 알 수 있다고 느끼던 시절도 있긴 했다. 누가 말을 시작하면 다른 쪽이 그 말을 끝낼 수 있을 정도였다.

그녀는 손톱깎이를 집어들고 얼마간 만지작거렸다. 그는 그녀의 손안에서 손톱깎이의 일부분이 반원을 그리며 펼쳐지는 광경을 지켜봤다. 손톱깎이에서 손톱을 다듬는 줄칼이 나왔다. 그의 눈에는 그녀가 작은 단도를 잡고 있는 것처럼 보였다.

"지금 그걸 내 귓속에다가 넣으려고?" 그가 물었다.

"더 좋은 의견이 있는 모양이지." 그녀가 말했다. "나는 이 이상 다른 방법은 모르겠어. 집에 연필은 있겠지? 그걸로 하면 좋겠어? 아, 스크루드라이버가 어디 굴러다닐지도 모르겠다." 그렇게 말하더니 그녀는 웃음을 터뜨렸다. "걱정하지 마. 자자, 로이드. 상처 같은 걸 내지는 않을 거야. 신경쓸 거라고 말했잖아. 이 끝에 화장지를 감쌀 거야. 그러면 괜찮아. 말한 대로 신경쓸 거야. 당신은 거기 가만히 앉아 있으면

---

* Extrasensory Perception. 텔레파시처럼 오감이 아닌 다른 감각을 이용해서 인지하는 능력을 뜻한다.

되는 거야. 화장지를 가져올게. 면봉을 만들어야지."

그녀는 욕실로 들어갔다. 그녀는 얼마간 나타나지 않았다. 그는 작은 식탁 의자에 그대로 가만히 앉아 있었다. 그는 그녀에게 말해야 하는 것들에 대해 생각하기 시작했다. 그녀에게 그는 스스로 샴페인으로만 절제하고 있다고 말하고 싶었다. 그 샴페인마저도 조금씩 줄여나가고 있다고 말하고 싶었다. 이제 모든 게 시간문제였다. 하지만 그녀가 돌아왔을 때, 그는 한마디도 할 수 없었다. 어디서부터 시작해야 할지 그로서는 알 수 없었다. 어쨌든 그녀는 그에게 눈길 한번 주지 않았다. 그녀는 소파에 쏟은 물건들 중에서 담배 하나를 끄집어냈다. 라이터로 담배에 불을 붙인 뒤, 그녀는 창가에 서서 거리를 바라봤다. 그녀가 뭐라고 말했지만, 그는 무슨 소리인지 알아들을 수 없었다. 그녀가 말을 그치고 난 뒤에도 그는 뭐라고 말했는지 묻지 않았다. 그게 무슨 말이든 그녀가 재차 말하는 걸 그 자신이 원하지 않는다는 걸 알고 있었다. 그녀는 담뱃불을 껐다. 하지만 그녀는 몸을 앞으로 기댄 채, 여전히 창가에 서 있었다. 지붕이 그녀의 머리에 닿을 듯 가까웠다.

"이네즈." 그가 말했다.

그녀는 돌아서서 그에게 다가왔다. 그는 손톱줄 끝에 있는 화장지를 볼 수 있었다.

"한쪽으로 머리를 돌리고 가만히 있어." 그녀가 말했다. "그래, 그렇게. 이제 움직이지 말고 가만히 앉아 있어. 움직이지 마." 그녀가 다시 말했다.

"신경써줘." 그가 말했다. "부탁이야."

그녀는 대답하지 않았다.

"제발, 제발." 그가 말했다. 그리고 그는 더이상 말하지 않았다. 그는 두려웠다. 손톱줄이 자신의 귀 안쪽에서 돌아가며 귀지를 찾는 동안, 그는 눈을 감고 숨을 참았다. 심장도 박동을 멈출 게 분명하다고 그는 생각했다. 그러는 동안, 그녀는 손톱줄을 조금 더 밀어넣고는 그 안에 든 것을 어떻게 해보려고 날을 앞뒤로 움직이며 돌렸다. 그의 귓속에서 달그락거리는 소리가 들렸다.

"악!" 그가 말했다.

"아팠어?" 그녀가 귀에서 손톱줄을 꺼내며 한 발자국 뒤로 물러섰다. "어때, 뭐가 좀 달라진 것 같아, 로이드?"

그는 두 손을 양쪽 귀에 올리고 고개를 숙였다.

"똑같은걸." 그가 말했다.

그녀는 그를 바라보며 입술을 깨물었다.

"욕실에 갔다 와도 되지?" 그가 말했다. "뭘 더 하기 전에 말이야, 난 욕실에 좀 가야겠어."

"가." 이네즈가 말했다. "나는 아래층으로 내려가서 주인 할머니한테 웨슨 오일 같은 게 있는지 알아보고 와야겠어. 큐팁스가 있을지도 몰라. 아까는 왜 그 생각을 못했을까. 할머니한테 물어보는 거 말이야."

"그게 좋겠어." 그가 말했다. "나는 욕실에 갈게."

그녀는 문 앞에 서서 그를 바라봤다. 그러고는 문을 열고 밖으로 나갔다. 그는 거실을 가로질러 침실로 들어간 뒤 욕실의 문을 열었다. 그는 변기 뒤로 손을 뻗어 샴페인병을 꺼냈다. 그는 길게 한 모금 들이켰다. 미지근했지만, 잘도 넘어갔다. 그는 조금 더 들이켰다. 처음에 그는 샴페인에만 한정시킨다면 술을 계속 마셔도 상관없지 않을까 하고 진지하게 생각했었다. 하지만 얼마 지나지 않아 그는 자신이 하루에 서너 병씩 마신다는 사실을 알게 됐다. 조만간 뭔가 대책이 있어야만 한다는 사실을 그도 알고 있었다. 하지만 우선은 귀가 뚫리는 게 중요했다. 그녀의 말처럼, 한 번에 하나씩. 그는 샴페인을 마저 다 마시고 빈병을 변기 뒤 아까 그 자리에 놓았다. 그리고 물을 틀고 이를 닦았다. 수건으로 입을 닦은 뒤, 그는 다시 방으로 나왔다.

이미 돌아온 이네즈는 오븐 앞에 서서 작은 팬에다 뭔가를 끓이고 있었다. 그가 있는 쪽을 힐끔 바라봤지만, 처음에는 아무 말도 없었다. 그는 그녀의 어깨 너머 창문 밖을 바라봤다. 한 나무에서 다른 나무로 새 한 마리가 날아가더니 부리로 깃털들을 다듬었다. 새소리를 냈는지 어땠는지, 그로서는 들을 수 없었다.

그녀가 무슨 말을 했지만, 그는 알아들을 수 없었다.

"뭐라고 했어?" 그가 물었다.

그녀는 고개를 흔들더니 오븐 쪽으로 돌아섰다. 하지만 곧 그녀는 다시 돌아서서, 큰 목소리로 천천히 말했고, 이번에는 그도 알아들을 수 있었다. "욕실에다 뭘 감춰놓았더라."

"줄이려고 애쓰는 중이야." 그가 말했다.

그녀가 뭐라고 말했다. "뭐라고?" 그가 물었다. "뭐라고 한 거야?" 진짜 그녀의 말이 들리지 않았다.

"나중에 얘기하자구." 그녀가 말했다. "우린 상의할 게 좀 있어, 로이드. 우선 돈 문제. 하지만 다른 일들도 있어. 우선은 귀부터 살펴봐야겠지." 그녀는 팬에 손가락을 넣어보더니 팬을 들었다. "조금 식혀야겠어." 그녀가 말했다. "지금은 너무 뜨거우니까. 앉아. 이 수건을 어깨에 걸쳐봐."

그는 들은 대로 행동했다. 그는 의자에 앉아 목과 어깨에 수건을 둘렀다. 그리고 주먹으로 머리통을 한 대 쳤다.

"빌어먹을." 그가 말했다.

그녀는 바라보지 않았다. 그녀는 다시 한번 팬에 손가락을 집어넣어 온도를 쟀다. 그리고 플라스틱 잔에 팬에 담긴 액체를 부었다. 그녀는 잔을 들고 그에게 다가갔다.

"무서워할 필요 없어." 그녀가 말했다. "주인 할머니가 쓰는 베이비오일일 뿐이니까. 이런저런 문제가 있다고 얘기했더니 이게 도움이 될 거라고 하시더군. 보증은 못해." 이네즈가 말했다. "하지만 그 안에 든 것들을 느슨하게 만들기는 할 거야. 자기 남편한테도 그런 일이 있었대. 한번은 남편의 귀에서 귀지가 나왔는데, 그게 엄청나게 큰, 무슨 마개 같았다는 거야. 그게 귀지, 정확하게 그거였다는 거지. 할머니가 이걸 해보래. 그리고 큐팁스는 하나도 없어. 큐팁스가 하나도 없다니, 도무지 이해할 수가 없어. 그 부분은 정말 놀랐어."

"좋아." 그가 말했다. "알았어. 뭐라도 괜찮아. 이네즈, 이렇게 살아가느니 차라리 죽는 게 낫다고 생각해. 알겠어? 정말이야, 이네즈."

"머리를 한쪽으로 기울여봐." 그녀가 말했다. "움직이지 마. 귓속에 꽉 찰 때까지 부은 뒤에 이 행주로 막을 테니까. 당신은 십 분 동안만 거기 가만히 앉아 있으란 말이야, 응? 그다음에 다시 보자. 이것도 안 먹히면, 글쎄, 그때는 나도 방법이 없어. 그때는 어떻게 해야 할지 나도 모르겠어."

"먹힐 거야." 그가 말했다. "이걸로 안 된다면 총을 찾아서 머리에

쏴버릴 거야. 진심이야. 정말 그러고 싶은 기분이야."

그는 머리를 돌리더니 아래로 기울였다. 그 바람에 그는 새로운 시각에서 방에 있는 물건들을 바라볼 수 있었다. 하지만 모든 것들이 옆으로 누웠다는 사실만 빼고 그전에 바라볼 때와 달라진 것은 하나도 없었다.

"더 숙여." 그녀가 말했다. 의자를 붙들고 중심을 잡으며 그는 더욱 머리를 낮췄다. 그의 시야에 들어오는 모든 사물이, 그의 인생에 들어찬 모든 사물이, 그 방의 한쪽 멀리에 있는 것처럼 보였다. 그는 귓속으로 들어가는 따뜻한 액체를 느낄 수 있었다. 그러고선 그녀는 행주를 들고 귀에 갖다댔다. 잠시 뒤, 그녀는 그의 귀 주위를 주무르기 시작했다. 그녀는 그의 턱과 두개골이 맞붙는 지점의 말랑말랑한 살을 눌렀다. 그녀는 귀의 윗부분에 손가락을 대고 손끝으로 여기저기를 두드리기 시작했다. 얼마쯤 시간이 흐르자, 그는 과연 얼마나 오랫동안 자신이 거기 앉아 있었는지 알 수 없을 지경이 되었다. 십 분은 족히 지났을 것 같았다. 그보다 더 오래였을지도 몰랐다. 그는 여전히 의자를 잡고 있었다. 가끔가다 그녀의 손가락이 옆머리를 누를 때면 그는 그녀가 부은 따뜻한 오일이 귓속의 관 안에서 앞뒤로 움직이는 것을 느낄 수 있었다. 그녀가 누르는 방식에 따라 머리 안에서 나지막하지만 바스락대는 소리가 들리는 듯했다.

"똑바로 앉아." 이네즈가 말했다. 그는 앉아서 귓속의 액체가 빠져나가는 동안 손등으로 머리를 받쳤다. 그녀는 수건으로 액체를 받았다. 그리고는 그의 귀 주위를 닦았다.

이네즈는 코로 숨을 쉬고 있었다. 로이드는 그녀의 숨이 들어왔다가 나가는 소리를 들을 수 있었다. 그는 집밖 거리를 달리는 자동차 소리와 집 뒤쪽, 부엌 창문 아래 전지가위가 싹싹거리는 소리를 또렷하게 들을 수 있었다.

"어때?" 이네즈가 물었다. 그녀는 찡그린 얼굴로 두 손을 허리께에 얹고 대답을 기다렸다.

"이제 잘 들려." 그가 말했다. "괜찮아진 거야! 이제 들을 수 있다고. 당신이 꼭 물속에서 말하는 것 같았는데, 이젠 아니야. 깨끗하게 들려. 괜찮아. 세상에, 잠시나마 미쳐버리는 줄 알았다구. 하지만 이젠 좋아졌어. 다 들려. 들어봐, 여보, 커피를 끓일게. 주스도 있고."

"가봐야 해." 그녀가 말했다. "안 그래도 무슨 일이 있는데 늦었어. 하지만 다시 올 거야. 언제 같이 나가서 점심 사 먹자. 우린 얘기 좀 할 게 있어."

"나는 머리를 이쪽으로 하고 잠잘 수가 없어. 그게 원인이야." 그가 말을 이었다. 그는 그녀를 따라 거실로 갔다. 그녀는 담배에 불을 붙였다. "그랬단 말이지. 이쪽 머리만 바닥에 붙여서 잤기 때문에 귀가 막혀버린 거야. 그 사실을 잊어버리지 말고 이쪽 머리를 바닥에 붙이고 잠들면 다 괜찮아질 거라고 생각해. 내가 신경쓰기만 하면. 무슨 소린지 알겠어? 등을 붙이거나 왼쪽으로 돌려서 잘 수만 있다면 말이야."

그녀는 그를 바라보지 않았다.

"영영 그렇지는 않겠지. 물론 그럴 수가 없지. 그건 나도 알아. 그렇게 할 수도 없어. 남은 인생 동안 그런 식으로만 자겠다는 건 불가능하지. 어쨌든 당분간은. 왼쪽으로만, 아니면 등을 바닥에 붙이고."

그러나 이렇게 말하는 동안에도 그는 다가올 밤이 두렵다는 생각이

들었다. 그는 침대에 들어가기 위해 마음의 준비를 하는 순간과 그다음에 찾아올 일들이 벌써부터 두렵기 시작했다. 앞으로도 몇 시간이 지나야 찾아올 순간들이었지만, 벌써부터 그는 두려웠다. 밤중에 자신도 모르게 오른쪽으로 돌아누웠다가 베개에 가해지는 머리통의 무게 때문에 귓속의 어두운 관들을 귀지가 다시 막아버리게 된다면? 아침에 깼는데 귀는 들리지 않고 천장은 머리 위 몇 인치까지 내려와 있는 것 같다면?

"하느님 맙소사." 그가 말했다. "미치겠어. 너무 끔찍해, 이네즈. 악몽을 꾸는 것 같았어. 이네즈, 어딜 가야만 하는 거야?"

"말했잖아." 다시 모든 것을 파우치 속에 집어넣고 떠날 채비를 갖추며 그녀가 말했다. 그녀는 손목시계를 바라봤다. "안 그래도 늦었다구." 그녀는 문으로 갔다. 하지만 문 앞에서 그녀는 돌아서더니 그에게 뭐라고 얘기했다. 그는 듣지 않았다. 그는 듣고 싶지 않았다. 그녀가 하지 않으면 안 되는 그 말을 하는 동안, 그는 입술의 움직임을 지켜봤다. 그 말을 끝마친 뒤, 그녀는 "안녕"이라고 말했다. 그러더니 그녀는 문을 열었다 닫으며 밖으로 나갔다.

그는 옷을 입기 위해 침실로 갔다. 하지만 곧바로 바지만 걸친 채 그는 서둘러 밖으로 나와 문까지 갔다. 그는 문을 열고 가만히 서서 귀를 기울였다. 아래쪽 층계참에서 이네즈가 오일을 빌려줘서 고맙다고 매슈스 부인에게 말하는 소리가 들렸다. 그 할머니가 "천만에요"라고 말하는 소리도 들렸다. 그다음에는 그녀의 죽은 남편과 그 사이의 연관성을 이끌어내는 말을 들었다. 그는 그녀가 "전화번호를 남겨두고 가세요. 뭔 일이라도 생기면 전화할 테니까. 모를 일이니"라고 말하는 소리를 들었다.

"그런 일이 없기를 바라요"라고 이네즈가 말했다. "어쨌든 번호는 알려드릴게요. 혹시 필기도구 같은 게 있으신가요?"

로이드는 매슈스 부인이 서랍을 열어 이리저리 뒤지는 소리를 들었다. 그다음에는 "말씀하세요"라는, 부인의 목소리가 들렸다.

이네즈는 그들의 집 전화번호를 알려줬다. "고맙습니다"라고 그녀는 말했다.

"뵙게 되어 반가웠다오." 매슈스 부인이 말했다.

그는 이네즈가 계단을 걸어내려가 현관문을 여는 소리를 들었다. 그리고 그는 그 문이 닫히는 소리를 들었다. 그는 그녀가 그들의 차에 시동을 걸고 떠날 때까지 기다렸다. 그러고 나서 그는 문을 닫고 침실로 돌아가 옷을 마저 입었다.

신발을 신고 끈을 묶은 뒤, 그는 침대에 누워 턱까지 이불을 덮었다. 그는 이불 속에 밀어넣은 두 팔을 몸 쪽으로 바짝 붙였다. 그는 두 눈을 감고 자신이 밤이 되어 이제 막 잠들려고 하는 사람이라고 생각했다. 그러고는 두 팔을 들어 가슴 위에 교차시키며 그 자세가 자신에게 편한지 생각해봤다. 그는 두 눈을 감고 한번 자는 척해봤다. 괜찮아, 라고 그는 생각했다. 됐어. 다시 귀가 막히게 되는 상황을 원하지 않는다면 바닥에 등을 대고 잠들기만 하면 되는 일이었다. 그럴 수 있다는 걸 그는 알고 있었다. 잠자는 동안에도 잘못된 쪽으로 돌아누우면 안 된다는 걸 잊지 않을 것이었다. 밤에 너댓 시간 자는 게, 어쨌든 그에게 필요한 전부였다. 그 정도는 어떻게든 할 수 있으리라. 사람에게는 그보다 더 나쁜 일도 일어날 수 있으니. 어떤 점에서 그건 도전이었다. 그러나 그가 감당하는 수밖에 없었다. 그는 그래야만 한다는 사실을 알고 있었다. 이윽고 그는 이불을 걷어젖히고 일어섰다.

아직 하루는 반 넘게 남아 있었다. 그는 부엌으로 들어가 작은 냉장고 앞에 몸을 수그리고 새 샴페인병을 꺼냈다. 그는 최대한 신경쓰면서 플라스틱 코르크 마개를 돌려 땄지만, 펑 하는 기분좋은 소리는 빠지지 않았다. 그는 컵에 묻은 베이비오일을 가셔내고 샴페인을 가득 따랐다. 그는 잔을 들고 소파로 가서 앉았다. 그는 다탁에 잔을 놓았다. 그는 다탁 위 샴페인잔 바로 옆에 두 발을 올렸다. 그는 뒤로 등을 기댔다. 그러나 시간이 흐르자, 그에게는 다가올 밤에 대한 걱정이 조금씩 더 생기기 시작했다. 이 모든 노력에도 불구하고 이번에는 귀지가 다른 쪽 귀를 막아버리면 어떻게 하지? 그는 눈을 감고 머리를 흔들었다. 이내 그는 일어나 침실로 갔다. 그는 옷을 벗고 다시 잠옷을 입었다. 그러고선 그는 다시 거실로 돌아왔다. 그는 다시 한번 소파에 앉았고, 다시 한번 두 발을 올렸다. 그는 손을 뻗어 TV를 켰다. 그는 볼륨을 조절했다. 그는 자신이 잠잘 때 일어날 수 있는 일들에 대한 걱정에서 벗어날 방법은 없다는 걸 알고 있었다. 그건 평생 감수하며 사는 법을 배워야 하는 것이었다. 어쩐지 이 모든 일은 그에게 도넛과 샴페인 같은 걸 연상시켰다. 잘 생각해보면, 놀랄 만한 일이 전혀 아니었다. 그는 샴페인을 조금 들이켰다. 그런데 맛이 이상했다. 그는 혀로 입술을 훔치고 나서 소매로 입을 닦았다. 눈을 돌린 그는 샴페인 표면에 형성된 오일 막을 볼 수 있었다.

그는 일어나 싱크대까지 잔을 들고 가 샴페인을 부었다. 그는 샴페인병을 거실로 들고 와 소파 위에 편안하게 앉았다. 그는 병의 목을 잡고 들이켰다. 그에게는 병나발을 부는 버릇이 없었지만, 그렇게 많이 이상한 것 같지는 않았다. 그는 한낮에 소파에 앉아서 잠잔다고 해서, 그게 몇 시간이고 등을 바닥에 대고 자야만 하는 사람보다 더 이상하다고 말할 수는 없다고 판단했다. 그는 창밖을 내다보려고 머리를 숙였다. 햇살의 각도로 볼 때, 그리고 방에 드리워지는 그림자로 볼 때, 세시쯤이라고 그는 추측했다.

내가 전화를 거는 곳

J.P.와 나는 프랭크 마틴이 운영하는 술 끊기 시설의 앞 포치에 있다. 프랭크 마틴의 시설에 있는 다른 사람들과 마찬가지로 J.P.는 둘째가라면 서러울 술꾼이다. 하지만 그는 굴뚝청소부이기도 하다. 그는 이곳에 처음 왔고, 지금 겁을 내고 있다. 나는 전에 한 번 여기 온 적이 있었다. 무슨 말을 할 수 있겠나? 나는 다시 온 거다. J.P.의 원래 이름은 조 페니지만, 그는 자신을 J.P.로 불러달라고 내게 말한다. 그는 서른 살 정도다. 나보다 젊다. 많이 젊은 건 아니고 조금 젊다. 그는 내게 어떻게 그런 분야의 일에 뛰어들었는지 말하고 있는 중인데, 말하면서 두 손을 사용하고 싶어한다. 하지만 그의 두 손은 떨린다. 그러니까 가만히 있지 않는다는 뜻이다. "전에는 이런 일이 한 번도 없었거든." 그는 말한다. 손 떠는 일 말이다. 나는 알 만하다고 그에게 말한다. 나는

떨림은 잦아들 거라고 그에게 말한다. 그게 그렇게 된다. 하지만 시간이 필요하다.

우리는 여기 온 지 이틀째에 불과하다. 아직 첩첩산중이다. J.P.에겐 손 떨림이 있고, 내 어깨의 신경─어쩌면 신경이 아닌, 다른 것일지도 모른다─은 자주 발작을 일으킨다. 때로 목 옆에서도 그런 일이 일어난다. 이렇게 되면 내 입이 마른다. 그때는 뭘 삼키는 일만 해도 노력이 필요하다. 곧 벌어질 일이 무엇인지 나는 알고 있는데, 그 일을 막고 싶다. 나는 외면하고 싶고, 그게 바로 내가 하고 싶은 일이다. 나는 두 눈을 감고 그게 지나가도록, 다른 사람에게 넘어가도록 내버려둔다. J.P.는 얼마간 기다려준다.

어제 아침에 나는 발작을 봤다. 사람들이 타이니라고 부르는 남자. 덩치가 크고 뚱뚱한 남자로 샌타로자에서 온 전기기사. 사람들은 그가 여기 머문 지 두 주 정도가 지났기 때문에 큰 고비를 넘겼다고 말했다. 하루이틀이면 집으로 돌아가 아내와 함께 TV 앞에 앉아서 신년을 맞이할 수 있었다. 세밑에 타이니는 핫초코를 마시며 쿠키를 먹을 계획이었다. 어제 아침에 밥을 먹으러 내려올 때만 해도 그는 좋아 보였다. 그는 꽥꽥 소리를 지르며 어떻게 하면 오리들을 자기 머리 위로 바로 떨어지게 할 수 있는지 시범을 보였다. "빵빵"이라고 말하며 타이니는 두 마리를 겨냥했다. 타이니의 머리칼은 젖은 채 머리 뒤로 쫙 달라붙어 있었다. 그는 막 샤워를 하고 나온 길이었다. 그의 턱에는 면도기로 낸 상처 자국이 남아 있었다. 하지만 그게 무슨 상관이겠는가? 프랭크 마틴의 치료센터에 있는 모든 사람들의 얼굴에는 상처 자국이 있다. 그건 흔히 일어나는 일이다. 타이니는 식탁의 상석에 끼어들어 자신의 주연酒宴에서 흔히 일어났던 일들에 대해 말하기 시작했다. 식탁에서 계란 요리를 떠먹던 사람들은 머리를 흔들며 웃음을 터뜨렸다. 타이니는 무슨 말 끝엔가 씩 웃고는 알아듣는 기색이 있는지 살피며 식탁을 둘러봤다. 우리 모두는 그와 비슷한 불쾌하고 미친 짓을 저지른 바 있는 사람들이었기 때문에, 그래서, 우리는 웃음을 터뜨렸다. 타이니는 계란 스크램블을 자기 접시 위에 올려놓은 뒤, 비스킷 몇 개와 꿀을 가져왔다. 나도 그 식탁에 있었는데, 배가 고프지 않았다. 나는 커피만 조금 앞에 놓았다. 그때 갑자기 타이니가 사라졌다. 그는 의자와 함께 넘어갔고 큰 소리가 났다. 그는 두 눈을 감고 바닥에 등을 대고 누운 채, 양 발꿈치로 리놀륨 바닥을 두들겼다. 사람들은 프랭크 마틴에게 고함을 질렀다. 하지만 그는 바로 옆에 있었다. 두서너 명이 타이니 옆 바닥에 앉았다. 한 남자는 타이니의 입에 손가락을 집어넣어 혓바닥을 잡으려고 했다. 프랭크 마틴은 "다들 뒤로!"라고 소리쳤다. 그제야 나는 우리가 타이니 쪽으로 몸을 수그리고 모여서는, 그에게서 눈을 돌릴 방법이 없어 그저 바라보고 있다는 사실을 알아차렸다. "이 사람, 숨 좀 쉬게!" 프랭크 마틴이 말했다. 그는 사무실로 뛰어가서 구급차를 불렀다.

오늘 타이니는 다시 합류했다. 회복에 대한 이야기랄까. 오늘 아침에 프랭크 마틴이 그를 데려오려고 병원까지 스테이션왜건을 몰고 갔다. 너무 늦어 계란을 먹을 순 없었지만, 타이니는 어쨌든 커피를 들고 식당에 들어가 그 식탁에 앉았다. 주방에서 누군가 그를 위해 토스트를 만들었지만, 타이니는 먹지 않았다. 그는 커피를 놓고 앉아서 가만히 컵만 바라봤다. 이따금 그는 앞에 놓인 컵을 앞뒤로 흔들었다.

나는 그에게 그렇게 되기 전에 예감 같은 게 있었느냐고 묻고 싶었다. 혹시 그의 심장이 딱 멎어버리거나, 반대로 내달리지 않았는지 알고 싶었다. 눈꺼풀이 씰룩거렸나? 하지만 나는 무엇도 묻지 않으려고 한다. 어쨌든 그 얘기를 신나게 떠들어댈 것 같아 보이진 않으니까. 하지만 타이니에게 일어난 그 일을 나는 결코 잊지 않을 것이다. 발을 차면서 바닥에 쓰러진 타이니. 그래서 나는 어디서건 내 어깨가 들썩거릴 때면 숨을 고르며 기다린다. 입에는 누군가의 손가락을 넣은 채로 바닥에 누워 허공을 올려다보며 다시 깨어나는 순간을.

앞 포치에 있는 의자에 앉아 J.P.는 양손을 무릎 위에 올려놓는다. 나는 담배를 피우며 낡은 석탄통을 재떨이로 사용한다. 나는 J.P.의 두서없는 이야기에 귀를 기울인다. 아침 열한시다. 점심시간까지는 한시간 반이 남았다. 우리는 둘 다 배고프지 않다. 하지만 그럼에도 안으로 들어가 식탁에 앉을 수 있게 되기를 손꼽아 기다린다. 아마도 그때면 배가 고파지겠지.

그건 그렇고 J.P.는 지금 무슨 말을 하고 있을까? 그는 열두 살 때 자신이 자란 농장 근처에 있던 우물에 빠진 일에 대해서 말하고 있다. 마른 우물이었으니 운이 좋았다. "아니면 운이 나빴거나"라고, 주위를 돌아보고 머리를 흔들면서 그가 말한다. 그날 오후 늦게, 그 안에 있다는 게 밝혀진 뒤에야, 아버지가 줄로 자신을 끌어냈다고 그는 말한다. J.P.는 거기 아래에 있으면서 바지에 오줌을 지렸다. 살려달라고 소리를 지르다가, 조금 기다렸다가 다시 살려달라고 소리를 지르는 동안, 그는 우물 안에서 별의별 무서운 생각이 떠올라 죽을 것 같았다. 그는 구조될 때까지 목이 쉬도록 고함을 질렀다. 하지만 그는 그 우물의 바닥에 있었던 일이 영원히 각인됐다고 말했다. 그는 거기 앉아서 우물의 입구를 올려다봤다. 위쪽으로 푸른 하늘이 둥글게 보였다. 이따금 하얀 구름들이 지나갔다. 한 무리의 새들이 하늘을 가로질러 날아갔는데, J.P.에게는 그 새들의 날갯짓 소리가 이 기묘한 소동을 불러일으킨 것처럼 느껴졌다. 그는 다른 소리도 들었다. 우물 위쪽에서 희미하게 버석대는 소리가 들렸기 때문에 그는 머리카락으로 뭔가 떨어지는 게 아닌가 걱정했다. 그는 곤충들을 생각하고 있었다. 그는 우물 입구 위로 지나가는 바람 소리도 들었는데, 그 소리 역시 그에게 각인됐다. 요컨대, 그 우물 바닥에 있는 그에게 삶의 모든 것들이 다르게 다가왔다. 그러나 그에게 떨어지는 것은 하나도 없었고, 그 작은 푸른색 원을 가리는 것도 하나도 없었다. 그때 그의 아빠가 줄을 들고 찾아왔고, 얼마 지나지 않아 J.P.는 자신이 늘 살아가던 그 세계로 돌아올 수 있었다.

"계속 얘기해. J.P.? 그래서?" 내가 물었다.

그리고 열여덟 살인가 열아홉 살인가, 고등학교는 졸업했으나 뭘 하면서 살아가야 할지 막막하기만 하던 그때, 어느 날 오후 그는 같은 마을에 사는 친구를 찾아갔다. 그 친구의 집에는 벽난로가 있었다. J.P.와 친구는 앉아서 맥주를 마시며 수다를 떨었다. 그들은 전축으로 음악도 틀었다. 그때 현관벨이 울린다. 친구가 현관으로 간다. 젊은 여자 굴뚝청소부가 장비를 들고 서 있다. 그녀는 탑햇을 쓰고 있는데, 그 광경이 J.P.에게 강한 인상을 남긴다. 그녀는 J.P.의 친구에게 벽난로를 청소하러 오기로 예약이 잡혀 있었다고 말한다. 친구는 그녀를 들어오게 하고는 인사한다. 그 젊은 여자는 그에게 어떤 곁도 주지 않는다.

그녀는 벽난로 주위에 담요를 펼쳐 장비를 늘어놓는다. 그녀는 검은색 바지, 검은색 셔츠를 입고, 검은색 신발과 양말을 신었다. 물론 모자는 일찌감치 벗었다. J.P.는 넋이 빠져 그녀를 바라보고만 있었다고 한다. 그녀는 일을 하고, 그러니까 그녀는 굴뚝을 청소하고, J.P.와 친구는 레코드를 틀어놓고 맥주를 마신다. 하지만 그들은 그녀를 바라보고, 또 그녀가 하는 일을 바라본다. 이따금 J.P.와 친구는 서로를 바라보면서 씩 웃거나, 윙크한다. 젊은 여자의 상반신이 굴뚝 속으로 사라졌을 때, 그들은 눈썹을 치켜뜬다. 그녀는 얼굴도 봐줄 만했다고 J.P.는 말했다.

일을 모두 마쳤을 때, 그녀는 담요로 물건들을 둘둘 말았다. 그녀는 J.P.의 친구에게서 그의 부모가 떼준 수표를 받았다. 그다음에 그녀는 키스해줄 수 있느냐고 친구에게 묻는다. "그래야 행운이 찾아오거든요." 그녀가 말한다. 그 말에 J.P.는 완전히 넘어간다. 친구는 눈알을 굴린다. 그는 익살맞은 행동을 조금 더 한다. 그런 다음 아마 얼굴을 약간 붉히며, 그는 그녀의 뺨에 입을 맞춘다. 바로 이 순간, J.P.는 뭔가 결심했다. 그는 맥주를 내려놓았다. 그는 소파에서 일어났다. 그는 막 문밖으로 나가려는 젊은 여자에게 다가갔다.

"혹시, 저도?" J.P.가 그녀에게 말했다.

그녀는 그를 훑어봤다. J.P.는 심장이 뛰는 걸 느낄 수 있었다고 말한다. 나중에 알고 보니 그 젊은 여자의 이름은 록시였다.

"물론이죠." 록시가 말한다. "안 될 것 없죠. 여분의 키스는 아직 좀 남았으니까." 그 말과 함께 그녀는 그의 입술에 멋지게 입을 맞추고는 떠나려고 돌아섰다.

눈 깜빡할 사이에 J.P.는 그녀를 따라 포치까지 나갔다. 그는 그녀를 위해 포치의 방충문을 잡았다. 그는 그녀와 함께 계단을 걸어내려가 그녀의 소형 밴이 주차된 진입로까지 나갔다. 그건 J.P.로서도 어쩔 수 없는 일이었다. 이 세상에 그보다 중요한 일은 아무것도 없었다. 그는 두 다리를 달달 떨게 만들 수 있는 사람을 드디어 만났다는 것을 알았다. 그는 그녀의 키스가 자신의 입술에서 여전히 불타오르는 것을 느낄 수 있었다, 운운. J.P.는 최소한의 사리판단도 할 수 없었다. 흥분에 사로잡힌 그는 우왕좌왕 갈피를 잡을 수가 없었다.

그는 그녀를 대신해 소형 밴의 뒷문을 열었다. 그는 그녀가 물건들을 안에 싣는 걸 도왔다. "고마워요." 그녀가 말했다. 그때 그가 느닷없이 말했다. 다시 만나고 싶다고. 언제 함께 영화 보러 가지 않겠느냐고. 동시에 그는 평생 동안 하고 싶은 게 뭔지 깨달았다. 그는 그녀가 하는 일을 하고 싶었다. 그는 굴뚝청소부가 되고 싶었다. 그러나 그때는 그걸 말하지 않았다.

J.P.는 그녀가 두 손을 엉덩이 위쪽에 얹고 그를 바라봤다고 말한다. 그러더니 그녀는 밴 앞자리에서 명함을 찾아냈다. 그녀는 그걸 그에게 줬다. 그러고는 말했다. "오늘밤 열시 지나서 여기로 전화해요. 그때 얘기해요. 지금은 가야 하니까." 그녀는 탑햇을 썼다가 다시 벗었다. 그녀는 한번 더 J.P.를 바라봤다. 그녀는 그를 바라보며 마음에 들었는지 이번에는 미소를 지었다. 그는 입가에 검댕이 묻었다고 그녀에게 말했다. 그리고 그녀는 트럭에 올라타 경적을 울리더니 떠나버렸다.

"그래서?" 내가 묻는다. "지금 멈추지 마, J.P.."

이야기는 재미있었다. 하지만 그가 어느 날 말발굽 던지기 놀이를 시작하게 된 사연을 늘어놓는다고 해도 내가 귀를 기울였을 것만은 분명했다.

어젯밤에는 비가 내렸다. 골짜기 너머 언덕 쪽으로 구름들이 몰려와 층층이 쌓인다. J.P.는 목을 가다듬고 언덕과 구름을 바라본다. 그는 턱을 잡아당긴다. 그러더니 하던 이야기를 이어간다.

록시는 그와 데이트를 하기 시작한다. 그리고 조금씩 그는 둘이서 함께 일하는 것에 대해 말하기 시작한다. 하지만 사업상 록시는 아버지, 오빠와 함께 일했는데, 일도 딱 그만큼이었다. 그들에게는 다른 사람이 필요 없다. 그걸 다 떠나서 J.P.란 놈은 도대체 누군가? J.P., 뭐하는 놈인데? 조심하는 게 좋아, 라고 그들은 경고했다.

그렇게 그녀와 J.P.는 몇 번 함께 영화관에 갔다. 함께 춤을 춘 적도 몇 번 있었다. 하지만 연애 감정은 주로 함께 굴뚝을 청소하면서 깊어졌다. 어느 틈엔가 두 사람은 연을 맺는 일에 대해 말하고 있었다고 J.P.는 말한다. 그리고 얼마 지나지 않아 그들은 그렇게 되어 결혼한다. J.P.의 장인은 동업자로 그를 받아들인다. 일 년쯤 지나자, 록시는 아이를 갖는다. 그녀는 굴뚝청소를 그만둔다. 여하간 일을 그만둔다. 곧 그녀는 다른 아이를 갖는다. 그즈음 J.P.는 이십대 중반이다. 그는 집을 산다. 그는 행복한 삶이었다고 말한다. "만사형통이었지." 그가 말한다. "원하는 걸 다 가졌으니까. 사랑스러운 처자식에다가 평생 하고 싶었던 일을 하고 있었지." 하지만 무슨 까닭에서인지—낸들 알겠는가, 우리가 왜 그런 짓을 하는지—술버릇이 점점 세진다. 오랫동안 그는 그저 맥주만 마신다. 맥주라면 종류를 가리지 않았다. 하루 스물네

시간 맥주를 마실 수 있었다고 그는 말한다. 그는 밤에 TV를 보면서도 맥주를 마시곤 했다. 물론 가끔은 독주도 마셨다. 하지만 그건 흔하지 않은 경우인, 마을에 나가서 마실 때나 손님이 찾아왔을 때였다. 그러다가 맥주에서 진토닉으로 바꾸게 되는 순간이 찾아오는데, 그 이유는 그도 알 수 없다. 저녁을 먹고 TV 앞에 앉아 그는 진토닉을 점점 더 많이 마시기 시작했다. 그는 항상 진토닉잔을 들고 있었다. 정말 그 맛을 좋아했다고 그는 말한다. 일이 끝난 뒤, 술을 더 마시기 위해 집에 가지 않고 술집에 들르기 시작했다. 그다음에는 저녁을 거르기 시작했다. 그는 집에 오지 않았다. 설사 집에 왔다 하더라도 뭘 먹으려고 들지 않았다. 그는 바에서 먹는 스낵으로 배가 불러 있었다. 때로 그는 문을 열고 들어와 아무런 이유도 없이 점심 도시락통을 거실로 집어던지곤 했다. 그래서 록시가 소리치면, 그는 돌아서서 다시 나가버렸다. 그는 다들 그가 일하고 있을 것이라고 여기는 이른 오후로 술 마시는 시간을 옮겼다. 아침에 몇 잔을 마시는 것으로 음주를 시작했다고 그는 내게 말한다. 이를 닦기도 전에 한 잔 때렸다. 그다음에는 커피를 마셨다. 그는 도시락통에 보드카가 든 보온병을 넣어 일하러 갔다.

J.P.는 말을 멈춘다. 입을 꽉 다문다. 무슨 일일까? 나는 귀를 기울인다. 우선 그렇게 하면 긴장이 풀린다. 지금 내 상황에서 멀리 떨어질 수 있다. 잠시 뒤, 내가 말한다. "왜 그래? 계속해, J.P.." 그는 턱을 당긴다. 하지만 이내 그는 다시 말하기 시작한다.

J.P.와 록시는 이제 진짜 싸우기 시작한다. 진짜 싸움 말이다. 한번은 그녀가 주먹으로 얼굴을 치는 바람에 코가 부러진 적이 있었다고 J.P.는 말한다. "이걸 봐." 그는 말한다. "바로 여기." 그는 콧등을 가로

지르는 선을 내게 보여준다. "부러진 코라구." 그는 보답을 했다. 그는 그녀의 어깨를 탈골시켰다. 또 한번은 그녀의 입술을 터지게 만들었다. 둘은 아이들이 보는 앞에서도 치고받고 싸웠다. 모든 게 개판이 됐다. 그럼에도 그는 계속 술을 마셨다. 멈출 수 없었다. 또한 그 무엇으로도 멈추게 할 수 없었다. 록시의 아버지와 오빠가 박살내겠다고 위협해도 소용이 없었다. 그들은 록시에게 애들을 챙겨서 깨끗하게 정리하라고 말했다. 그러나 록시는 그건 자기가 알아서 할 문제라고 말했다. 자초한 일이라 그녀는 스스로 문제를 해결하려고 했다.

지금 다시 J.P.는 정말 조용해진다. 그는 몸을 웅크리고 의자에 축 늘어진다. 그는 여기와 언덕 사이에 놓인 도로를 따라 움직이는 차를 바라본다.

"그래서 어떻게 됐는지 알고 싶어, J.P.. 더 얘기해봐." 내가 말한다.

"나도 몰라." 그가 말한다. 그는 어깨를 으쓱해 보인다.

"괜찮아." 내가 말한다. 그러니까 말해도 된다는 뜻이다. "어서, J.P.."

문제를 해결하기 위해 그녀가 생각해낸 한 가지 방법은 남자친구를 찾는 것이었다고 J.P.는 말한다. J.P.는 집안일도 해야 하고 아이도 있었던 그녀에게 어떻게 그런 시간이 생겼는지 알고 싶었다.

나는 그를 바라본다. 나는 놀랐다. 그는 성인 남자다. "마음만 먹는다면," 나는 말한다. "시간이야 생기지. 시간이야 내면 되는 거지."

J.P.는 고개를 흔든다. "그렇겠지." 그는 말한다.

어쨌든, 그는 그 사실—록시의 남자친구에 관한 일—을 알게 됐고 돌아버렸다. 그는 록시의 손가락에서 결혼반지를 빼내려고 갖은 애를 쓴다. 그리고 마침내 성공하자, 그는 와이어커터로 반지를 마구 자른다. 훌륭하고도 실속 있는 장난이랄까. 이때, 그들은 이미 두어 라운드 치고받은 상태였다. 다음날 아침, 일하러 가다가 그는 음주운전 혐의로 체포된다. 그는 운전면허를 빼앗긴다. 그는 이제 더이상 트럭을 몰고 일하러 갈 수 없다. 차라리 다행이지, 라고 그는 말한다. 그로부터 일주일 전에 지붕에서 떨어져 엄지손가락이 부러진 일이 있었으니까. 목이 부러지는 건 시간문제였지, 라고 그는 말한다.

그는 술을 끊고 인생을 원래의 궤도로 되돌려놓을 방법을 찾기 위해 여기 프랭크 마틴의 치료센터에 찾아왔다. 하지만 그도 나처럼 자신이 원해서 여기에 왔다. 우리는 갇힌 게 아니었다. 나가고 싶으면 언제라도 떠날 수 있었다. 그러나 최소한 일주일은 여기서 지내야만 한다고 했고, 그들의 표현을 빌리자면, 두 주에서 한 달 정도는 "강력 권고사항"이었다.

말했다시피 나는 프랭크 마틴의 치료센터에 온 게 두번째다. 일주일 체류비용을 내기 위해 수표에 서명하려고 끙끙대고 있을 때, 프랭크 마틴은 말했다. "원래 휴가란 좋을 게 하나도 없어. 이번에는 좀 오래 붙어 있는 게 좋겠다는 생각이 들겠지. 이 주 정도면 어떨지 생각해봐. 이 주 정도면 할 수 있겠어? 어쨌든 생각해보라구. 지금 당장 결정하라고 하는 말은 아니네." 그가 엄지손가락으로 수표를 누르고 있는 동안, 나는 내 이름을 서명했다. 그다음에 나는 여자친구와 함께 현관문까지 걸어간 뒤 작별인사를 했다. "잘 지내"라고 그녀가 말했다. 그녀는 비틀거리며 문기둥에 부딪혔다가 포치로 나갔다. 늦은 오후다. 비가 내리고 있다. 나는 문에서 창문으로 간다. 나는 커튼을 걷고 차를 몰고 나가는 그녀를 본다. 그녀는 내 차를 타고 있다. 그녀는 술에 취한 상태다. 취하긴 나도 마찬가지지만, 내가 할 수 있는 일은 하나도 없다. 나는 난방기 근처에 있던 큰 의자까지 간신히 가 거기에 앉는다. TV를 보던 사람들 몇몇이 바라본다. 이내 그들은 보던 화면으로 시선을 돌린다. 나는 그냥 앉아 있다. 이따금 나는 화면에 지나가는 것들을 올려다본다.

그날 오후 늦게 요란스레 현관문이 열리디니 거구의 두 남자 사이에 낀 J.P.가 끌려 들어왔다. 나중에 알고 보니 그 두 남자는 J.P.의 장인과 처남이었다. 그들은 J.P.를 끌고 안으로 들어갔다. 늙은 남자가 그를 입원시키기 위해 서명했고, 프랭크 마틴에게 수표를 건넸다. 그다음에 두 사람은 J.P.가 위층으로 올라가는 걸 도왔다. 침대에 재울 모양이라고 나는 생각한다. 곧 늙은 남자와 다른 남자가 아래층으로 내려와 현관문으로 향했다. 그보다 더 빠른 속도로 이곳을 떠날 수는 없을 것 같았다. 그들은 당장이라도 이 모든 것에서 손을 빼고 싶은 모양이었다. 그들을 비난할 생각은 없었다. 빌어먹을, 정말이다. 내가 그 사람들이었다면 어떻게 했을지 나도 장담할 수 없다.

하루하고도 반나절이 지난 뒤, J.P.와 나는 앞 포치에서 만난다. 우리는 악수를 나누고 날씨 얘기를 한다. J.P.에게는 손 떨림이 있다. 우리는 앉아서 두 발을 난간 위로 올린다. 우리는 한가한 시간을 보내려고 나온 사람들처럼 의자 깊숙이 몸을 기댄다. 이제 막 새 사냥개에 대한 이야기를 하려는 사람들처럼. 바로 그때 J.P.가 자기 이야기를 시작한다.

춥긴 하지만, 대단히 추운 건 아니다. 구름 때문에 어스레하다. 시가를 마저 피우기 위해 프랭크 마틴이 밖으로 나온다. 그는 단추를 끝까지 채워 잠근 스웨터를 입고 있다. 프랭크 마틴은 키가 작고 실팍하다. 회색 곱슬머리에 머리통은 작다. 몸뚱어리에 비하면 머리가 너무 작다. 프랭크 마틴은 입에 시가를 문 채, 팔짱을 끼고 서 있다. 그는 입에 문 시가를 해치우며 계곡을 바라본다. 그는 프로 권투선수처럼, 뭔가 아는 그런 사람처럼 거기 서 있다.

J. P.는 다시 조용해진다. 그러니까 숨을 거의 쉬지 않는다는 뜻이다. 나는 석탄통에다 내 담배를 집어던지고 J. P.를 골똘히 쳐다본다. J. P.는 의자에서 몸을 더 낮추고 움츠러들었다. J. P.는 옷깃을 여며올린다. 도대체 무슨 일일까, 나는 의아해한다. 프랭크 마틴은 팔짱을 풀고 연기를 뿜어낸다. 그의 입에서 연기가 빠져나온다. 그러더니 턱으로 언덕을 가리키며 말한다. "잭 런던이 이 계곡 저쪽에 꽤 많은 땅을 가지고 있었지. 당신들이 보고 있는 저 초록색 언덕 바로 뒤야. 하지만 알코올이 그를 죽였어. 그걸 교훈으로 삼으란 말이야. 우리보다는 훨씬 훌륭한 사람이었지. 하지만 그놈만큼은 그 사람도 어쩔 수 없었어." 프랭크 마틴은 시가의 남은 부분을 바라본다. 불이 꺼졌다. 그는 통에다 그걸 던진다. "여기 있는 동안 책 읽을 시간이 나면 그 사람이 쓴 『야성의 부름』을 읽어봐. 내가 무슨 책 말하는지는 다들 알고 있겠지? 안에 있으니까 필요하면 가져다 읽어. 반은 개이고 반은 늑대인 동물이 나와. 설교 끝." 그렇게 말한 뒤, 그는 바지를 끌어올리고 스웨터를 끌어내린다. "나는 들어갈 테니"라고 그는 말한다. "점심 먹을 때 보세."

"저 사람 옆에 있으면 나는 벌레가 된 것 같아." J. P.가 말한다. "저 사람은 날 벌레가 된 것처럼 만들어." J.P.는 고개를 흔든다. 그러더니 말한다. "잭 런던. 이름 하나는 끝내주네! 내 이름도 그랬어야 하는데. 지금 이름이 아니라."

맨 처음에는 아내가 나를 여기에 데려왔었다. 그때만 해도 우리는 함께 제대로 살아보려고 노력하고 있었다. 그녀는 나를 여기까지 데려다준 뒤, 한두 시간 미물면서 프랭크 마틴과 둘이서만 얘기했다. 그러고선 그녀는 떠났다. 다음날 아침, 프랭크 마틴은 나를 따로 불러놓고 말했다. "우리가 도와줄 수 있어. 자네가 도움을 원하고 우리가 하는 말만 잘 들으면 말이지." 하지만 나로서는 그들이 나를 도와줄 수 있을지 없을지 알 수 없었다. 내 마음의 일부는 도움을 원하고 있었다. 하지만 그렇지 않은 마음도 있었다.

이번 경우에는 나를 여기까지 태워다준 사람이 여자친구였다. 그녀는 내 차를 몰았다. 그녀는 폭풍우를 뚫고 운전했다. 여기까지 오는 내내 우리는 샴페인을 마셨다. 그녀가 진입로에 차를 세웠을 때, 우리는 이미 둘 다 취해 있었다. 원래 그녀는 나를 여기 떨군 뒤, 다시 차를 돌려 집으로 돌아갈 계획이었다. 그녀에게는 할 일들이 있었다. 하나를 들자면, 다음날 그녀는 일하러 가야만 했다. 그녀는 비서로 일했다. 그녀의 직장은 전기부품회사로 괜찮은 자리였다. 그녀에게는 입이 시끄러운 십대 아들이 있었다. 나는 그녀가 시내에 방을 하나 구한 뒤, 하룻밤 자고 나서 집까지 운전했으면 싶었다. 그녀가 방을 구했는지 안 구했는지 나는 모른다. 그날 그녀가 이끄는 대로 건물 앞 계단을 밟고 올라가 프랭크 마틴의 사무실까지 갔을 때, "누가 왔을까요?"라고 말하던 게 그녀에게서 들은 마지막 말이었다.

그렇지만 그녀에게 화가 난 건 아니었다. 처음에, 아내가 내게 집에서 나가라고 요구하자, 그녀는 자기하고 있으면 된다고 말했는데, 그때는 자기가 어떤 짐을 짊어지게 되는 것인지 그녀는 알지 못했다. 나는 그녀가 애처로웠다. 왜 애처로웠냐면 크리스마스 하루 전날 스미어 테스트* 결과가 나왔는데, 별로 유쾌하지 않았다. 그녀는 다시 의사를 만나러 가야만 했다. 그것도 정말 빠른 시간 안에. 우리 둘이 술을 마시는 핑계로는 아주 그만이었다. 그래서 우리는 엄청나게 마시곤 취해버렸다. 크리스마스에도 우리는 취해 있었다. 우리는 식당에 가서 음식을 사 먹어야 했다. 그녀는 도저히 음식을 만들 기분이 아니었기 때문이었다. 우리 둘과 그 시끄러운 십대 아들 녀석은 저마다 선물을 뜯어본 뒤, 그녀의 아파트 근처에 있는 스테이크 집에 갔다. 나는 배가 고프지 않았다. 나는 수프와 핫롤을 먹었다. 수프를 먹으면서 나는 와인 한 병을 비웠다. 그녀도 와인을 조금 마셨다. 그리고 우리는 블러디 메리를 해치우기 시작했다. 그다음 이틀간 내가 먹은 것이라고는 소금 간 한 너트뿐이었다. 하지만 버번은 꽤 마셨다. 그리고 내가 그녀에게 말했다. "자기야, 나는 짐을 싸는 게 좋을 것 같아. 프랭크 마틴에게 다시 가봐야 할 것 같아."

그녀는 아들에게 지금 잠깐 어딜 다녀와야 하니 밥을 혼자 먹으라고 설명하려 애를 썼다. 하지만 우리가 문을 나서자마자, 그 시끄러운 녀석은 우리에게 소리를 질렀다. 그놈은 이렇게 외쳤다. "다 꺼져버려.

---

* 자궁경부암검사.

다신 안 왔으면 좋겠어. 둘 다 자살이라도 했으면 좋겠어!" 그놈의 자식하고는!

시내를 나서기 전, 나는 주류 소매점 앞에 차를 멈추게 한 뒤, 거기서 샴페인을 샀다. 플라스틱 잔을 구하기 위해 다른 가게에도 찾아갔다. 그다음에는 프라이드치킨이 보이기에 한 통을 샀다. 우리는 술을 마시고 음악을 들으며 폭풍우를 뚫고 프랭크 마틴의 치료센터로 향했다. 그녀가 운전했다. 나는 라디오 주파수를 맞추면서 술을 따랐다. 우리 나름대로는 작은 파티라고 생각하기로 했다. 하지만 슬프기도 했다. 프라이드치킨이 있었지만, 우리는 손도 대지 않았다.

그녀는 집에 잘 돌아갔을 것이라고 생각한다. 그렇지 않았더라면 무슨 얘기라도 들었을 테니까. 하지만 그녀는 내게 전화하지 않았고 나도 그녀에게 전화하지 않았다. 아마도 지금쯤이면 그녀는 자신에 대한 새로운 사실들을 알게 됐을 것이다. 어쩌면 그녀는 어떤 것도 듣지 않았을지도 모른다. 그건 실수였을 수도 있었다. 다른 사람의 검사 결과가 그녀에게 왔을 수도 있었다. 어쨌든 그녀에게는 내 차가 있고, 그녀의 집에는 내 물건들이 있다. 우리가 다시 보게 되리라는 걸 나는 알고 있다.

밥 먹을 때가 되면 여기 사람들은 낡은 농장용 종을 울린다. J. P.와 나는 의자에서 일어나 안으로 들어간다. 어쨌든 포치에 있기에는 너무나 추운 시절이 시작되고 있다. 말하는 동안, 입에서 나온 입김이 떠다니는 것을 볼 수 있다.

새해 전날 아침에 나는 아내에게 전화를 걸어본다. 응답이 없다. 괜찮다. 괜찮지 않다고 해도 내가 뭘 어쩌겠는가? 몇 주 전, 마지막으로 통화했을 때, 우리는 서로에게 고함을 질렀다. 나는 그녀에게 악담을 좀 했다. "이 뇌수종아!" 그렇게 말하더니, 그녀는 수화기를 원래 자리에 올려놓았다.

하지만 이제 나는 그녀에게 이야기하고 싶었다. 내 물건에 대해서도 뭔가 조치가 필요했다. 그녀의 집에도 내 물건은 남아 있었다.

여기 있는 사람 중에 여행을 다니는 사람이 있다. 유럽에도 가고 여기저기 다른 곳도 간다. 어쨌든 그 사람 말이 그렇다. 사업상, 이라고 그는 말한다. 그는 또한 자신은 음주를 조절할 수 있는 사람인데, 도대체 왜 자기가 프랭크 마틴 치료센터에 있는 건지 알 수 없다고 말한다. 하지만 그는 여기에 어떻게 왔는지 기억하지 못한다. 그는 그 일을 두고, 기억하지 못한다는 사실을 두고 웃는다. "필름이 끊어지는 일은 비일비재하지." 그는 말한다. "그게 중독이라는 증거가 될 수는 없어." 그는 중독자가 아니다. 그는 항상 그 말을 우리에게 하고, 우리는 듣는다. "이건 빨간 줄이 그어지는 것과 마찬가지야." 그는 말한다. "누가 소문이라도 낸다면 제아무리 훌륭한 사람이라도 끝장이 나는 거야." 위스키에 얼음을 넣지 않고 물을 넣었더라면 필름이 끊어지지 않았을 것이라고 그는 말한다. 필름을 끊어지게 만든 건 술에 넣은 얼음이었다. "이집트에 아는 사람이라도 있소?" 그가 내게 묻는다. "거기에도 쓸 만한 사람들을 좀 아는데."

세밑의 저녁을 맞아 프랭크 마틴은 스테이크와 구운 감자를 내놓는다. 입맛이 슬슬 돌아오고 있다. 접시 위에 있는 걸 다 먹어치우고도 나는 조금 더 먹을 수 있다. 나는 타이니의 접시를 넘겨다본다. 맙소사, 그는 거의 손대지 않았다. 스테이크는 그대로 남아 있다. 타이니는 예전의 타이니가 아니다. 이 측은한 녀석은 오늘밤에 집에 있을 생각이었다. 가운을 입고 슬리퍼를 신은 채, TV를 보며 아내의 손을 잡고 있을 생각이었다. 이제는 떠나는 걸 두려워한다. 이해할 수 있다. 하나의 발작은 또다른 발작을 준비하란 뜻이다. 그 일이 일어난 뒤로 타이니는 자신에 대한 너절한 이야기를 더이상 말하지 않는다. 그는 늘 조용하게 자신 속에만 갇혀 있다. 나는 스테이크를 내가 먹어도 되는지 묻는다. 그는 접시를 내 쪽으로 민다.

프랭크 마틴이 케이크를 보여주기 위해 들어올 때, 우리 중 몇몇은 잠자지 않고 함께 둘러앉아 타임스스퀘어를 비춰주는 TV를 보고 있다. 그는 케이크를 들고 다니며 우리에게 일일이 보여준다. 그가 만든 게 아니라는 걸 나는 안다. 빵집에서 만든 케이크다. 어쨌든 케이크는 케이크다. 하얀색의 큰 케이크다. 위에는 핑크색 글자가 쓰여 있다. '해피 뉴 이어. 오늘 하루를 열심히.'

"멍청한 케이크 따위야 없어도 되고." 유럽에도 가고 여기저기도 다니는 사람이 말한다. "샴페인은 없나?"라고 말한 뒤, 그는 웃음을 터뜨린다.

우리는 모두 식당으로 들어간다. 프랭크 마틴은 케이크를 자른다. 나는 J.P. 옆에 앉는다. J.P.는 두 조각을 먹고 코카콜라를 마신다. 나는 한 조각을 먹고 나중을 생각해 한 조각을 냅킨에 싼다.

J.P.는 담배에 불을 붙이고—이제 그는 손을 떨지 않는다—내게 새해 첫날 아침에 아내가 올 것이라고 말한다.

"잘됐네." 내가 말한다. 나는 고개를 끄덕인다. 그리고 손에 묻은 프로스팅을 핥는다. "듣던 중 반가운 소리야, J.P.."

"소개해줄게." 그는 말한다.

"기대하지." 나는 말한다.

우리는 잘 자라고 말한다. 우리는 해피 뉴 이어라고 말한다. 나는 냅킨으로 손가락을 닦는다. 우리는 악수를 나눈다.

나는 전화기로 가서, 십 센트짜리 동전을 넣고, 아내에게 수신자 부담으로 전화한다. 하지만 이번에도 전화를 받는 사람은 없다. 나는 여자친구에게 전화하는 일에 대해서 생각해본 뒤, 전화번호를 누르다가 솔직히 그녀하고는 할말이 없다는 사실을 문득 깨닫는다. 아마 집에 앉아서 그녀는 내가 본 것과 똑같은 TV 프로그램을 시청하고 있을 것이다. 어쨌든 그녀와 말하고 싶지는 않다. 그녀가 괜찮았으면 좋겠다. 하지만 혹시 뭔가 잘못되기라도 했다면 나는 알고 싶지 않다.

아침을 먹은 뒤, J.P.와 나는 커피를 들고 포치로 나간다. 하늘은 맑았지만, 스웨터와 재킷을 입고 있는데도 추운 날이다.

"아이들을 데려가도 되느냐고 아내가 묻더군." J.P.가 말한다. "애들은 집에 놔두라고 말했어. 상상이 가? 세상에. 이런 곳에서 아이들을 볼 생각을 하면 정말."

우리는 석탄통을 재떨이로 사용한다. 우리는 잭 런던이 살았다는 계곡 너머를 바라본다. 우리가 커피를 마시고 있을 때, 자동차 한 대가 길에서 벗어나 진입로로 들어온다.

"왔어!" J.P.가 말한다. 그는 컵을 의자 옆에 놓는다. 그는 일어나 계단을 밟고 내려간다.

나는 차를 세우고 핸드브레이크를 올리는 한 여자를 본다. 나는 자동차 문을 열어주는 J.P.를 본다. 나는 여자가 차에서 나오는 걸, 그리고 두 사람이 서로 껴안는 걸 본다. 나는 고개를 돌린다. 그러다가 나는 다시 바라본다. J.P.는 그녀의 팔을 잡은 채 계단을 올라온다. 이 여자가 한 남자의 코를 부러뜨렸다. 그녀에게는 아이가 둘이고, 문제가 많았지만 그녀는 자기 팔을 잡고 있는 이 남자를 사랑한다. 나는 의자에서 일어난다.

"이분은 내 친구." J.P.가 아내에게 말한다. "여기는 내 아내, 록시."

록시는 내 손을 잡는다. 그녀는 키가 크고 아름다운 여인으로 니트 모자를 쓰고 있다. 그녀는 외투, 두꺼운 스웨터, 슬랙스를 입고 있다. 나는 J.P.가 그녀의 남자친구와 와이어커터에 대해 한 말들을 떠올린다. 결혼반지는 보이지 않는다. 여러 번 잘린 채로 어딘가에 있을 거라고 나는 추측한다. 그녀의 손은 크고 손가락 관절은 굵다. 마음만 먹는다면 제대로 양 주먹을 쥘 수 있는 여자다.

"얘기 많이 들었습니다." 내가 말한다. "두 분이 어떻게 사귀었는지 J.P.가 말했거든요. 굴뚝 같은 것들에 대해 J.P.가 말했죠."

"그래요, 굴뚝 때문이죠." 그녀가 말한다. "하지만 말하지 않은 게 더 많을 거예요." 그녀가 말한다. "자기 입으로 죄다 말할 수는 없을 테니까." 그녀가 말하고는 웃는다. 그런 뒤―그녀는 더이상 참지 못한다―그녀는 J.P.에게 팔을 두르고 그의 뺨에 키스한다. 그들은 문으로 걸어가기 시작한다. "반가웠어요." 그녀는 말한다. "그런데 이 사람이 업계에서 제일 일을 잘했다는 얘기도 하던가요?"

"빨리 가자, 록시." J.P.가 말한다. J.P.는 문손잡이를 잡고 있다.

"저 친구 말로는 당신에게서 일을 다 배웠다고 하던데요." 내가 말한다.

"네, 그 말은 정말 맞아요." 그녀가 말한다. 그녀는 다시 웃는다. 하지만 그녀는 뭔가 다른 걸 생각하고 있는 것 같다. J.P.는 손잡이를 돌린다. 록시는 손을 그의 손 위에 올린다. "조, 시내에 가서 점심을 먹으면 안 될까? 어딜 좀 데려가면 안 되나?"

J.P.는 목청을 가다듬는다. 그는 말한다. "아직 일주일도 안 됐어." 그는 손잡이에서 손을 뗀 뒤 손가락으로 턱을 매만진다. "잠시 나갔다가 오는 거라고 해도 별로 좋아하지 않을 것 같아. 여기서도 커피는 마실 수 있으니까." 그는 말한다.

"좋아." 그녀는 말한다. 그녀의 시선이 다시 나를 살핀다. "조에게 친구가 생겨서 기뻐요. 만나서 반가웠어요." 그녀는 말한다.

그들은 안으로 들어가기 시작한다. 멍청한 짓이라는 걸 알지만, 어쨌든 나는 그 짓을 한다. "록시"라고 나는 말한다. 그들은 문간에 서서 나를 바라본다. "내게도 행운이 필요해요." 나는 말한다. "농담이 아니에요. 키스 받으면 그렇게 된다던데."

J.P.는 시선을 떨군다. 문이 이미 열렸는데도 그는 여전히 손잡이를 잡고 있다. 그는 손잡이를 잡고 좌우로 돌린다. 하지만 나는 그녀만 바라본다. 록시는 미소를 짓는다. "나는 이제 굴뚝청소부가 아니에요." 그녀는 말한다. "벌써 몇 년째. 조가 말하지 않았던가요? 하지만 좋아요, 키스해드리죠, 좋아요."

그녀가 다가온다. 그녀는 내 어깨를 잡고—나는 덩치가 크다—그녀는 내 입술에 키스를 남긴다. "어때요?" 그녀가 묻는다.

내가 전화를 거는 곳 197

"좋네요." 나는 말한다.

"별거 아니에요." 그녀는 말한다. 그녀는 여전히 내 어깨를 잡고 있다. 그녀는 내 눈을 똑바로 쳐다본다. "행운을 빌어요"라고 말하더니 그녀는 나를 놔준다.

"이따가 봐, 친구." J. P.가 말한다. 그는 내내 문을 열고 있다. 그들은 문 안으로 들어간다.

나는 계단에 앉아서 담배에 불을 붙인다. 나는 손의 움직임을 바라본 뒤, 성냥불을 불어서 끈다. 경련이 있다. 오늘 아침부터 그러기 시작했다. 오늘 아침 나는 뭔가 마시고 싶었다. 기분이 가라앉았지만, J. P.에게는 그에 대해 한마디도 하지 않았다. 나는 다른 걸 생각하려고 애쓴다.

나는 굴뚝청소부들에 대해 생각하다가—J. P.에게서 들은 게 다였다—그런 등등의 까닭으로 아내와 내가 살았던 어떤 집에 대해서 생각하기 시작한다. 그 집에는 굴뚝이 없었는데 왜 갑자기 그 집이 생각나는지 알 수 없는 노릇이다. 하지만 나는 그 집을, 또 그 집에 살기 시작한 지 몇 주 지나지 않은 어느 날 아침 밖에서 들려오던 이상한 소리를 들었던 일을 떠올렸다. 일요일 아침이었고 침실은 아직 어두웠을 때였다. 그렇지만 침실 창문으로 희미한 빛이 들어오고 있었다. 나는 귀를 기울였다. 뭔가 집 옆을 긁어대는 소리가 들렸다. 나는 침대에서 나와 살펴보러 갔다.

"내 정신 좀 봐!" 아내가 침대에서 일어나 앉아 고개를 흔들어 얼굴을 가리고 있던 머리카락을 치우며 말한다. 그러더니 그녀는 웃기 시작한다. "벤투리니 씨야." 그녀가 말한다. "까먹고 얘기 안 했네. 오늘 그 사람이 페인트를 칠하러 온다고 했거든. 아침 일찍. 안 그러면 너무 덥다고. 까맣게 잊어버리고 있었네." 그녀는 말하고 웃는다. "여보, 다시 자. 그 사람 맞을 거야."

"잠깐만." 나는 말한다.

나는 창문의 커튼을 밀친다. 바깥에는 하얀색 통짜 작업복을 입은 노인이 사다리 옆에 서 있다. 산 너머에서는 막 태양이 떠오르고 있다. 노인과 나는 서로를 바라본다. 주인이 맞으니 됐다. 하얀색 통짜 작업복을 입은 이 노인 말이다. 하지만 그에게 그 작업복은 너무 크다. 면도도 좀 해야겠다. 그리고 그는 대머리를 가리기 위해 야구모자를 쓰고 있다. 빌어먹을, 이거 괴상한 늙은이 아닌가, 라고 나는 생각한다. 그리고 내가 그 사람이 아니라는 사실에 행복한 감정이 밀려든다. 나는 나이고, 내 아내와 함께 침실에 있다는 사실에.

그는 엄지손가락을 휙 치켜들어 태양을 가리킨다. 땀을 닦는 시늉을 한다. 그는 시간이 많지 않다는 사실을 내게 알려주려고 한다. 그 늙은 병신이 입을 벌리고 미소를 짓는다. 그제야 나는 내가 벌거벗고 있다는 사실을 깨닫는다. 나는 고개를 숙여 내 몸을 바라본다. 나는 다시 그를 바라보고 어깨를 으쓱한다. 뭘 기대했겠는가?

내 아내는 웃는다. "빨리," 그녀는 말한다. "침대로 돌아와. 지금 당장. 바로 지금. 침대로 돌아와."

내 손에서 커튼이 떨어진다. 하지만 나는 계속 창가에 서 있다. 노인이 고갯짓을 하는 모습이 보이는데, 꼭 이렇게 말하는 듯하다. "애야, 어서 침대로 돌아가거라. 다 이해한단다." 그는 모자챙을 잡아당긴다. 그러더니 자기 일을 하기 시작한다. 그는 통을 집어든다. 그는 사다리를 올라가기 시작한다.

 나는 등뒤의 계단에 몸을 기대고 발을 꼬고 앉는다. 아마도 오늘 오후 늦게 나는 다시 아내에게 전화해볼 것이다. 그다음에는 어떻게 됐는지 여자친구에게 전화할 것이다. 하지만 그 입이 시끄러운 녀석이 전화를 받지 않기를 바란다. 내가 전화할 때는 그 녀석이 나가서 무슨 짓을 하거나 말거나 어쨌든 집에 없었으면 좋겠다. 나는 내가 잭 런던의 책을 읽어본 적이 있는지 생각해본다. 생각나지 않는다. 하지만 고등학교 시절에 단편을 읽은 적이 있었다. '불 지피기'라는 제목이었다. 유콘에서 한 남자가 얼어가고 있다. 상상해보라. 불을 피우지 못하면 실제로 얼어서 죽어버리게 되는 한 남자를. 불이 있어야만 양말과 다른 것들도 말릴 수 있고 몸도 덥힐 수 있다.
 그는 불을 피우지만, 그때 또 일이 생기기 시작한다. 나뭇가지 위에 쌓여 있던 눈이 그 위로 떨어진다. 불은 꺼진다. 그러는 동안 날은 더욱 추워진다. 밤이 다가오고 있다.
 나는 주머니에서 동전을 꺼낸다. 아내에게 먼저 걸어볼 작정이다. 만약 전화를 받는다면 해피 뉴 이어라고 말할 것이다. 하지만 그게 전부다. 일을 만들고 싶지는 않다. 목소리를 높이지도 않을 것이다. 그녀가 먼저 시작한다고 하더라도. 그녀는 내가 어디에서 전화를 거는지 물어볼 테고 나는 말해야만 할 것이다. 새해의 결심들에 대해서는 한 마디도 하지 않을 것이다. 이런 상황에서 농담할 수 있는 방법은 전혀 없다. 그녀와 통화한 뒤, 나는 여자친구에게 전화를 걸 것이다. 어쩌면 그녀에게 먼저 전화할지도 모르겠다. 나로서는 그녀의 아들이 전화를 받지 않기만을 바랄 뿐이다. "여보세요, 자기야?" 그녀가 전화를 받으면 그렇게 말하리라. "나야."

기차

존 치버에게

그 여인의 이름은 미스 덴트. 그날 초저녁 그녀는 한 남자에게 총을 겨눴다. 그녀의 위협에 그 남자는 더러운 땅바닥에 엎드려 살려달라고 애원했다. 남자의 두 눈에 눈물이 차오르고 손가락에 낙엽이 잡히는 동안, 그녀는 리볼버를 겨눈 채 그가 어떤 사람인지 얘기했다. 그녀는 그가 앞으로도 계속 다른 사람들의 감정을 짓밟을 수는 없다는 사실을 이해시키려고 했다. "가만히 있어!"라고 그녀는 말했지만, 그 남자가 한 일이라고는 두려움 때문에 손가락을 땅바닥에 쑤셔넣고 다리를 조금 움직인 것뿐이었다. 말을 모두 마쳤을 때, 그러니까 생각할 수 있는 모든 것들을 그에게 말하고 난 뒤, 그녀는 그의 뒤통수에 발을 올리고 그의 얼굴을 땅바닥에 처박았다. 그러고는 리볼버를 핸드백에 넣고 기차역까지 걸어서 돌아갔다.

그녀는 사람 없는 대합실 벤치에 앉아 무릎에 핸드백을 올려놓았다. 매표소는 문을 닫았다. 주변에는 아무도 없었다. 역사 바깥의 주차장도 텅 비어 있었다. 그녀는 벽에 걸린 대형 시계에 시선을 뒀다. 그녀는 남자에 대해, 그리고 남자가 원하는 것을 손에 넣은 뒤 자신에게 어떻게 행동했는지에 대해 더이상 생각하지 않으려고 했다. 하지만 그녀는 그가 무릎을 꿇고 앉았을 때 코로 낸 소리를 아주 오랫동안 기억하리라는 사실을 알았다. 그녀는 숨을 들이켜고 눈을 감은 뒤, 기차가 오는지 귀를 기울였다.

대합실 문이 열렸다. 미스 덴트는 두 사람이 들어오는 동안, 그쪽을 힐끔 쳐다봤다. 한 사람은 하얀 실크 크라바트를 목에 두른 백발노인이었고 또 한 사람은 장밋빛 니트 드레스에 아이섀도와 립스틱으로 화장을 한 중년 여인이었다. 저녁이 되면서 날씨가 쌀쌀해졌지만, 두 사람은 외투를 걸치지 않은데다 노인은 신발도 신지 않았다. 그들은 대합실에 누군가 있다는 사실을 발견하고 놀랐다는 듯이 문간에 멈춰 섰다. 아닌 척 행동하려고 해도 그녀가 거기 있는 게 그들에게는 실망스러운 일인 모양이었다. 여인이 노인에게 뭐라고 얘기했지만, 미스 덴트는 그녀가 말한 게 뭔지 알아차릴 수 없었다. 두 사람은 대합실 안으로 들어왔다. 미스 덴트가 보기에 그들은 동요의 분위기를, 그 일에 대해서 말할 방법을 찾지 못한 채, 엄청나게 서둘러서 어떤 곳을 막 떠나온 듯한 분위기를 풍겼다. 게다가 이 사람들은 술을 너무 많이 마신 것 같아, 라고 미스 덴트는 생각했다. 여인과 백발노인은 시계가 그들이 처한 상황과 이제 뭘 해야 할지 설명해주기라도 한다는 듯 시계를 쳐다봤다.

미스 덴트 역시 시선을 시계로 돌렸다. 대합실에는 언제 기차가 도착하고 출발하는지 알려주는 것은 하나도 없었다. 하지만 그녀는 아무리 긴 시간이라도 기다릴 준비가 돼 있었다. 충분히 기다리면, 기차가 오긴 올 것이고, 그리하여 그 기차에 올라타기만 하면 이곳에서 벗어날 수 있으리라는 것을 그녀는 알았다.

"좋은 저녁이오." 노인이 미스 덴트에게 말했다. 꼭 평범한 여름밤이라도 되는 양, 그리고 신발도 신고 이브닝 재킷도 갖춰 입은 저명한 노인이라도 되는 양, 저녁인사를 건네네, 라고 그녀는 생각했다.

"그러네요." 미스 덴트가 말했다.

니트 드레스를 입은 여인은 대합실에서 그녀를 발견하게 된 일이 못마땅하다는 사실을 미스 덴트에게 알려줘야겠다는 듯 그녀를 쳐다봤다.

노인과 여인은 미스 덴트의 바로 맞은편, 로비 건너편 벤치에 앉았다. 노인이 바지 무릎 부분을 조금 잡아당긴 뒤 다리를 꼬고는 양말 신은 발을 흔들기 시작하는 모습을 그녀는 지켜봤다. 그는 셔츠 주머니에서 담뱃갑과 담뱃대를 꺼냈다. 그는 담뱃대에 담배를 끼우고 손을 다시 셔츠 주머니에 넣었다. 그다음에 그는 바지 주머니를 뒤졌다.

"불이 없어." 그는 여인에게 말했다.

"난 담배를 안 피워." 여인이 말했다. "나에 대해서 조금이라도 아는 게 있다면 그 정도는 알고 있어야 한다고 나는 생각해. 그렇게 담배가 피우고 싶다면, 저 여자한테 성냥이 있을지도 모르잖아." 여인은 턱을 치켜들고 미스 덴트를 째려봤다.

하지만 미스 덴트는 고개를 저었다. 그녀는 핸드백을 좀더 가까이

기차 207

잡아당겼다. 그녀는 무릎을 모으고 손으로 핸드백을 꽉 잡았다.

"가장 중요한 게 성냥인데, 그게 없네." 백발노인이 말했다. 그는 다시 주머니를 뒤졌다. 그러더니 한숨을 내쉬고 담뱃대에서 담배를 빼냈다. 그는 담배를 다시 담뱃갑에 밀어넣었다. 그는 담뱃갑과 담뱃대를 다시 셔츠 주머니에 넣었다.

여인은 미스 덴트가 알아들을 수 없는 언어로 말하기 시작했다. 쏜살같이 퍼붓는 그 말투가 꼭 소피아 로렌이 영화에서 하던 말투와 비슷해. 아마도 이탈리아어가 아닐까 하고 생각했다.

노인은 머리를 흔들었다. "따라잡을 수가 없다구. 나한테는 너무 빨라. 천천히 해야만 한다구. 영어로 말해야만 한다구. 따라잡을 수가 없어." 그가 말했다.

미스 덴트는 꽉 잡고 있던 손을 풀고 핸드백을 무릎에서 벤치 위 옆자리로 옮겨놓았다. 그녀는 핸드백의 잠금쇠를 쳐다봤다. 그녀는 어떻게 해야 할지 알 수 없었다. 대합실은 작았고, 갑자기 일어나 다른 곳을 찾아 앉기는 싫었다. 그녀의 시선은 결국 시계로 옮겨갔다.

"거기 꿀통 같은 것들이 한 다발이나 있던 걸 내가 어떻게 잊겠어." 여인이 말했다. "엄청나더군. 진짜 얼마나 많은지 아무리 말해도 부족할 거야. 세상에!" 여인은 이렇게 말하고 고개를 흔들었다. 그녀는 피곤하다는 듯이 벤치에 축 늘어졌다. 그녀는 눈을 치켜뜨고 천장을 바라봤다.

노인은 손가락으로 실크 크라바트를 집고는 쓸데없이 문지르기 시작했다. 그는 셔츠 단추를 하나 풀고 크라바트를 안으로 밀어넣었다. 여인이 말하는 동안, 그는 뭔가 다른 것을 생각하고 있는 눈치였다.

"내가 측은하게 생각하는 건 그 여자애뿐이야." 여인이 말했다. "얼뜨기들과 독충들로 가득한 집구석에 혼자 남았으니 불쌍하기도 하지. 내가 측은하게 생각하는 건 그애뿐이야. 그애는 꼭 잘돼야만 해! 다른 놈들은 아니야. 다들 캡틴 닉이라던, 그 머저리 천치 녀석은 절대로 아니라구! 그놈은 아무런 책임도 지지 않으려고 해. 그놈은 절대로 안 돼." 여인은 말했다.

노인은 눈을 치켜뜨고 대합실을 둘러봤다. 그는 미스 덴트를 잠시 바라봤다.

미스 덴트는 그의 어깨 뒤에 있는 창밖을 쳐다봤다. 텅 빈 주차장에 불빛을 드리우는, 키 높은 가로등 기둥이 보였다. 그녀는 무릎 위에 두 손을 모으고 자신의 문제에만 집중하려고 애썼다. 하지만 그 사람들이 말하는 소리를 듣지 않을 수 없었다.

"얼마든지 얘기해줄 수 있어." 여인이 말했다. "그 여자애까지만 내 관심사항이야. 걔 말고 그 다른 족속들에 대해서는 알 게 뭐야? 그 작자들의 삶은 카페오레하고 담배하고, 그 잘난 스위스 초콜릿하고 빌어먹을 놈의 마코앵무새뿐이잖아. 그놈들한테 다른 게 뭐가 중요하겠어?" 여인은 말했다. "그것들이 뭘 신경쓰겠어? 하루라도 빨리 그 놈팽이들을 다시는 보지 않게 되기만 바랄 뿐이야. 무슨 소린지 알아?"

"알고말고." 노인이 말했다. "물론이야." 그는 두 발을 바닥에 붙였다가 다시 발을 바꿔 다리를 꼬았다. "이제 그만 안달복달해." 그가 말했다.

"이 양반이. 어딜 그만 안달복달하래? 거울에 비친 자기 모습이나 한번 들여다보고 말하시지." 여인이 말했다.

"내 걱정은 하지 마시게나." 노인이 말했다. "더한 일들도 생겼지만, 나는 이렇게 잘 살고 있지 않은가." 그는 나지막하게 웃더니 머리를 흔들었다. "내 걱정은 하지 마."

"어떻게 걱정을 안 할 수가 있어?" 여인이 말했다. "그럼 누가 걱정해주겠어? 저기 핸드백을 들고 있는 저 여자가 걱정해주겠어?"라고 말한 뒤, 그녀는 미스 덴트를 노려보는 동안은 말을 멈췄다. "진지하게 들어, 아미코 미오*. 자신을 돌아보란 말이야! 세상에, 내 머릿속에 생각할 것이 하도 많아서 신경쇠약으로 쓰러질 틈도 주지 않아. 내가 걱정하지 않으면 대신 걱정해줄 사람이 누구인지 말해봐. 진지하게 묻는 거야. 아는 것도 많잖아." 그녀는 말했다. "그러니까 거기에 대해서 대답해봐."

백발노인은 벌떡 일어섰다가 다시 자리에 앉았다. "그냥 내 걱정은 하지 말라구." 그는 말했다. "다른 사람이나 걱정해. 걱정하고 싶으면 그 여자애와 캡틴 닉이나 걱정하라구. 당신이 다른 방에 있을 때, 그 사람이 이렇게 말하더라. '심각하게 말하는 건 아니지만, 그애를 사랑해요'라고. 한 글자도 틀림없이 꼭 그렇게."

"그런 일이 일어날 줄 알았다니까!" 여인이 소리쳤다. 그녀는 주먹을 꽉 쥐더니 두 손을 들어 관자놀이에 갖다댔다. "당신이 나한테 그렇게 말할 줄 알았다구! 그렇다고 내가 놀랄 줄 알아? 하나도 안 놀라. 세살 버릇 여든까지 간다고 했어. 진실된 말은 한 번도 해본 적이 없지. 그렇게 살았으면 뭘 배웠어야지. 이 멍청한 영감아, 당신 언제 정신 차

---

* '내 친구'라는 뜻의 이탈리아어.

릴 거야? 거기에 대해서 대답해봐." 그녀가 그에게 말했다. "당신이 판대기로 양미간을 얻어맞아야 정신을 차리는 당나귀야? 오 디오 미오*! 왜 거울에 비친 자기 모습을 한번 들여다볼 생각을 않는 거야?" 여인은 말했다. "거울 앞에 서거든 한번 오랫동안 바라보라구."

노인은 벤치에서 일어나더니 음수대 쪽으로 움직였다. 한 손을 등뒤에 둔 채, 그는 수도꼭지를 돌린 뒤 몸을 숙여 물을 마셨다. 그러고는 몸을 일으키고 손등으로 턱에 묻은 물을 가볍게 닦았다. 그는 두 손을 등뒤로 돌리고 마치 산책이라도 하듯 한가롭게 대합실을 걸어다니기 시작했다.

하지만 미스 덴트의 눈에는 바닥을, 텅 빈 벤치를, 재떨이들을 살펴보는 그의 시선이 들어왔다. 그가 성냥을 찾고 있다는 사실을 알 수 있었으므로 수중에 성냥이 없는 게 미안하기까지 했다.

여인은 노인의 움직임을 좇아 몸을 틀었다. 그녀는 목소리를 높여서 말했다. "북극의 켄터키 프라이드치킨이라니! 파카에다 장화를 신은 샌더스 대령**이라니! 도대체 그게 뭐야! 더이상은 못 참겠구만!"

노인은 대답하지 않았다. 그는 대합실 안에서 일주를 계속하다가 앞쪽 창문에 가서 멈췄다. 그는 두 손을 등뒤로 하고 창문 앞에 서서 텅 빈 주차장을 내다봤다.

여인은 미스 덴트 쪽으로 몸을 돌렸다. 그녀는 드레스 소매 아래의 천을 잡아당겼다. "다음에 알래스카 포인트 배로와 거기 쭉 살아온 아메리칸 에스키모들에 대한 홈 무비가 보고 싶어지면 그 사람들에게 부

---

* '오 하느님'이라는 뜻의 이탈리아어.
** KFC의 창립자 커넬 할랜드 샌더스. KFC 할아버지 모델이 바로 샌더스 대령이다.

탁할 거야. 세상에, 그렇게 재미있을 줄이야! 어떤 사람들은 제아무리 험한 곳이라도 마다하지 않지. 어떤 사람들은 자기 적들을 지루하게 만들어 죽이려고 하고. 하지만 당신은 거기 가볼 필요가 있겠어." 여인은 반박하려면 해보라는 듯이 미스 덴트를 맹렬하게 쳐다봤다.

미스 덴트는 핸드백을 집어들고 무릎 위에 놓았다. 그녀는 시계를 바라봤는데, 시곗바늘은 너무도 천천히 움직여 전혀 움직이지 않는 것 같았다.

"말수가 적으시군." 여인이 미스 덴트에게 말했다. "하지만 모르긴 해도 다른 사람 때문에 할말이 생기면 그쪽도 꽤 말이 많을 거야. 그렇지? 하지만 당신은 새침데기야. 다른 사람들은 꼭지가 돌아버리도록 떠들어대는데 자기만 새침 떨면서 가만히 앉아 있겠다, 이 말이잖아. 내 말이 틀렸어? 깊은 물이라 이거야? 그게 당신 이름인가?" 여인이 말했다. "사람들이 당신을 어떻게 불러?"

"미스 덴트예요. 하지만 나는 댁을 몰라요." 미스 덴트가 말했다.

"나도 당신을 절대로 모르는 건 마찬가지야!" 여인이 말했다. "당신을 모를뿐더러 모른대도 신경쓰고 싶지 않아. 거기 가만히 앉아서 당신 마음대로 생각해. 그렇다고 바뀌는 건 하나도 없을 테니까. 하지만 내가 무슨 생각을 하는지는 알아. 구린내가 난다는 거지!"

노인은 창가 자리를 떠나 밖으로 나갔다. 잠시 후 다시 돌아왔을 때, 그는 담뱃대의 담배에 불을 붙였고 훨씬 기분좋아 보였다. 그는 어깨를 뒤로하고 턱을 쭉 뺐다. 그는 여인 옆에 앉았다.

"성냥을 찾았지." 그가 말했다. "이거 말이야, 성냥이 보도 연석 옆에 있더라구. 누가 떨어뜨리고 간 거지."

"원래 당신은 운이 좋잖아." 여인이 말했다. "그게 당신이 처한 상황에서는 플러스가 되는 거야. 다른 사람은 아무도 몰라도 나만은 당신이 항상 그렇다는 걸 알고 있었지. 운이란 중요해." 여인은 미스 덴트를 힐끔 바라보고는 말했다. "아가씨, 모르긴 해도 살아가면서 이런저런 시행착오를 겪었겠지. 틀림없이 그럴 거야. 얼굴에 다 쓰여 있는걸. 그렇지만 말하고 싶진 않은 거지. 그럼 그렇게 해, 말하지 마. 말하는 건 우리가 할 테니까. 하지만 아가씨도 나이가 들겠지. 그때가 되면 아가씨도 뭔가 할말이 생길 거야. 내 나이가 되면 그렇게 될 거야. 저 사람 나이가 되든지." 여인은 이렇게 말한 뒤, 엄지손가락으로 노인을 가리켰다. "그럴 리가 없다구? 하지만 그렇게 되고 말지. 이때다 싶을 때가 되면 다 찾아오게 돼 있다구. 지금이야 애써 찾아나서지 않아도 괜찮아. 싫어도 결국 그런 때가 올 테니까."

미스 덴트는 핸드백을 들고 벤치에서 일어나 음수대로 걸어갔다. 그녀는 음수대에서 물을 마신 뒤, 돌아서서 그들을 바라봤다. 노인은 담배를 다 피웠다. 그는 담뱃대에 남은 꽁초를 바라보다가 벤치 아래로 떨궜다. 그는 손바닥에 대고 담뱃대를 한 번 두들긴 뒤, 주둥이 부분에 바람을 한 번 불고는 담뱃대를 다시 셔츠 주머니에 넣었다. 이제는 그도 미스 덴트에게 주의를 돌렸다. 그는 그녀에게 시선을 고정시키고 여인과 함께 가만히 지켜봤다. 미스 덴트는 정신을 차리고 무슨 말이라도 해보려고 했다. 그녀로서는 어디서부터 시작해야 할지 알 수 없었지만, 핸드백에 권총이 있다는 말로 시작할 수도 있겠다고 생각했다. 그녀는 그날 초저녁에 한 남자를 죽일 뻔했다고 말할 수도 있었다.

하지만 바로 그 순간 그들은 기차 소리를 들었다. 처음에 그들은 기적 소리를, 그러고 나서 건널목에 안전대가 내려가는 동안 덜컹대는 금속음과 경보음을 들었다. 여인과 백발노인은 벤치에서 일어나 문 쪽으로 걸어갔다. 노인은 동행을 위해 문을 열었고, 미소를 한 번 지은 다음 미스 덴트에게도 먼저 나가라고 손가락을 조금 움직였다. 그녀는 블라우스 앞에 핸드백을 붙이고 나이든 여인을 따라 밖으로 나갔다.

기차는 다시 한번 삐익 기적을 울리며 속도를 늦추다가 역 앞에 멈춰 섰다. 기관실 위의 불빛이 철로 앞뒤를 비췄다. 객차가 두 개 딸린 작은 기차였는데, 객차에는 불이 밝혀져 있었기 때문에 승강장에 선 세 사람은 객차가 거의 비었다는 사실을 쉽게 알 수 있었다. 하지만 그렇다고 그들이 놀라지는 않았다. 그 시간쯤에는 누구라도 있는 게 더 놀라운 일이었다.

객차에 있는 몇 안 되는 승객들은 유리창 너머를 내다보다가 그 밤 시간에 승강장에 사람들이 서 있다가 기차에 올라타려고 하는 것을 보고 이상하게 여겼다. 무슨 일이 있기에 이 시간에 거기 있단 말인가? 웬만한 사람들이라면 잠잘 생각을 할 시간이었다. 역 건물 뒤쪽 언덕 위 집들의 부엌은 말끔하게 정리되어 있을 것이었다. 식기세척기도 오래전에 멈추었을 것이고, 모든 게 제자리에 정리됐을 시간이었다. 아이들 방에는 취침등이 켜져 있을 것이었다. 몇몇 십대 소녀들만이 손가락으로 머리카락을 비비 꼬며 아직도 소설을 읽고 있을 것이었다. 하지만 TV도 이젠 꺼졌다. 남편들과 아내들은 잠잘 준비를 하고 있었다. 객차 두 개에 타고 있던 여섯 명 남짓한 승객들은 차창 너머를 바라보며 승강장에 선 세 사람을 궁금해하고 있었다.

그들은 진하게 화장을 한, 장미꽃 색깔의 니트 드레스를 입은 중년 여인이 계단을 밟고 기차에 올라타는 것을 봤다. 그녀 뒤로 여름 블라우스와 스커트를 입은 채 핸드백을 움켜쥔 아가씨가 올라왔다. 그다음에 기차에 오른 사람은 노인으로 아주 천천히, 나름대로 위엄을 갖춰 움직이고 있었다. 노인은 백발이었고 하얀 실크 크라바트를 매고 있었지만, 신발이 없었다. 승객들은 당연히 이 세 사람이 동행이라고 추측했다. 그리고 이 밤에 그들에게 무슨 일이 생겼는지는 모르겠지만, 그 일이 행복한 일은 아니었을 거라고 확신했다. 하지만 승객들은 살아오는 동안 그보다 더 희한한 일들도 봐왔다. 그들도 잘 알다시피 세상은 별의별 종류의 일들로 가득하다. 그럼에도 이 일은 예상했던 것만큼 나쁘지 않을 수도 있었다. 그런 까닭으로 이 세 사람이 통로를 걸어 자기 자리를 잡는 동안—여인과 백발노인은 서로 나란히 앉았고, 핸드백을 든 아가씨는 몇 자리 뒤쪽에 앉았다—, 그들은 더이상 다른 생각으로 이어가지 않았다. 대신에 승객들은 역을 바라보며 그 역에 기차가 서기 전에 저마다 빠져들었던 생각, 그러니까 저마다의 문제들로 돌아갔다.

차장은 철로를 살펴봤다. 그리고 그는 기차가 온 방향을 훑어봤다. 그는 팔을 들어 손전등으로 기관사에게 신호를 보냈다. 기관사는 그 신호를 기다리고 있었다. 그는 눈금판을 돌리고 레버를 내렸다. 기차는 앞으로 움직이기 시작했다. 처음에는 천천히 움직였으나, 곧 속력을 내기 시작했다. 기차는 환한 객차 불빛을 노반에 흩뿌리며, 다시 어두운 시골 동네를 빠르게 통과할 수 있을 때까지 점점 더 빨리 움직이기 시작했다.

열

칼라일은 옴짝달싹할 수 없었다. 6월 초 아내가 떠난 뒤로 여름 내내 옴짝달싹할 수 없었다. 하지만 얼마 전, 그러니까 일하던 고등학교에서 수업이 시작되기 얼마 전까지는 칼라일에게 아이를 돌볼 사람이 필요하지 않았다. 그전까지는 그 자신이 아이를 돌봤으니까. 매일 밤낮으로 그는 아이들과 함께 지냈다. 아이들에게는 엄마가 긴 여행을 떠났다고 말했다.

그가 처음으로 연락한 베이비시터 데비는 뚱뚱한 열아홉 살 소녀로 대가족에서 컸다고 칼라일에게 말했다. 아이들이 저를 따르거든요, 라고 그녀는 말했다. 만약 걱정된다면 이쪽에 물어보라며 이름을 두어 개 알려주었다. 그녀는 연필로 공책 종이에 그 이름들을 적기까지 했다. 칼라일은 그 이름을 건네받은 뒤, 종이를 잘 접어서 셔츠 주머니에 넣었다. 그는 그녀에게 다음날 수업이 있다고 말했다. 그는 다음날 아침부터 일할 수 있는지 그녀에게 물었다. 그녀는 "물론이죠"라고 대답했다.

그는 자신의 삶이 새로운 시기에 접어들고 있다는 사실을 납득했다. 아일린은 칼라일이 성적표를 작성하고 있을 때 집을 떠났다. 그녀는 서던 캘리포니아로 가 거기서 자신만을 위한 새로운 삶을 시작하겠다고 말했다. 그녀는 칼라인의 고등학교 직장 동료인 리처드 홉스와 떠나버렸다. 홉스는 연극교사이자 유리불기 공예를 가르치는 사람이었는데, 제시간에 성적표를 제출하고 자기 물건들을 챙겨 아일린과 황급히 마을을 떠난 게 분명했다. 이제 길고 고통스러웠던 여름은 거의 끝나고 학기가 다시 시작되려 하고 있었기 때문에 칼라일은 베이비시터를 구하는 문제에만 골몰했다. 첫번째 시도는 그다지 성공적이지 않았다. 어떤 사람이든 반드시 구해야만 한다는 절박함 속에서 그는 데비를 고용했다.

처음에는 그의 전화에 응답해 이 여자애가 나타나줘서 참 고맙다고 생각했다. 그는 마치 그녀가 친척이라도 되는 양 집과 아이들을 모두 그녀에게 맡겼다. 그러니 자기 자신이, 자신의 부주의함이 아니라면 그 누구를 탓하겠느냐고, 그 첫번째 주에 학교에서 일찍 집으로 돌아왔다가 백미러에 헝겊으로 만든 엄청나게 큰 주사위 두 개가 걸린 자동차 옆에 주차할 때, 그는 확신했다. 놀랍게도 그는 앞뜰에서 더러워진 옷을 입은 아이들이 손을 물어뜯을 만큼 덩치가 큰 개와 놀고 있는 광경을 목격했다. 아들인 키스는 딸꾹질을 하며 울고 있었다. 딸인 세라는 그가 차에서 나오는 걸 보고 울기 시작했다. 아이들은 잔디밭에 앉아 있었고 개는 아이들의 손과 얼굴을 핥고 있었다. 개는 그를 향해 으르렁대다가 칼라일이 아이들에게 다가가자 조금 물러섰다. 그는 키스를 안고 그다음에 세라를 안았다. 한 팔에 한 아이씩 안고 그는 현관문으로 향했다. 집안에서는 전축이 어찌나 크게 울리던지 앞 창문이 떨릴 지경이었다.

거실에서는 다탁 주변에 앉아 있던 세 명의 십대 소년이 그 자리에서 벌떡 일어났다. 탁자에는 맥주병들이 있었고 재떨이에는 담배가 타고 있었다. 스테레오 오디오에서 로드 스튜어트가 소리를 질러댔다. 소파에는 그 뚱뚱한 여자애 데비가 또다른 십대 소년과 앉아 있었다. 그녀는 거실로 들어오는 칼라일을 도무지 믿을 수 없다는 듯 얼어붙은 채 쳐다봤다. 그 뚱뚱한 여자애의 블라우스는 단추가 풀려 있었다. 그녀는 두 다리를 모으고 앉은 채 담배를 피우고 있었다. 거실은 담배 연기와 음악 소리로 가득했다. 그 뚱뚱한 여자애와 친구는 황급히 소파에서 몸을 일으켰다.

"칼라일 씨, 잠깐만요." 데비가 말했다. "설명해드릴게요."

"설명 필요 없어." 칼라일이 말했다. "빨리 여기서 꺼져버려. 너희들 모두. 던져버리기 전에." 그는 아이들을 안고 있는 손에 힘을 줬다.

"나흘 치는 계산해주셔야죠." 블라우스의 단추를 채우며 그 뚱뚱한 여자애가 말했다. 그녀는 그때까지도 손에 담배를 들고 있었다. 단추를 채우려고 하자, 담뱃재가 떨어졌다. "오늘은 없던 걸로 하죠. 오늘 치는 필요 없어요. 칼라일 씨, 이상하게 보이겠지만, 그렇지 않아요. 얘들은 음악을 듣겠다고 잠깐 찾아온 것뿐이에요."

"알겠어, 데비." 그는 말했다. 그는 아이들을 카펫에 내려놓았다. 하지만 아이들은 그의 다리에 바짝 붙어 거실에 있는 사람들을 바라봤다. 데비는 아이들을 바라보더니 지금까지 한 번도 본 적이 없었다는 듯이 고개를 천천히 흔들었다. "제길, 빨리 나가지 못해!" 칼라일이 말했다. "당장. 빨리 움직여. 너희들 모두."

그는 걸어가 현관문을 열었다. 소년들은 급할 게 하나도 없다는 듯 행동했다. 그들은 맥주병을 챙겨 천천히 문 쪽으로 향하기 시작했다. 로드 스튜어트의 음반은 계속 돌아갔다. 소년 하나가 말했다. "지긴 제가 가져온 레코드인데요."

"가져가." 칼라일이 말했다. 그는 그 소년에게 한 걸음 다가간 뒤 멈춰 섰다.

"제 몸에 손대진 마세요, 예? 손대진 마시라구요." 소년이 말했다. 그는 전축으로 걸어가 톤암을 들어 원래 자리에 놓은 뒤, 턴테이블이 그냥 돌아가는데도 음반을 끄집어냈다.

칼라일의 손이 떨렸다. "일 분 뒤에도 차가 주차장에 있으면, 경찰을 부를 거다. 일 분이라고 했다." 그는 화가 나서 정신이 어지러울 지경이었다. 정말이지, 눈앞에서 점들이 춤추고 있었다.

"아저씨, 우린 갈 거라구요. 알았어요? 간다니까요." 그 소년이 말했다.

그들은 줄줄이 집을 빠져나갔다. 집밖에서 그 뚱뚱한 여자애가 조금 비틀거렸다. 그녀는 흔들흔들 자동차 쪽으로 걸어갔다. 칼라일은 그녀가 멈춰 서서 두 손으로 얼굴을 감싸는 걸 봤다. 그녀는 그렇게 잠시 진입로에 서 있었다. 그때 한 소년이 뒤에서 그녀를 밀면서 이름을 불렀다. 그녀는 손을 내리고 자동차 뒷좌석에 올라탔다.

"아빠가 깨끗한 옷으로 갈아입혀줄게." 칼라일이 침착한 음성을 유지하려고 애쓰며 아이들에게 말했다. "목욕부터 하고 나서 깨끗한 옷으로 갈아입자. 그다음에는 나가서 피자 사 먹자. 어때, 피자 좋아?"

"데비 언니는 어디 있어요?" 세라가 물었다.

"언니는 이제 안 와." 칼라일이 말했다.

그날 저녁 아이들을 재우고 난 뒤, 그는 한 달 전부터 만나고 있는 같은 학교 동료 캐럴에게 전화했다. 그는 베이비시터 때문에 생긴 일을 그녀에게 말했다.

"애들은 엄청나게 큰 개와 함께 마당에 나와 있고," 그는 말했다. "그 개는 늑대만큼 컸다구. 애들 보라고 구한 애는 건달 같은 남자애들을 집안으로 잔뜩 불러들인 거야. 걔들은 볼륨을 끝까지 올린 채 로드 스튜어트를 틀어놓고는 코가 비뚤어지도록 마시는데, 우리 애들은 바깥에서 그 괴상한 개하고 놀고 있더라고." 그는 말하는 내내 손가락을 관자놀이에 대고 꾹 눌렀다.

"세상에." 캐럴이 말했다. "어쩌면 좋아. 큰일날 뻔했네." 그녀의 목소리가 불분명하게 들렸다. 그는 그녀가 수화기를 턱에 붙이고 말하는 모습을 떠올렸다. 그건 전화할 때면 그녀가 늘 하던 버릇이었다. 전에 그렇게 통화하는 걸 본 적이 있었다. 그 버릇이 그에겐 은근히 신경 쓰였다. 내가 거기로 갈까? 라고 그녀는 물었다. 내가 갈게. 아무래도 그게 좋겠어. 베이비시터를 부르면 돼. 그다음에 차를 몰고 내가 갈게. 내가 그러고 싶어. 애정이 필요할 때는 겁내지 말고 얘기해야 하는 거야, 라고 그녀는 말했다. 캐럴은 칼라일이 미술을 가르치고 있는 고등학교의 교장실 비서 중 하나였다. 이혼녀인 그녀는 아이 아버지가 자기 자동차에서 이름을 따온, 신경과민인 열 살짜리 아들 닷지와 살고 있었다.

"아냐, 괜찮아." 칼라일이 말했다. "고마워. 정말 고마워, 캐럴. 애들은 둘 다 잠들었지만, 오늘밤에는 누가 찾아온다는 게, 뭐랄까, 좀 이상한 것 같네."

그녀는 더이상 권하지 않았다. "그래, 정말 큰일날 뻔했어. 하지만 오늘밤에 혼자 있고 싶은 마음도 이해해. 그러면 그렇게 해. 내일 학교에서 만나."

그녀는 말이 없었는데, 뭔가 얘기를 더 듣고 싶은 것이라는 걸 그는 느꼈다. "일주일도 안 됐는데, 벌써 베이비시터가 두 명이나 다녀갔어." 그는 말했다. "이것 때문에 정말 돌아버릴 것 같아."

"아니야, 그렇게 심각하게 생각하지 마." 그녀가 말했다. "이제 좋은 일이 생길 거야. 이번 주말에 나하고 같이 사람을 찾아보자. 다 괜찮아질 거야. 그렇지?"

"이럴 때 당신이 있어서 정말 다행이야." 그는 말했다. "이 세상에 자기 같은 사람은 다시 없을 거야."

"잘 자, 칼라일." 그녀가 말했다.

전화를 끊은 뒤, 그는 마지막으로 한 말 대신에 좀더 고민해서 다른 말을 했으면 좋았겠다고 생각했다. 그는 살아오면서 단 한 번도 그런 식으로 얘기해본 적이 없었다. 두 사람은 연애를 한 것도 아니었고, 그로서는 그렇게 부르고 싶은 생각도 없었지만, 어쨌든 그는 그녀를 좋아했다. 그녀는 그가 힘든 시기를 보내고 있다는 사실을 알고 있었기 때문에 별다른 요구도 하지 않았다.

아일린이 캘리포니아로 떠난 그 첫 달, 칼라일은 종일토록 아이들과 붙어 지냈다. 아내가 떠난 충격 때문에 그런 것이라고 여겼지만, 어쨌든 그는 아이들에게서 시선을 떼고 싶지 않았다. 확실히 다른 여자를 만나는 일에는 전혀 관심이 없었고, 당분간은 그러기 어려울 것이라고 생각했다. 마치 자신이 누군가를 애도하는 사람처럼 느껴졌다. 밤이나 낮이나 그는 아이들과 함께 지냈다. 아이들을 위해 음식을 만들고—정작 자신은 입맛이 전혀 없었다—, 아이들 옷을 세탁해서 다리고, 아이들을 차에 태워 근교로 나가 기름종이에 싸온 샌드위치도 먹고 꽃도 땄다. 그는 아이들을 슈퍼마켓에 데려가 사고 싶은 것을 마음대로 고르게 했다. 며칠에 한 번씩은 공원이나, 그렇지 않으면 도서관이나 동물원을 찾아갔다. 그들은 오래된 빵을 챙겨 동물원을 찾아가 오리들에게 던져줬다. 밤에 아이들의 이불을 덮어주기 전에 칼라일은 아이들에게 이솝, 한스 크리스티안 안데르센, 그림 형제의 동화책을 읽어줬다.

"엄마는 언제 와요?" 동화를 읽어주는데 아이 하나가 묻기도 했다.

"금방"이라고 그가 말했다. "몇 밤만 자고 나면. 책 계속 읽을게." 그러고선 끝까지 이야기를 읽어준 뒤, 아이들에게 키스하고 전등을 껐다.

아이들이 잠자는 동안, 그는 손에 술잔을 들고 이 방 저 방을 걸어다니며 혼자 중얼거렸다. 그래, 조만간 아일린은 돌아올 거야. 그러고는 이내 말했다. "네 얼굴을 내가 다시 볼 것 같냐? 이번만은 절대로 용서 못해, 이 미친년아." 그리고 얼마 뒤에는 "여보, 돌아와, 제발. 사랑해. 당신이 필요해. 아이들을 위해서라도"라고 말했다. 그 여름의 몇몇 밤들에 그는 TV 앞에서 잠들었다가 다시 깨어나 여전히 켜진 TV에 하얀

반점들이 가득한 것을 발견하곤 했다. 바로 이 시기에 그는 여자를 만난다고 하더라도 꽤 오랜 시간이 지나야 할 것이라고 생각했다. 밤에 펼치지도 않은 책이나 잡지 따위를 옆에 두고 TV 앞 소파에 앉아 그는 자주 아일린을 생각했다. 그럴 때면 그녀의 유쾌한 웃음이, 혹은 거기가 아프다고 말하기라도 한 것처럼 자기 목을 어루만지던 그녀의 손길이 떠올랐다. 그럴 때면 울 수도 있을 것 같다고 그는 생각했다. 이런 일들은 다른 사람들에게니 일어나는 일인 줄 알았는데, 라고 그는 생각했다.

데비 건이 일어나기 얼마 전, 그러니까 충격과 슬픔이 어느 정도 가셨을 때, 그는 구인안내소에 전화를 걸어 자신이 처한 곤경과 원하는 점 등을 말했다. 그쪽에서 필요한 것들을 받아적은 뒤, 곧 연락하겠다고 말했다. 집안일도 하고 아이도 돌보는 일을 동시에 하려는 사람은 많지 않지만, 있긴 있을 거라고 그들은 말했다. 새 학기 시작과 등록을 며칠 앞두고 그는 다시 전화를 걸었다가 다음날 아침에 가장 먼저 그의 집으로 누군가를 보내겠다는 얘기를 들었다.

그렇게 해서 오게 된 사람이 팔은 온통 털투성이인데다 뒤꿈치가 닳아빠진 신발을 신고 나타난 서른다섯 살의 여자였다. 그녀는 그와 악수를 나눈 뒤, 아이들에 대해서는 질문 하나 하지 않고 그냥 그가 하는 말만 들었다. 아이들의 이름조차 묻지 않았다. 아이들이 놀고 있는 뒤뜰로 갔을 때, 그녀는 아무 말 없이 그저 아이들을 잠깐 쳐다봤을 뿐이었다. 그러다가 마침내 그녀가 미소 지었을 때, 칼라일은 그녀의 이 하나가 빠져 있다는 사실을 알게 됐다. 세라는 크레용을 내려놓고 그에게 다가와 옆에 섰다. 세라는 칼라일의 손을 잡고 여자를 쳐다봤다. 키스도 그녀를 쳐다봤다. 그러더니 키스는 다시 색칠을 했다. 칼라일은 시간을 내줘서 고맙다고, 연락드리겠다고 말했다.

그날 오후, 그는 슈퍼마켓 게시판에 압정으로 붙여놓은 색인카드에 적힌 전화번호를 받아적었다. 누군가 베이비시터 일을 구하고 있었다. 요구시 신원보증 가능. 칼라일은 그 번호로 전화해 데비, 그 뚱뚱한 여자애를 알게 됐다.

여름 동안, 아일린은 아이들에게 몇 장의 카드들과 편지들과 자기 사진들과, 집을 나간 이후에 그린 펜화 몇 개를 보냈다. 그녀는 또한 칼라일에게 이 문제―이 문제―를 이해해달라며, 하지만 자신은 행복하다는 내용의, 도무지 종잡을 수 없는 장문의 편지를 보냈다. 행복. 마치 행복만이 인생에서 가장 중요한 것이라는 투로군, 이라고 칼라일은 생각했다. 그녀는 늘 말한 대로, 그리고 자신이 정말 믿었던 것처럼 자신을 사랑한다면―자신도 그를 사랑했다는 걸 잊지 말라며―모든 걸 이해하고 일어난 일을 그대로 받아들일 수 있을 것이라고 말했다. 그녀는 이렇게 썼다. "진실로 맺어진 것은 절대로 다시 풀리지 않아." 칼라일은 그녀가 자신들의 관계에 대해서 말하는 것인지, 아니면 캘리포니아의 삶에 대해서 말하는 것인지 알 수 없었다. 그는 맺어진이라는 단어가 싫었다. 그 말이 두 사람과 무슨 관계가 있단 말인가? 그녀는 두 사람이 동업이라도 한다고 생각하는 것일까? 그런 식으로 얘기하다니 아일린이 완전히 넋이 빠진 것이라고 그는 생각했다. 그는 그 부분을 다시 한번 읽고 나서 편지를 구겨버렸다.

하지만 몇 시간 뒤, 그는 쓰레기통에서 던진 편지를 다시 찾아내 그녀가 보낸 다른 카드들과 편지들이 있는 벽장 서랍 안의 상자 속에 넣었다. 거기 있는 봉투 하나에는 수영복 차림에 큰 플로피햇을 쓴 그녀의 사진이 들어 있었다. 또 어깨를 구부정하게 수그리고 두 손으로 두 눈을 가린 채, 얇은 가운을 입고 강가에 앉아 있는 여인을 두꺼운 종이에 그린 연필화도 있었다. 칼라일은 그 그림이 당시 상황에 대한 아일린의 애통한 마음을 보여주려는 것이라고 추측했다. 대학에서 미술을 전공한 그녀는 결혼에 동의하면서도 자기 재능으로 뭔가 할 생각이라고 말했다. 칼라일은 그 생각과 조금도 다르지 않다고 말했다. 그건 당신의 의무야, 라고 그는 말했다. 우리 둘을 위한 의무야. 그 시절에 두 사람은 서로 사랑하고 있었다. 그랬다는 걸 그는 이제 알 수 있었다. 그녀를 사랑했듯이 앞으로 다른 누군가를 사랑하는 일은 없을 것 같았다. 그리고 그 역시 사랑받았음을 느낄 수 있었다. 그러고는 팔 년 동안 부부로 살아가다가 아일린은 떠나버렸다. 그녀가 편지에 쓴 표현을 빌리자면, "첫발을 내디뎠다".

캐럴에게 전화한 뒤, 그는 잠든 아이들을 바라봤다. 그러고선 부엌으로 가서 술을 따랐다. 그는 아일린에게 전화를 걸어 베이비시터 문제를 얘기해볼까 생각하다가 안 하기로 했다. 그는 물론 그녀의 전화번호와 주소를 가지고 있었다. 하지만 딱 한 번 전화를 걸었을 뿐, 그때까지 편지는 한 통도 쓰지 않았다. 당시 상황과 관련한 혼란스런 감정 때문이기도 했고 분노와 수치 때문이기도 했다. 한 번, 초여름경에 몇 잔의 술을 마신 뒤 수치심을 각오하고 전화한 일이 있었다. 리처드 홉스가 전화를 받았다. 리처드는 마치 자기가 아직도 칼라일의 친구인 양 "칼라일이구나"라고 대답했다. 그러더니 뭔가 생각났다는 듯이 "잠깐만 기다려, 괜찮지?"라고 말했다.

아일린은 전화를 받고는 "칼라일, 잘 있어? 애들은 어때? 어떻게 지내는지 말해줘"라고 말했다. 그는 아이들은 다 괜찮다고 그녀에게 말했다. 하지만 그가 뭐라고 더 말하기도 전에, 그녀는 그의 말을 자르면서 말했다. "애들이 잘 있으리라는 건 나도 잘 알아. 당신은 어떠냐고?" 이어서 그녀는 참으로 오랜만에 자신이 처음으로 올바르게 생각하게 됐다고 말했다. 그다음에는 그의 생각과 카르마에 대해서 말하고 싶어 했다. 그녀는 그의 카르마를 알아봤다고 했다. 지금부터 점점 나아지고 있는 중이야, 라고 그녀는 말했다. 그 말을 듣기는 했지만, 칼라일은 자신의 귀를 의심할 지경이었다. 그러고 나서 그가 말했다. "이제 할 일이 있어, 아일린." 그리고 전화를 끊었다. 일 분인가 지나서 전화벨이 울렸지만, 그냥 내버려뒀다. 벨이 그치자, 그는 코드를 뽑아버린 뒤 잠자리에 들 때까지 그냥 내버려뒀다.

그때 그는 그녀에게 전화하고 싶었지만, 전화하는 게 두려웠다. 그는 여전히 그녀가 그리웠고 그녀에게 모든 걸 털어놓고 싶었다. 그는 그녀의 목소리―그 몇 달간 들었던 조증에 걸린 듯한 목소리가 아니라 다정하고 차분한 목소리―가 간절하게 듣고 싶었지만, 전화를 걸면 리처드 홉스가 받을 것 같았다. 칼라일은 그 작자의 목소리를 두 번 다시 듣고 싶지 않았다. 리처드와는 삼 년 동안 같은 학교에서 근무했다. 친구라면 친구라고 할 수도 있다고 칼라일은 생각했다. 적어도 그는 칼라일이 교직원 식당에서 함께 점심을 먹을 수 있는 사람, 테네시 윌리엄스와 앤설 애덤스의 사진에 대해 얘기할 수 있는 사람이었다. 하지만 설령 아일린이 받는다고 해도 그녀는 그의 카르마에 대한 기나긴

열 229

이야기에 열을 올릴 것 같았다.

그가 손에 술잔을 들고 앉아 누군가와 결혼해서 친밀한 관계가 된다는 게 어떤 일이었나 기억하려고 할 때, 전화벨이 울렸다. 수화기를 든 그는 전화선에서 들리는 미세한 잡음을 들으며 상대방이 자기의 이름을 부르기도 전에 그게 아일린이라는 걸 알 수 있었다.

"방금 당신 생각을 하고 있었어." 그렇게 말하면서도 칼라일은 바로 후회했다.

"거봐! 당신이 내 생각 하고 있을 줄 알았어, 칼라일. 글쎄, 나도 당신에 대해서 생각하고 있었거든. 그래서 전화한 거야." 그는 잠시 숨을 돌렸다. 그녀는 미쳐가고 있었다. 그 사실만은 명백해졌다. 그녀는 계속 말했다. "들어봐"라고 그녀가 말했다. "내가 전화한 가장 큰 이유는 거기가 말하자면 엉망이 되어버렸다는 사실을 알기 때문이야. 어떻게 알았는지는 묻지 마. 어쨌든 알아. 미안해, 칼라일. 하지만 해결책이 있어. 아마 집안일도 하고 아이도 돌볼 수 있는 사람이 필요할 거야, 그렇지? 그렇다면 바로 주위에 꼭 맞는 사람이 있어! 아, 어쩌면 이미 누군가를 구했을 수도 있겠구나. 그렇다면 다행이지. 그러면 그냥 그렇게 하면 될 것 같아. 하지만 만약에 무슨 문제가 있다면 리처드의 어머니 집에서 일했던 아줌마가 있어. 아마 그런 문제가 있을 것 같다고 얘기했더니 리처드가 여기저기 애쓰며 알아본 거야. 그 사람이 어떻게 했는지 얘기해줄까? 듣고 있는 거야? 집에서 그 아줌마를 부렸던 어머니에게 그 사람이 전화했어. 그 아줌마 이름은 웹스터 부인이야. 리처드의 숙모와 그 딸이 이사 오기 전까지 리처드 어머니 집에서 집안일을 돌봤던 사람이야. 리처드가 어머니에게서 전화번호를 알아냈어. 그 사람이 오늘 웹스터 부인한테 전화했어. 리처드가 했다고. 오늘밤에 웹스터 부인이 당신한테 전화할 거야. 어쩌면 아침에 전화할지도 모르겠다. 어느 때건 하겠지. 아무튼 당신이 필요하다면, 그 사람은 기꺼이 그 일을 할 거야. 그럴 거야. 어떻게 될지는 아무도 모르니까. 지금은 아무런 문제가 없는 상황이라고 해도. 물론 그러기를 바라지만. 하지만 조만간 그 아줌마가 필요할지도 모르잖아. 무슨 소린지 알아? 지금은 아니더라도, 앞으로 그럴 수 있는 거잖아. 알지? 애들은 어때? 요즘 어떻게 지내?"

"아이들은 잘 지내, 아일린. 지금 자고 있어." 그가 말했다. 어쩌면 그녀에게 아이들이 매일 밤 울다 지쳐 잠든다고 말해야만 하는 것인지도 몰랐다. 만약 그녀에게 사실대로 말하면—지난 두 주 동안은 단 한 번도 엄마에 대해 물어보지 않았다고—어떨까 하고 그는 생각했다. 그는 어느 쪽도 말하지 않기로 했다.

"아까 전화했는데, 통화중이더라구. 여자친구한테 전화하는 모양이라고 리처드한테 말했었는데"라고 말하면서 아일린은 웃음을 터뜨렸다. "긍정적으로 생각해. 목소리가 안 좋은 것 같아." 그녀가 말했다.

"이제 가봐야 해, 아일린." 그는 수화기를 귀에서 떼고 내려놓으려 했다. 하지만 그녀는 계속 얘기했다.

"키스와 세라에게 사랑한다고 전해줘. 엄마 그림을 더 보내주겠다는 얘기도. 애들한테 그렇게 말해줘. 엄마가 화가라는 걸 잊지 않았으면 좋겠어. 아직은 훌륭한 화가가 아니지만, 그건 중요한 게 아니니까. 어쨌든 화가는 화가란 말이지. 중요한 건 애들이 그걸 까먹지 않는 거야."

"전해줄게." 칼라일이 말했다.

열

"리처드가 안부를 전한대."

칼라일은 아무 말도 하지 않았다. 그는 혼자 중얼거렸다―안부라고. 도대체 그 작자는 무슨 뜻으로 그런 말을 한 걸까? 그러고는 말했다. "전화해줘서 고마워. 그 아줌마에게 말해준 것도 고마워."

"웹스터 부인이야!"

"그래. 이젠 전화를 끊어야겠어. 전화비 많이 들겠어."

아일린은 웃음을 터뜨렸다. "돈 따위야. 돈은 중요하지 않아. 그저 교환의 필수 매개일 뿐이지. 돈보다 더 중요한 것들이 많아. 물론 당신은 이미 잘 알겠지만."

그는 수화기를 얼굴 앞으로 가져왔다. 그는 그녀의 목소리가 흘러나오는 그 기계를 가만히 바라봤다.

"칼라일, 당신을 둘러싼 모든 일들이 다 잘되고 있어. 나는 그렇다는 걸 알거든. 당신은 내가 미친 게 아닐까 하고 생각하겠지만," 그녀가 말했다. "기억해주기만 하면 돼."

무엇을 기억하란 말인가? 칼라일은 깜짝 놀라며 혹시 자기가 놓친 이야기가 있는 게 아닌가 생각했다. 그는 수화기를 다시 귀에 댔다. "아일린, 전화 고마워." 그가 말했다.

"우리는 항상 연락을 유지해야 해." 아일린이 말했다. "모든 통신수단을 열어둬야 해. 가장 나쁜 일은 지나간 거야. 우리 둘 모두에게. 나 역시 고통스러웠어. 하지만 우리는 이 생에서 우리가 얻어내야 하는 것들을 얻어내고 있는 거야. 우리 둘 다. 결국 길게 보면 우리는 점점 더 강해지고 있는 중인 거야."

"잘 자." 그가 말했다. 그는 수화기를 내려놓았다. 그러고는 전화기를 바라봤다. 그는 기다렸다. 전화벨은 울리지 않았다. 하지만 한 시간이 지난 뒤, 다시 전화벨이 울렸다. 그는 전화를 받았다.

"칼라일 씨인가요?" 할머니 목소리였다. "저를 모르시겠지만, 저는 짐 웹스터의 부인입니다. 제가 연락드리기로 했는데."

"웹스터 부인. 아아." 그가 말했다. 아일린이 말한 사람이라는 생각이 떠올랐다. "웹스터 부인이시군요. 내일 아침에 저희 집으로 오실 수 있나요? 일찍. 일곱시쯤."

"어렵지 않아요." 할머니가 말했다. "일곱시. 주소를 불러주세요."

"많은 도움이 되어주셨으면 합니다." 칼라일이 말했다.

"제게 맡겨주세요"라고 그녀가 말했다.

"저한테는 얼마나 중요한 문제인지 몰라요." 칼라일이 말했다.

"염려 놓으세요." 할머니가 말했다.

다음날 아침 알람이 울렸을 때, 그는 계속 눈을 감은 채 그때 꾸고 있던 꿈속에 머물러 있고 싶었다. 시골집이 나오는 꿈이었다. 거기에는 폭포도 있었다. 그로서는 잘 모르는 누군가가 뭔가를 들고 길을 따라 걷고 있었다. 아마도 피크닉 바구니 같았다. 그는 그 꿈이 불편하게 느껴지지 않았다. 그 꿈에는 편안한 감정이 있는 듯했다.

결국 그는 몸을 굴려 알람을 멈추었다. 그는 잠시 침대에 누워 있었다. 그러고는 일어나 슬리퍼를 신고 부엌으로 가서 커피를 끓이기 시작했다.

하루를 시작하기 위해 그는 면도를 하고 옷을 다 입었다. 그런 다음 부엌 식탁에 커피와 담배 한 개비를 올려놓고 앉았다. 아이들은 아직 침대에 있었다. 오 분 정도 있다가 시리얼 상자를 식탁 위에 놓고 그릇과 스푼을 내놓은 뒤 아이들을 깨워 아침을 먹일 계획이었다. 어제 전화했던 할머니가 오늘 아침에 온다고 했지만, 솔직히 믿기지 않았다. 그는 일곱시 오분까지 기다려본 뒤 하루 쉬겠다고 학교에 전화를 하고 믿을 수 있는 사람을 구하기 위해 전력을 다하기로 결심했다. 그는 커피잔을 입에 갖다댔다.

바로 그때 거리에서 덜컹대는 소리가 들렸다. 그는 창문으로 가서 밖을 내다보기 위해 잔을 내려놓고 식탁에서 일어났다. 픽업트럭 한 대가 집 앞 연석 쪽에 바짝 붙어 있었다. 엔진이 공회전을 하자, 운전석이 흔들렸다. 칼라일은 현관문으로 가서 문을 열고 손을 흔들었다. 할머니가 손을 흔들더니 차에서 내렸다. 칼라일은 운전사가 몸을 웅크리고 대시보드 아래로 사라지는 모습을 봤다. 트럭은 헐떡대며 한번 더 흔들리더니 잠잠해졌다.

"칼라일 씨인가요?" 큰 핸드백을 들고 천천히 걸어오면서 할머니가 물었다.

"웹스터 부인이시죠?" 그가 말했다. "안으로 들어오세요. 남편분이신가요? 그분도 들어오시라고 하세요. 커피를 막 끓였어요."

"괜찮아요." 그녀가 말했다. "그 사람한테는 보온병이 있거든요."

칼라일은 어깨를 으쓱했다. 그는 그녀를 위해 문을 잡고 있었다. 그녀는 안으로 들어왔고 두 사람은 악수했다. 웹스터 부인은 미소를 지었다. 칼라일은 고개를 끄덕였다. 그들은 부엌으로 갔다. "오늘부터 필요하다고 하셨죠, 그때?" 그녀가 물었다.

"제가 아이들부터 깨울게요." 그가 말했다. "아이들을 소개시켜드리고 학교에 출근하겠습니다."

"그게 좋겠네요." 그녀가 말했다. 그녀는 부엌을 둘러봤다. 그녀는 싱크대 위에 핸드백을 올려놓았다.

"제가 아이들을 데려오겠습니다." 그가 말했다. "일이 분이면 됩니다."

얼마 뒤, 그가 아이들을 데리고 나와 인사시켰다. 아이들은 그때까지도 파자마 차림이었다. 세라는 눈을 비비고 있었다. 키스는 완전히 깨어났다. "이애는 키스입니다." 칼라일이 말했다. "그리고 여기는 세라입니다." 그는 세라의 손을 잡고 웹스터 부인 쪽을 향했다. "보시다시피 사람이 필요해요. 돌봐줄 분이 필요하답니다. 그게 제일 큰 문제예요."

웹스터 부인은 아이들에게 다가갔다. 그녀는 키스가 입고 있던 파자마의 맨 윗단추를 채웠다. 그녀는 세라의 얼굴을 가린 머리칼을 넘겼다. 아이들은 가만히 있었다. "얘들아, 이젠 걱정하지 말거라." 그녀가 아이들에게 말했다. "칼라일 씨, 이제 됐어요. 우린 잘 지낼 거예요. 서로에 대해 알 수 있게 하루이틀 시간만 주시면 됩니다. 제가 일을 해도 된다면 제 남편에게 됐다는 표시를 해주지 않겠어요? 그냥 창문에서 손을 흔들어주기만 하면 돼요." 그녀는 말하더니 다시 아이들을 챙겼다.

칼라일은 베이 창문*으로 가서 커튼을 걷었다. 트럭의 운전석에서 한 노인이 집을 바라보고 있었다. 그는 막 보온병 컵을 입에 대고 있었다. 칼라일이 그를 향해 손을 흔들자, 노인은 컵을 들고 있지 않은 손을 흔들었다. 칼라일은 그가 운전석 창을 내리고 잔에 든 것을 내다버

---

* 밖으로 돌출된 형태의 창.

리는 것을 바라봤다. 그러더니 그는 다시 대시보드 아래로 몸을 수그렸고—칼라일은 그가 몇몇 선들을 만지는 거라고 생각했다—트럭은 금방 시동이 걸리면서 흔들리기 시작했다. 노인은 기어를 넣고 연석 옆에서 차를 출발시켰다.

칼라일은 창에서 돌아섰다. "웹스터 부인," 그가 말했다. "와주셔서 고맙습니다."

"제가 더 고마워요, 칼라일 씨." 그녀가 말했다. "이제 늦기 전에 일 보세요. 걱정할 일은 하나도 없어요. 우린 잘 지낼 테니까. 그렇지, 얘들아?"

아이들은 고개를 끄덕였다. 키스는 한 손으로 그녀의 치마를 잡고 있었다. 다른 손 엄지는 입에 물고 있었다.

"고맙습니다." 칼라일이 말했다. "정말, 정말 백 퍼센트는 좋아졌습니다." 그는 고개를 흔들며 웃었다. 아이들에게 잘 있으라고 키스하는 동안, 그의 가슴속에서 뭔가 북받쳐올랐다. 그는 웹스터 부인에게 몇 시에 집에 돌아올 것인지 말하고 외투를 입은 뒤, 다시 한번 잘 있으라고 말하며 집을 나섰다. 몇 달 만에 처음으로 어깨의 짐이 조금 덜어지는 느낌이었다. 학교까지 차를 몰고 가는 동안, 그는 라디오를 틀어놓고 음악을 들었다.

초기 미술사 수업 시간, 그는 비잔틴 회화에 관한 슬라이드를 놓고 오랫동안 강의했다. 그는 시간을 두고 천천히 디테일과 모티프의 미묘한 차이에 대해 설명했다. 그는 작품들에 나타나는 감정적인 힘과 적합성을 지적했다. 하지만 그가 이름 없는 화가들이 당시 어떤 사회적 환경 속에 있었는지에 대해 너무 오랫동안 설명하자, 신발로 바닥을 비비거나 헛기침을 하는 학생들이 하나둘 나오기 시작했다. 그날 계획된 수업 일정의 삼분의 일 정도만 소화했을 뿐이었다. 끝나는 종이 울린 뒤에도 그는 말을 멈추지 않았다.

수채화를 가르치기로 돼 있는 다음 시간이 되자, 그는 이상하게 마음이 고요해지고 모든 걸 알 것 같은 느낌이 들었다. 그는 학생들의 손을 이끌며 "이렇게, 이렇게"라고 말했다. "섬세하게. 종이에다가 입김을 불듯이. 살짝 닿게만. 그렇지. 알겠지?"라고 말하면서 그는 자신을 새롭게 발견하는 듯한 느낌을 받았다. "암시가 가장 중요한 거야." 그는 수 콜빈의 손을 가볍게 잡고 붓질을 이끌며 말했다. "의도가 보이면 그건 그림을 잘못 그린 거야. 알겠니?"

교직원 식당에 가서 점심을 먹기 위해 줄을 섰을 때, 그는 자기보다 몇 줄 앞에 캐럴이 서 있는 걸 봤다. 그녀는 밥값을 지불했다. 그는 자기 몫의 계산서가 접수되기를 초조하게 기다렸다. 그는 식당 안을 반쯤 걸어간 캐럴을 따라잡았다. 그는 그녀의 팔목을 잡고 창가 빈자리로 잡아끌었다.

"세상에, 칼라일." 자리에 앉자, 그녀가 말했다. 그녀는 아이스티가 든 잔을 집어들었다. 그녀의 얼굴이 빨개졌다. "스토 선생님이 우릴 어떻게 처다봤는지 알아? 도대체 무슨 일이야? 다들 알겠어." 그녀는 아이스티를 마신 뒤, 잔을 내려놓았다.

"스토 선생이야 내가 알 게 뭐야." 칼라일이 말했다. "말할 게 있다구. 어제 이 시간에 비하면 내가 몇 광년은 더 행복해진 기분이라는 걸 자기가 알까. 세상에." 그가 말했다.

"무슨 일이 있었는데?" 캐럴이 물었다. "칼라일, 어서 말해봐." 그녀는 후르츠컵을 쟁반 한쪽으로 치우고 스파게티에 치즈를 뿌렸다. 하지만 그녀는 음식을 먹지 않았다. 그녀는 그가 말해주기만 기다리고 있었다. "무슨 일인지 말해봐."

그는 웹스터 부인에 대해 말했다. 심지어 웹스터 씨에 대해서도 말했다. 그 사람이 선을 만져서 트럭에 시동을 걸었다는 사실까지. 칼라일은 말하면서 타피오카를 먹었다. 그다음에는 마늘빵을 먹었다. 그는 앞에 있던 캐럴의 아이스티까지 마신 뒤에야 그게 캐럴의 것이라는 걸 깨달았다.

"어떻게 된 거 아니야, 칼라일." 그녀는 그가 손도 대지 않은 스파게티 접시를 턱으로 가리키며 말했다.

그는 고개를 흔들었다. "그럴 리가, 캐럴. 아니야. 난 정말 멀쩡해. 그렇게 보이지 않아? 이번 여름을 보내면서 이렇게 기분이 좋기는 처음이야." 그는 목소리를 낮췄다. "오늘밤에 집으로 와, 알았지?"

그는 식탁 밑으로 손을 뻗어 그녀의 무릎에 손을 얹었다. 그녀의 얼굴이 다시 빨개졌다. 그녀는 눈을 치켜뜨고 식당 안을 둘러봤다. 하지만 누구도 두 사람을 신경쓰지 않았다. 그녀는 재빨리 고개를 끄덕였다. 그러더니 그녀는 식탁 아래로 손을 내려 그의 손을 만졌다.

그날 오후, 그가 집으로 돌아와보니 집안은 말끔하게 정리돼 있었고, 아이들은 깨끗한 옷을 입고 있었다. 키스와 세라는 진저브레드 쿠키를 만드는 웹스터 부인을 돕느라 부엌 의자 위에 올라가 있었다. 세라의 머리는 잘 빗어 머리핀으로 묶어놓아 얼굴을 가리지 않았다.

"아빠!" 아이들은 그를 보자마자 즐거운 목소리로 외쳤다.

"키스, 세라." 그가 말했다. "웹스터 부인, 저는……" 그러나 그녀는 그의 말을 잘랐다.

"우린 즐거운 하루를 보냈답니다, 칼라일 씨." 웹스터 부인이 재빨리 말했다. 그녀는 두르고 있던 앞치마에 손을 닦았다. 푸른색 풍차가 그려진, 한때 아일린이 사용했던 오래된 앞치마였다. "아이들이 정말 예뻐요. 보물 같은 애들이에요. 정말 보물이라니까요."

"정말 뭐라고 말해야 할지 모르겠습니다." 칼라일은 식기건조대 옆에 서서 세라가 쿠키 반죽을 찍어내는 걸 지켜봤다. 양념 냄새가 났다. 그는 외투를 벗고 부엌 식탁에 앉았다. 그는 넥타이를 느슨하게 풀었다.

"오늘은 서로 얼굴 익히는 날이었어요." 웹스터 부인이 말했다. "내일은 다른 계획이 있답니다. 공원에 놀러갈까 해요. 날씨가 이렇게 좋은데 집안에만 있을 수는 없죠."

"훌륭한 생각이네요." 칼라일이 말했다. "정말 훌륭해요. 좋아요. 참 잘하십니다, 웹스터 부인."

"쿠키를 마저 만들어 오븐에 넣을게요. 그때쯤에는 남편이 올 거예요. 네시까지라고 말씀하셨죠? 그래서 네시까지 데리러 오라고 말해놓았거든요."

칼라일은 벅차오르는 가슴으로 고개를 끄덕였다.

"전화가 한 통 왔어요." 믹싱볼을 들고 싱크대 쪽으로 가면서 그녀가 말했다. "부인께서 전화했어요."

"제 아내 말인가요?" 그가 물었다. 그는 웹스터 부인이 뭐라고 할지 기다렸다.

"그래요. 제가 누군지 말했는데, 부인은 별로 놀라는 기색이 아니더군요. 애들을 차례로 바꿔달래서 몇 마디 통화했어요."

칼라일은 키스와 세라를 바라봤지만, 아이들은 신경쓰는 기색이 아니었다. 아이들은 제빵 철판 위에 다시 쿠키 반죽을 줄 세우고 있었다.

웹스터 부인이 말을 이었다. "그리고 메시지도 남겼어요. 보자, 어디다가 써놓았더라. 그래도 기억나긴 하네요. 이렇게 말했어요. '그 사람한테', 그러니까 댁에게 말이죠, '돌아나가는 게 있으면 돌아들어오는 게 있다고 전해주세요.' 그게 맞을 거예요. 댁은 아실 거라고 말하더군요."

칼라일은 그녀를 바라봤다. 밖에서 웹스터 씨의 트럭이 도착하는 소리가 들렸다.

"남편 차예요"라고 말하며 그녀는 앞치마를 벗었다.

칼라일은 고개를 끄덕였다.

"내일 아침에도 일곱시에 오면 되는 건가요?" 그녀가 물었다.

"그래주시면 좋겠습니다." 그가 말했다. "다시 한번, 고맙습니다."

그날 저녁, 그는 아이들을 각각 목욕시키고 파자마로 갈아입힌 뒤, 책을 읽어줬다. 그는 아이들의 기도를 듣고 이불을 잘 덮어준 뒤, 불을 껐다. 아홉시가 가까운 시간이었다. 캐럴의 자동차가 진입로로 들어오는 소리가 들릴 때까지 그는 술 한 잔을 따르고 TV 화면을 지켜봤다.

열시쯤, 두 사람이 침대에 함께 누워 있을 때, 전화벨이 울렸다. 욕을 내뱉었지만, 그가 전화를 받지는 않았다. 벨은 계속 울렸다.

"중요한 전화일지도 몰라"라고 말하며 캐럴이 몸을 일으켜 앉았다. "우리 애 돌보는 사람일지도 몰라. 여기 번호를 가르쳐줬거든."

"내 아내야." 칼라일이 말했다. "그녀라는 걸 나는 알아. 지금 제정신이 아니야. 미쳐가고 있는 중이거든. 전화 받을 생각 없어."

"어쨌든 이제 가야겠어." 캐럴이 말했다. "오늘밤 너무 행복했어." 그녀가 그의 얼굴을 만졌다.

가을 학기도 중반이 지나고 웹스터 부인과 그가 보낸 시간도 벌써 육 주에 가까웠다. 그동안, 칼라일의 인생은 몇 번의 변화를 겪었다. 하나를 들자면, 그는 아일린이 떠났으며, 그가 이해하는 바, 그녀가 다시 돌아오지 않으리라는 사실을 받아들였다. 그는 상황이 변할 수도 있다고 생각하는 걸 그만뒀다. 캐럴과 함께 보내지 않는 밤들에만, 오직 그런 밤들의 아주 늦은 시간에만, 아일린에 대해 그가 여전히 지니고 있는 애정이 사라지면 좋겠다고, 그 모든 일들이 일어난 게 여전히 고통스럽다고 느꼈을 뿐이었다. 하지만 다른 대부분의 시간에 그와 아이들은 행복했다. 웹스터 부인의 보살핌 덕분에 가족들은 편안하게 생활했다. 최근 들어서는 미리 저녁을 만든 뒤, 그가 학교에서 퇴근할 때까지 음식이 식지 않게 오븐에 넣어두는 일까지 하기 시작했다. 그래서 문을 열면 곧바로 부엌에서 풍겨오는 좋은 음식 냄새를 맡을 수 있었으며, 저녁 식탁 차리는 일을 돕는 키스와 세라의 모습을 볼 수 있었다. 이따금 그는 웹스터 부인에게 토요일에 연장근무를 해줄 수 있느냐고 묻기도 했다. 그녀는 정오가 지난 뒤에 나오는 조건이라면 그 요청을 받아들이겠다고 했다. 토요일 아침에는 웹스터 씨와 자기 일도 해야 한다고 그녀는 말했다. 최근 들어서는 캐럴도 아들 닷지를 칼라일의 아이들과 함께 웹스터 부인에게 맡겨두고 두 사람은 교외에 있는 식당으로 저녁을 먹으러 가기도 했다. 그는 자신의 인생이 다시 새롭게 시작된다고 믿었다. 육 주 전의 그 전화 이후로 아일린의 목소리를 들은 적은 없지만, 이제 그는 어떤 분노나 눈물이 떨어질 듯한 감정 없이 그녀를 생각할 수 있었다.

학교 일을 보자면, 이제 수업은 중세 시대를 지나 막 고딕으로 들어가고 있었다. 르네상스까지는 아직 시간이 남아 있어, 적어도 크리스마스 방학이 지나야만 들어갈 수 있었다. 칼라일이 아프기 시작한 건 바로 이 즈음이었다. 하룻밤 사이의 일인 것 같은데, 돌연 가슴이 조이고 머리가 아파왔다. 몸의 관절들이 뻣뻣해졌다. 돌아다니려니 현기증이 났다. 두통은 점점 더 심해졌다. 일요일 아침에 잠에서 깨어났는데도 두통이 사라지지 않아, 그는 웹스터 부인에게 전화를 걸어 아이들과 좀 어딜 다녀와달라고 부탁이라도 할까 생각했다. 아이들은 그에게 주스와 소다수를 잔에 따라 갖다주는 등, 사랑스럽게 굴었다. 하지만 그는 아이들을 전혀 돌볼 수 없었다. 아픈 상태로 두번째 아침을 맞이했을 때, 그는 간신히 전화를 걸어 병가를 신청했다. 그는 전화를 받은 사람에게 자신의 이름, 학교, 담당 과목, 병의 증상을 말했다. 그러고 나서 자신을 대신할 사람으로 멜 피셔를 추천했다. 피셔는 일주일에 사나흘, 하루에 열여섯 시간씩 유화로 추상화를 그렸지만, 그림을 팔기는커녕 다른 사람들에게 보여주지도 못했다. 그는 칼라일의 친구였다. "멜 피셔에게 연락하세요." 칼라일은 전화선 저편의 여인에게 말했다. "피셔"라고 그는 중얼거렸다.

그는 다시 침대로 기어들어가 이불을 덮고 잠들었다. 잠자는 동안 그는 바깥에서 픽업트럭이 내는 엔진 소리와 그 엔진이 꺼지면서 나는 배기음 소리를 들었다. 얼마간 시간이 흐른 뒤, 그는 침실 문 밖에서 흘러드는 웹스터 부인의 목소리를 들을 수 있었다.

"칼라일 씨?"

"예, 웹스터 부인." 그 목소리가 자신에게도 낯설었다. 그는 계속 두 눈을 감고 있었다. "오늘 좀 아프네요. 학교에 전화했어요. 오늘은 침대에서 좀 쉬어야겠습니다."

"알겠어요. 그럼 걱정 말고 편히 쉬세요." 그녀가 말했다. "여기 일은 제가 다 잘 챙길 테니까."

그는 눈을 감았다. 곧바로 수면과 각성의 중간 상태로 빠진 그는 현관문이 열렸다가 닫히는 소리를 들었다고 생각했다. 그는 귀를 기울였다. 멀리 부엌에서 어떤 남자가 낮은 목소리로 말하는 소리와 식탁 의자를 앞뒤로 미는 소리가 들렸다. 그리고 바로 아이들 목소리가 들렸다. 얼마쯤 지난 뒤―얼마나 많은 시간이 흘렀는지 그로서는 알 수 없었다―방문 밖에서 웹스터 부인이 말하는 소리가 들렸다.

"칼라일 씨, 의사를 불러드릴까요?"

"아니에요. 괜찮습니다." 그가 말했다. "독감일 뿐이에요. 너무 덥네요. 이불을 너무 많이 덮었나봅니다. 집도 너무 따뜻하구요. 난방을 좀 낮춰주세요." 그러더니 그는 자신이 다시 잠 속으로 빠져든다는 것을 느꼈다.

얼마 지난 뒤, 그는 거실에서 아이들이 웹스터 부인에게 말하는 소리를 들었다. 아이들이 집으로 들어오는 길인지, 나가는 길인지 칼라일은 궁금했다. 벌써 하루가 지나간 것일까?

그는 다시 잠들었다. 하지만 곧 그는 문이 열리는 기척을 느꼈다. 웹스터 부인이 침대 옆에 나타났다. 그녀는 그의 이마를 만져봤다.
"몸이 불덩이예요." 그녀는 말했다. "열이 있어요."
"괜찮아지겠죠." 칼라일이 말했다. "푹 자고 나면 좋아지겠죠. 난방을 좀 낮춰주세요. 그리고 아스피린 좀 갖다주시면 고맙겠습니다. 머리가 아파서 죽을 것 같네요."
웹스터 부인은 방을 나섰다. 하지만 방문은 열린 상태였다. 칼라일은 거기 바깥의 TV 소리를 들을 수 있었다. "소리 좀 줄여요, 짐"이라고 그녀가 말하는 소리를 그는 들었고, 소리는 바로 작아졌다. 칼라일은 다시 잠들었다.
하지만 그는 채 일 분도 잠들 수 없었는데, 그건 웹스터 부인이 갑자기 쟁반을 들고 방으로 돌아왔기 때문이었다. 그녀는 침대 한쪽에 앉았다. 그는 몸을 일으켜 앉으려고 했다. 그녀는 그의 등뒤에 베개를 갖다댔다.
"이걸 드세요." 그에게 알약을 건네면서 그녀가 말했다. "이것도 드시구요." 그녀는 그에게 주스 한 잔을 건넸다. "크림 오브 휘트*도 가져왔어요. 이것도 먹었으면 해요. 먹는 게 좋을 거예요."
그는 아스피린을 삼키고 주스를 마셨다. 그는 고개를 끄덕였다. 하지만 다시 눈을 감았다. 그는 다시 잠 속으로 빠져들고 있었다.
"칼라일 씨." 그녀가 말했다.
그는 눈을 떴다. "깨어 있어요." 그가 말했다. "죄송합니다." 그는 몸을 조금 일으켰다. "전 너무 덥네요. 그게 다입니다. 지금 몇시인가

---

* 시리얼 상표. 주로 우유나 물에 끓여 먹는다.

요? 아직 여덟시 삼십분인가요?"

"아홉시 삼십분이 조금 지났어요." 그녀가 말했다.

"아홉시 삼십분이군요." 그가 말했다.

"이젠 이 시리얼을 좀 드셔야겠어요. 그냥 입을 벌리고 먹기만 하면 돼요. 여섯 술만 먹어요. 그러면 됩니다. 자, 이제 첫술이 들어갑니다. 입을 벌리세요." 그녀가 말했다. "이걸 먹고 나면 한결 좋아질 거예요. 그다음에 다시 자면 되는 거예요. 일단 배를 채우면 얼마든지 자도 돼요."

그녀가 떠주는 시리얼을 먹고 그는 주스를 더 달라고 했다. 그는 주스를 마신 뒤, 다시 침대 속으로 늘어졌다. 막 잠들려고 하는 찰나, 그는 그녀가 담요를 한 장 더 덮어주는 걸 느낄 수 있었다.

다시 깨어났을 때는 오후였다. 창문으로 들어오는 희미한 빛으로 봐서 오후라는 걸 알 수 있었다. 그는 손을 뻗어 커튼을 젖혔다. 창밖으로 흐린 하늘이 보였다. 구름장 뒤로 겨울철 태양이 있었다. 그는 천천히 침대에서 나와 슬리퍼를 찾아 신은 뒤, 가운을 걸쳤다. 그는 화장실로 가서 거울에 비친 자신의 모습을 바라봤다. 그는 세수를 하고 아스피린을 조금 더 삼켰다. 그는 수건으로 얼굴을 닦은 뒤, 거실로 나갔다.

웹스터 부인이 신문지를 펼쳐놓은 식탁 위에서 그녀와 아이들이 찰흙을 빚고 있었다. 이미 목이 길고 눈이 툭 튀어나온 동물을 만들어놓았는데, 기린 같기도 했고 공룡 같기도 했다. 그가 식탁 쪽으로 걸어가자 웹스터 부인이 고개를 들었다.

"좀 어떠세요?" 그가 소파에 앉을 때, 웹스터 부인이 물었다. 식탁에 웹스터 부인과 아이들이 앉아 있는 부엌 풍경이 그의 눈에 들어왔다.

"나아졌어요. 고맙습니다. 좀 나아졌어요." 그가 말했다. "머리도 아직 아프고, 몸도 좀 뜨겁네요." 그는 손등을 이마에 대어봤다. "하지만 나아졌어요. 그래요, 나아졌어요. 아침에 참 고마웠습니다."

"뭘 좀 갖다드릴까요?" 웹스터 부인이 물었다. "주스나 차를 더 드릴까요? 커피를 마셔도 크게 나쁘지는 않을 것 같긴 하지만, 아무래도 차가 더 좋을 것 같네요. 주스를 드시는 게 제일 낫구요."

"아니에요, 괜찮습니다." 그가 말했다. "여기 잠깐만 앉아 있을게요. 침대에서 나오니까 좋네요. 몸에 힘이 좀 없을 뿐이에요. 그런데 웹스터 부인?"

그녀는 그를 바라보며 말을 기다렸다.

"아침에 집안에서 웹스터 씨 목소리를 들었던 것 같은데요. 물론 그래도 괜찮습니다. 나가서 인사라도 드려야 했는데 그러지 못해 죄송해서 그럽니다."

"그 사람, 맞아요." 그녀가 말했다. "그 양반도 선생님을 뵈려고 했거든요. 제가 안으로 들어오라고 했어요. 그런데 날을 잘못 잡은 것뿐이었지요. 선생님이 내내 아팠으니까 말입니다. 저는 선생님에게 남편과 저의 계획에 대해 말씀드리려고 했는데, 오늘 아침은 그런 얘기를 하기에 좋은 날이 아니었네요."

"무슨 말씀인데요?" 가슴속에서 두려움이 일어 정신을 바짝 차리며 그가 물었다.

그녀는 고개를 흔들었다. "괜찮아요." 그녀가 말했다. "나중에 말씀 드릴게요."

"무슨 얘기?" 세라가 물었다. "무슨 얘기예요?"

"무슨, 무슨?" 키스가 그 말을 받았다. 아이들은 하던 일을 멈췄다.

"너희 두 녀석은 여기서 잠깐만." 웹스터 부인이 자리에서 일어서며 말했다.

"웹스터 할머니, 웹스터 할머니!" 키스가 소리쳤다.

"자아, 착하지, 아가." 웹스터 부인이 말했다. "아빠하고 할 얘기가 있거든. 아빠는 오늘 아프셔. 네가 편하게 해드려야지. 너는 가서 찰흙을 가지고 놀거라. 누나가 너보다 먼저 동물을 만들면 어쩌려구?"

그녀가 거실 쪽으로 걸어가려고 하는 순간, 전화벨이 울렸다. 칼라일은 소파 옆 탁자로 손을 뻗어 수화기를 들었다.

전과 마찬가지로 수화기 안에서는 희미한 소음이 들렸으므로 그는 그게 아일린에게서 온 전화라는 걸 알았다. "나야"라고 그가 말했다. "무슨 일이야?"

"칼라일." 그의 아내가 말했다. "다 알아. 어떻게 아느냐고는 묻지 마. 지금 일이 제대로 돌아가지 않는다는 거 다 알아. 당신 지금 아프지, 안 그래? 리처드도 계속 아팠어. 지금 뭔가 돌고 있는 중인가봐. 리처드는 배에 아무것도 못 집어넣고 있어. 벌써 일주일째 연극 연습에 빠졌어. 그래서 내가 가서 조감독이 장면 연출하는 걸 도와야만 했어. 하지만 이 얘기를 하려고 전화한 건 아니야. 거기 지금 어떻게 돌아가는지 나한테 말해봐."

"말할 게 없어." 칼라일이 말했다. "나는 아파. 그것뿐이야. 감기에 걸렸어. 하지만 이젠 괜찮아졌어."

"일지는 계속 쓰고 있어?" 그녀가 물었다. 그 말에 그는 깜짝 놀랐다. 서너 해 전, 그는 그녀에게 일지를 쓴다고 말한 적이 있었다. 일기

열 247

가 아니라, 일지라고 그는 말했다. 그게 어떤 설명이 된다는 듯이. 하지만 그는 그녀에게 그걸 보여준 일은 한 번도 없었고, 일 년이 넘게 쓰지 않고 있었다. 그는 일지를 잊고 있었다.

"왜냐하면"이라고 그녀가 말했다. "이 시기에 당신은 일지를 꼭 써야만 하거든. 어떤 걸 느끼고 무슨 생각을 하는지. 잘 알겠지만, 이 질병의 시기에 올바르게 생각하는지 어떤지. 잊지 마. 병이란 당신의 몸과 마음에 대해 뭔가 알려주려는 메시지야. 당신에 관한 일을 말해주고 있다고. 계속 기록해. 내 말이 무슨 뜻인지 알겠어? 다시 건강해져서 돌아보면, 그 메시지가 무슨 뜻이었는지 이해할 수 있을 거야. 일이 지나간 뒤에야, 나중에야 그걸 읽을 수 있어. 콜레트가 그렇게 했어." 아일린이 말했다. "언젠가 열이 생겼을 때 말이야."

"누구라고?" 칼라일이 물었다. "뭐라고 말했어?"

"콜레트." 아일린이 대답했다. "프랑스 작가. 당신도 내가 말하는 사람을 알아. 집 어딘가에 그녀의 책이 한 권 있거든. 『지지』인가 하는 제목이야. 그 책을 읽은 건 아니지만, 여기 나온 뒤에 그녀의 글을 읽었어. 리처드 덕분에 그 여자에게 빠지게 됐지. 그 일에 대해서 그녀가 쓴 짧은 책이 있는데, 거기에 보면 열이 난 동안 내내 자기가 느끼고 생각한 것을 다 적어놓았어. 어떨 때는 체온이 화씨 102도에 달했어. 어떨 때는 그보다 낮았고. 아마 102도보다 더 높았을 때도 있었을 거야. 하지만 열이 났을 때, 체온을 재고, 또 적어놓은 것 중에서는 102도가 가장 높은 거야. 어쨌든 그녀는 적었어. 지금 그 얘기를 하고 있는 중이지. 상태가 어떤지 다 적으려고 노력해봐. 그 결과 생긴 일을." 아일린은 이렇게 말한 뒤, 칼라일로서는 이해할 수 없는 웃음을 터뜨렸다. "적어도 나중에 시간 단위로 병에 대해 쓴 글은 남잖아. 돌아볼 수 있는. 적어도 당신에게 보여줄 만한 결과는 남잖아. 지금 당장은 기분 나쁜 일뿐일 거야. 당신은 그걸 도움이 되는 방향으로 돌려야 해."

그는 손끝으로 관자놀이를 누른 뒤, 눈을 감았다. 하지만 그녀는 전화를 끊지 않고 그가 무슨 말을 하기만 기다리고 있었다. 그가 무슨 말을 할 수 있었겠는가? 그의 생각에 그녀는 미친 게 분명했는데.

"세상에"라고 그가 말했다. "세상에, 아일린. 도대체 할말이 없다. 정말 할말이 없어. 나 이제 끊어야 하거든. 전화해줘서 고마워." 그가 말했다.

"다 괜찮아." 그녀가 말했다. "우리는 계속 연락할 수 있어야 해. 내 대신에 애들에게 키스해줘. 내가 사랑한다고 전해줘. 리처드도 당신에게 안부를 전하네. 쓰러져서 일어나지도 못하는데 말이야."

"안녕"이라고 말한 뒤, 칼라일은 전화를 끊었다. 그러고는 두 손을 얼굴에 갖다댔다. 무슨 까닭인지 그 순간, 언젠가 그 뚱뚱한 여자애가 차로 걸어가면서 똑같은 몸짓을 하던 걸 바라본 일이 떠올랐다. 그는 두 손을 내리고 자신을 지켜보고 있는 웹스터 부인을 바라봤다.

"나쁜 소식이 아니길 바라요." 그녀가 말했다. 그 할머니는 그가 앉은 소파 가까이 의자를 가져왔다.

칼라일은 고개를 흔들었다.

"좋아요"라고 웹스터 부인이 말했다. "그럼 좋아요. 그럼, 칼라일 씨. 이런 말을 하기에 가장 적당한 순간이라고는 할 수 없겠지만." 그녀는 부엌 쪽을 힐끔거렸다. 아이들은 식탁에 앉아 찰흙에다 코를 박고 있었다. "하지만 곧 말해야만 하는 일들이고 게다가 당신과 아이들도 알아야만 하는 일이니 지금 일어난 김에 얘기를 해야겠네요. 짐과 나는 나이가 지긋해졌어요. 그러니까 이제 지금보다 더 많은 것들이 필요할 것이란 말이죠. 제 말뜻, 아시겠죠? 이런 말 하려니 제가 힘드네요"라고 말하더니 그녀는 고개를 흔들었다. 칼라일은 천천히 고개를 끄덕였다. 그는 그녀가 일을 그만둬야 한다고 자신에게 말하려 한다는 걸 알게 됐다. 그는 소매로 얼굴을 닦았다. "짐에게는 전처소생인 아들 밥이 있는데, 이 사람 나이가 올해 미흔이에요. 밥이 어제 전화해서는 오리건으로 와서 밍크 목장 일을 도와줄 수 없느냐고 말하더군요. 밍크를 키우는 일이라면 짐이 못할 일이 없을 거고, 장 보고 집 치우고 음식 만드는 것 같은 다른 필요한 일들은 내가 할 수 있겠지요. 우리한테는 참 좋은 기회예요. 식사와 숙소가 제공되는데다가 가외로 수입도 조금 생기는 거니까. 짐과 나는 더이상 앞날을 걱정할 필요가 없게 되겠죠. 무슨 뜻인지 잘 아시겠죠. 지금 당장은 짐이 할 일이 없어요." 그녀는 말했다. "그 사람은 지난주에 예순두 살이 됐어요. 일자리를 못 구한 지가 꽤 됐답니다. 오늘 아침에 그 얘기를 직접 하려고 그 사람이 찾아온 거예요. 왜냐하면 알다시피 미리 말하는 게 좋으니까. 우리 생각에는—그러니까 내 생각에는—짐이 직접 와서 말하는 게 좋겠다고 본 거죠." 그녀는 칼라일의 말을 기다렸다. 그가 말하지 않자, 그녀가 계속 말했다. "이번주까지는 일할 수 있고, 필요하다면 다음주에도 이틀 정도는 있을 수 있어요. 하지만 그다음에는, 아시겠지만, 확실히, 우리는 진짜 떠나야만 해요. 꼭 잘되기를 빌어주셔야만 합니다. 생각해보세요. 그 털털이 자동차를 타고 오리건까지 간다니 어떻겠어요? 하지만 저애들이 참 그리울 거예요. 정말 소중한 아이들이에요."

얼마간 시간이 흘렀는데도 그가 그녀에게 대답할 기색이 보이지 않자, 그녀는 의자에서 일어나 그의 옆에 가서 앉았다. 그녀는 그의 소매를 잡았다. "칼라일 씨?"

"알겠습니다." 그가 말했다. "부인이 여기 오셔서 저랑 아이들의 삶이 완전히 달라졌다는 걸 말씀드리고 싶어요." 두통이 너무 심해 그는 눈을 찌푸려야만 했다. "머리가 아파서"라고 그가 말했다. "머리가 아파서 죽겠어요."

웹스터 부인은 손등을 그의 이마에 갖다댔다. "아직도 열이 조금 남았네요." 그녀가 말했다. "아스피린을 더 가져올게요. 열을 내려줄 거예요. 아직은 내가 이 집을 돌보는 거니까." 그녀가 말했다. "아직은 내가 의사죠."

"제 아내는 이게 어떤 느낌인지 제가 글로 적어야만 한다고 생각해요." 칼라일이 말했다. "열에 대해서 세세하게 적는 게 좋을 거라고 생각하고 있어요. 그러면 나중에 제가 돌이켜보면서 메시지를 얻게 되는 거죠." 그는 웃음을 터뜨렸다. 눈에서 눈물이 조금 나왔다. 그는 손목으로 눈물을 닦았다.

"아스피린하고 주스를 드린 뒤에 애들 데리고 다른 데 가 있을게요." 웹스터 부인이 말했다. "아무래도 이제 찰흙놀이에는 싫증을 느끼는 것 같으니까."

칼라일은 그녀가 다른 방으로 가서 자기 혼자 남게 되는 일이 두려웠다. 그는 계속 말하고 싶었다. 그는 목을 가다듬었다. "웹스터 부인, 알아주셨으면 하는 이야기가 있습니다. 오랫동안 제 아내와 저는 서로 사랑했습니다. 이 세상 다른 어떤 사람들보다도 더 많이 말입니다. 그 사랑에는 저 아이들도 포함되지요. 우리는 생각했어요, 아니, 알고 있었어요. 우리가 함께 나이가 들 것이라는 걸 말이죠. 우리가 원하는 일들을 무슨 일이 있어도 꼭 해낼 것이라는 걸 알고 있었어요. 그 일들을 둘이서 함께 할 것이라는 것도요." 그는 고개를 흔들었다. 이제 앞으로는 두 사람이 무슨 일을 하든지 간에, 각자 상대방 없이 할 수밖에 없다는 바로 그 사실이 그 순간 그 무엇보다도 슬픈 일처럼 그에게 느껴졌다.

"자자, 괜찮아요." 웹스터 부인이 말했다. 그녀는 그의 손을 토닥였다. 그는 몸을 앞으로 기울이고 앉아 이야기를 다시 시작했다. 얼마 뒤, 아이들이 거실로 나왔다. 웹스터 부인은 아이들의 주의를 끈 뒤 손가락을 입술에 갖다댔다. 칼라일은 아이들을 쳐다보고는 말을 이었다. 아이들에게도 들려주자고 그는 생각했다. 아이들도 관련된 문제니까. 아이들도 눈치를 챘는지 떠들기는커녕 무슨 이야기인지 궁금한 듯 웹스터 부인의 다리 옆에 앉았다. 그러더니 아이들은 카펫에 배를 깔고 누워 낄낄거리기 시작했다. 하지만 웹스터 부인이 그쪽을 보고 엄한 표정을 짓자, 하던 짓을 멈췄다.

칼라일은 말을 계속했다. 처음에는 두통도 여전했고, 자신의 이야기가 계속되기를 묵묵히 기다리는 그 할머니와 함께 파자마 차림으로 소파에 나란히 앉아 있는 게 쑥스러운 느낌이었다. 하지만 그러다가 두통이 사라졌다. 그다음에는 쑥스러운 느낌도 옅더니 자신이 어떤 식으로 느끼고 있었는지도 잊어버렸다. 그는 아이들이 태어난 뒤의, 중간에서부터 이야기를 시작했다. 하지만 그는 다시 처음으로, 그러니까 아일린은 열여덟, 그는 열아홉 시절의 일들, 한 소년이 한 소녀를 만나 사랑에 불타오르던 시절로 돌아갔다.

그는 이마를 닦기 위해 말을 멈췄다. 그는 입술을 적셨다.

"계속해요." 웹스터 부인이 말했다. "무슨 말이 하고 싶은지 나는 알아요. 계속 말하세요, 칼라일 씨. 때로는 그렇게 다 말하는 게 좋을 때가 있어요. 때로는 말해야만 하는 거라우. 게다가, 나도 듣고 싶어요. 다 말하고 나면 기분이 한결 가벼워질 거예요. 나한테도 있었던 일이니까요. 당신이 말하는 그런 일. 사랑이라는 거. 바로 그 얘기 말이우."

아이들은 카펫 위에서 잠들었다. 키스는 입으로 엄지손가락을 빨았다. 칼라일이 계속 얘기할 때, 웹스터 씨가 문으로 다가와 노크를 한 뒤, 웹스터 부인을 데려가기 위해 안으로 들어왔다.

"여기 앉아요, 짐." 웹스터 부인이 말했다. "서둘 필요가 없어요. 자, 하던 이야기를 계속하세요, 칼라일 씨."

칼라일은 노인을 향해 고개를 끄덕였고, 노인도 받아서 고개를 끄덕였다. 그러더니 노인은 식탁으로 가서 의자 하나를 들고 거실로 돌아왔다. 그는 의자를 소파 쪽에다 놓고 한숨과 함께 거기 앉았다. 그러더니 그는 모자를 벗고 힘없이 한쪽 다리를 꼬았다. 칼라일이 다시 이야기를 시작하자, 노인은 바닥에 두 다리를 모두 내려놓았다. 아이들이 깨어났다. 아이들은 카펫에 앉아 머리를 앞뒤로 흔들었다. 하지만 바로 그때쯤에는 칼라일은 하려던 이야기를 다 했으므로, 그는 말을 멈췄다.

"좋아요. 잘했어요." 그가 말을 마치는 걸 보고 웹스터 부인이 말했다. "이젠 모든 게 잘 매듭지어졌어요. 그 사람도 마찬가지구요. 부인도 말이죠. 그리고 잊지 마세요. 모든 게 끝난 뒤에도 두 사람은 아무 문제가 없을 거라는 걸." 그녀는 자리에서 일어나 입고 있던 앞치마를 벗었다. 웹스터 씨도 자리에서 일어나 다시 모자를 썼다.

문에 서서 칼라일은 웹스터 부부와 악수했다.

"잘 지내시오." 짐 웹스터가 말했다. 그는 모자챙을 만졌다.

"행운을 빕니다." 칼라일이 말했다.

웹스터 부인은 그럼 아침에, 언제나와 마찬가지로 아침 일찍 환할 때 보자고 말했다.

중요한 일이 결정되기라도 한 듯 칼라일이 "알겠습니다!"라고 말했다.

노부부는 조심스레 보도를 따라 걸어내려가 트럭에 올라탔다. 짐 웹스터는 대시보드 아래로 몸을 수그렸다. 웹스터 부인은 칼라일을 바라보며 손을 흔들었다. 바로 그때, 창가에 서 있을 때, 그는 그렇게 뭔가가 완전히 끝났다는 사실을 느낄 수 있었다. 아일린과 관계된, 이전의 삶과 관계된 그 무언가가. 그녀를 향해 손을 흔든 적이 있었던가? 물론 그랬을 것이다. 그랬다는 것을 안다. 비록 지금은 기억하지 못하지만. 하지만 그는 이제 모든 게 끝났다는 걸 이해했고 그녀를 보낼 수 있다고 느꼈다. 그는 자신들이 함께한 인생이 자신이 말한 그대로 이뤄졌다는 것을 확신했다. 하지만 그 인생은 이제 지나가고 있었다. 그 지나침은—비록 그럴 수는 없을 것 같아서 그는 맞서 싸우기까지 했지만—이제 그의 일부가 됐다. 그가 거쳐온 지난 인생의 모든 것들과 마찬가지로.

픽업이 덜컹거리며 앞으로 나아가는 동안, 그는 다시 한번 팔을 올렸다. 차를 타고 가는 동안 두 부부가 짧게 그를 향해 몸을 돌리는 걸 그는 바라봤다. 그런 다음 그는 팔을 내리고 아이들에게로 몸을 돌렸다.

굴레

미네소타 번호판을 단 낡은 스테이션왜건이 창 너머 주차장으로 들어온다. 앞자리에는 남자와 여자가, 뒷자리에는 남자아이 둘이 타고 있다. 7월이고 기온은 화씨 100도가 넘는다. 그들은 채찍질이라도 당한 듯 지쳐 보인다. 차 안에는 옷들이 걸려 있다. 뒤에는 여행가방, 박스 등이 쌓여 있다. 할리와 내가 나중에 얘기를 맞춰본 바에 따르면, 미네소타에 있는 은행에다가 집, 픽업, 트랙터, 농기구, 소 몇 마리를 넘겨버린 뒤, 그들에게 남은 건 그게 다다.

안에 있는 사람들은 마음을 가라앉히려는 듯 잠시 가만히 앉아 있다. 우리 아파트의 에어컨은 풀가동되고 있다. 할리는 건물 뒤에서 잔디를 깎고 있다. 앞자리에서 잠시 말을 주고받은 뒤, 여자와 남자가 차에서 내려 현관문으로 다가온다. 나는 손으로 머리칼을 매만진 뒤 그들이 벨을 두 번 누를 때까지 기다린다. 그다음에 나는 그들을 안으로 들어오게 한다. "아파트를 찾으시나요?" 나는 말한다. "안이 시원하니 이쪽으로 들어오세요." 나는 그들을 거실로 안내한다. 거실은 내가 일하는 곳이다. 거기서 나는 집세를 걷고, 영수증을 작성하고, 관심이 있는 고객들과 상담한다. 나는 머리도 만진다. 나는 나를 스타일리스트라고 부른다. 내 명함에 그렇게 적혀 있다. 나는 미용사라는 말이 싫다. 촌스런 말이다. 거실 한쪽에는 의자가 있고, 의자 뒤에는 내가 뽑아서 쓸 수 있는 드라이어가 있다. 몇 년 전 할리가 설치한 세면대도 있다. 의자 옆 탁자에는 잡지를 몇 권 갖다놓았다. 낡은 잡지들이다. 어떤 잡지는 표지도 뜯어지고 없다. 하지만 머리를 말리는 동안 사람들은 뭐라도 봐야 한다.

남자는 이름을 말한다.

"홀리츠라고 합니다."

그는 내게 여자가 아내라고 말한다. 하지만 그녀는 나를 쳐다보지도 않는다. 대신에 그녀는 자기 손톱을 바라본다. 그녀와 홀리츠는 앉으려고도 하지 않는다. 그는 자신들이 가구 딸린 집에 관심이 있다고 말한다.

"가족은 몇 명이신가요?" 하지만 나는 늘 하던 대로 묻는 것뿐이다. 나는 몇 명인지 알고 있다. 뒷자리에 있는 사내애 두 명을 나는 봤다. 2 더하기 2는 4. 네 명이다.

"나하고 아내하고 아들들입니다. 하나는 열세 살이고 하나는 열네 살입니다. 늘 그랬지만, 개들은 방을 같이 쓸 겁니다."

그녀는 팔짱을 끼고 블라우스의 소매를 잡고 있다. 그녀는 처음 보는 물건인 양 의자와 세면대를 뚫어지게 바라본다. 어쩌면 이제껏 보지 못했을 수도 있겠다.

"제가 미용 일도 하거든요." 나는 말한다.

그녀는 고개를 끄덕인다. 그러더니 내 마란타를 대충 훑어본다. 정확하게 이파리가 다섯 개 남았다.

"물을 줘야 해요." 나는 말한다. 나는 다가가 잎 하나를 만진다. "여기는 모든 게 물이 부족해요. 공기중에 수분이 많지 않거든요. 운이 좋아야 일 년에 세 번 정도 비가 내릴까. 하지만 곧 익숙해질 거예요. 우리는 익숙해졌어요. 여기에는 다 에어컨들이 있으니까."

"집세는 얼마나 합니까?" 홀리츠는 그게 궁금하다.

내가 말하자 그는 의견을 묻기 위해 그녀를 돌아본다. 하지만 그건 벽을 쳐다보고 있는 것이나 마찬가지다. 그녀는 그를 바라보지도 않는다. "집을 좀 보여주시면 좋겠네요." 그가 말한다. 그래서 나는 17호의 열쇠를 가져와 함께 나간다.

할리를 보기도 전에 나는 그의 소리를 듣는다.

그리고 건물 사이로 그가 모습을 드러낸다. 노갈레스에서 산 밀짚모자에 버뮤다 반바지와 티셔츠를 걸친 그는 잔디 깎는 기계 뒤에서 움직이고 있다. 그는 잔디를 깎고 자질구레한 관리 업무를 한다. 우리는 풀턴 테라스라는 회사에서 일한다. 여기는 그 회사 소유다. 에어컨이 고장나거나 배관설비에 이상이 생기는 등 큰 문제가 발생할 때 연락할 수 있는 전화번호 목록이 우리에게는 있다.

나는 손을 흔든다. 그래야만 한다. 할리는 잔디 깎는 기계의 손잡이에서 한 손을 떼고 손짓한다. 그러고는 모자를 이마까지 잡아내리고 다시 하던 일에 몰두한다. 한쪽 끝까지 다 깎은 그는 기계를 돌려 거리 쪽으로 다시 돌아가기 시작한다.

"저 사람은 할리예요." 소리를 질러야만 한다. 우리는 건물 옆으로 들어가 계단을 올라간다. "홀리츠 씨는 무슨 일을 하시나요?" 내가 그에게 묻는다.

"농사지어요." 그녀가 말한다.

"이젠 아니야."

"이 근방에는 농사지을 만한 땅이 많지 않아요." 아무 생각 없이 내가 말한다.

"미네소타에 우리 농장이 있었어요. 밀을 키웠죠. 소도 몇 마리. 남편은 말에 관해 잘 알아요. 말이라면 모르는 게 없어요."

"그만 됐어, 베티."

그제야 사정이 얼마간 이해된다. 홀리츠는 무직이다. 내 알 바는 아니고, 또 그렇다면—결국 사실 그렇다—안된 일이지만 집 앞에 다다랐을 때 내게는 해야 할 말이 있다. "결정하시면 첫 달 치와 마지막 달 치, 그리고 보증금으로 백오십 달러를 내셔야만 합니다." 이렇게 말하면서 나는 수영장을 내려다본다. 접이식 의자에 몇 명이 앉아 있고 물속에 누군가 들어가 있다.

홀리츠는 손등으로 얼굴을 닦는다. 할리가 모는 기계 소리가 멀어진다. 멀리 자동차들이 칼레 베르데 길을 질주한다. 두 아이가 스테이션왜건에서 나왔다. 그중 한 아이는 군대식으로 다리를 모으고 두 팔을 몸에 붙인 채 서 있다. 하지만 계속 바라보니 하늘로 날아오르려고 하는 것처럼 아래위로 날갯짓을 하면서 껑충거린다. 다른 아이는 스테이션왜건의 운전석 쪽에 무릎을 굽혀 쪼그리고 앉는다.

나는 홀리츠 쪽으로 돌아선다.

"한번 봅시다." 그가 말한다.

나는 키를 돌려 문을 연다. 가구가 딸린, 방 두 개짜리 아파트일 뿐이다. 어디서나 볼 수 있는 집이다. 홀리츠는 오랫동안 욕실에 있으면서 변기의 물을 내려본다. 그는 물탱크에 물이 찰 때까지 지켜본다. 조금 있다가 그는 "여기를 우리가 쓰면 되겠군"이라고 말한다. 수영장이 보이는 쪽의 방을 말하는 것이다. 부엌에서는 그 여자가 건조대 모서리를 잡고 창밖을 내다보고 있다.

"수영장입니다." 내가 말한다.

그녀는 고개를 끄덕인다. "우리가 잔 모텔 중에도 수영장이 딸린 곳이 있었죠. 그런데 그중에 한 곳은 물에다 염소를 너무 많이 풀어놓았어요."

나는 그녀가 더 말할 때까지 기다린다. 하지만 그게 다. 나 역시 뭐라고 할말이 없다.

"괜한 시간을 허비할 필요가 없을 것 같아. 그냥 여기로 하자구." 그렇게 말하면서 홀리츠는 그녀를 바라본다. 이번에는 그녀가 눈을 맞춘다. 그녀는 고개를 끄덕인다. 그는 이 사이로 숨을 내쉰다. 그때 그녀가 무슨 행동을 한다. 그녀는 손가락으로 딱딱 소리를 내기 시작한다. 한 손으로는 여전히 건조대 모서리를 잡고 있지만, 다른 손으로는 손가락으로 소리를 낸다. 딱, 딱, 딱, 개를 부르는 것처럼, 혹은 누군가의 시선을 끌려고 하는 것처럼. 그러더니 그 짓을 멈추고 이번에는 조리대를 손끝으로 쓱 긁는다.

그게 도대체 무슨 의미인지 나로서는 알 수가 없다. 홀리츠 역시 마찬가지다. 그는 발을 움직인다.

"다시 사무실로 돌아가서 서류를 작성하시죠." 내가 말한다. "반갑습니다."

나는 정말 반가웠다. 올해에는 빈집이 많았다. 게다가 이 사람들은 믿을 만해 보였다. 난지 운이 나빠진 것뿐이다. 거기다 수치스럽다는 딱지를 붙일 일은 전혀 없다.

홀리츠는 현금으로 지불한다. 첫 달 치, 마지막 달 치, 보증금 백오십 달러. 그는 내가 보는 앞에서 액면가 오십 달러짜리 지폐를 헤아린다. 자주 볼 기회도 없으면서 할리는 그걸 U. S. 그랜트*라고 부른다. 나는 영수증을 작성하고 그에게 열쇠 두 개를 건네준다. "이제 다 됐습니다."

그는 열쇠를 본다. 그리고 하나를 그녀에게 준다. "이렇게 해서 애리조나에 오게 됐네. 애리조나를 볼 줄은 상상도 못했겠지?"

그녀는 고개를 가로젓는다. 그녀는 마란타 잎사귀를 만지고 있다.

"물을 줘야 해요." 나는 말한다.

그녀는 잎사귀에서 손을 떼고 창문 쪽으로 돌아선다. 나는 그녀의 옆으로 간다. 할리는 여전히 잔디를 깎고 있다. 하지만 이제는 앞쪽에 있다. 농사짓는 이야기가 나온 김에, 나는 잠시 할리가 블랙 앤 데커 사의 잔디 깎는 기계가 아니라 쟁기 뒤에 있는 모습을 생각해본다.

---

* 오십 달러짜리 지폐에는 미국 18대 대통령인 율리시스 심프슨 그랜트의 초상이 그려져 있다.

나는 그들이 박스와 여행가방과 옷가지를 부리는 걸 바라본다. 홀리츠는 가죽끈이 늘어진 뭔가를 나른다. 한 일 분쯤 지났을 무렵, 나는 그게 말굴레라는 걸 알아챈다. 나는 이제 뭘 해야 할지 모르겠다. 뭘 하고 싶은 기분이 아니다. 그래서 금고에서 그랜트를 꺼낸다. 이내 돈을 넣었다가 다시 꺼낸다. 미네소타에서 온 지폐들이다. 다음주 이 시간에는 이 돈들이 어디에 있을지 누가 알겠는가? 라스베이거스에 있을지도 모른다. 라스베이거스라면, TV에서 본 게 내가 아는 전부다. 겨우 손톱만큼만 알 뿐이다. 이 그랜트 중 한 장이 와이키키 해변이나 다른 어딘가로 간다고 상상할 수도 있다. 마이애미나 뉴욕 시티로. 뉴올리언스로. 마르디 그라*에 이 돈 중 한 장이 손에서 손으로 넘어가는 장면을 상상한다. 지폐들은 어디든 갈 수 있고, 이 지폐들이 원인이 되어 무슨 일이든 일어날 수 있다. 나는 그랜트의 훤칠한 이마에다 잉크로 내 이름을 쓴다. 마지. 나는 활자체로 쓴다. 모든 지폐에다가 쓴다. 그의 짙은 눈썹 바로 위에. 돈을 쓰려던 사람들은 궁금해할 것이다. 마지가 누구야? 그들은 그게 궁금할 것이다. 마지가 누구야?

할리는 밖에서 들어와 내 세면대에서 손을 씻는다. 그렇게 하면 내가 싫어한다는 걸 그는 알고 있다. 하지만 어쨌든 그는 계속 그렇게 한다.

"미네소타에서 온 사람들 말이야." 그가 말한다. "그 스웨덴 사람들. 참 멀리도 왔구먼." 그는 종이타월로 손을 닦는다. 그는 내게 뭐 아는 거 있으면 말해보라고 한다. 하지만 나도 아는 게 없다. 그들은 스웨덴 사람처럼 보이지도 않고 스웨덴 사람처럼 말하지도 않는다.

---

* 참회의 화요일. 이날 세계 곳곳에서 축제가 열리며 뉴올리언스의 마르디 그라 축제가 특히 유명하다.

"스웨덴 사람들이 아니야." 그에게 말한다. 하지만 그는 내 말을 듣지 못한 것처럼 군다.

"그래서 그 양반은 무슨 일을 한대?"

"농사짓는대."

"농사가 뭔지 알기나 알고 하는 소리야?"

그는 모자를 벗더니 내 의자 위에 올려놓는다. 그는 손으로 머리를 한 번 훑는다. 그러더니 모자를 바라보다가 다시 쓴다. 그는 모자를 딱 눌러쓰는 게 낫다. "이 근처에는 농사지을 만한 땅이 없어. 그 얘기는 한 거야?" 그는 냉장고에서 탄산음료 캔을 꺼내더니 안락의자에 가서 앉는다. 그가 리모컨을 들고 누르자, TV가 지직거린다. 프로그램을 찾아서 그는 몇 번 더 리모컨을 누른다. 병원을 배경으로 한 드라마다. "그 스웨덴 사람들, 또 하는 일이 뭐래? 농사 말고?"

나는 모르기 때문에 아무 말도 하지 않는다. 하지만 할리는 벌써 TV 프로그램에 빠져 있다. 자기가 나한테 질문을 던졌다는 사실도 잊어버린 게 분명하다. 사이렌이 울린다. 타이어 미끄러지는 소리가 들린다. 붉은 경광등을 번쩍이며 구급차 한 대가 응급실 앞에 멈춰 서는 장면이 나온다. 한 남자가 뛰어내려 뒷문을 열기 위해 달려간다.

다음날 오후 호스를 빌린 소년들은 스테이션왜건을 세차한다. 아이들은 안과 밖을 청소한다. 조금 뒤, 나는 그녀가 차를 몰고 나가는 것을 본다. 그녀는 하이힐을 신고 멋진 원피스를 입었다. 일자리를 알아보러 가는군, 이라고 나는 혼자 말한다. 잠시 뒤, 수영복을 입은 아이들이 수영장에서 즐겁게 노는 모습이 보인다. 한 아이는 발판을 밟고 물에 뛰어들어 반대편까지 쭉 잠수해 수영한다. 그 아이는 물을 내뿜으며 올라와 머리를 흔든다. 다른 아이, 그러니까 전날 무릎을 굽히고 있었던 아이는 수영장 저쪽에 타월을 깐 뒤 배를 깔고 누워 있다. 하지만 물속의 아이는 벽을 손으로 짚은 뒤, 살짝 발로 차 방향을 틀며, 수영장의 한쪽 끝에서 다른 쪽 끝으로 반복해서 수영하고 있다.

거기에는 두 사람이 더 있다. 그들은 수영장의 양쪽에 있는 일광욕 의자에 앉아 있다. 한 사람은 데니스 식당의 요리사인 어빙 콥이다. 그는 자신을 스퍼즈라고 부르란다. 사람들은 점차 어브나 다른 애칭 대신에 그를 스퍼즈라고 부르게 됐다. 스퍼즈는 쉰다섯 살로 머리가 벗어졌다. 이미 살갗이 육포처럼 됐는데도 햇볕을 더 원한다. 지금 이 시각, 그의 새로운 아내인 린다 콥은 K마트에서 일하고 있다. 스퍼즈는 밤에 일한다. 하지만 그와 린다 콥은 토요일과 일요일에는 쉴 수 있도록 시간을 조정했다. 코니 노바는 다른 의자에 앉아 있다. 그녀는 몸을 일으키고 앉아 다리에 로션을 문지르고 있다. 거의 벌거벗은 상태다. 몸을 가린 것이라고는 작은 천 쪼가리 두 개뿐이다. 코니 노바는 칵테일 바의 웨이트리스다. 그녀는 여섯 달 전에, 말하자면 피앙세라고 할 수 있는 술주정뱅이 변호사와 이곳을 찾아왔다. 하지만 그녀는 그를 차버렸다. 지금은 릭이라는 이름의 장발 대학생과 함께 산다. 지금은 그가 부모 집에 갔다는 사실을 우연히 알게 됐다. 스퍼즈와 코니는 짙은 색 선글라스를 끼고 있다. 코니의 휴대용 라디오가 돌아간다.

일 년쯤 전인가 여기 이사 왔을 때, 스퍼즈는 막 아내를 여읜 직후였다. 다시 독신으로 생활한 지 몇 달 지나지 않아 그는 린다와 결혼했다. 그녀는 붉은 머리의 삼십대 여자다. 그들이 어떻게 만났는지 나는 모른다. 하지만 두 달 전 어느 밤, 스퍼즈와 새로운 콥 부인과 할리와 나는 스퍼즈가 차린 멋진 저녁을 먹었다. 저녁을 먹은 뒤에는 큰 잔에 든 달짝지근한 술을 마시며 거실에 앉아 있었다. 스퍼즈는 홈 무비를 보겠느냐고 우리에게 물었다. 우리는 그러겠다고 대답했다. 그러자 스퍼즈는 스크린과 영사기를 설치했다. 린다 콥은 그 달짝지근한 술을 우리 잔에 더 따랐다. 나쁠 게 어디 있겠어? 라고 나는 혼자 생각했다. 스퍼즈는 자신과 죽은 전처가 함께 떠난 알래스카 여행을 담은 필름을 보여주기 시작했다. 죽은 전처가 시애틀에서 비행기에 올라타는 장면부터 시작했다. 스퍼즈는 영사기가 돌아가는 동안 얘기했다. 조금 뚱뚱해 보이긴 했지만, 고인은 오십대의 미인이었다. 헤어스타일이 멋졌다.

"스퍼즈의 첫번째 아내죠." 린다 콥이 말했다. "첫번째 콥 부인."

"에벌린이야." 스퍼즈가 말했다.

첫번째 아내는 오랫동안 스크린에 머물러 있었다. 그들이 그녀에 대해 그런 식으로 이야기하는 걸 들으며 그녀를 보고 있노라니 우스꽝스러웠다. 할리가 나를 힐끔 쳐다봤으므로 나는 그도 비슷한 생각을 했다는 걸 안다. 린다 콥은 술을 더 마실 건지, 마카롱을 먹을 건지, 우리에게 물었다. 우리는 생각이 없었다. 스퍼즈는 다시 첫번째 콥 부인에 대해 뭐라고 얘기했다. 그녀는 여전히 비행기 입구에 서서 미소를 지으며 입을 움직였다. 비록 우리가 들을 수 있었던 것은 영사기를 지나가는 필름 소리뿐이었지만, 사람들은 그녀를 피해서 비행기에 올라타야만 했다. 그녀는 카메라를 향해, 스퍼즈의 거실에 앉아 있는 우리들을 향해 계속 손을 흔들었다. 그녀는 손을 흔들고 또 흔들었다. "또 에

벌린이네." 새로운 콥 부인은 첫번째 콥 부인이 스크린에 나타날 때마다 말했다.

스퍼즈는 밤새도록 그 필름을 보여줄 것 같았지만, 우리는 가야겠다고 말했다. 할리가 핑계를 만들었다.

그가 뭐라고 말했는지 기억나지 않는다.

코니 노바는 의자에 등을 대고 누워 있다. 짙은 색 선글라스가 얼굴의 반을 가린다. 다리와 배는 오일로 빛난다. 그녀가 이사 오고 얼마 지나지 않은 어느 밤, 그녀가 파티를 열었다. 그건 그녀가 변호사를 차버리고 장발족을 잡기 전의 일이었다. 그녀는 그걸 집들이 파티라고 했다. 한 무리의 사람들과 함께 할리와 나도 초대받았다. 파티에 가서도 우리는 다른 사람들에겐 관심이 없었다. 우리는 문 가까운 곳에 자리를 잡았는데, 돌아갈 때까지 거기 앉아 있었다. 그다지 오랫동안 머문 건 아니었지만. 코니의 애인은 사람들에게 추첨표를 나눠줬다. 당첨자에게는 수임료 없이 이혼에 필요한 법률적인 서비스를 제공한다는 것이었다. 그게 누구든. 카드가 담긴 그릇이 지나가는 동안, 그 카드를 뽑아내는 사람이라면 누구에게나. 그릇이 돌아가기 시작하자, 다들 웃기 시작했다. 할리와 나는 시선을 주고받았다. 나는 뽑지 않았다. 할리도 뽑지 않았다. 하지만 그가 접시 안에 든 카드 뭉치를 힐끔 바라보는 건 봤다. 그는 고개를 내젓더니 옆에 있는 사람에게 그릇을 넘겼다. 심지어 스퍼즈와 새로운 콥 부인도 카드를 뽑았다. 당첨 카드의 뒤에는 글자가 적혀 있었다. "이 카드의 지참인에게 1회 무료 무소송 이혼의 권리를 허함"이라는 문구와 함께 날짜와 변호사의 사인이 있었다. 변호사는 술주정꾼이었지만, 그래도 삶을 이런 식으로 대해서는 안 된다고 나는 말하고 싶었다. 우리만 빼고 다들 그게 장난이라도 되는 양 그릇에다가 손을 넣었다. 당첨 카드를 뽑은 여자는 박수를 쳤다. 마치 TV에서 하는 게임 프로그램을 보는 것 같았다. "빌어먹을, 내 평생 뭔가 당첨돼보기는 이번이 처음이야!" 그 여자의 남편은 군대에 있다고 들었다. 그녀가 여전히 그 사람과 사는지, 아니면 이혼했는지 내가 알 방법은 없다. 왜냐하면 변호사와 헤어진 뒤로 코니 노바는 이제 다른 종류의 사람들을 불러들였기 때문이었다.

추첨이 끝나자마자 우리는 그 모임을 떠났다. 그게 하도 충격적이라 할말이 그다지 많지는 않았지만, 우리 둘 중 하나가 "아까 본 게 진짜 본 게 맞는지 믿기지 않아"라고 말하긴 했다.

아마도 내가 한 말 같다.

일주일 뒤 할리는 스웨덴 사람―홀리츠 얘기다―이 이제 일자리를 구했는지 묻는다. 함께 점심을 먹고 난 뒤, 할리는 탄산음료 캔을 들고 자기 의자에 앉아 있다. 그렇지만 TV를 켜지는 않는다. 나는 모른다고 말한다. 사실 나는 모른다. 나는 그가 또 무슨 말을 할 것인지 기다린다. 하지만 그는 더이상 말하지 않는다. 그는 머리를 가로젓는다. 뭔가 생각하는 모양이다. 그러더니 리모컨을 눌러 TV를 켠다.

그녀는 일자리를 구한다. 그녀는 여기서 몇 블록 떨어진 곳에 있는 이탈리아 음식점에서 웨이트리스로 일하기 시작한다. 분할근무로 일한다. 점심때 일하고 집에 돌아왔다가 저녁시간에 다시 일하러 간다. 오가는 동안은 오롯이 그녀뿐이다. 아이들은 하루종일 수영만 하고 홀리츠는 아파트 안에만 있다. 그 안에서 뭘 하는지는 나도 모른다. 한번은 내가 그녀의 머리를 해준 일이 있었는데 그때 그녀가 몇 가지를 말했다. 그녀는 고등학교를 막 졸업한 뒤 식당 웨이트리스로 일한 적이 있었는데, 바로 거기서 홀리츠를 만났다고 말했다. 미네소타에 있는 어떤 식당에서 그에게 팬케이크를 갖다줬다고 했다.

그녀는 아침에 걸어가다가 내게 좀 도와줄 수 있느냐고 물었다. 점심시간이 끝나고 다시 저녁시간에 일하러 가기 전에 내가 자기 머리를 좀 만져줬으면 좋겠다고 했다. 가능하려나? 나는 수첩을 좀 봐야겠다고 말했다. 그리고 그녀에게 안으로 좀 들어오라고 말했다. 벌써 화씨 100도는 넘는 날씨 같았다.

"갑작스런 부탁이라는 거 알아요." 그녀가 말했다. "하지만 어젯밤에 일하고 돌아와서 거울로 내 모근을 살펴봤거든요. '트리트먼트가 필요하잖아'라고 혼잣말을 했어요. 그런데 어디 아는 데도 없고."

8월 14일 금요일을 찾는다. 그 페이지에는 무엇도 적혀 있지 않다.

"두시 삼십분, 아니면 세시에 해드릴 수 있어요." 나는 말한다.

"세시가 좋겠네요." 그녀는 말한다. "지금은 뛰어가야지 늦지 않겠어요. 정말 끔찍한 작자 밑에서 일하거든요. 나중에 봐요."

두시 삼십분이 되어 이제 손님이 올 거라고 말하니 할리는 야구 중계를 침실에서 보기로 한다. 툴툴거리긴 해도 그는 코드를 감아들고 바퀴를 밀어 TV를 옮긴다. 그는 문을 닫는다. 나는 만반의 준비를 갖춘다. 쉽게 집을 수 있는 곳에 잡지들을 둔다. 그러고선 모발 건조기 옆에 앉아 손톱을 다듬는다. 나는 머리를 할 때면 늘 입는 장미색 작업복을 입는다. 나는 손톱을 다듬으며 이따금 창 쪽을 올려다본다.

그녀는 창을 지나 벨을 누른다. "들어오세요"라고 나는 외친다. "안 잠겼어요."

그녀는 일할 때 입는, 흑백이 뒤섞인 작업복을 입고 있다. 우리 둘 모두 작업복을 입고 있는 게 내 눈에 보인다. "앉으시면 시작할게요." 그녀는 손톱 가는 줄을 바라본다. "손톱도 손질해드리거든요"라고 나는 말한다.

그녀는 자리를 잡고 앉아서 숨을 들이마신다.

나는 말한다. "머리를 뒤로 기대세요. 예, 그렇게. 이제 눈을 감는 게 좋겠죠. 그냥 쉰다고 생각해요. 먼저 샴푸한 뒤에 여기 모근을 마사지할 거예요. 그런 뒤, 다음으로 넘어갈게요. 시간은 어느 정도 있는 건가요?"

"다섯시 삼십분까지는 돌아가야 해요."

"그때까지는 다 될 거예요."

"나야 식당에서 밥을 먹으면 돼요. 그런데 홀리츠와 애들은 저녁에 뭘 먹어야 할지 모르겠네요."

"그쪽 없이도 자기들끼리 잘 지낼 거예요."

나는 온수를 틀면서 할리가 남겨놓은 흙과 풀이 있다는 걸 알아차린다. 나는 지저분한 것들을 닦아내고 시작한다.

"조금만 가면 햄버거 가게가 있으니까 사 먹어도 될 거예요. 나쁘지 않을 거예요." 내가 말한다.

"그럴 것 같지 않아요. 어쨌든 거기까지 가게 하는 건 저도 싫어요."

내가 상관할 문제가 아니었으므로 나는 더이상 말하지 않는다. 나는 거품을 멋지게 만든 뒤 일하기 시작한다. 샴푸에 린스까지 마치고 머리를 세트로 만 뒤 나는 그녀를 건조기 밑에 둔다. 그녀는 눈을 감고 있다. 나는 그녀가 잠들었으리라고 생각한다. 그래서 나는 그녀의 한 손을 잡고 시작한다.

"손톱 손질은 싫어요." 그녀는 두 눈을 뜨고 손을 뺀다.

"괜찮아요. 처음 손질하는 건 요금을 안 받아요."

그녀는 손을 다시 내게 내밀고 잡지 하나를 집어 무릎에 둔다. "그 사람 애들이에요." 그녀는 말한다. "첫 결혼에서 낳은 아이들이죠. 우린 그 사람이 이혼한 뒤에 만났어요. 하지만 나는 내 자식처럼 애들을 사랑해요. 노력해서 되는 거라면 그렇게까지 사랑하진 못할 거예요. 내 배로 낳은 애들은 아니지만."

건조기의 스위치를 한 단계 낮추자 낮고 조용한 소리가 들린다. 나는 손톱 손질을 계속한다. 그녀의 손에서 긴장이 풀린다.

"전처는 십 년 전 새해 전날에 그 사람들, 그러니까 홀리츠와 애들을 버리고 도망갔어요. 다시는 소식을 들을 수 없었죠." 그녀가 그 얘기를 계속하고 싶어한다는 걸 알 수 있다. 나야 괜찮다. 이 의자에 앉으면 사람들은 뭔가 말하고 싶어한다. 나는 손톱줄을 들고 계속 다듬는다. "홀리츠는 이혼했어요. 그다음에 나하고 사귀기 시작했죠. 그렇게 우린 결혼했어요. 오랫동안 우리는 함께 살았죠. 오르막도 있었고 내리막도 있었어요. 하지만 점점 나아지고 있다고 우린 생각했어요." 그녀는 머리를 저었다. "그런데 일이 벌어졌어요. 그러니까 내 말은 홀리츠에게 일이 벌어졌단 뜻이에요. 뭐냐면 그 사람이 말에 흥미를 느끼기 시작한 거예요. 이 특별한 경주마를 사서는 말이에요, 처음에 얼마를 내고 매달 얼마씩을 냈단 말이지요. 그 사람은 그놈을 경마장에 데리고 갔어요. 그 사람은 늘 그랬듯이 해 뜨기 전에 일어나서 이런저런 일을 계속했어요. 아무런 문제가 없다고 나는 생각했어요. 하지만 나는 아무것도 몰라요. 사실대로 말씀드리자면, 나는 식당 일을 잘 못해요. 내가 무슨 빌미라도 주면, 그 이탈리아 놈들은 지체 없이 나를 자를 거예요. 빌미가 없더라도 그럴 거예요. 잘리면 어떡하죠? 그때는 어떡하죠?"

"걱정 마세요. 그 사람들이 자를 리는 없으니까요." 나는 말한다.

이내 그녀는 다른 잡지를 집는다. 하지만 잡지는 들춰보지도 않는다. 그녀는 그저 잡지를 쥐고는 계속 얘기한다. "어쨌든 그 사람 말이 있어요. 날쌘 베티. 베티라는 건 농으로 붙인 거죠. 그 사람은 말에다가 내 이름을 붙이면 우승마가 될 수밖에 없다고 말하죠. 엄청난 우승마, 틀림없다구. 진실을 말하자면, 그 말은 달리기만 하면 진다는 거죠. 모든 경주에서. 백전백패 베티. 그렇게 이름을 지어야 했다니까요. 처음에는 나도 몇 번 경마장에 가봤어요. 그런데 그 말은 항상 99 대 1로 달렸어요. 배당률이 그래요. 하지만 홀리츠는 다른 건 다 몰라도 고집이 세죠. 포기하려고 하지 않았어요. 그 말에만 걸고 또 거는 거예요. 단승*에 이십 달러를 걸고. 단승에 오십 달러를 걸고. 말을 돌보는 데 드는 다른 모든 비용까지 합해보세요. 어마어마한 돈처럼 들리지 않을 거라는 건 나도 알아요. 하지만 쌓이면 꽤 된답니다. 게다가 배당률이 그렇다면, 99 대 1이라면 알 만하죠. 때로 그 사람은 복승식 마권도 샀어요. 그 사람은 그 말이 일등으로 들어오면 우리가 따는 돈이 얼

---

* 경마, 경륜 따위에서 일등만을 알아맞히는 방식.

마인지 아느냐고 말하곤 했죠. 하지만 그런 적은 한 번도 없었고, 저는 경마장 가는 걸 그만뒀어요."

나는 하던 일을 계속한다. 나는 그녀의 손톱에 정신을 집중한다. "큐티클이 너무 예뻐요." 나는 말한다. "이것 좀 보세요. 이 예쁜 반달들이 보이나요? 이건 피가 건강하다는 뜻이에요."

그녀는 손을 가까이 들어 살펴본다. "그걸 어떻게 알아요?" 그녀는 어깨를 으쓱한다. 그녀는 다시 손을 내게 맡긴다. 그녀는 아직도 말할 게 남아 있다. "옛날에 고등학교 다닐 때였는데, 상담교사가 상담실로 오라고 하더라구요. 모든 여학생들과 한 번씩 그렇게 면담시간을 가졌죠. '너는 꿈이 뭐니?'라고 그 여자가 묻더라구요. '십 년 뒤에 네가 어떤 모습일 것 같니? 이십 년 뒤에는?' 열일곱 아니면 열여덟이었어요. 애였죠. 뭐라고 대답해야 할지 모르겠더라구요. 꿔다놓은 보릿자루처럼 가만히 앉아 있었어요. 그 상담교사 나이가 지금 내 나이쯤 됐을 거예요. 늙었다고 생각했죠. 늙은 여자야, 라고 혼자 생각했어요. 그 여자의 인생은 이미 반이 지나갔다는 걸 알고 있었어요. 그렇게 생각하니 그녀는 모르는 뭔가를 나는 안다는 느낌이 들더군요. 그녀는 절대로 알 수 없는 걸 말이에요. 비밀이라고나 할까. 누구도 알 수 없고 한 번도 말해본 적 없는. 그래서 잠자코 있었어요. 머리만 저었을 뿐이에요. 멍청이라고 생각했을 거예요. 하지만 아무 말도 할 수 없었어요. 무슨 뜻인지 아시겠어요? 그 여자는 짐작조차 할 수 없는 걸 나는 알고 있다고 생각했거든요. 이제는 누군가 내게 그 질문을 다시 하면, 그러니까 내 꿈에 대해 묻는다면 말할 수 있어요."

"뭐라고 말할 건데요?" 나는 이제 그녀의 다른 손을 잡는다. 하지만 손톱을 다듬지는 않고 있다. 그저 손을 잡고 이야기를 기다린다.

그녀는 의자에서 몸을 앞으로 움직인다. 그녀는 손을 뒤로 빼려고 한다.

"뭐라고 말할 건데요?"

그녀는 한숨을 쉬더니 몸을 뒤로 기댄다. 그녀는 손을 내게 내맡겨 둔다. "이렇게 말할 거예요. '꿈이란 말이죠, 깨라고 있는 거잖아요.' 그렇게 말할 거예요." 그녀는 무릎까지 치마의 주름을 편다. "누가 물으면 그렇게 대답할 거예요. 하지만 이젠 그렇게 묻는 사람이 아무도 없어요." 그녀는 다시 숨을 내쉰다. "얼마나 더 걸리나요?" 그녀는 말한다.

"오래 걸리지 않아요." 나는 말한다.

"잘 이해되지 않는 말이겠죠."

"이해가 가요." 나는 말한다. 나는 스툴을 그녀 다리 옆에 가져온다. 나는 우리가 여기 이사 오기 전에 어땠는지, 또 그때와 얼마나 똑같은지 말하기 시작한다. 하지만 그때를 딱 골라서 할리가 침실에서 나온다. 그는 우리를 쳐다보지도 않는다. 침실에서 TV가 떠들어대는 소리가 들린다. 그는 싱크대로 가더니 물 한 잔을 따른다. 그는 목을 뒤로 젖히고 물을 마신다. 그의 목젖이 아래위로 움직인다.

나는 건조기를 치우고 머리 양쪽에서 그녀의 머리칼을 어루만진다. 나는 컬 하나를 조금 들어본다.

"완전 다른 사람 같아요." 내가 말한다.

"그럼 얼마나 좋겠어요."

아이들은 개학할 때까지, 매일, 하루종일 수영만 한다. 베티는 일을 계속한다. 하지만 무슨 이유인지 그녀는 다시 머리를 하러 찾아오지 않는다. 그 이유가 뭔지 나는 모른다. 아마도 내 실력이 좋지 않다고 생각하는 모양이다. 때로 기차 화통을 삶아 먹은 것처럼 할리가 내 옆에서 잠자는 동안, 나는 깨어 있는 채로 누워 내가 베티의 경우였다면 어떻게 됐을까 상상해본다. 그렇다면 내가 어떻게 할지 나도 궁금하다.

홀리츠는 9월 첫날에도, 10월 첫날에도 아들 하나를 시켜 집세를 보낸다. 그는 여전히 현금으로 집세를 치른다. 나는 아이에게서 돈을 받아 그 자리에서 세어본 뒤, 영수증을 작성한다. 홀리츠는 무슨 일인가 구했다. 어쨌든 내가 보기엔 그렇다. 그는 매일 스테이션왜건을 타고 나간다. 그가 아침 일찍 떠났다가 오후 늦게 차를 타고 돌아오는 것을 볼 수 있다. 그녀는 열시 삼십분에 창가를 지나갔다가 세시에 돌아온다. 나를 볼 때면 힘없이 손을 살짝 흔든다. 하지만 웃지는 않는다. 그런 뒤 다섯시에 식당으로 걸어가는 베티를 다시 볼 수 있다. 홀리츠는 조금 늦게 차를 몰고 온다. 10월 중순까지 이런 식으로 계속된다.

그러는 동안, 홀리츠 부부는 코니 노바와 장발족 애인 릭과 친해졌다. 또 그들은 스퍼즈와 새로운 콥 부인과도 안면을 텄다. 가끔은 일요일 오후에 그 사람들이 저마다 음료수를 들고 수영장 주위에 앉아 코니의 휴대용 라디오 소리에 귀를 기울이는 것을 보게 된다. 한번은 그 사람들이 건물 뒤, 바비큐장에 모인 걸 봤다고 할리가 말한 적이 있었다. 그들은 그때도 수영복을 입고 있었다. 스웨덴 남자의 가슴이 황소 가슴 같다고 할리는 말했다. 그 사람들이 핫도그를 먹고 위스키를 마시더라고 할리는 말했다. 그들은 모두 취했다고 그는 말했다.

토요일이었고, 밤 열한시를 넘긴 시간이었다. 할리는 자기 의자에서 설핏 잠들었다. 나는 곧바로 일어나 TV를 껐다. 그리고 나는 그가 깨어났다는 걸 알았다. "왜 끄는 거야? 보고 있는데." 꼭 그렇게 얘기한다. 만날 하는 얘기가 그렇다. 아무튼 그래서 TV는 켜져 있었고, 나는 머리에 컬 클립을 말고 있었고, 내 무릎 위에는 잡지 한 권이 있었다. 가끔씩 나는 고개를 들었다. 하지만 좀체 TV 프로그램에는 시선이 가지 않았다. 다들 수영장 부근에 나와 있었다. 스퍼즈와 린다 콥, 코니 노바와 장발족, 홀리츠와 베티. 열시 이후에는 거기 나와 있으면 안 된다는 게 우리 규칙이다. 하지만 그날 밤, 그들은 규칙을 신경쓰지 않았다. 할리가 깨어 있었다면 나가서 한소리 했을 것이다. 즐겁게 노는 거야 괜찮지만 이젠 끝낼 시간이라는 생각이 들었다. 나는 일어나 창가로 가기를 여러 번 반복했다. 베티를 빼고 모두들 수영복을 입고 있었다. 그때까지도 그녀는 웨이트리스 복장이었다. 하지만 신발을 벗은 채 그녀는 한 손에 잔을 들고 다른 사람들과 함께 술을 마셨다. 나는 TV 끄는 걸 미루고 있었다. 그때 누군가 뭐라고 외쳤고 다른 사람이 그 말을 받으며 웃음을 터뜨렸다. 내가 보니 홀리츠가 자기 술잔을 비우고 있었다. 그는 데크에 술잔을 내려놓았다. 그러더니 간이탈의실 쪽으로 걸어갔다. 그는 테이블 하나를 끌고 가더니 그 위로 기어올라갔다. 그다음에는—그는 아무런 힘도 들이지 않는 것 같았다—그는 간이탈의실 지붕 위로 몸을 올렸다. 정말이구나, 라고 나는 생각했다. 힘이 세구나. 환영해마지않는다는 듯이 장발족은 손뼉을 친다. 다른 사람들은 홀리츠를 응원하는 소리를 낸다. 이제 밖으로 나가 그만들 하시라고 말할 때라는 걸 나는 알고 있다.

할리는 의자에 축 늘어져 있다. TV는 여전히 켜져 있다. 나는 조심스레 문을 열고 걸어나간 뒤, 밀어서 문을 닫는다. 홀리츠는 간이탈의실 지붕 위에 있다. 그들은 홀리츠를 부추긴다. 그들은 말한다. "계속하라구, 할 수 있다니까." "배치기로 떨어지면 안 돼." "해볼 테면 해보란 말이야." 그런 얘기들.

그러다가 나는 베티의 목소리를 듣는다. "홀리츠, 지금 뭐하는 건지 알고나 있는 거예요?" 하지만 홀리츠는 가장자리에 그대로 서 있다. 그는 물을 내려다본다. 거기에 뛰어들려면 얼마나 뛰면 좋을지 계산하고 있는 것처럼 보인다. 그는 물에서 먼 방향으로 끝까지 물러선다. 그는 손바닥에 침을 뱉고 두 손을 비빈다. 스퍼즈가 외친다. "파이팅! 할 수 있다."

나는 그가 데크에 부딪히는 것을 본다. 소리도 들린다.

"홀리츠!" 베티가 외친다.

다들 그에게 달려간다. 내가 거기까지 갔을 때, 그는 몸을 일으켜 앉아 있었다. 릭이 그의 어깨를 잡고 얼굴에다 소리친다. "홀리츠! 이봐요!"

홀리츠의 이마에는 상처가 깊이 패었고 두 눈동자는 흐리멍덩하다. 스퍼즈와 릭이 그를 의자까지 부축한다. 누군가 그에게 수건을 건넨다. 하지만 홀리츠는 그걸로 뭘 하라는 건지 알지 못하는 사람처럼 그저 수건을 들고만 있다. 다른 사람이 그에게 마실 걸 쥐여준다. 그러나 그걸로 뭘 해야 할지 역시 홀리츠는 알지 못한다. 사람들은 그에게 계속 말을 건다. 홀리츠는 수건을 얼굴에 가져다 댄다. 그리고 수건을 떼고 피를 들여다본다. 그저 바라볼 뿐이다. 그는 그 무엇도 이해하지 못하는 것처럼 보인다.

"제가 한번 볼게요." 나는 그의 앞으로 돌아간다. 좋지 않다. "홀리츠, 괜찮아요?" 하지만 홀리츠는 그저 나를 바라볼 뿐이다. 그러다 금방 그 눈동자가 풀린다. "응급실로 가는 게 제일 좋겠어요." 내가 이렇게 말하는 동안 베티는 나를 쳐다보다가 머리를 젓기 시작한다. 그녀는 다시 홀리츠에게로 시선을 돌린다. 그녀는 그에게 수건을 한 장 더 준다. 그녀는 취하지 않은 것 같았다. 하지만 다른 사람들은 모두 취했다. 취했다는 말이 그들에게 가장 적당하다.

스퍼즈가 내가 한 말을 받는다. "응급실로 데려갑시다."

"나도 갈게요." 릭이 말한다.

"우리 모두 가죠." 코니 노바가 말한다.

"우리 모두 힘을 합치는 게 좋겠어요." 린다 콥이 말한다.

"홀리츠." 나는 그의 이름을 다시 부른다.

"난 더 못 가겠어." 홀리츠가 말한다.

"뭐라고 한 거야?" 코니 노바가 내게 묻는다.

"자긴 더 못 간다고 했어요." 그녀에게 말한다.

"어딜 못 간다는 거야? 뭐라고 말하는 거야?" 릭은 궁금하다.

"다시 말해봐." 스퍼즈가 말한다. "못 들었어."

"자긴 더 못 가겠다고 말하네요. 이 사람은 지금 자기가 무슨 말을 하는지도 모르는 것 같아요. 병원으로 데려가시는 게 제일 좋겠어요." 나는 말한다. 그때 나는 할리를, 그리고 그 규칙을 떠올린다. "지금 여기 나와 있으면 안 돼요. 누구도. 그게 규칙이에요. 어서 이 사람을 병원으로 데리고 가세요."

"병원으로 데려갑시다." 스퍼즈는 막 좋은 생각이 났다는 듯이 말한다. 그는 그중에서 제일 취한 것 같다. 일례로 그는 가만히 서 있지도 못한다. 그는 비틀거린다. 그리고 쉬지 않고 발을 들었다가 내려놓는다. 머리 위 수영장 조명을 받은 가슴의 털은 눈처럼 희다.

"내가 차를 가져올게요." 장발족의 말이다. "코니, 열쇠를 줘."

"난 더 못 가겠어." 홀리츠가 말한다. 그는 수건을 턱에 갖다댄다. 하지만 상처는 이마에 나 있다.

"목욕가운을 갖다줘요. 저렇게 하고서는 병원에 못 갈 테니까." 린다 쿱이 그렇게 말한다. "홀리츠! 홀리츠, 우리예요." 그녀는 대답을 기다리다가 홀리츠의 손에 쥐어진 위스키잔을 빼앗아 자신이 마신다.

창가로 나와 그 소동을 내려다보는 사람들이 몇몇 내 눈에 보인다. 불들이 켜지고 있다. "잠 좀 자자!"라고 누군가 외친다.

마침내 장발족이 건물 뒤에서 코니의 닷선 자동차를 가져와 수영장 가까이 세운다. 전조등 불빛이 환하다. 엔진 소리가 요란하다.

"제발 잠 좀 자자구!" 아까 그 사람이 외친다. 더 많은 사람들이 창가로 나온다. 곧 할리가 잔뜩 열받은 채 모자를 쓰고 나오는 걸 볼 수 있으리라. 그러다가 나는, 아니야, 그 사람은 계속 잘 거야, 라고 생각한다. 할리는 잊자구.

스퍼즈와 코니 노바가 홀리츠의 양쪽에 붙는다. 홀리츠는 똑바로 걷지도 못한다. 그는 휘청거린다. 얼마간은 술에 취했기 때문이기도 하다. 하지만 그가 부주의하게 다친 것만은 확실하다. 그들은 그를 차 안에 태우고, 모두 비집고 들어간다. 제일 마지막에 베티가 들어간다. 그녀는 누군가의 무릎 위에 앉아야만 한다. 그리고 그들은 출발한다. 고함을 질렀던 사람이 누구인지는 모르지만 그가 소리나게 창문을 닫는다.

그다음 일주일 내내 홀리츠는 아파트를 떠나지 않는다. 나는 베티가 일자리를 그만둔 게 틀림없다고 생각하는데, 그건 이제 더이상 창 너머로 그녀가 지나가는 모습을 볼 수 없기 때문이다. 아이들이 지나가는 걸 보고 내가 밖으로 나가 단도직입석으로 묻는다. "아빠는 어떠시니?"
"머리를 다쳤어요." 아이들 중 하나가 말한다.
아이들이 더 말하기를 기다린다. 하지만 그애들은 그러지 않는다. 아이들은 어깨를 으쓱해 보인 뒤 도시락 가방과 바인더 노트를 들고 학교로 간다. 나중에야 나는 새엄마의 안부를 묻지 않은 걸 후회했다.
밖에 나갔다가 붕대를 감고 발코니에 서 있는 홀리츠를 봤을 때, 그는 내게 고개를 끄덕이지조차 않는다. 내가 처음 보는 사람인 양 행동한다. 나를 모르기도 하거니와 알고 싶은 생각도 없는 것 같다. 할리도 같은 취급을 받는다고 말한다. 그는 그게 싫은 거다. "그 사람 왜 그래?" 할리는 궁금하다. "빌어먹을 스웨덴 녀석. 머리가 어떻게 된 거 아니야? 어디서 얻어터진 모양이지?" 그렇게 말해도 나는 할리에게 아무 얘기도 하지 않는다. 그쪽으로는 조금도 들어가지 않는다.
그리고 일요일 오후에 한 아이가 상자 하나를 들고 와 스테이션왜건에 싣는 걸 본다. 아이는 다시 위로 올라간다. 하지만 곧 아이는 또다른 상자를 들고 내려와 차에 싣는다. 그제야 그 사람들이 떠나려는 준비를 한다는 걸 안다. 그렇지만 알았다고 해서 할리에게 말하지는 않는다. 그 사람도 금방 다 알게 될 테니까.

다음날 아침, 베티는 아이 하나를 아래로 보낸다. 아이가 가져온 종이에는 미안하게 됐지만 이사를 가야 한다는 메모가 적혀 있다. 그녀는 우리가 보증금을 보낼 곳이라며 인디오에 있는 언니 집 주소를 내게 알린다. 그녀는 만기가 되기 여드레 전에 떠나는 것이라고 지적한다. 비록 삼십 일 전 통보 규칙을 지키지는 못했지만 거기 환불금이라는 게 있을 것으로 그녀는 기대한다. 그녀는 이렇게 쓴다. "여러모로 감사합니다. 그때 머리해주신 것도요." 그녀는 서명을 남긴다. "베티 홀리츠 올림."

"이름이 뭐니?" 나는 아이에게 묻는다.

"빌리입니다."

"빌리야. 참 아쉽게 됐다고 전해드려라."

할리는 그녀가 써놓은 것들을 읽고 풀턴 테라스에서 조금이라도 돈을 돌려받느니 지옥이 얼어붙기를 기다리는 게 나을 거라고 말한다. 도대체 이런 사람들을 이해할 수 없다고 말한다. "사람 살 곳은 골골이 있다는 듯 동가식서가숙하는 사람들." 그 사람들은 어디로 가느냐고 내게 묻는다. 그 사람들이 어디로 가는지는 나도 모른다. 미네소타로 돌아가나보지. 어디로 가는지 내가 어떻게 알겠어? 하지만 미네소타로 돌아가지는 않을 것 같다. 어디 다른 곳에서 또 운을 시험해볼지도 모르겠다.

코니 노바와 스퍼즈는 수영장의 한쪽 끝, 늘 그 자리의 의자에 앉아 있다. 이따금 그들은 홀리츠네 아이들이 스테이션왜건으로 물건을 나르는 걸 바라본다. 그러다가 홀리츠가 팔에 옷가지를 걸치고 밖으로 나온다. 코니 노바와 스퍼즈는 소리를 지르며 손을 흔든다. 홀리츠는 모르는 사람인 양 그들을 바라본다. 하지만 빈손을 든다. 그저 든다. 그게 다다. 그들은 손을 흔든다. 홀리츠는 손을 흔들고 있다. 그들이 멈춘 뒤에도 그는 계속 손을 흔든다. 베티가 아래로 내려와 그의 팔을 잡는다. 그녀는 손을 흔들지 않는다. 그녀는 그 사람들을 쳐다보지도 않는다. 그녀는 홀리츠에게 뭐라고 말하고, 그는 자동차로 간다. 코니 노바는 다시 의자에 누워서는 손을 뻗어 휴대용 라디오의 전원을 켠다. 스퍼즈는 선글라스를 쥐고 잠시 홀리츠와 베티를 바라본다. 그런 다음 그는 선글라스를 쓴다. 그는 라운지 의자에서 자세를 잡고 오래된 가죽 같은 몸을 다시 태우기 시작한다.

마침내 그들은 짐을 모두 싣고 떠날 준비를 마친다. 아이들은 뒷좌석에, 홀리츠는 운전석에, 베티는 그의 옆자리에 앉아 있다. 처음 여기로 왔을 때와 마찬가지다.

"뭘 보고 있는 거야?" 할리가 묻는다.

그는 잠깐 쉬고 있다. 그는 자기 의자에서 TV를 보고 있다. 하지만 그는 일어나 창가로 다가온다.

"어라, 가는구먼. 어디로 가는 건지, 뭘 하게 되는 건지도 모르는 사람들이. 얼빠진 스웨덴 놈."

나는 그 사람들의 차가 주차장을 빠져나와 프리웨이로 나아가는 길 위로 들어서는 것을 바라본다. 그리고 할리를 다시 바라본다. 그는 자기 의자에 앉고 있다. 그는 탄산음료 캔을 들고 있고 밀짚모자를 쓰고 있다. 아무 일도 없었다는 듯이, 또 아무 일도 없으리라는 듯이 그는 행동한다.

"할리?"

하지만, 당연하게도, 그는 내 말을 듣지 못한다. 나는 걸어가 그의 의자 앞에 선다. 그는 놀란다. 도대체 무슨 일인지 그는 알지 못한다. 그는 의자 깊숙이 몸을 파묻고 앉아 나를 바라본다.

전화벨이 울리기 시작한다.

"받아보지그래." 그가 말한다.

나는 대답하지 않는다. 왜 내가 그래야만 하지?

"그럼 그냥 두든지." 그가 말한다.

나는 가서 자루걸레, 걸레 몇 개, S.O.S. 패드, 양동이를 찾는다. 전화벨은 그친다. 그는 여전히 의자에 앉아 있다. 하지만 TV는 껐다. 나는 마스터키를 들고 밖으로 나가 계단을 밟으며 17호로 올라간다. 안으로 들어간 나는 거실을 지나 그 사람들의 부엌—이었던 곳—으로 간다.

조리대는 닦아놓았고 싱크대와 찬장도 깨끗하다. 그렇게 나쁘지 않다. 나는 가스레인지 위에 청소용품을 올려놓고 화장실을 한번 둘러본다. 철수세미로 문지를 만한 게 하나도 없다. 그런 다음 나는 수영장이 내려다보이는 침실의 문을 연다. 블라인드는 걷어놓았고 침대 시트는 벗겨놓았다. 마룻바닥은 반짝인다. "고마워요"라고 나는 큰 소리로 말한다. 그녀가 어디로 가든 행운이 함께하기를 나는 기원한다. "잘되길 바라요, 베티." 옷장 서랍 하나가 나와 있어 나는 닫으려고 거기로 간다. 서랍 안쪽 구석에서 나는 그 남자가 처음 찾아왔을 때 들고 온 말굴레를 본다. 서둘러서 떠나느라 빼놓고 간 게 틀림없다. 하지만 그렇지 않을 수도 있다. 그 남자가 일부러 두고 갔을 수도 있다.

"굴레"라고 나는 말한다. 나는 그걸 창 쪽으로 들고 가 밝은 빛에서 바라본다. 멋질 수가 없는, 검은 가죽의 낡은 말굴레일 뿐이다. 내가 아는 바는 그다지 많지 않다. 하지만 거기에 말의 입에 물리는 부분이 있다는 것은 안다. 그 부분을 재갈이라고 부른다. 강철로 만들었다. 말의 머리 뒤로 고삐를 넘겨 목 부위에서 손가락에 낀다. 말에 탄 사람이 그 고삐를 이리저리 잡아당기면 말은 방향을 바꾼다. 간단하다. 재갈은 무겁고 차갑다. 이빨 사이에 이런 걸 차게 된다면 금방 많은 것을 알게 되리라. 재갈이 당겨지는 느낌이 들 때가 바로 그때라는 걸. 지금 어딘가로 가고 있는 중이라는 걸.

대성당

그러니까 맹인이, 아내의 오랜 친구가 하룻밤 묵기 위해 찾아오고 있었다. 그의 아내는 죽었다. 때문에 그는 코네티컷에 사는, 죽은 아내의 친척들을 방문하고 있었다. 처의 친척집에서 그는 내 아내에게 전화를 걸었다. 미리 약속해둘 일들이 있었다. 그가 다섯 시간 동안 기차를 타고 오면, 아내는 역에서 그를 맞이할 예정이었다. 십 년 전 여름, 시애틀에서 그를 위해 일한 뒤로 그녀는 한 번도 그를 만나지 못했다. 하지만 그녀와 맹인은 계속 연락하고 있었다. 그들은 말로 녹음한 테이프를 우편으로 주고받았다. 내게는 그의 방문이 달가울 리 없었다. 나로서는 전혀 모르는 사람이었다. 게다가 눈이 멀었다는 사실도 마음에 걸렸다. 눈이 멀었다는 게 뭘까 생각해보면 영화에서 본 것들만 떠오른다. 영화에서 맹인들은 천천히 움직이고 웃는 법이 없었다. 때로 그들은 맹인 안내견을 따라가기도 했다. 우리집에 맹인이 온다니, 학수고대할 일은 아니었다.

그해 여름 시애틀에서 그녀는 일자리를 구하고 있었다. 돈이 한푼도 없었다. 그 여름이 끝나기 전에 그녀와 결혼하기로 돼 있던 남자는 공군사관교육대에 있었다. 그 역시 한푼도 없었다. 하지만 그녀는 그를 사랑했고, 그도 그녀를 사랑했다는, 뭐 그런 이야기. 그녀는 신문에서 다음과 같은 걸 읽게 됐다. '구인―맹인에게 책 읽어주는 일'과 전화번호. 그녀는 전화한 뒤에 찾아갔고, 그 자리에서 채용됐다. 그녀는 여름 내내, 그러니까 맹인과 일한 것이다. 그녀는 사례연구, 보고서 같은 것들을 그에게 읽어줬다. 그녀는 그가 맡고 있던, 카운티 사회복지국 내 작은 사무실의 운용을 도왔다. 그들은 좋은 친구가 됐다. 아내와 그 맹인 말이다. 나는 어떻게 이런 사실을 알게 되었는가? 그녀가 내게 말해줬다. 또다른 이야기도 들었다. 사무실에서 일하던 마지막날, 그 맹인은 얼굴을 만져봐도 되는지 그녀에게 물었다. 그녀는 승낙했다. 그녀는 내게 그가 손가락으로 얼굴의 모든 부분을, 코를 만졌다고 말했다. 심지어는 목까지도! 그녀는 그 일을 잊을 수가 없었다. 심지어는 그 일에 관한 시까지 쓰려고 했다. 그녀는 항상 시를 쓰려고 한다. 그녀는 일 년에 한두 편의 시를 쓰는데, 대개 자신에게 정말 중요한 일이 일어난 뒤에 하는 일이었다.

우리가 서로 사귀기 시작할 무렵, 그녀는 내게 그 시를 보여줬다. 그 시에서 그녀는 그의 손가락들과, 그리고 그 손가락들이 자기 얼굴 위에서 어떻게 움직였는지 떠올렸다. 그 시에서 그녀는 그때 자신이 무엇을 느꼈는지, 그 맹인이 코와 입술을 만졌을 때 마음속으로 무엇이 지나갔는지 말하고 있었다. 내가 변변찮은 시라고 생각했다는 것만은 기억난다. 물론 그걸 말하지는 않았다. 어쩌면 내가 시를 잘 몰라서 하는 소리일 수도 있다. 뭘 읽으려고 할 때 내가 시집을 펼치는 일이 거의 없다는 사실만은 인정한다.

어쨌든 그녀가 몸을 허락한 첫 남자, 그러니까 사관후보생은 어린 시절부터 연인이었다. 그런저런 이야기인데, 내 말은 그 맹인이 자기 얼굴을 손으로 만지던 그해 여름의 끝 무렵, 그녀는 그에게 작별인사를 한 뒤, 어렸을 때부터 친했다나 뭐라나 하는, 이제는 임관한 소위와 결혼해 시애틀을 떠나게 됐다는 것이다. 하지만 그들은 계속 연락을 이어갔다. 그러니까 그녀와 맹인 말이다. 한 일 년쯤 지났을 때 그녀가 처음으로 연락했다. 어느 날 밤, 그녀는 앨라배마에 있던 공군기지에서 그에게 전화했다. 그녀는 얘기가 하고 싶었다. 그들은 얘기를 나눴다. 그는 그녀에게 테이프를 보내달라고, 어떻게 사는지 얘기해달라고 했다. 그녀는 그렇게 했다. 그녀는 테이프를 보냈다. 테이프를 통해 그녀는 맹인에게 남편과 군에서 둘이 함께 살아가는 삶에 대해 말했다. 그녀는 맹인에게 남편을 사랑하긴 하지만 자신들이 사는 곳도 마음에 들지 않고 남편이 군산복합체의 일원이라는 사실도 마음에 들지 않는다고 말했다. 그녀는 맹인에게 그의 얘기가 담긴 시를 한 편 썼다고 말했다. 그녀는 그에게 공군 장교의 아내로 살아가는 일에 관한 시를 한 편 쓰고 있다고 말했다. 아직 다 쓰지 못한 시였다. 계속 쓰고 있는 중이었다. 맹인도 테이프에 녹음했다. 그는 테이프를 보내왔다. 그녀도 테이프에 녹음했다. 여러 해 이런 일이 계속됐다. 내 아내의 전남편인 장교는 이 기지에서 저 기지로 옮겨다니며 근무했다. 그녀는 공군기지가 있는 무디, 맥과이어, 매코널 등지에서 테이프를 보냈다. 마지막으로 테이프를 보낸 곳은 새크라멘토 근처의 트래비스였다. 거기서 지내던 어느 밤, 그녀는 마침내 외롭다고 느끼게 됐다. 여기저기 옮겨다니는 생활 때문에 친했던 이들과 하나둘 연락이 끊어져 급기야 홀로 남게 된 것이다. 이제는 단 한 발자국도 내디딜 수 없는 느낌까지 갔다. 그녀는 약품 선반으로 가서 거기에 있는 모든 알약과 캡슐을 삼킨 뒤, 진 한 병을 들이마셨다. 그러고는 뜨거운 물을 받아놓은 욕조에 들어가 의식을 잃었다.

하지만 죽는 대신 그녀는 아팠다. 그녀는 토했다. 장교는—이름 따위가 왜 필요하겠나? 어린 시절부터의 연인이었다던데 그걸로 충분하지—귀가했다가 그녀를 발견하고 구급차를 불렀다. 시간이 흐른 뒤, 그녀는 그 일을 테이프에 녹음해서 그 맹인에게 보냈다. 몇 년에 걸쳐서 그녀는 온갖 종류의 일들을 테이프에 담아 부리나케 보냈다. 매년 한 편의 시를 쓰는 일을 제외하면, 그 일이 그녀의 가장 중요한 오락이었다고 나는 생각한다. 그중 한 테이프에다 그녀는 잠시 장교와 별거하기로 결정했다고 맹인에게 말했다. 다른 테이프에서는 이혼에 관해 말했다. 그녀와 나는 만나기 시작했고, 당연히 그녀는 그 일을 맹인에게 말했다. 그녀는 모든 일을 그에게 말했다. 적어도 내게는 그렇게 보였다. 한번은 그녀가 그즈음 맹인이 보낸 테이프를 한번 들어보겠느냐고 내게 물은 적도 있었다. 일 년 전의 일이었다. 내 얘기도 나온다고 그녀가 말했다. 그래서 좋다고, 들어보겠다고 했다. 우리는 술잔을 들고 거실에 앉았다. 우리는 들을 준비를 갖췄다. 먼저 그녀가 카세트플레이어에 테이프를 넣고 두어 개의 다이얼을 조정했다. 그다음에 버튼을 눌렀다. 끽끽거리며 테이프 돌아가는 소리가 들리는가 싶더니 누군가 큰 목소리로 말하기 시작했다. 그녀는 볼륨을 낮췄다. 몇 분간 악의 없는 잡담이 이어지다가 내가 알지도 못하는 낯선 사람, 그러니까 그 맹인의 입에서 내 이름이 흘러나왔다! 그러더니 이런 말이 들렸다. "그 사람에 관해 자네가 말한 바를 종합하자면, 이런 얘기가 될텐데……" 하지만 그 순간 노크 소리가 들려서 우린 중간에 멈춰야 했고, 그러고 선 그 테이프를 다시 듣지 않았다. 아마 안 듣는 게 더 좋았을 것이다. 내가 듣고 싶은 건 다 들었으니까.

그런데 지금 바로 그 맹인이 우리집에 잠을 자기 위해서 오고 있다는 것이었다.

"그 사람이랑 같이 볼링이나 치러 갈까?" 내가 아내에게 말했다. 아내는 싱크대 앞에 서서 스캘럽 포테이토를 만들고 있었다. 그녀는 들고 있던 칼을 내려놓고 돌아섰다.

"날 사랑한다면," 그녀가 말했다. "이쯤은 날 위해서 해줄 수 있겠지. 사랑하지 않는다면, 좋아. 하지만 어떤 친구든 당신한테도 친구가 있다면 말이야. 그래서 그 친구가 방문한다면 난 편안하게 해줄 거야." 그녀는 행주에 두 손을 닦았다.

"난 맹인 친구가 한 명도 없다구." 나는 말했다.

"당신 친구가 한 명도 없겠지." 그녀가 말했다. "이상 끝. 게다가"라고 그녀가 말했다. "도대체가, 그 사람은 이제 막 상처했다구! 그게 이해가 안 돼? 그 사람 아내가 죽었다구!"

나는 대답하지 않았다. 맹인의 아내에 대해서는 그다지 많은 얘기를 듣지 못했다. 그녀의 이름은 뷰라였다. 뷰라! 유색인종의 이름이다.

"그 사람 아내가 니그로였어?" 내가 물었다.

"미쳤어?" 아내가 말했다. "지금 돌아버린 거야, 뭐야?" 그녀는 감자 하나를 집었다. 나는 그 감자가 바닥을 때린 뒤 레인지 아래로 굴러가는 것을 봤다. "도대체 왜 그러는 거야?" 그녀가 말했다. "술 마셨어?"

"그냥 물어보는 것뿐이야." 나는 말했다.

그러자 즉시 아내는 내가 알고 싶어하는 것보다 훨씬 더 자세한 일들까지 시시콜콜 내게 새겨넣기 시작했다. 나는 술 한 잔을 가져와 식탁에 앉아서 들었다. 토막 이야기들이 앞뒤가 맞춰지기 시작했다.

뷰라는 아내가 일을 그만둔 그해 여름부터 그 맹인을 위해 일했다. 얼마 지나지 않아 뷰라와 그 맹인은 교회에서 두 사람만의 결혼식을 올렸다. 조촐한 결혼식으로—무엇보다 그런 결혼식에 가고자 하는 사람이 어디 있겠는가?—그 둘 외에는 목사와 목사 부인이 참석했다. 어쨌든 교회 결혼식이었다. 뷰라가 원한 것이었다고 그는 말했다. 하지만 바로 그 순간에도 뷰라의 임파선에는 암세포가 자라고 있었다. 팔년 동안 찰떡같이 붙어다닌 뒤—찰떡같이란 아내의 표현이다—뷰라의 건강은 급속도로 나빠졌다. 그 맹인이 병상 옆에 앉아 그녀의 손을 꽉 잡고 있는 동안, 시애틀의 한 병실에서 그녀는 숨졌다. 그들은 결혼했고, 함께 일하며 살아갔고, 함께 잠잤는데—물론 섹스도 했는데—이제 그 맹인이 그녀를 묻어야만 했다. 그 박복한 여자가 어떻게 생겼는지 한 번도 보지 못한 채로 이 모든 일들이 일어난 것이다. 내가 이해할 수 있는 선을 넘어선 이야기였다. 여기까지 듣게 되자, 그 맹인이 약간은 불쌍하다는 생각이 들었다. 그리고 그 여자가 살았을 삶의 행로가 얼마나 가엾은 것인가를 생각하게 됐다. 사랑하는 사람의 눈 속에 비친 자신을 한 번도 볼 수 없었던 여인을 상상해보라. 사랑하는 남자에게 지나가는 말이라도 예쁘다는 칭찬을 듣지 못한 채 하루하루 살아가야만 하는 여자. 그게 참담한 표정인지 아니면 그보다는 좀 나은 표정인지, 아내의 안색을 전혀 살필 수 없는 남편을 둔 여자. 화장을 할 수도, 안 할 수도 있겠으나 그게 그 사람에게 무슨 차이가 있을까? 원한다면 한쪽 눈 주위에 초록색 아이섀도를 하고 콧구멍에는 핀을 꽂은 채 노란색 슬랙스에 자줏빛 신발을 신고 다닐 수도 있겠으나 그래봐야 달라질 것은 없다. 그러다가 죽음 속으로 빠져들던 그 순간, 그녀의 손 위엔 그의 손이, 그의 먼눈에서는 하염없이 눈물이 흘렀을 테니—이건 어디까지나 나의 상상일 뿐이지만—그녀의 마지막 생각은 이랬을 테지. 이 사람은 내가 어떻게 생겼는지 전혀 알지 못하는데 나는 무덤으로 직행하고 있다고. 로버트에게 남은 건 얼마 되지 않는 금액의 보험증권과 이십 페소짜리 멕시코 동전 반쪽이었다. 나머지 반쪽은 그녀의 관 속으로 들어갔다. 딱한 얘기.

그렇게 시간은 흘러 아내는 역으로 그를 마중나갔다. 기다리는 것 외에 별도리가 없었으므로—물론, 다 그 사람 때문이었다—술을 마시며 TV를 보고 있는데, 자동차가 진입로로 들어오는 소리가 들렸다. 나는 술잔을 들고 소파에서 일어나 창가로 가서 밖을 내다봤다.

주차하면서 웃음을 터뜨리는 아내를 나는 봤다. 차에서 내려 문을 닫는 그녀를 나는 봤다. 그때까지도 그녀는 미소를 짓고 있었다. 그저 놀라울 뿐. 그녀는 차를 빙 둘러 반대쪽으로 갔는데 그 맹인은 이미 내리고 있었다. 그러니까 맹인이라는 사람이, 상상해보라, 덥수룩하게 턱수염을 기른 모습을! 맹인에다가 턱수염이라니! 어이쿠, 맙소사. 맹인은 뒷자리로 손을 뻗더니 여행가방을 끌어냈다. 아내는 그의 한 팔을 부축하며 차문을 닫더니 진입로를 지나 앞 포치로 올라가는 계단참까지 줄곧 그에게 붙어서 움직였다. 나는 TV를 껐다. 나는 남은 술을 다 마시고 잔을 헹군 뒤, 손을 닦았다. 그리고 문으로 갔다.

아내가 "로버트에게 인사해. 로버트, 이쪽은 남편이에요. 전에 다 말했죠"라고 말했다. 그녀는 환하게 웃고 있었다. 그녀는 맹인의 외투 소매를 잡고 있었다.

맹인은 여행가방을 내려놓고 손을 내밀었다.

나는 그 손을 잡았다. 그는 내 손을 잡고 꽉 쥐더니 손을 풀었다.

"어쩐지 전에 이미 본 사람 같구먼." 그가 쩌렁쩌렁하게 말했다.

"마찬가지입니다." 내가 말했다. 다른 무슨 말을 해야 할지 알 수 없었다. 그러다 나는 "어서 오세요. 말씀 많이 들었습니다"라고 말했다. 그다음에 우리는 한데 뭉쳐 포치에서 거실로 움직였는데, 아내가 그의 팔을 잡고 이끌었다. 맹인은 다른 손으로 여행가방을 들고 갔다. 아내는 이런 얘기들을 했다. "자, 왼쪽으로, 로버트. 예, 조심하세요. 의자 있으니까. 네, 그거. 여기 앉으세요. 이거 소파예요. 이 주 전에 산 소파예요."

나는 전에 쓰던 소파에 대해 말하려고 했다. 나는 그 소파를 좋아했다. 하지만 한마디도 하지 않았다. 대신에 나는 뭔가 다른 이야기, 허드슨 강의 풍광을 바라보며 기차를 타는 일 따위의 가벼운 얘깃거리를 꺼내려고 했다. 뉴욕으로 갈 때는 기차 오른쪽에 앉아야 하고, 뉴욕에서 돌아올 때는 기차 왼쪽에 앉아야만 한다는 그런 이야기들.

"기차 여행은 어떻게, 좋았습니까?" 내가 말했다. "그런데 어느 쪽에 앉으셨나요?"

"뭐가 궁금한 거야, 어느 쪽이라니!" 아내가 말했다. "어느 쪽이든 그게 무슨 상관이야?" 그녀가 말했다.

"그냥 물어본 거야." 내가 말했다.

"오른쪽이었소." 맹인이 말했다. "실로 사십 년 만에 처음으로 타본 기차였소. 어렸을 때 타본 게 다야. 가족들이랑. 참 오래전의 일이라오. 그 놀라움을 잊고 산 지 꽤 오래됐어. 이제 내 수염에도 겨울이 찾아왔지." 그가 말했다. "그렇게들 말하더군. 품위 있어 보이나봐, 어때?" 맹인이 아내에게 말했다.

"품위 있어 보여요, 로버트." 그녀가 말했다. "로버트," 그녀가 말했다. "로버트, 얼굴을 볼 수 있어서 정말 좋아요."

마침내 아내는 맹인에게서 눈을 떼고 나를 바라봤다. 그다지 맘에 들지 않는 걸 바라보는 눈길이라는 느낌이 들었다. 나는 어깨를 으쓱했다.

앞을 못 보는 사람을 내가 개인적으로 알거나 만나본 적은 한 번도 없었다. 그 맹인은 건장한 체격에 머리는 벗어지고 등에 짐이라도 짊어진 것처럼 어깨가 구부정한 사십대 후반의 남자였다. 그는 갈색 슬랙스에 갈색 신발, 밝은 갈색 셔츠, 넥타이, 스포츠 재킷을 입고 있었다. 멀끔멀끔. 또한 예의 그 덥수룩한 턱수염도 있었다. 하지만 그는 지팡이를 사용하지도 않았고 검은 안경을 쓰지도 않았다. 나는 항상 맹인들에게는 검은 안경이 필수품이라고 생각했다. 솔직히 말하자면, 그 사람도 그런 안경을 썼으면 싶었다. 처음 봤을 때, 그의 눈동자는 다른 사람들의 눈동자와 비슷했다. 하지만 가까이 살피면 뭔가 다른 점이 보였다. 일테면 홍채에 흰색이 너무 많았고, 동공은 목적이 없는 것처럼 혹은 멈출 능력이 없는 것처럼 자유자재로 움직이는 것 같았다. 오싹오싹. 그의 얼굴을 가만히 살펴보니 왼쪽 눈동자는 코 쪽으로 움직이는데 다른 쪽 눈동자는 한자리에 가만히 있으려 애쓰고 있었다. 하지만 애쓴다고 되는 일이 아니어서 그 눈동자는 이리저리 움직였는데, 그는 그걸 원한 것도, 그렇게 움직인다는 걸 아는 것도 아니었다.

"한잔하실 것 좀 가저올게요. 좋아하는 게 뭔가요? 양은 많지 않아도 술이라면 온갖 종류가 다 있어요. 우리 취미생활이라서요." 내가 말했다.

"이 사람아, 나야 스카치파지." 그가 그 큰 목소리로 빠르게 말했다.

"알겠습니다." 나는 말했다. 이 사람아! "그렇군요. 어쩐지 그럴 것 같더라구요."

그는 소파 옆에 있는 여행가방을 손가락으로 더듬었다. 그는 자기 주위의 상황을 확인하고 있었다. 그건 뭐라고 할 수 없었다.

"제가 방에다 갖다놓을게요." 아내가 말했다.

"아니, 괜찮아." 맹인이 큰 목소리로 말했다. "내가 올라갈 때 이것도 올라갈 거야."

"스카치에는 물을 좀 넣어야지요?" 내가 물었다.

"아주 조금만." 그가 말했다.

"그러실 줄 알았어요." 내가 말했다.

"그저 시늉만. 배리 피츠제럴드라는 아일랜드 출신 배우를 아나? 그 사람하고 내가 비슷하지. 피츠제럴드가 뭐라고 했냐면, 물을 마실 때 나는 물을 마신다. 위스키를 마실 때 나는 위스키를 마신다." 그는 말했다. 아내는 웃음을 터뜨렸다. 맹인은 턱수염 쪽으로 손을 움직였다. 그는 천천히 턱수염을 들어올렸다가 내렸다.

나는 술을, 물을 조금 탄 스카치위스키를 큰 잔으로 석 잔 준비했다. 그리고 우리는 편안한 마음으로 로버트의 여행에 대해 얘기했다. 먼저 미국 서해안에서 코네티컷까지 기나긴 비행기 여행, 그것부터 화제로 삼았다. 그다음에는 코네티컷에서 여기까지 오는 기차 여행. 그 구간 얘기를 하면서 우리는 한 잔씩 더 마셨다.

언젠가 나는 맹인들은 담배를 피우지 않는다는 글을 읽은 적이 있는데, 자기가 내뿜는 연기를 볼 수 없기 때문이 아닐까 하는 이유에서였다. 겨우 그 정도, 맹인에 대해서는 겨우 그 정도밖에는 알지 못했다. 그러나 그 맹인은 꽁초가 될 때까지 담배를 피우고는 새 담배에 불을 붙였다. 그 맹인이 재떨이를 다 채우자, 아내가 그걸 비웠다.

저녁을 먹으려고 식탁에 앉았을 때, 우리는 술을 한 잔씩 더 마셨다. 아내는 로버트의 접시에 큐브 스테이크, 스캘럽 포테이토, 초록 콩을 쌓아놓았다. 나는 그를 위해 빵 두 조각에 버터를 발랐다. "여기 버터 바른 빵이 있습니다." 내가 말했다. 나는 술을 조금 들이켰다. "이제 기도하겠습니다"라고 내가 말했고 맹인은 고개를 숙였다. 아내는 어이가 없다는 듯 입을 쩍 벌리고 나를 바라봤다. "식사하는 동안 전화벨이 울리지 않게 하옵시고 음식이 식지 않게 하옵소서." 나는 말했다.

우리는 양껏 먹기 시작했다. 우리는 식탁 위에 있는 것 중에서 먹을 수 있는 건 다 먹었다. 내일이 없는 사람들처럼 먹어치웠다. 우리는 말하지 않았다. 우리는 먹었다. 우리는 게걸스럽게 해치웠다. 우리는 그 식탁 위를 샅샅이 핥아먹었다. 우리는 치열하게 먹었다. 맹인은 자기 음식으로 곧장 손을 뻗었다. 그는 자기 접시 위 어디에 무엇이 있는지 알고 있었다. 나는 그가 나이프와 포크로 고기를 다루는 걸 넋을 잃고 지켜봤다. 그는 고기를 두 조각으로 잘라 포크로 찍어 입에 가져가 다 먹어버린 뒤 스캘럽 포테이토와 콩으로 옮겼고 그다음에는 버터 바른 빵을 한 조각 뜯어내 그걸 먹었다. 그러고는 우유 큰 컵을 마셨다. 간혹 손가락을 사용했는데 별로 꺼리지 않는 눈치였다.

우리는 딸기 파이 반을 포함해서 모든 걸 다 먹어치웠다. 잠시 우리는 넋이 빠진 듯 앉아 있었다. 얼굴에 땀이 맺혔다. 이윽고 우리는 지저분해진 접시를 놔둔 채 식탁에서 일어났다. 우리는 뒤도 돌아보지 않았다. 우리는 거실로 걸어가 아까 앉았던 자리에 주저앉았다. 로버트와 아내는 소파에 앉았다. 나는 큰 의자를 차지했다. 우리가 두세 잔의 술을 더 마시는 동안 두 사람은 지난 십 년 동안 자신들에게 발생한 큰 일들에 대해 얘기했다. 나는 대개 가만히 듣기만 했다. 가끔씩 나도 끼어들었다. 내가 방을 떠났으리라고 그 사람이 생각하는 게 싫었고, 내가 소외됐다고 아내가 생각하는 것도 싫었다. 그들은 지난 십 년간 그들에게—그들에게!—일어난 일들을 얘기했다. 나는 아내의 입에서 "그리고 그때 우리 남편이 내 인생에 등장한 거예요"나 그런 비슷한 듣기 좋은 말과 함께 내 이름이 흘러나오기를 기다리고 또 기다렸다. 그러나 그런 이야기는 전혀 듣지 못했다. 더 들어봐도 로버트 얘기뿐. 로버트는 모든 일을 조금씩은 다 해봤는데, 꼭 보통의 맹인 팔방미인처럼 보였다. 하지만 제일 최근에 그와 그의 아내가 한 일은 암웨이 판매대행업으로, 이야기를 종합해보면, 그 일로 변변찮으나마 생계는 이어갈 수 있었던 모양이다. 또한 맹인은 아마추어 무선기사이기도 했다. 그는 예의 그 큰 목소리로 괌, 필리핀, 알래스카, 심지어 타히티에 있는 다른 아마추어 무선기사들과 교신한 내용에 대해 말했다. 자신에겐 그런 친구가 많아 원한다면 얼마든지 그곳들을 찾아갈 수 있다고 그는 말했다. 이따금 그는 앞도 못 보면서 얼굴을 내 쪽으로 돌리고 손으로 턱수염을 매만지며 내게 뭔가 묻곤 했다. 지금의 직위에 오른 지는 얼마나? (삼 년.) 하는 일은 마음에 드는가? (아니요.) 계속 다닐 생각인가? (달리 선택할 수 있는 게 있나?) 마침내 그가 슬슬 지치기 시작했다는 생각이 들어 나는 자리에서 일어나 TV를 켰다.

아내가 짜증스럽게 나를 바라봤다. 부글부글 끓어오르기 직전이었다. 그러더니 그녀는 그 맹인을 바라보며 말했다. "로버트, 집에 TV가 있나요?"

"그럼, 두 대나 있는걸. 컬러 TV하고 고물딱지 같은 흑백 TV. 웃긴 일이지만, TV를 켤 때는 항상 켜는 게 말이지, 컬러 TV야. 웃기다고 생각하지 않아?" 맹인이 말했다.

거기다 대고 뭐라고 말해야 할지 나로서는 알 수 없었다. 거기에 대해서는 단 한마디도 할말이 없었다. 견해 없음. 그래서 나는 뉴스를 바라보며 앵커가 말하는 얘기에 귀를 기울였다.

"이건 컬러 TV야." 맹인이 말했다. "어떻게 아느냐고 묻지는 마. 그냥 아는 거야."

"얼마 전에 좀 좋은 걸로 바꿨어요." 내가 말했다.

맹인은 술을 한 모금 맛봤다. 그는 손으로 턱수염을 올려서 냄새를 맡아본 뒤, 다시 내렸다. 그는 소파 앞쪽으로 몸을 기울였다. 그는 다탁 위에 있는 재떨이의 위치를 알아낸 뒤 담배에 불을 붙였다. 그는 다

대성당 299

시 소파에 몸을 기대고 앉아 다리를 꼬았다.
 아내는 입을 가리더니 하품을 했다. 그녀는 기지개를 켰다. "위에 가서 실내복으로 갈아입고 올게요. 다른 옷으로 갈아입어야겠어요. 로버트, 편하게 계세요." 그녀가 말했다.
 "지금도 편안해." 맹인이 말했다.
 "우리집에서는 집에 있는 것처럼 편안했으면 좋겠어요." 그녀가 말했다.
 "편안하다니까." 맹인이 말했다.

 그녀가 거실을 떠난 뒤, 그와 나는 일기예보에 이어 스포츠 뉴스에 귀를 기울였다. 그때쯤엔 그녀가 올라간 지도 꽤 됐기 때문에 그녀가 다시 올 건지 아닌지도 알 수 없었다. 아마 잠들어버린 모양이라고 나는 생각했다. 그녀가 다시 내려오면 좋겠다고 나는 생각했다. 맹인과 단둘이 있고 싶지는 않았다. 나는 그에게 술을 한 잔 더 하겠느냐고 물었고, 그는 좋다고 대답했다. 그러고 나서 그에게 같이 약을 조금 피워보겠느냐고 물었다. 나는 막 마리화나를 하나 말았다고 말했다. 그러진 않았으나, 금방 하나 말 작정이었다.
 "자네하고 한번 피워보겠네." 그가 말했다.
 "옳으신 말씀." 내가 말했다. "그러셔야죠."
 나는 우리 술을 가져온 뒤, 그와 함께 소파에 앉았다. 그리고 나는 마리화나를 굵게 두 개 말았다. 나는 하나에 불을 붙인 뒤 건넸다. 내가 그의 손가락 사이에 끼워줬다. 그는 그걸 잡고 한 모금 들이마셨다.
 "가능한 한 오래 머금고 계세요." 내가 말했다. 그는 아는 게 하나도 없는 게 분명했다.

아내가 분홍색 실내복과 분홍색 슬리퍼를 신고 아래로 내려왔다.

"이게 무슨 냄새야?" 그녀가 물었다.

"대마를 좀 피운 거지." 내가 말했다.

아내는 나를 향해 사나운 표정을 지어 보였다. 그러더니 맹인을 바라보며 말했다. "로버트, 이런 거 피우는 줄은 몰랐어요."

"이제부터 피우는 거지. 모든 일에는 처음이라는 게 있는 법이니까. 하지만 별 느낌이 없네." 그가 말했다.

"이건 꽤 부드러운 거죠." 내가 말했다. "이건 약해요. 이 정도 약은 아무렇지도 않을 겁니다." 내가 말했다. "이상하게 만들지는 않을 겁니다."

"그러지 않을 정도도 아니라네, 이 사람아." 그는 이렇게 말하곤 웃음을 터뜨렸다.

아내는 맹인과 나 사이에 앉았다. 나는 그녀에게 마리화나를 건넸다. 그녀는 손에 들고 한 모금 빤 뒤 다시 내게 건넸다. "이거 어느 쪽으로 돌리는 중이야?" 그녀가 물었다. 그러더니 그녀는 "이거 피우면 안 되는데. 눈꺼풀이 무거워서 참을 수가 없어. 저녁 먹은 것 때문인가 봐. 그렇게 많이 먹는 게 아니었는데"라고 말했다.

"딸기 파이 때문이야." 맹인이 말했다. "그 때문이야"라고 말하더니, 그는 소리 높여 너털웃음을 터뜨렸다. 그러더니 고개를 흔들었다.

"딸기 파이 더 남았어." 내가 말했다.

"더 드실래요, 로버트?" 아내가 물었다.

"조금 있다가." 그가 말했다.

우리는 TV로 시선을 돌렸다. 아내는 다시 하품을 했다. "주무시고 싶으시면 잠자리를 봐드릴게요, 로버트. 오늘 정말 하루가 길었다는 거 알아요. 주무시고 싶을 때 말씀하세요." 그녀가 말했다. 그러고는 그의 팔을 당겼다. "로버트?"

"정말 멋진 시간을 보냈어. 이게 테이프 주고받는 것보다 낫구먼, 그렇지 않아?" 그는 정신을 차리고 말했다.

나는 "차례가 돌아왔어요"라고 말하고 그의 손가락에 마리화나를 끼웠다. 그는 연기를 빨아들이고 잠시 숨을 참았다가 내뿜었다. 아홉 살 시절부터 하던 일인 양 능숙했다.

"고맙네, 이 사람아." 그가 말했다. "그런데 난 여기까지면 된 것 같네. 느낌이 오는 것 같아." 그가 말했다. 그는 불붙은 꽁초를 아내에게 내밀었다.

"마찬가지예요." 그녀가 말했다. "이하동문. 나도 그래요." 그녀는 받은 꽁초를 내게 넘겼다. "여기 두 사람 사이에 눈 감고 잠깐만 앉아 있을게요. 전 신경 안 쓰셔도 돼요. 두 분 다 말이에요. 혹시 불편하다면 말하세요. 그렇지 않다면 두 분께서 잠자러 갈 때까지만 여기서 눈만 감고 있을게요." 그녀는 말했다. "잠자리 봐드릴 테니까, 로버트. 주무시고 싶으면 언제든지요. 계단 맨 위에, 우리 방 바로 옆방이에요. 주무실 때가 되면 보여드릴게요. 혹시 제가 잠들면 깨워들주세요." 그렇게 말한 뒤, 그녀는 눈을 감고 잠들었다.

뉴스가 끝났다. 나는 일어나 채널을 돌렸다. 나는 다시 소파에 앉았다. 아내가 나가 떨어지지 않았으면 좋았을 텐데. 그녀는 입을 벌린 채 소파에 머리를 대고 잠들었다. 그녀가 몸을 뒤척이자 실내복 자락이

다리에서 미끄러져 탐스러운 허벅지가 드러났다. 나는 실내복으로 그녀의 다리를 가리려고 손을 뻗다가 그만 그 맹인을 보게 됐다. 알 게 뭐람! 나는 실내복 자락을 뿌리쳤다.

"딸기 파이를 더 드시고 싶으면 말씀하세요." 내가 말했다.

"그러겠네." 그가 말했다.

"힘드신가요? 침실까지 모시고 갈까요? 눈 붙이실 준비가 됐나요?" 내가 물었다.

"아직은 아닐세." 그가 말했다. "아직, 자네와 좀더 함께 있고 싶어, 젊은 양반. 괜찮다면 말이야. 자네가 잠자리에 들 때까지 나도 깨어 있겠네. 우리는 서로 얘기할 기회가 없었어. 무슨 소린지 알겠나? 이 사람과 내가 오늘 저녁을 세낸 것 같단 말일세." 그는 턱수염을 한 번 위로 쓰다듬었다가 놓았다. 그는 담배와 라이터를 집어들었다.

"괜찮습니다." 내가 말했다. "함께 계시면 저야 좋죠."

사실이 그랬다. 매일 밤 나는 마약을 피운 뒤 가능한 한 늦게까지 깨어 있다가 잠들곤 했다. 아내와 내가 같은 시간에 잠자리에 든 적은 거의 없었다. 잠이 들 때면 나는 여러 꿈들을 꾸었다. 이따금 그렇게 꿈을 꾸다가 심장이 미친듯이 뛰는 바람에 깨어나기도 했다.

TV에서는 교회와 중세에 관한 프로그램이 나오고 있었다. TV에서 흔히 보는 볼거리는 아니었다. 나는 다른 게 보고 싶었다. 나는 채널을 이리저리 돌렸다. 하지만 다른 채널들에도 별다른 게 없었다. 그래서 나는 원래 채널로 돌린 뒤 죄송하게 됐다고 말했다.

"이 사람아, 다 괜찮네." 그 맹인이 말했다. "난 좋아. 자네가 뭘 보든지 상관없어. 나는 항상 뭔가를 배우니까. 배움에는 끝이 없는 법이니까. 오늘밤에도 내가 뭘 좀 배운다고 해서 나쁠 건 없겠지. 내겐 귀가 있으니까." 그가 말했다.

우리는 잠시 아무 말도 하지 않았다. 그는 몸을 앞으로 기대고 머리를 내 쪽으로 둔 채 TV를 향해 오른쪽 귀를 내밀었다. 매우 당황. 이따금 그의 눈꺼풀은 아래로 처졌다가 다시 번쩍 뜨이곤 했다. 이따금 그는 지금 TV에서 듣는 것에 대해 생각이라도 하는 것처럼 손가락을 들어 턱수염을 잡아당겼다.

화면에서는 고깔 달린 수사복을 입은 사람들이 해골 복장을 한 사람들과 악마처럼 차려입은 사람들에게 공격받으며 괴로워하고 있었다. 악마처럼 차려입은 사람들은 악마 가면을 쓰고, 뿔과 긴 꼬리를 달고 있었다. 이 야외극은 행렬의식의 일부였다. 해설을 맡은 영국인은 스페인에서 일 년에 한 번씩 벌어지는 행사라고 말했다. 나는 화면에서 벌어지는 일들을 맹인에게 설명하느라 애를 썼다.

"해골이라," 그가 말했다. "해골이라면 나도 아네." 그가 말하면서 고개를 끄덕였다.

TV에 이제 대성당이 하나 나왔다. 그러더니 오랫동안 천천히 또다른 성당을 보여줬다. 마침내 화면은 버팀도리와 구름에 닿을 듯 치솟은 첨탑이 있는, 파리의 그 유명한 대성당으로 바뀌었다. 카메라가 뒤로 빠지면서 도시의 스카이라인 위로 우뚝 솟은 대성당의 전체적인 모습이 드러났다.

해설하던 영국인이 말을 멈춘 동안, 카메라가 대성당들을 굽어보며 그 주위를 비추기도 했다. 또 카메라는 밭에서 소를 모는 사람들의 모습이 담긴 전원 풍경을 천천히 둘러보기도 했다. 나는 가능한 한 오랫동안 말하지 않고 기다렸다. 그러다 뭔가 말해야만 할 것 같다는 생각이 들었다. "지금은 대성당 외부를 보여주고 있어요. 아무깃돌. 괴물처럼 만들어서 깎아놓은 조각상들 말이죠. 아마 지금은 이탈리아에 있는 모양이네요. 이탈리아, 맞네요. 이 교회의 벽에는 그림이 있어요."

"프레스코화 말이군, 그렇지?" 그렇게 묻고는 그는 술을 조금 들이켰다.

나는 내 잔을 집었다. 하지만 잔은 비어 있었다. 나는 프레스코화가 뭐였는지 기억해보려고 애썼다. "저한테 물었던 저게 프레스코화인가요?" 내가 말했다. "좋은 질문이군요. 하지만 모르겠습니다."

카메라는 리스본 근교에 있는 대성당으로 옮겨갔다. 프랑스와 이탈리아의 대성당과 비교해 포르투갈의 대성당은 그렇게 큰 차이는 없었다. 그래도 차이는 있었다. 주로 내부 장식들이. 그때 문득 생각이 나서 말했다. "문득 이런 생각이 떠올랐어요. 대성당이 어떤 것인지에 대한 감이 있습니까? 그러니까 어떻게 생긴 건지 아시느냐는 겁니다. 무슨 말인지 아시겠어요? 누가 대성당이라고 말하면 그 사람들이 무엇에 대해서 말하는지 개념이 잡히느냐는 거죠. 말하자면 대성당이 침례교회 건물과 어떻게 다른지 아시느냐는 거죠."

그는 입 밖으로 연기를 조금씩 내뿜었다. "수백 명의 일꾼들이 오십 년이나 백 년 동안 일해야 대성당 하나를 짓는다는 건 알겠어." 그가 말했다. "물론 저 남자가 그렇게 말하는 걸 들은 거야. 한 집안이 대대로 대성당 하나에 매달린다는 것도 알겠어. 이것도 방금 저 사람에게 들은 거고. 대성당을 짓는 데 한평생을 바친 사람들이 그 작업의 완성을 보지 못하고 죽는다더군. 그런 식이라면 이보게, 우리도 그들과 별반 다르지 않은 게 아닐까?" 그는 소리 내어 웃었다. 그의 눈꺼풀이 다시 처졌다. 그의 머리가 까닥거렸다. 꾸벅꾸벅 졸고 있는 것 같았다. 포르투갈에 가 있는 상상을 하는지도 몰랐다. TV에서는 이제 다른 대성당이 나오고 있었다. 독일에 있는 것이었다. 영국인의 해설 소리가 단조로웠다. "대성당이라." 맹인이 말했다. 그는 허리를 펴고 앉아 머리를 앞뒤로 돌렸다. "이보게, 솔직하게 말하면, 그것밖에 나는 몰라. 방금 말한 것들. 저 사람에게 들은 것들. 하지만 자네가 설명해줄 수는 있겠지. 그렇게 해주면 좋겠는데. 자네가 알고 싶다니 말하네만, 솔직히 나는 감이 없다네."

나는 TV 화면의 대성당을 뚫어져라 처다봤다. 도대체 어디서부터 설명해야 한단 말인가? 그러나 바로 그 일에 내 목숨이 걸려 있다면 어떨까. 그렇게 하지 않으면 죽이겠다고 말하는 미친 사람에게 내 목숨이 달렸다면.

나는 화면이 전원 풍경으로 바뀔 때까지 대성당을 가만히 처다봤다. 아무런 도움이 되지 않았다. 나는 맹인 쪽으로 고개를 돌리고 말했다. "먼저 대성당들은 아주 높습니다." 나는 도움이라도 얻을까 해서 방안을 둘러봤다. "위로 치솟았어요. 높이, 아주 높이. 하늘을 향해서. 꽤 커서 지지물을 만들어놓은 대성당도 있어요. 말하자면 안 넘어지도록 받치는 거죠. 그걸 버팀도리라고 해요. 여러모로 고가다리 같다는 느낌이 들어요. 하지만 고가다리도 모르시겠죠? 어떤 대성당에는 건물 전면에 악마와 그 비슷한 것들을 조각해놓았어요. 어떤 데는 귀족과 귀부인이구요. 왜 그러느냐고는 묻지 마세요." 내가 말했다.

그는 고개를 끄덕였다. 몸의 상반신 전체가 앞뒤로 움직이는 것 같았다.

"설명이 잘 안 되네요, 그렇죠?" 내가 말했다.

그는 끄덕이다 말고 소파의 한쪽 끝에 몸을 기댔다. 내 말을 들으며 그는 턱수염을 쓰다듬었다. 내 설명이 제대로 전달되지 않는다는 걸 난 알 수 있었다. 하지만 그는 처음과 마찬가지로 내가 말을 하기만을 기다렸다. 나를 격려하려는 듯, 그는 고개를 끄덕였다. 나는 또 무슨 말을 하면 좋을까 궁리했다. "대성당들은 정말 큽니다." 내가 말했다. "어마어마해요. 돌로 만들었죠. 때로는 대리석으로도요. 그 옛날에는 대성당들을 지으면서 사람들은 하느님에게 더 가까이 가고 싶었던 거죠. 그 옛날에는 모두의 삶에서 하느님이 중요한 일부분이었습니다. 대성당을 지어놓은 걸 보면 그 사실을 알 수 있습니다. 죄송합니다." 나는 말했다. "이 정도로밖에는 제가 할 수 있는 설명이 없겠습니다. 이런 일은 잘 못하겠습니다."

"괜찮네, 이 사람아." 맹인이 말했다. "그런데 말이야, 이런 질문을 한다고 이상하게 생각하지 않았으면 좋겠네. 뭘 좀 물어봐도 되겠지? 예, 아니요라고만 말하면 되는 간단한 질문이네. 그냥 궁금해서 묻는 거지, 따지는 건 아니야. 자네가 여기 주인이니까. 나는 그저 자네에게 그게 어떤 형태로든 신앙심이 있느냐고 묻고 싶은 거야. 이런 걸 물어보면 실례인가?"

나는 고개를 저었다. 하지만 그가 고갯짓을 볼 수는 없었다. 맹인에게는 윙크나 고갯짓이나 마찬가지다. "뭘 믿는 건 없다고 봐야겠죠. 아무것도 안 믿어요. 그래서 가끔은 힘듭니다. 무슨 말인지 아시겠어요?"

"물론이네." 그가 말했다.

"그렇습니다." 내가 말했다.

영국인은 계속 이야기를 이어가고 있었다. 잠자던 아내가 한숨을 내쉬었다. 그리고 숨을 깊이 들이마시더니 계속 잠을 잤다.

"양해해주셔야만 할 것 같습니다." 내가 말했다. "대성당이 어떻게 생겼는지 가르쳐드리기가 어렵군요. 나한테는 그런 재주가 없는 모양입니다. 제가 설명할 수 있는 건 이세까시 말한 게 전부예요."

맹인은 내 말에 귀를 기울이는 것처럼 머리를 수그리고 미동도 하지 않고 앉아 있었다.

"사실대로 말하자면, 대성당이라고 해서 나한테는 뭐 특별한 게 아니거든요. 아무 의미도 없어요. 대성당들. 이렇게 늦은 밤 TV에서나 볼 수 있는 것일 뿐이죠. 그저 그런 것일 뿐이에요." 내가 말했다.

바로 그때 맹인이 목을 가다듬었다. 그러더니 목에서 뭔가를 끌어올렸다. 그는 뒷주머니에서 손수건을 꺼냈다. 그리고 말했다. "이해하네, 이 사람아. 별거 아니야. 걱정하지 말게." 그가 말했다. "그런데 말이야, 내 부탁 좀 들어주겠나? 좋은 생각이 났어. 좀 두꺼운 종이를 가져오겠나? 펜이랑. 우리 뭘 좀 해야겠네. 같이 하나 그려보자구. 펜하고 좀 두꺼운 종이만 있으면 된다네. 자, 이 사람아, 어서 가져오게나." 그가 말했다.

그래서 나는 위층으로 올라갔다. 기운이 다 빠진 것처럼 다리에 힘이 없었다. 마치 달리기를 하고 난 뒤의 느낌 같았다. 나는 아내의 방을 둘러봤다. 아내 책상 위 작은 바구니에 볼펜들이 있었다. 그리고 나는 그가 말하는 종류의 종이를 어디서 찾을 수 있을까 생각해내려고 애를 썼다.

 아래층으로 내려가, 부엌에서 바닥에 양파 껍질이 깔린 쇼핑백을 찾아냈다. 나는 내용물을 비우고 쇼핑백을 흔들었다. 그걸 들고 거실로 가서 그의 다리 근처에 앉았다. 나는 물건들을 치우고 쇼핑백의 주름을 편 뒤, 다탁 위에 그 종이를 펼쳤다.

 맹인은 소파에서 일어나더니 카펫 위 바로 내 옆에 앉았다.

 그는 손가락으로 종이를 한번 훑었다. 그는 쇼핑백의 양쪽 면을 위아래로 만져봤다. 심지어 모서리까지. 그는 구석구석 손가락으로 더듬었다.

 "좋아." 그가 말했다. "좋아, 같이 한번 해보자구."

 그는 내 손, 펜을 쥔 손을 찾았다. 그는 내 손 위에 자기 손을 얹었다. "시작하게나, 이 사람아. 그려봐." 그가 말했다. "그려봐. 뭘 하자는 건지 알게 될 거야. 내가 자네 손을 따라 움직이겠네. 괜찮아. 내가 말한 대로 시작해보게나. 좀 있으면 알게 될 거야. 그려봐." 맹인이 말했다.

 그래서 나는 그리기 시작했다. 먼저 집처럼 생긴 네모를 하나 그렸다. 그건 내가 사는 집일 수도 있었다. 그래서 나는 그 위에 지붕을 얹었다. 지붕의 양쪽 끝에다가 나는 첨탑을 그렸다. 바보짓.

 "멋지군." 그가 말했다. "끝내줘. 정말 잘하고 있어." 그가 말했다. "자네 인생에 이런 일을 하리라고는 한 번도 생각해보지 못했겠지. 그렇지 않나, 이 사람아? 그러기에 삶이란 희한한 걸세, 잘 알다시피. 계속해. 멈추지 말고."

 나는 아치 모양 창문들을 그렸다. 나는 버팀도리를 그렸다. 나는 큰 문들도 만들었다. 멈출 수가 없었다. TV 방송은 끝났다. 나는 볼펜을 내려놓고 손가락을 쥐었다가 폈다. 맹인은 종이 위를 더듬었다. 그는 손가락 끝으로 종이 위, 내가 그려놓은 것을 죄다 만져보더니 고개를 끄덕였다.

"잘하는군." 맹인이 말했다.

나는 다시 볼펜을 잡고, 그는 내 손을 찾았다. 나는 끈덕지게 그렸다. 나는 그림 실력이 하나도 없다. 하지만 묵묵히 계속 그렸다.

아내가 눈을 뜨고 우리를 바라봤다. 그녀는 실내복 자락이 젖혀진 채로 몸을 일으키고 소파에 바로 앉았다. "지금 뭐하는 거예요? 가르쳐줘요, 나도 알고 싶어요." 그녀가 말했다.

나는 그녀에게 대꾸하지 않았다.

맹인이 말했다. "우리는 지금 대성당을 그리고 있어. 나하고 이 사람이 함께 만들고 있어. 더 세게 누르거나." 그가 내게 말했다. "그렇지, 그렇게 해야지." 그는 말했다. "좋아. 이 사람, 이제 아는구먼. 진짜야. 자네가 할 수 있다고는 생각하지 않았을 거야. 하지만 할 수 있잖아. 그렇지? 이젠 순풍에 돛을 단 격이네. 무슨 소리인지 알겠나? 조금만 더 하면 우리가 여기에 뭔가를 진짜 만들게 되는 거야. 팔은 아프지 않은가?" 그가 말했다. "이제 거기에 사람들을 그려보게나. 사람들이 없는 대성당이라는 게 말이 되겠어?"

"도대체 무슨 일이에요, 로버트? 지금 뭐하시는 거예요? 무슨 일이에요?" 아내가 물었다.

"괜찮아." 그가 아내에게 말했다. "이제 눈을 감아보게나." 맹인이 내게 말했다.

나는 그렇게 했다. 나는 그가 말한 대로 눈을 감았다.

"감았나?" 그가 말했다. "속여선 안 돼."

"감았습니다." 내가 말했다.

"그럼 계속 눈은 감고." 그가 말했다. "이제 멈추지 말고. 그려." 그는 말했다.

그래서 우리는 계속했다. 내 손이 종이 위를 움직이는 동안 그의 손가락들이 내 손가락들을 타고 있었다. 살아오는 동안, 내 인생에 그런 일은 단 한 번도 없었다.

그때 그가 말했다. "이제 된 것 같은데. 해낸 것 같아." 그는 말했다. "한번 보게나. 어떻게 생각하나?"

하지만 나는 눈을 감고 있었다. 조금만 더 그렇게 눈은 감은 채로 있자고 나는 생각했다. 마땅히 그래야 한다고 나는 생각했다.

"어때?" 그가 물었다. "보고 있나?"

나는 여전히 눈을 감고 있었다. 나는 우리집 안에 있었다. 그건 분명했다. 하지만 내가 어디 안에 있다는 느낌이 전혀 들지 않았다.

"이거 진짜 대단하군요." 나는 말했다.

해설

맹인에게서 '뭔가'를 보는 법을 배우기

1. 잘린 귀

여기 우리 앞에 귀 하나가 놓여 있다. 하얀 솜이 깔린 은색 담배케이스에 놓인 그 귀는 흡사 말라버린 버섯처럼 보인다. 이 귀를 주머니에서 꺼낸 사람은 베트남에서 지구를 반 바퀴나 돌아 이제 막 미합중국에 돌아온 흑인 넬슨이다. 그 귀에는 열쇠고리가 달려 있다. 넬슨과 함께 서 있던 술집 주인 카키가 열쇠고리를 집어서 흔들자, 그 귀는 조금 전까지 칸막이 자리에서 서로 꽉 껴안은 채 입을 맞추던 두 남녀 앞에서 달랑거린다. 그리고 이 소설을 읽는 우리의 눈앞에서도. 질리기도 하고, 숨이 막히는 것도 같다. 그때, 넬슨이 말한다.

"누런 새끼들한테서 내가 잘라냈지. 그 새끼들은 이제 아무것도 듣지 못할 거야(인용자)*. 기념품이 필요했거든."

누런 새끼들**이란, 물론 베트남인, 즉 황인종 gooks을 말하지만, 비유적으로 해석하자면 우물, 칸막이 자리, 다락방, 칸막이 객실, 소파, 알코올중독치료소 등 폐쇄된 공간 속에 갇혀 외부의 소리를 듣지 못하는 어떤 사람을 뜻하기도 한다. 우리는 그간 카버의 소설에서 이런 인물들을 심심찮게 만날 수 있었다. 한때 제1차세계대전이 한창일 무렵의 동아프리카를 배경으로 세 명의 독일 해군 영웅들이 등장하는 장편소설을 구상한 적도 있었다지만, 결국 카버는 그 소설을 쓰지 못했다. 대신 카버의 단편들에는 「비타민」의 남자처럼 병원 수위 같은 변변찮은 일에 종사하거나 「굴레」의 베티처럼 분할근무제로 식당에서 일하면서 생계를 해결하기 위해 안간힘을 쓰는 보통 사람들이 등장한다. 그들은 퇴근길에 바에 들러 술을 마시기도 하고, 실직한 뒤에는 소파에서 텔레비전만 보기도 하고, 포틀랜드나 알래스카처럼 다른 곳에서 사는 꿈을 꾸기도 한다. 한때 사랑했던 가족 사이에는 이제 오해의 불투명한 장막이 드리워졌고, 그런 답답함은 등장인물들을 술로 내몰아 그들은 대개 알코올중독에 의한 뇌수종 증세를 보인다. 그 때문인지 알코올중독이 명백한 몇몇 남자 화자들은 종종 정확한 단어를 잘 기억해내지 못해 하려던 말을 삼켜버리기도 한다.

『대성당』에도 앞의 두 단편집과 마찬가지로 이런 인물들이 다수 등

---

* 소설 본문에서는 강조하지 않았지만 해설에서 역자가 새로이 강조한 부분은 고딕체로 표시하고 '인용자'라고 밝혔다.
** 『대성당』에 실린 다른 단편에 비해 「비타민」의 어투는 매우 거칠다. 카버는 화자의 사회적 위치와 감정 상태에 따라서 각 단편마다 어투를 달리했다. 이 소설과 중년 여성이 화자인 「셰프의 집」을 비교하면 그 사실을 확연히 알 수 있다.

장하는데, 그중에서도 귀가 잘려 이제 아무것도 듣지 못하게 된 '누런 새끼'는 어쩐지 「신경써서」에 나오는 로이드를 지칭하는 것 같다. 칸막이 자리에 앉아 있던 「비타민」의 두 남녀와 마찬가지로 로이드와 그의 아내 이네즈는 별거하기 시작한 이후 로이드의 임시 거처가 된 다락방에 앉아 있다. 무슨 말인가를 하려고 이네즈가 막 찾아온 참이었는데, 그런 대화를 나눌 분위기가 아니다. 왜냐하면 그날 아침, 잠에서 깨어 보니 로이드의 귀가 이상했던 것이다. 오른쪽 귀가 잘 들리지 않았다. 그는 소파에 앉아 한 시간 가까이 주먹으로 머리를 때려보기도 하고, 연골 부위를 매만지거나 귓불을 세게 당겨보기도 했지만, 별 효과는 없었다. 그래서 이네즈는 로이드가 세든 건물의 주인 할머니를 찾아가 베이비오일을 빌려온다. 그녀는 그 오일을 작은 팬에다 끓인 뒤, 로이드의 귓속에 붓는다. 이 우스꽝스러운* 치료는 의외로 효과가 있어 십여 분이 지나 다시 귀에서 오일을 빼내자, 로이드는 한결 소리를 잘 듣기 시작한다. 문제는 귀지였던 것이라고 생각하고, 그는 이렇게 말한다.

"이제 잘 들려." 그가 말했다. "괜찮아진 거야! 이제 들을 수 있다고. 당신이 꼭 물속에서 말하는 것 같았는데, 이젠 아니야. 깨끗하게 들려. 괜찮아. 세상에. 잠시나마 미쳐버리는 줄 알았다구. 하지만 이젠 좋아졌어. 다 들려. 들어봐, 여보, 커피를 끓일게. 주스도 있고."

여기서 로이드는 '들어봐listen'라고 말한다. 물론 의미적으로 봐서는

---

* 실제로 하버드 대학에서 카버가 이 소설을 낭독했을 때, 청중들은 이 부분에서 '엄청나게' 웃어댔다고 한다.

주의를 환기시키는 '이봐'라는 뜻이겠지만, 로이드는 무의식중에 이네즈가 자기 이야기를 들어줬으면 하고 바라는 것이다. 'listen'이란 '귀를 기울인다'는 뜻이다. 다시 말하면 '마음을 기울여서 듣는다'는 것, '신경써서 듣는다'는 의미다. 이 단편의 제목 '신경써서'*란 이런 맥락에서 붙었다. 로이드가 신경써서 듣게 된 건 귀지를 귀에서 빼냈기 때문이다. 맥락상 그는 그 귀지를 눈으로 확인했을 텐데, 이건 그간 자신이 아내의 말을 제대로 듣지 못했다는 사실을 확인한다는 뜻이기도 하다. 그 사실을 자각하면서부터 그는 아내의 말을 신경써서 듣기 시작하지만, 이네즈의 말마따나 "안 그래도 늦었다". 그래서 한 번도 자신의 말에 귀를 기울이지 않았던 남편의 "들어봐"라는 말에 대한 아내의 대답은 "가봐야 해"다.

"안 그래도 늦었다구." 그녀는 문으로 갔다. 하지만 문 앞에서 그녀는 돌아서더니 그에게 뭐라고 얘기했다. 그는 듣지 않았다. 그는 듣고 싶지 않았다. 그녀가 하지 않으면 안 되는 그 말을 하는 동안, 그는 입술의 움직임을 지켜봤다. 그 말을 끝마친 뒤, 그녀는 "안녕"이라고 말했다. 그러더니 그녀는 문을 열었다 닫으며 밖으로 나갔다.

'하지 않으면 안 되는 그 말'이란 이혼하자는 말이리라. 로이드는 그 말을 듣고 싶지 않았다. 받아들이고 싶지 않았다. 그래서 황급히 옷을 챙겨 입은 뒤 아내가 닫은 문을 다시 열고 귀를 기울인다. 그러니까

---

* 이 단편집에는 'care' 혹은 'careful'이라는 단어가 자주 나온다. 때로는 매끄럽지 못한 점을 감수하고 '신경쓰다'로 통일했다.

'신경써서'.

그는 문을 열고 가만히 서서 귀를 기울였다. 아래층 층계참에서 이네즈가 오일을 빌려줘서 고맙다고 매슈스 부인에게 말하는 소리가 들렸다. (…) 그다음에는 그녀의 죽은 남편과 그 사이의 연관성(인용자)을 이끌어내는 말을 들었다.

'그녀의 죽은 남편과 그 사이의 연관성'이란 주인 할머니의 남편 역시 귀가 안 들린 적이 있었는데, 로이드와 마찬가지 방법으로 귀지를 빼낸 적이 있었다는 이야기이리라. 이 에피소드는 이런 일이 로이드와 이네즈에게 국한된 것이 아니라 모든 부부 사이에서 매우 흔하다는 것과, 오래전부터 있었던 일이라는 걸 암시한다. 이제 분명해지는 건, 「비타민」의 넬슨이 담배케이스 안에 챙겨온 '누런 새끼들'의 귀가 단순한 귀가 아니듯, 귀지로 틀어막혀 잘 듣지 못하는 남편들의 귀 역시 단순한 귀가 아니라는 점이다. 그것들은 '듣지 못함deafness'의 소설적 표현이다. 로이드는 귀지를 확인한 뒤에야, 즉 문학적으로 말하자면 '듣지 못함'을 인식한 뒤에야 틀어박혀 지내던 다락방과 외부를 연결하는 통로인 문으로 가서 그 '문을 열고' 바깥에서 들려오는 소리에 귀를 기울일 수 있었다. 하지만 그때는 이미 늦었다. 사랑하는 두 남녀가 만나서 함께 살아온, 하나의 삶이 이제 "안녕goodbye"이라고 종말을 알리며 문을 닫았다.

잘린 귀를 보게 된 「비타민」의 남자 역시 마찬가지다. 그의 아내 패티는 그가 술집으로 향하기 전에 "비타민을 사는 사람도 아무도 없어.

이게 내가 하고 싶은 말이야. 내 말이 들리지 않아?"라고 묻지만, 남자에게는 그 말이 들리지 않는다. 그는 신경써서 듣지 않기 때문이다. 그래서 패티는 이렇게도 말하는 것이다.

"당신이야 내가 비타민을 복용하든지 말든지 신경도 안 쓰겠지. 중요한 건 그거야. 당신은 아무것도 신경쓰지 않아."

그런 그에게 넬슨이 나타나서 잘린 귀를 보여준다. 「신경써서」의 로이드가 귀지를 빼낸 뒤에야 자신의 귀가 막혀 있었다는 사실을 아는 것처럼, 이 장면에서 남자는 마치 귀가 잘린 동양인처럼 자신은 그간 다른 사람들의 말을 듣지 못했다는 사실을 깨닫는다. 로이드와 마찬가지로 그 사실을 인식한 직후, 그는 밀폐된 공간인 칸막이 자리를 나선다. 집으로 돌아온 그는 아스피린을 찾다가 선반에 든 물건들을 떨어뜨린다. 그리하여 「비타민」의 마지막 문장은 "나는 신경쓰지 않았다. 이것저것 계속 떨어졌다"이다. '신경쓰지' 않았으므로 한 남자의 인생은 마침내 총체적으로 붕괴되고 있는 것이다. 그렇게 하나의 삶이 종말을 고하고 있다. 그간에는 그런 이야기는 듣고 싶지도 않았고 듣지도 않았겠지만, 이제는 "안녕"이라는 그 말이 또렷하게 들린다. 이처럼 레이먼드 카버의 『대성당』은 자신의 좁은 공간에서 벗어나 비로소 타인과 세계의 목소리를 듣고, 또 그 목소리를 통해 '뭔가'를 보게 된 사람들의 이야기를 다룬 단편집이다.

2. 도둑맞은 시계

레이먼드 클레비 카버는 1938년 5월 25일, 오리건 주의 클래츠케이니에서 태어났다. 아버지인 클레비 레이먼드 카버는 1941년 워싱턴 주 야키마로 이사를 가 캐스케이드 목재사의 노동자가 됐고, 덕분에 카버는 낚시와 사냥을 하면서 목가적인 소년 시절을 보낼 수 있었다. 뚱보로 불리던 소년 시절의 레이먼드는 에드거 라이스 버로스의 소설을 좋아했으며, 「열」에 등장하는 소년들처럼 재즈 레코드 선율에 맞춰 맥주를 마시며 담배를 피웠고, 할리우드에 있는 파머 작가 학교라는 곳에서 주관하는 글쓰기 통신 과정에 등록했지만 가장 그럴듯한 미래는 아버지와 마찬가지로 제재소에서 일하는 술꾼이 되는 것이었다. 그런 그의 인생을 바꾼 건 1955년 여름, 워싱턴 주 유니언 갭에 있는 스퍼드넛 숍이라는 도넛 상점에서 만난 열다섯 살 소녀 메리앤 버크였다. 키가 크고, 마르고, 곱슬머리인 열일곱 살짜리 소년이 어린 동생과 함께 가게 안으로 들어섰을 때, 메리앤은 그 소년과 결혼하리라는 예감이 들었다고 나중에 회상했다.

그녀의 예감대로 레이먼드는 열아홉 살이 되던 해인 1957년 6월 7일 금요일 저녁에 메리앤과 결혼했다. 그때 이미 메리앤은 뱃속에 아이를 가진 상태였다. 첫째 딸 크리스틴 라레이 카버는 그해 12월 2일에, 둘째 아들 밴스 린지 카버는 그 다음해인 1958년 10월 19일에 태어났다. 1959년에 이르러서야 레이먼드가 법적으로 술을 마실 수 있게 됐다는 사실을 염두에 두면 그가 얼마나 빨리 두 아이의 아버지가 됐는지 짐작할 수 있으리라. 1959년은 레이먼드가 존 가드너에게 소설 창작 수업을 듣기 시작한 해이기도 하다. 이제 와 레이먼드 카버의 단편들을 쭉 돌아보면 두 아이로 대변되는 가족, 술, 소설은 굉장히 유기적인 관계를 맺고 있는 것처럼 보인다. 언뜻 보기에는 가족과 술을 다양한 방식으로 조합할 때 레이먼드 카버의 단편이 탄생하는 것처럼 보이니까. 그렇다면 가족, 술, 소설은 세 개의 다리처럼 레이먼드 카버의 삶을 지탱했어야 옳을 테지만, 처음부터 그 다리들은 각기 다른 방향으로 붙어 있었고, 그의 삶은 시간이 지날수록 비틀거릴 수밖에 없었다.

1982년에 가진 한 인터뷰*에서 레이먼드는 소설 창작을 가르치는 일의 무용함을 말하면서 가장의 의무와 작가의 일을 병행하는 삶의 고달픔을 이렇게 토로했다.

"가르치는 일에서 영감을 얻는 일은 없어요. 내가 가르치는 것에서나 학생들에게서 아이디어를 얻지는 못하니까요. 하지만 그 일을 하면 집세를 구하고 넉넉하게 살 수 있죠. 너무나 오랜 세월 동안 나는 당장 다음달 집세는 어떻게 구할 것이며, 만약 아이들이 아프기라도 하면 어떻게 할 것인지 걱정하면서 살았어요. 그땐 의료보험도 없었으니까요. 아이들에게는 자전거도 있어야 해요. 9월이 되면 신학기니까 새 옷도 사야 하죠. 하루 벌어서 하루 먹고사는, 그런 인생을 살면 많은 것을 양보해야만 해요. 자기 인생을 살 수가 없어요."

이런 삶은 고스란히 소설로 옮겨졌는데, 그 이유는 작가로서 레이먼

---

* *The Akros Review*, no.8/9 Spring 1984, pp.103–14.

드가 겸손했기 때문이다. 그는 "한 번도 자전적인 것을 쓴 적은 없지만, 내 작품은 대부분 나 자신에 대한 것들입니다"라고 말한 적이 있다. 그는 자기가 아는 것만을 썼다. 「보존」을 두고 냉장고가 고장났으면 수리기사를 부르면 될 일이 아닌가라고 말한 비평가도 있었던 모양인데, 그에 대한 레이먼드의 반응은 자신이 아는 한 수리기사를 부를 만한 돈이 없는 사람들도 있고, 자신은 그런 삶을 소설로 쓴다는 것이었다. 그러므로 1983년 영국의 문예지 『그랜타』가 '더러운 리얼리즘 dirty realism'*이라는 용어로 동시대 미국소설의 경향을 설명하면서 레이먼드 카버를 포함시킨 건 당연한 일이다. 『그랜타』는 리처드 포드의 「록 스프링즈」, 바비 앤 메이슨의 「수박이 있는 정물화」, 토바이어스 울프의 『막사의 도둑』 등을 '더러운 리얼리즘'이라는 제목 아래 묶으면서 레이먼드 카버의 단편 「칸막이 객실」을 포함시켰다. 「칸막이 객실」이 '더러운 리얼리즘'에 속한다면, 그건 아마도 실제로 일어난 일을 다루되 실제보다 가혹하게 씌어졌다는 점에서 그럴 것이다.

「칸막이 객실」은 중년 남자 마이어스가 프랑스 스트라스부르의 대학교에 다니는 아들을 만나기 위해서 일등석 기차를 타고 프랑스를 지나가는 내용의 단편소설인데, 이는 1981년 가을 레이먼드의 아들 밴스가 실제로 스트라스부르로 떠난 일과 공명한다. 캐롤 스클레니카가 쓴 전기 『레이먼드 카버』(강, 2012)에는 그 부분이 다음과 같이 나온다.

---

*『그랜타』는 '더러운 리얼리즘'을 당대 미국식 글쓰기의 핵심으로 봤다. 끔찍한 일을 다룰 때에도 감정 표현을 아껴서 간결하고 함축성 있게, 내적 독백처럼 심리로 깊이 들어가지 않고 그저 표면만 묘사하는 방식을 뜻하는데, 「대성당」에서 아내가 외로움을 견디지 못하고 자살을 시도한 일을 설명하는 부분이 대표적이다.

해설 321

밴스는 레이가 뉴욕의 JFK 공항에서 유럽으로 떠나는 자신을 배웅해준 기억을 소중하게 간직했다. 레이는 밴스가 시계를 차고 있지 않은 걸 보고는 자기 손목에 차고 있던 시계를 끌러주면서 이렇게 말했다. "자, 이거 가져…… 잃어버리지 마. 잘 가거라. 몸조심하고. 사랑한다." 밴스는 프랑스인 가족이 사는 집에 들어가 살면서 스트라스부르에 있는 시러큐스 대학의 유학센터에서 강의를 들었다.

레이먼드가 밴스에게 건넨 이 시계는 「칸막이 객실」에서 중요한 소재로 재등장한다. 그러나 의미는 전혀 달라진다. 표면적으로 보자면 「칸막이 객실」은 한 중년 남자가 칸막이 객실에서 나와 화장실에 갔다가 시계를 잃어버리는 이야기다. 하지만 이 소설은 심층에 혼자 힘으로는 버릴 수 없는 과거를 잃어버리고 싶은 욕망을 담고 있다. 밴스를 배웅한 뒤, 레이먼드는 「정열」이라는 에세이를 쓴다. 이 에세이에서 그는 자기 인생에 짐이 되는 아이들이 없었더라면 자기가 그토록 가난하거나 알코올중독에 빠지지도 않았을 것이라고 주장한다. 「칸막이 객실」은 이 에세이의 연장선상에서 씌어진 것이다. 이 소설의 후반부에서 마이어스는 지금까지의 기차가 아닌 다른 기차를 타게 된다. 이는 시계를 잃어버림으로써 마이어스가 과거의 삶과는 작별했다는 사실을, 하지만 죽음을 연상시키는 마지막 문장으로 미뤄 아직 새 삶은 시작되지 않았다는 사실을 암시한다.

흥미로운 건 마이어스가 객차 화장실에 갔다가 시계를 잃어버린다는 점이다. 화장실에서 그는 무엇을 했을까? 그가 무엇을 했는지 짐작하게 해주는 사람이 바로 「열」의 칼라일이다. 몸이 불덩이처럼 뜨거워 결근한 날 오후 잠에서 깬 칼라일은 가운을 걸치고 화장실로 간다. 화장실에서 그는 거울에 비친 자신의 모습을 바라본다. 그리고 세수한 뒤 아스피린을 조금 더 삼킨다. 칼라일처럼 마이어스 역시 객차 화장실에서 거울에 비친 자신의 모습을 바라봤는지는 불분명하지만, 그 직후에 그가 시계를 잃어버렸다는 사실은 화장실에서 나온 직후에 전화를 건 전처 아일린에게 칼라일이 "안녕goodbye"이라며 최종적으로 작별을 고한 일과 같은 맥락에 놓여 있다. 「비타민」의 마지막 장면처럼 화장실은 카버의 소설에서는 자각의 공간인 셈이다. 과거의 삶과는 작별했으되 아직은 수동적으로 끌려가는 것으로 새 인생을 맞이한 「칸막이 객실」의 마이어스와 달리 「열」의 칼라일은 손을 흔들고 몸을 돌리는 것으로 과거의 삶과 작별하고 두번째 삶을 성공적으로 시작한다.

그 인생은 이제 지나가고 있었다. 그 지나침은—비록 그럴 수는 없을 것 같아서 그는 맞서 싸우기까지 했지만—이제 그의 일부가 됐다. 그가 거쳐온 지난 인생의 모든 것들과 마찬가지로.
픽업이 덜컹거리며 앞으로 나아가는 동안, 그는 다시 한번 팔을 올렸다. 차를 타고 가는 동안 두 부부가 짧게 그를 향해 몸을 돌리는 걸 그는 바라봤다. 그런 다음 그는 팔을 내리고 아이들에게로 몸을 돌렸다.

실제 레이먼드에게도 두번째 삶은 화장실에 다녀온 직후에 펼쳐지기 시작했다. 「내가 전화를 거는 곳」의 배경이 되는 더피네 요양소를 다녀오고 몇 달이 지나지 않은 1977년 5월, 레이먼드는 아내 메리앤과 함께 샌프란시스코에서 열린 미국서적상협회 컨벤션에 참석한 출판인 프레데릭 힐스를 만나러 호텔로 갔다. 그때 레이먼드는 취해 있었는데, 힐스가 소살리토에서 점심을 먹고 싶어해서 다시 한 시간이나 차를 몰아야만 했다. 식당에서 힐스는 맥그로힐 출판사가 『제발 조용히 좀 해요』의 페이퍼백을 펴낼 계획이라고 말한 뒤, 레이먼드가 장편소설을 쓰겠다면 당장 계약금으로 오천 달러를 주겠다고 제안했다. 조건은 장편소설의 제안서 한 부를 내는 것. 레이먼드는 다음주까지 보내주겠노라고 약속했다. 그리고 "레이는 테이블을 떠나 화장실로 갔고, 거기서 울었다"고 전기작가 캐롤 스클레니카는 썼다. 우는 것 말고 그가 화장실에서 무엇을 했는지는 아무도 모르겠지만, 어쨌든 그 화장실에서 나오고 나흘 뒤 그는 아카타에 있는 잠발라야라는 바에서 마지막 술을 마셨다. 나쁜 레이의 삶이 끝나고, 이로써 좋은 레이의 삶이 시작됐다.

「칸막이 객실」「열」「굴레」 등 『대성당』에 실린 단편들을 한창 쓰고 있던 1982년 레이먼드는 영화 <디어 헌터>로 오스카상을 받은 마이클 치미노 감독의 요청으로 도스토옙스키의 생애를 다루는 시나리오를 개작하는 작업을 했다. 노벨문학상 수상자인 알렉산드르 솔제니친이 쓴 이 대본이 너무 무겁고 지겹다고 생각한 카버는 두 달 만에 219페이지에 달하는 시나리오를 완성했다. 그가 이 시나리오에서 가장 핵심적으로 다룬 부분은 사형선고를 받고 사격수들 앞에 서 있던 도스토옙스키가 집행유예를 받아서 목숨을 건지는 부분이었다. 이로써 도스토옙스키의 두번째 삶이 시작됐는데, 레이먼드는 그 두번째 삶이라는 부분에 깊이 공감했던 게 분명하다. 이 시나리오를 쓰고 난 직후인 1982년 10월 18일, 레이먼드와 메리앤은 정식으로 이혼했다. 그뒤에 가진 몇 번의 인터뷰에서 그는 이혼 이후의 두번째 삶에 대해서 자주 언급했다.

가장 대표적인 것은 1986년 니컬러스 오코넬과 가진 인터뷰*다. "지금은 더 행복한가?"라는 질문에 레이먼드는 "언제보다?"라고 되물었다. 인터뷰어가 "십 년 전, 혹은 이십 년 전보다 말이다"라고 부연 설명하자, 그는 당연히 그렇다고 말하면서도 그때와 지금을 비교해서 말하기는 어렵다고 덧붙였다. 그래서 이렇게 설명하는 게 좋겠다고 말했다. 자신에게는 두 개의 삶이 있었다고. 술 마시는 일을 그만두면서 끝난 삶이 있었고, 금주 이후 두번째 아내 테스 갤러거를 만나면서 시작된 다른 삶, 새로운 삶이 있었다고. 그는 이 새로운 삶을 가리켜서 'second life', 즉 두번째 삶이라고 말했다. "이 두번째 삶은 지금까지 너무나 충만하고, 너무나 보람차서 영원토록 감사해야만 할 것 같다"고 레이먼드 카버는 말했다. 그리고 이 두번째 삶의 중심에는 공작 깃털이 꽂혀 있었다.

3. 낙원의 새

지금까지 언급한 단편들이 첫번째 삶에서 카버가 알게 된 사실들을

---

* 『At the Field's End: Interviews with Twenty Pacific Northwest Writers』, pp.76-94.

다룬다면, 『대성당』에 실린 그 밖의 단편들은 두번째 삶에서 온 것들로 구성됐다. 두번째 삶은 너무나 충만하다고 앞에서 말했거니와 그 의미가 무엇인지를 따져보자면 1983년으로 돌아가야만 할 것이다. 1983년은 레이먼드 카버에게 최고의 해라고 말할 수 있었다. 그해에 단편집 『대성당』이 출간돼 팔 주 만에 3쇄를 찍으면서 만 칠천 부의 판매고를 올렸고, 열두 개 언어의 번역 판권이 팔렸다. 무엇보다도 그해 1월에 그는 미국 예술문학아카데미가 스트로스 기금에서 주는 상을 받아 매년 삼만 오천 달러를 세금 공제 없이 최소 오 년 동안 받을 수 있게 됐다. 이 기금에는 보수를 받는 직업을 가지지 말고 창작에만 몰두하라는 조건이 붙어 있었다. 이제 생계에 대한 걱정 없이 소설에만 집중할 수 있게 된 1984년, 레이먼드는 시끌벅적한 동부를 떠나 한적한 서부 해안에서 시를 쓰기 시작했다. 결국 1983년의 충만함은 엄청난 시작 詩作을 예고하는 것이었다. 첫번째 삶을 소설가로 살았던 레이먼드는 시인으로 두번째 삶을 시작한 셈이었다. 그렇다면 『대성당』에 실린 단편들 중 두번째 삶에서 온 것들, 예컨대 「깃털들」 「별것 아닌 것 같지만, 도움이 되는」 「대성당」 등도 시적 의미로 충만하리라는 사실을 짐작할 수 있으리라.

『대성당』의 '빅3'라고 할 만한 이 소설들에 담긴 시적 의미를 따져보려면, 아직은 시가 아니라 이 소설들을 쓰던 1982년 무렵, 뉴욕 주 시러큐스 시의 조용한 거리에 있는 이층 목조 가옥을 찾아가야만 하겠다. 레이먼드 카버는 이 집의 이층 넓은 방에서 소설을 썼다. 긴 참나무 책상이 있었는데, L자로 꺾어지는 부분에 타자기가 놓여 있었다. 책상 위에는 장식품이나 눈에 띄는 물건 같은 건 없었다. 그는 뭔가를 수

집하거나 기념하기 위해 모아두는 사람이 아니었다. 그러고 보면 집의 가구들 역시 거의 특색이 없었다. 다만 눈에 띄는 것이 하나 있다면, 여기저기 꽃병에 꽂혀 있는 공작 깃털이었다. 나중에 그의 두번째 아내가 될 테스 갤러거가 꽂아둔 것이었다. 그 집의 유일한 장식품이었던지라 이 공작 깃털은 인터뷰를 하러 간 사람들의 마음에 오래 남았다. 〈파리 리뷰〉에 실을 인터뷰를 하기 위해 찾아간 모나 심슨에게도, 네덜란드 〈헤이그 포스트〉에 실을 인터뷰를 위해 찾아간 한스마르텐 트롬프에게도.

이 깃털들은 카버가 쓴 「깃털들」을 바로 연상시킨다. 그 소설에는 깃털들뿐만 아니라 실제 공작이 등장한다. 화자인 잭은 직장 동료인 버드에게 저녁식사 초대를 받고 아내 프랜과 시내에서 20마일 정도 떨어진 그의 집까지 찾아간다. 두 사람은 시내에서 산 지 삼 년이 넘었는데도 교외로 나가본 일은 거의 없을 정도로 둘만의 고립된 생활을 해왔다. 버드가 그려준 약도를 보며 마침내 그의 집 앞에 도착했을 때, 콘도르만큼이나 몸집이 큰 뭔가가 날개를 펄럭이며 나무 위에서 덮치듯 날아와 자동차 바로 앞에 내려앉는다. 둘이 깜짝 놀라서 봤더니 공작이었다. 나중에 저녁식사를 모두 마치고 난 뒤, 프랜이 어떻게 해서 공작이 생긴 것이냐고 묻자, 버드의 아내인 올라는 어릴 때부터 공작을 가지고 싶었다고 말한다. 그녀의 말을 받아 버드는 다음과 같이 말한다.

"결국에는 내가 찾아나섰습니다." 버드가 말했다. "옆 카운티의 어떤 녀석이 공작들을 기른다는 얘기를 들었어요. 그 사람은 공작이 낙원의 새라고 말하더군요. 우리는 그 낙원의 새에 백 달러를 지불했지요." 그는 이마를 툭 쳤다. "전지전능한 하느님(인용자), 왜 제게 이토록 사치스런 취미를 가진 마누라를 주셨습니까."

버드의 이 말은 「깃털들」에다 카버가 숨겨둔 시적 상징들을 풀어가는 첫번째 열쇠가 된다. 버드는 공작을 '낙원의 새', 즉 'Birds of paradise'라고 일컫는다. 본래 'Birds of paradise'는 15세기 남태평양 뉴기니 섬에서 유럽인들이 발견한 극락조과Paradisaeidae 새들을 총칭하는 용어다. 화려한 색깔의 깃털을 자랑하는 이 새의 표본은 1522년 유럽에 처음 들어왔다. 몸 양편으로는 황금빛 깃털이 수북하게 달려서 길게 뻗어 있었는데, 눈을 뗄 수 없을 만큼 가늘고 섬세한 깃털이었다. 그 아름다운 깃털 덕분에 유럽인들은 이 새가 낙원에서 온 게 틀림없다고 여기고 '극락조'라는 이름을 붙였다. 1617년경 얀 브뤼헐이 그린 〈에덴동산〉, 그리고 다시 그와 페테르 파울 루벤스가 공동으로 작업한 〈지상 낙원과 인간의 타락〉에 연이어 극락조가 등장하면서 이런 이미지는 더욱 굳어졌다. 극락조만큼은 아니지만, 공작 역시 깃털이 아름답기 때문에 꿩과임에도 불구하고 '낙원의 새'라는 이 이름을 공유하는 듯하다.

화자인 잭과 아내 프랜이 이 '낙원의 새'를 처음 만나는 장면은 눈여겨볼 만하다. 이 '낙원의 새'는 나무 '위'에서 그들이 탄 자동차 바로 앞으로 '내려앉는다'. 그 광경에 대한 두 사람의 반응은, 버드와 마찬가지로, 하느님을 찾는 일이다. 잭은 세 번이나 "하느님 맙소사Goddamn"라고 말하고, 프랜은 한 번 "하느님My god"이라고 말하며 잭의 무릎 위로 손을 뻗는다. 무의식적인 이 행동은 초월적인 존재 앞에 선 프랜의 나약함을 보여준다. 이 나약함은 아기를 무릎에 올려놓은 올라를 흉내내 자기 무릎에도 그 아기를 올렸을 때 다시 한번 드러났다가 최종적으로 집으로 돌아가는 내내 자동차에 앉아 잭의 무릎에 손을 얹는 행동으로 반복된다. 이런 일련의 행동을 거쳐 그녀는 운명에 굴복하고 만다. 즉 아이를 낳게 된다. 이로써 둘이서 충분히 잘 살아가던 낙원에서 둘은 추방되고 마는 셈이다. '낙원의 새'를 보자마자 두 사람이 무의식중에 '하느님God'이 들어가는 단어를 네 번이나 언급하는 이유가 여기에 있다.

아이를 낳은 뒤부터 삶이 힘들어졌다는 하소연은 이미 카버의 에세이「불」에서 읽을 수 있었다. 하지만「깃털들」은 이전까지 카버의 소설에서 느낄 수 있었던 이 세속적인 하소연에 성서적인 뉘앙스를 부여했다. 즉 아이가 생기면서 두 연인은 낙원에서 추방당했다. 여기에 이르자 지금까지 카버가 써온 소설들은 전혀 새로운 맥락에서 해석될 수 있었다. 이제 그의 소설에 등장하는 주인공들은 단순히 고독한 현대인이 아니라 낙원 이후의 삶을 살아가는 왜소한 존재로서의 인간 일반이 됐다. 여기서 이 '낙원의 새'가 사라지는 장면도 인상적이다. 공작은 어느 밤 나무 위로 올라가서는 다시 내려오지 않는다. 이를 두고 화자인 잭은 '무대에서 사라졌다out of the picture', 즉 중요성이 사라졌다고 표현한다. 여기서 말하는 'picture'는 버드의 집에 막 도착했을 때, 잭과 프랜이 보는 TV 화면을 말할 때도 사용된다. 즉 나중에 식탁으로 자리를 옮길 때 버드는 '화면을 끈다killed the picture'.

「깃털들」에서 말하는 'picture'란 원본이 아닌 복제품을 뜻한다. 예컨대 올라의 치형을 뜬 치과의사가 잡지에 수록하려고 찍은 사진을 말할 때, 버드는 'picture'라는 단어를 쓴다. 마찬가지로 어디서 공작이 생겼느냐는 프랜의 질문에 대답하면서 올라는 소녀 시절에 잡지를 보다가 공작 사진을 발견했다며, 그 사진을 오려서 머리맡에 붙여놓았다고도 말하고, 얼마나 오랫동안 그 사진을 간직했는지 모른다고도 말한다. 이때도 물론 올라는 'picture'에 대해서 말하고 있다. 이들이 일관되게 사용하는 이 'picture'는 복제된 세계, 즉 낙원 이후의 세계를 상징한다. 이제는 사라진 자신의 이빨을 본뜬 치형을 간직하는 올라에게 잭과 프랜이 거부감을 느끼는 건 그 때문이다. 그런 측면에서 소설의 말미에 자신과 프랜 사이에는 대개 TV뿐이라는, 화자의 고백은 꽤 인상적이다.

그러고 보면 잭과 프랜이 보는 첫번째 복제된 세계는 TV 화면이다. 버드의 집에서 잭과 프랜은 마치 하느님이 왜소한 그들을 바라보는 것처럼 트랙을 빙빙 도는 스톡카들을 바라본다. 이때 버드는 잭과 프랜에게 처음에 엄청난 연쇄추돌 사고가 있었다고 말한다. 이 경주 장면은 하나의 '사고가 또다른 사고로 이어지는' 왜소한 인간의 삶을 상징한다. 하나의 사고가 낙원에서 추방된 일을 의미한다면, 또다른 사고는 바벨 이후 단절된 존재로 살아가는 인간의 소통 불가능성을 뜻한다.

그런 소통 불가능성을 잘 보여주는 단편이 존 치버에게 바치는 「기차」다. 이 소설은 존 치버가 쓴 「다섯시 사십팔분」이라는 단편을 이어서 쓴 작품이다. 그 단편에 나오는 두 인물 중 미스 덴트를 따라가면서 소설이 끝난 뒤에 일어난 일들을 카버가 다시 쓴 셈인데, 흥미로운 것은 시점의 변화다. 처음에는 미스 덴트가 시점인물이다. 화자는 미스 덴트의 생각까지도 읽는다. 그녀 앞에 등장하는 두 남녀는 차림새도

이상한데다가 외국어까지 쓰기 때문에 미스 덴트는 그들을 이해할 수가 없다. 철저하게 미스 덴트를 시점인물로 하기 때문에 독자들도 그 두 남녀가 나누는 이야기는 전혀 이해할 수 없다. 그러나 마지막 부분에 이르면 시점이 미스 덴트에서 기차에 탄 승객들로 느닷없이 옮겨지면서 미스 덴트 역시 이해받지 못하는 존재가 된다.

여기에 이르면, 문체로서의 '더러운 리얼리즘'은 레이먼드 카버의 세계관을 표현하는 가장 훌륭한 그릇이었다는 사실을 알 수 있다. 레이먼드 카버의 세계에서는 각자가 저마다의 칸막이 객실 안에 앉아서 바깥으로 스쳐가는 삶의 풍경들을 바라보고 있다. 「칸막이 객실」「깃털들」「내가 전화를 거는 곳」 등 많은 단편에서 등장하는 자연 풍경에 대한 묘사는 그들이 얼마나 표피적으로 삶을 이해하는지 잘 보여준다. 하지만 「대성당」에 이르면 레이먼드 카버는 한 시절을 풍미한 '더러운 리얼리즘'의 대표주자가 아니라 시대를 초월한 소설가로 다시 태어난다. 문체는 그대로인데 말이다. 어떻게 이런 일이 가능했을까? 그건 어떤 단어를 떠올리지 못해 연신 "그 뭐지, 그거 있잖아"라고 말하는 사람처럼 자신의 문장으로는 표현할 수 없는 '뭔가'가 거기, 그러니까 우리의 삶에는 존재한다는 사실을 그가 깨달았기 때문이다. 이제 그의 문장은 부사를 쓰지 않고 내면묘사를 하지 않아서 간결한 게 아니라 그 '뭔가'의 충만함을 소설의 문장으로는 도저히 표현할 수 없기 때문에 과묵해진 것이다.

4. Something

언어, 개인, 고립 저편에 공작이 환기시키는 뭔가, 저도 모르게 '하느님'이라는 단어를 중얼거리게 만드는 '뭔가'가 있다는 사실을 안 뒤부터는 모든 게 달라진다. 이제 여기 두 편의 작품이 있다. 먼저 「별것 아닌 것 같지만, 도움이 되는A Small, Good Thing」. 이 작품 역시 시작은 낙원 이후, 바벨 이후의 삶이다. 이 소설은 『사랑을 말할 때 우리가 이야기하는 것』에 실린 「목욕」의 완전한 버전이다. 발표 당시에 레이먼드 카버는 여러 인터뷰에서 「목욕」을 쓰고 나서도 뭔가가 계속 남아 있어서 더 썼더니 「별것 아닌 것 같지만, 도움이 되는」이 됐다고 말했지만, 지금은 「별것 아닌 것 같지만, 도움이 되는」에서 편집자 고든 리시가 불필요하다고 여긴 부분을 덜어낸 소설이 「목욕」이라는 게 정설이다. 앞부분만 보면 「별것 아닌 것 같지만, 도움이 되는」도 「기차」와 마찬가지로 의사소통이 불가능한 타인에 대한 소설로 읽힌다. 알아들을 수 없는 외국어를 주고받는 간호보조원들, 오해 때문에 칼에 찔려서 죽은 흑인 아이, 이해할 수 없는 어떤 종류의 선함으로 가득차 보이던 담당 의사, 깊은 밤 전화기에서 들리는 요령부득의 목소리…… 이는 모두 낙원 이후, 바벨 이후의 삶을 살아가는 인간의 왜소함을 보여주는 상징들이다. 인간의 삶이란 그저 운에 좌우될 뿐이라는 운명론은 여기서 비롯한다.

그는 행복했고, 지금까지는, 운이 좋았다. (…) 갑자기 모든 상황이 바뀌면 한 사람을 꺾어버리거나 내팽개쳐버리는 힘들이 있다는 것을 그도 알고 있었지만, 지금까지는 그 힘들로부터도, 또 그 어떤 실제적인 위해로부터도 멀리 떨어져 있었다.

하지만 「목욕」과 달리, 그리고 또다른 단편들인 「깃털들」이나 「굴레」의, 혹은 지금까지 카버가 쓴 단편들에 등장하는 불운한 부부들과 달리 「별것 아닌 것 같지만, 도움이 되는」의 앤과 하워드(고든 리시는 「목욕」으로 편집하면서 이들의 이름도 지웠다)는 이 가혹한 힘들 앞에서 무릎이 완전히 꺾이지는 않는다. 대신에 그들은 불가해한 타인을 이해하려고 안간힘을 쓴다. 그리고 그 이해를 통해 자신들의 삶에 닥친 거대한 불가해함을 받아들이려고 노력한다. 언어적 방식이 아니라 언어를 뛰어넘는 방식으로, 각자의 고립을 확인하는 게 아니라 몸의 허기에 공감하면서, 그런 식으로 서로 손을 잡고 포옹하며 함께 빵을 먹는다. 예컨대 의사가 한 말 말고, 그의 말 이면에 어떤 뉘앙스나 어떤 암시가 있었는지, 몸을 수그리고 아이를 진찰할 때 조금이라도 의사의 표정이 달라졌는지 따져보는 앤처럼. 이런 일련의 노력은 그들의 몸을 투명하게 만든다. 이건 무척 놀라운 일이다. 왜냐하면 나중에야 생일 케이크의 주인공인 아이가 교통사고로 죽었다는 사실을 알게 된 빵집 주인이 말하듯, 누군가의 마음속에서 일어난 일들은 하느님만이 아는 것이기 때문이다. 그게 '더러운 리얼리즘'의 본질이었고 고든 리시의 편집 방향이었다. 그런데 이제 레이먼드 카버의 주인공들은 자꾸만 상대방의 이야기에 귀를 기울이려고 애쓴다.

그들은 롤빵을 먹고 커피를 마셨다. 앤은 갑자기 허기를 느꼈는데, 그 롤빵은 따뜻하고 달콤했다. 그녀는 롤빵을 세 개나 먹어 빵집 주인을 기쁘게 했다. 그리고 그가 이야기하기 시작했다. 그들은 신경써서 귀를 기울였다(인용자). 그들은 지치고 비통했으나, 빵집 주인이 하고 싶어하는 말에 귀를 기울였다. 빵집 주인이 외로움에 대해서, 중년을 지나면서 자신에게 찾아온 의심과 한계에 대해서 말하기 시작할 때부터 그들은 고개를 끄덕였다. 그는 그들에게 그런 시절을 아이 없이 보내는 일이 어떤 것인지 말했다. 매일 오븐을 가득 채웠다가 다시 비워내는 일을 반복하면서 보내는 일이 어떤 것인지. 그가 만들고 또 만들었던 파티 음식, 축하 케이크들. 손가락이 푹 잠길 만큼의 당의糖衣. 케이크에 세워두는 작은 신혼부부 인형들. 몇백, 아니, 지금까지 몇천에 달할 것들. 생일들. 그 많은 촛불들이 타오르는 것을 상상해보라(인용자).

하느님 앞에서 인간은 너무나 왜소한 존재다. 그의 삶은 운이 좌우할 뿐이며 대개의 경우에는 하나의 사고가 또다른 사고로 이어진다. 그런데 카버는 인간이라고 하는 이 'small thing'의 중간에 'good'이라는 단어를 끼워넣는다. 그러자 이 'small thing'은 'something', 즉 별것 아닌 것 같지만, 도움이 되는 뭔가가 된다. 레이먼드 카버는 이 순간, 자신이 글로 쓸 수는 없지만 거기에 뭔가가 분명 존재한다는 사실을 깨달았으리라. 작가는 자신이 쓸 수 없는 게 있다는 사실을 아는 순간, 역설적으로 자신을 뛰어넘는다. 그리고 그 순간 언어로는 전달 불가능한 뭔가가 불꽃처럼 다른 사람에게 옮겨붙는다. 상상을 통해서. 이 상상해보라, 는 것은 「대성당」의 핵심 명제다. 「비타민」의 잘린 귀가 '듣지 못함deafness'의 시적 표현인 것처럼 「대성당」에 등장하는 맹인의 눈은 '보지 못함blindness'을 상징한다. 하지만 「비타민」의 주제가 '귀가 잘렸으니 듣지 못한다'에 그친다면, 「대성당」의 경우에는 '눈이 멀었으니 보지 못한다'라는 문장의 가운데에 'good'이라는 단어가 삽입돼 있다. 그래서 「대성당」의 제목은 '눈은 멀었지만 잘 볼 수 있는'이라고 바꿀 수도 있겠다. 그 이유는 아래의 문장에서 알 수 있다시피 간단하다.

"이 사람아, 다 괜찮네." 그 맹인이 말했다. "난 좋아. 자네가 뭘 보든지 상관없어. 나는 항상 뭔가를 배우니까. 배움에는 끝이 없는 법이니까. 오늘밤에도 내가 뭘 좀 배운다고 해서 나쁠 건 없겠지. 내겐 귀가 있으니까(인용자)." 그가 말했다.

거기 귀가 달려 있다고 해서 모두가 들을 수 있는 사람이라는 뜻은 아니라는 걸 카버의 소설 속 인물들은 이제 잘 알고 있다. 당장 「대성당」의 화자부터가 멀쩡한 정상인이면서 도통 들을 줄을 모른다. 아내에 대한 이야기를 하면서 "어렸을 때부터 친했다나 뭐라나"라고 말하는 것에서 알 수 있다시피 그는 마치 귀지로 귀가 막힌 사람처럼 아내의 말을 제대로 듣지 못한다. 그건 귀가 달려 있다고 해서 누구나 잘 들을 수 있는 건 아니기 때문이다. 마찬가지로 거기 눈이 달려 있다고 해서 모두가 볼 수 있는 건 아니다. 뒤집으면 눈이 없다고 해서 못 본다는 이야기도 아니다. 두 사람이 처음 만났을 때, 화자의 아내는 "로버트에게 인사해meet"라고 말한다. 이 말에 대한 로버트의 반응은 "어쩐지 전에 이미 본met 사람 같구만"이다. 또 처음으로 만난 두 사람을 서로 인사시킨 뒤, 아내는 맹인을 소파로 인도하면서 "자, 왼쪽으로, 로버트. 예, 조심하세요watch it. 의자 있으니까"라고 말한다. 이 대면 장면에서 관용적으로 쓰인 이 단어들은 로버트가 맹인이지만 볼 수 있다는 사실을 암시한다. 아직 화자는 이런 식으로 보는 방법을 알지 못하지만, 소설의 말미에 가면 그는 맹인에게서 보는 법을 배울 것이다.

맹인이 가르쳐주는 보는 법은 다음과 같다. 우선 눈을 감는다. 속여선 안 된다. 진짜 감아야만 한다. 맹인에게서 보는 법을 배운다니 가당찮게 느껴지겠지만, 조금만 더 인내심을 발휘하기를. 그럼 대단한 걸 보여줄 테니까. 자, 그럼 이제 서로 손을 붙잡고 서로의 몸이 투명해져서 그 속이 다 느껴질 때까지 기다린다. 마치「신경써서」의 로이드와 이네즈가 한때 그랬듯이 서로 무슨 생각을 하는지 알 수 있게 만드는 ESP가 생길 때까지, 그러니까「열」에서처럼 아일린은 열여덟, 칼라일은 열아홉 시절, 한 소년이 한 소녀를 만나 사랑에 불타던 시절로 돌아갈 때까지. 그러니까 낙원에서 살던 시절의 몸으로 돌아갈 때까지 기다린다. 그리고 상상해보라.

"이제 눈을 감아보게나." 맹인이 내게 말했다.

나는 그렇게 했다. 나는 그가 말한 대로 눈을 감았다.

"감았나?" 그가 말했다. "속여선 안 돼."

"감았습니다." 내가 말했다.

"그럼 계속 눈은 감고." 그가 말했다. "이제 멈추지 말고. 그려." 그는 말했다.

그래서 우리는 계속했다. 내 손이 종이 위를 움직이는 동안 그의 손가락들이 내 손가락들을 타고 있었다. 살아오는 동안, 내 인생에 그런 일은 단 한 번도 없었다.

그때 그가 말했다. "이제 된 것 같은데. 해낸 것 같아." 그는 말했다. "한번 보게나. 어떻게 생각하나?"

하지만 나는 눈을 감고 있었다. 조금만 더 그렇게 눈을 감은 채로 있자고 나는 생각했다. 마땅히 그래야 한다고 나는 생각했다.

"어때?" 그가 물었다. "보고 있나?"

나는 여전히 눈을 감고 있었다. 나는 우리집 안에 있었다. 그건 분명했다. 하지만 내가 어디 안에 있다는 느낌은 전혀 들지 않았다.

"이거 진짜 대단하군요." 나는 말했다.

이거 진짜 대단하군요It's really something. 말하자면 『대성당』은 낙원에서 추방된 뒤 자신만의 공간에서 고립된 채 눈멀고 귀먹은 채로 살아가던 한 남자가 자신의 언어로는 표현할 길이 없는 충만한 '뭔가'를 보는 것으로 끝나는 단편집이다. 그게 과연 무엇인지는 독자들의 몫으로 남는다.

김연수

레이먼드 카버 연보

1938년	5월 25일 오리건 주 클래츠커니에서 클레비 레이먼드 카버와 엘라 카버의 장남으로 태어남.
1956년	야키마 고등학교를 졸업하고 아버지와 함께 캘리포니아 주 체스터의 제재소에서 일함.
1957년	야키마에서 16세의 메리앤 버크와 결혼. 약국 배달원으로 일하면서 밤에는 야키마 커뮤니티 칼리지의 야간 강좌 수강. 12월 2일 첫딸 크리스틴 라레이 출생. 이해는 카버에게 개인적으로 매우 중요한 해였는데, 그는 이때의 경험을 에세이 「정열 *Fires*」과 「내 아버지의 삶 *My Father's Life*」에 기록.
1958년	캘리포니아 주 파라다이스로 이사. 치코 주립대학에서 강의를 들음. 10월 19일 둘째 아이 밴스 린지 출생.
1959년	치코 주립대학에서 존 가드너에게 문예창작 수업을 들음.
1960년	문예창작 수업이 끝나자 캘리포니아 주 유리카로 이사하여 제재소에서 일함. 『문예지』 2호(1960년 겨울호)에 첫 단편 소설 「분노의 계절 *Furious Seasons*」이 실림.
1962년	험볼트 대학에서 극작 수업을 들음. 첫 희곡 「카네이션 *Carnations*」이 험볼트 대학에서 상연됨.
1963년	문학사 학위를 받고 험볼트 대학 졸업. 아이오와 주로 이사하여 아이오와 작가 워크숍 수강.
1964년	캘리포니아 새크라멘토 머시 병원에서 수위로 일함.
1967년	봄에 파산 신청을 함. 6월 17일 아버지 사망. 과학 리서치 협회(SRA)에 교과서 편집자로 취직. 캘리포니아 팰로앨토로

	이사하여 작가이자 편집자인 고든 리시를 만남. 단편「제발 조용히 좀 해요 Will You Please Be Quiet, Please?」가 1967년도 『전미 최우수 단편소설』에 수록됨.
1970년	아트 디스커버리 어워드 시詩 부문의 국립기금을 받음. 단편「60에이커 Sixty Acres」가 1970년 '최우수 잡지 단편소설' 리스트에 오름. 카약 북스에서 시집『겨울 불면 Winter Insomnia』출간.
1971년	〈에스콰이어〉6월호에「이웃 사람들 Neighbors」게재. UC 샌타크루즈의 문예창작반 강사로 초빙됨. 〈하퍼스 바자〉9월호에「뚱보 Fat」게재.
1972년	UC 버클리에 강사로 초빙됨.
1973년	아이오와 작가 워크숍의 강사가 됨. 단편「무슨 일이오? What Is It?」가 오헨리상 수상작에 포함됨. 다섯 편의 시가 『미국 시의 새로운 목소리』에 실림.
1974년	UC 샌타바버라의 강사가 되지만 알코올중독과 가정불화로 12월에 강사직을 사임. 아내와도 별거. 두번째 파산 신청.
1976년	캐프라 프레스에서 시집『밤에 연어가 움직인다 At Night The Salmon Move』출간. 메이저 출판사인 맥그로힐 출판사에서『제발 조용히 좀 해요』출간. 1976년 10월부터 1977년 1월까지 알코올중독 치료를 위하여 네 번 입원.
1977년	『제발 조용히 좀 해요』로 전미도서상 후보에 오름. 캘리포니아 맥킨리빌로 이사. 6월 2일 금주를 결심. 이날은 그의 인생의 전환점이 된 날로, 그는 이날부터 평생 술을 입에 대지 않음. 11월에 캐프라 프레스에서 소설집『분노의 계절』출간. 같은 달, 텍사스 주 댈러스에서 열린 작가회의에서 여성 시인 테스 갤러거를 만남.
1978년	구겐하임 기금 수상. 텍사스 대학으로 이사하여 아내와 살

	작정이었으나 결혼생활이 파경을 맞음.
1979년	1월부터 엘패소에서 테스 갤러거와 함께 살기 시작. 시러큐스 대학 영문과 교수직을 제의받지만 창작에 전념해야 한다는 구겐하임 기금의 조건 때문에 이를 수락하지 않음.
1980년	아트 펠로십 소설 부문 국립기금 수상.
1981년	4월에 랜덤하우스 계열사인 크노프 사에서 소설집 『사랑을 말할 때 우리가 이야기하는 것 What We Talk About When We Talk About Love』 출간.
1982년	9월 14일 스승인 존 가드너가 오토바이 사고로 사망. 10월 18일 아내와 정식으로 이혼.
1983년	4월에 캐프라 프레스에서 에세이, 단편, 시를 모은 『정열』 출간. 미국 문학예술아카데미에서 주는 '밀드러드 앤드 해럴드 스트로스 리빙 어워드'의 수혜자가 되어 오 년간 매년 삼만 오천 달러를 받음. 9월에 크노프 사에서 소설집 『대성당 Cathedral』 출간. 전미도서비평가협회상 후보에 오름.
1984년	『대성당』이 퓰리처상 후보에 오름.
1985년	랜덤하우스에서 시집 『물이 다른 물과 합쳐지는 곳 Where Water Comes Together With Other Water』 출간.
1986년	랜덤하우스에서 시집 『울트라마린 Ultramarine』 출간.
1987년	단편 「심부름 Errand」이 〈뉴요커〉에 실림. 테스와 유럽 여행을 떠남. 9월에 폐출혈이 있었고, 10월에 폐절제수술을 받음. 뉴욕 공립도서관으로부터 '문학의 사자 Literary Lion' 칭호를 받음.
1988년	암이 다른 쪽 폐로 전이된 것이 발견되어 방사선치료를 받음. 테스와 네바다 주 리노에서 결혼. 마지막 시집 『폭포로 가는 새 길 A New Path To The Waterfall』을 완성. 애틀랜틱 먼슬리 프레스에서 『내가 전화를 거는 곳 Where I'm

Calling From』 출간. 미국 문학예술아카데미 정식 회원이 됨. 8월 2일 아내 테스의 곁에서 수면중 사망.

문학동네 세계문학전집 발간에 부쳐

　세계문학은 국민문학 혹은 지역문학을 떠나 존재하는 문학이 아니지만 그것들의 총합도 아니다. 세계문학이라는 용어에는 그 나름의 언어와 전통을 갖고 있는 국민문학이나 지역문학의 존재를 인정하면서 그것을 넘어서는 문학의 보편적 질서에 대한 관념이 새겨져 있다. 그 용어를 처음 고안한 19세기 유럽인들은 유럽문학을 중심으로 그 질서를 구축했지만 풍부한 국민문학의 전통을 가지고 있는 현대의 문학 강국들은 나름의 방식으로 세계문학을 이해하면서 정전(正典)의 목록을 작성하고 또 수정한다.
　한국에서도 세계문학 관념은 우리 사회와 문화의 변화 속에서 거듭 수정돼왔다. 어느 시기에는 제국 일본의 교양주의를 반영한 세계문학 관념이, 어느 시기에는 제3세계 민족주의에 동조한 세계문학 관념이 출현했고, 그러한 관념을 실천한 전집물이 출판됐다. 21세기 한국에 새로운 세계문학전집이 필요하다는 것은 명백하다. 우리의 지성과 감성의 기준에 부합하는 세계문학을 다시 구상할 때가 되었다.
　문학동네 세계문학전집은 범세계적으로 통용되는 고전에 대한 상식을 존중하면서도 지난 반세기 동안 해외 주요 언어권에서 창작과 연구의 진전에 따라 일어난 정전의 변동을 고려하여 편성되었다. 그래서 불멸의 명작은 물론 동시대 세계의 중요한 정치·문화적 실천에 영감을 준 새로운 작품들을 두루 포함시켰다.
　창립 이후 지금까지 한국문학 및 번역문학 출판에서 가장 전문적이고 생산적인 그룹을 대표해온 문학동네가 그간 축적한 문학 출판 경험을 바탕으로 새로운 세계문학전집을 펴낸다. 인류가 무지와 몽매의 어둠 속을 방황하면서도 끝내 길을 잃지 않은 것은 세계문학사의 하늘에 떠 있는 빛나는 별들이 길잡이가 되어주었기 때문이다. 우리가 자부심과 사명감 속에서 그리게 될 이 새로운 별자리가 독자들의 관심과 애정에 힘입어 우리 모두의 뿌듯한 자산이 되기를 소망한다.

문학동네 세계문학전집 편집위원
민은경, 박유하, 변현태, 송병선, 이재룡, 홍길표, 남진우, 황종연

지은이 **레이먼드 카버**
1938년 5월 25일 오리건 주에서 태어났다. 1976년 첫 소설집 『제발 조용히 좀 해요』를 발표했다. 1983년 그의 대표작이라 평가받는 『대성당』을 출간했으며, 이 작품으로 전미도서비평가협회상과 퓰리처상 후보에 오른다. 소설집 『사랑을 말할 때 우리가 이야기하는 것』, 에세이, 단편, 시를 모은 작품집 『정열』, 시집 『물이 다른 물과 합쳐지는 곳』 『밤에 연어가 움직인다』 등을 펴냈다. 레이먼드 카버는 1988년 암으로 사망했다.

옮긴이 **김연수**
소설가. 작품으로 소설집 『스무 살』 『내가 아직 아이였을 때』 『나는 유령작가입니다』 『세계의 끝 여자친구』 『사월의 미, 칠월의 솔』 『이토록 평범한 미래』, 장편소설 『7번 국도』 『꾿빠이, 이상』 『사랑이라니, 선영아』 『네가 누구든 얼마나 외롭든』 『밤은 노래한다』 『원더보이』 『파도가 바다의 일이라면』 『일곱 해의 마지막』 등이 있으며, 작가세계문학상, 동서문학상, 동인문학상, 대산문학상, 황순원문학상, 이상문학상, 허균문학작가상을 수상했다.

세계문학전집 119
대성당

1판 1쇄 2007년 12월 10일 | 1판 11쇄 2012년 2월 27일
2판 1쇄 2014년 5월 23일 | 2판 32쇄 2025년 5월 21일

지은이 레이먼드 카버 | 옮긴이 김연수

책임편집 이현자 | 편집 윤정민 오동규 | 독자모니터 전혜진
디자인 김마리 이원경 | 저작권 박지영 형소진 오서영
마케팅 정민호 서지화 한민아 이민경 왕지경 정유진 정경주 김수인 김혜원 김예진
　　　나현후 이서진
브랜딩 함유지 박민재 이송이 김희숙 박다솔 조다현 김하연 이준희
제작 강신은 김동욱 이순호 | 제작처 영신사

펴낸곳 (주)문학동네 | 펴낸이 김소영
출판등록 1993년 10월 22일 제2003-000045호
주소 10881 경기도 파주시 회동길 210
전자우편 editor@munhak.com | 대표전화 031) 955-8888 | 팩스 031) 955-8855
문학동네카페 http://cafe.naver.com/mhdn
인스타그램 @munhakdongne | 트위터 @munhakdongne
북클럽문학동네 http://bookclubmunhak.com

ISBN 978-89-546-2486-2 04840
　　　978-89-546-0901-2 (세트)

잘못된 책은 구입하신 서점에서 교환해드립니다.
기타 교환 문의 031) 955-2661, 3580

www.munhak.com

1, 2, 3 안나 카레니나 레프 톨스토이 | 박형규 옮김
4 판탈레온과 특별봉사대 마리오 바르가스 요사 | 송병선 옮김
5 황금 물고기 르 클레지오 | 최수철 옮김
6 템페스트 윌리엄 셰익스피어 | 이경식 옮김
7 위대한 개츠비 F. 스콧 피츠제럴드 | 김영하 옮김
8 아름다운 애너벨 리 싸늘하게 죽다 오에 겐자부로 | 박유하 옮김
9, 10 파우스트 요한 볼프강 폰 괴테 | 이인웅 옮김
11 가면의 고백 미시마 유키오 | 양윤옥 옮김
12 킴 러디어드 키플링 | 하창수 옮김
13 나귀 가죽 오노레 드 발자크 | 이철의 옮김
14 피아노 치는 여자 엘프리데 옐리네크 | 이병애 옮김
15 1984 조지 오웰 | 김기혁 옮김
16 벤야멘타 하인학교 – 야콥 폰 군텐 이야기 로베르트 발저 | 홍길표 옮김
17, 18 적과 흑 스탕달 | 이규식 옮김
19, 20 휴먼 스테인 필립 로스 | 박범수 옮김
21 체스 이야기·낯선 여인의 편지 슈테판 츠바이크 | 김연수 옮김
22 왼손잡이 니콜라이 레스코프 | 이상훈 옮김
23 소송 프란츠 카프카 | 권혁준 옮김
24 마크롤 가비에로의 모험 알바로 무티스 | 송병선 옮김
25 파계 시마자키 도손 | 노영희 옮김
26 내 생명 앗아가주오 앙헬레스 마스트레타 | 강성식 옮김
27 여명 시도니가브리엘 콜레트 | 송기정 옮김
28 한때 흑인이었던 남자의 자서전 제임스 웰든 존슨 | 천승걸 옮김
29 슬픈 짐승 모니카 마론 | 김미선 옮김
30 피로 물든 방 앤절라 카터 | 이귀우 옮김
31 숨그네 헤르타 뮐러 | 박경희 옮김
32 우리 시대의 영웅 미하일 레르몬토프 | 김연경 옮김
33, 34 실낙원 존 밀턴 | 조신권 옮김
35 복낙원 존 밀턴 | 조신권 옮김
36 포로기 오오카 쇼헤이 | 허호 옮김
37 동물농장·파리와 런던의 따라지 인생 조지 오웰 | 김기혁 옮김
38 루이 랑베르 오노레 드 발자크 | 송기정 옮김
39 코틀로반 안드레이 플라토노프 | 김철균 옮김
40 어두운 상점들의 거리 파트릭 모디아노 | 김화영 옮김
41 순교자 김은국 | 도정일 옮김
42 젊은 베르테르의 슬픔 요한 볼프강 폰 괴테 | 안장혁 옮김
43 더블린 사람들 제임스 조이스 | 진선주 옮김
44 설득 제인 오스틴 | 원영선, 전신화 옮김
45 인공호흡 리카르도 피글리아 | 엄지영 옮김
46 정글북 러디어드 키플링 | 손향숙 옮김
47 외로운 남자 외젠 이오네스코 | 이재룡 옮김
48 에피 브리스트 테오도어 폰타네 | 한미희 옮김
49 둔황 이노우에 야스시 | 임용택 옮김
50 미크로메가스·캉디드 혹은 낙관주의 볼테르 | 이병애 옮김

51, 52 염소의 축제 마리오 바르가스 요사 | 송병선 옮김
53 고야산 스님·초롱불 노래 이즈미 교카 | 임태균 옮김
54 다니엘서 E. L. 닥터로 | 정상준 옮김
55 이날을 위한 우산 빌헬름 게나치노 | 박교진 옮김
56 톰 소여의 모험 마크 트웨인 | 강미경 옮김
57 카사노바의 귀향·꿈의 노벨레 아르투어 슈니츨러 | 모명숙 옮김
58 바보들을 위한 학교 사샤 소콜로프 | 권정임 옮김
59 어느 어릿광대의 견해 하인리히 뵐 | 신동도 옮김
60 웃는 늑대 쓰시마 유코 | 김훈아 옮김
61 팔코너 존 치버 | 박영원 옮김
62 한눈팔기 나쓰메 소세키 | 조영석 옮김
63, 64 톰 아저씨의 오두막 해리엇 비처 스토 | 이종인 옮김
65 아버지와 아들 이반 투르게네프 | 이항재 옮김
66 베니스의 상인 윌리엄 셰익스피어 | 이경식 옮김
67 해부학자 페데리코 안다아시 | 조구호 옮김
68 긴 이별을 위한 짧은 편지 페터 한트케 | 안장혁 옮김
69 호텔 뒤락 애니타 브루크너 | 김정 옮김
70 잔해 쥘리앵 그린 | 김종우 옮김
71 절망 블라디미르 나보코프 | 최종술 옮김
72 더버빌가의 테스 토머스 하디 | 유명숙 옮김
73 감상소설 미하일 조셴코 | 백용식 옮김
74 빙하와 어둠의 공포 크리스토프 란스마이어 | 진일상 옮김
75 쓰가루·석별·옛날이야기 다자이 오사무 | 서재곤 옮김
76 이인 알베르 카뮈 | 이기언 옮김
77 달려라, 토끼 존 업다이크 | 정영목 옮김
78 몰락하는 자 토마스 베른하르트 | 박인원 옮김
79, 80 한밤의 아이들 살만 루슈디 | 김진준 옮김
81 죽은 군대의 장군 이스마일 카다레 | 이창실 옮김
82 페레이라가 주장하다 안토니오 타부키 | 이승수 옮김
83, 84 목로주점 에밀 졸라 | 박명숙 옮김
85 아베 일족 모리 오가이 | 권태민 옮김
86 폭풍의 언덕 에밀리 브론테 | 김정아 옮김
87, 88 늦여름 아달베르트 슈티프터 | 박종대 옮김
89 클레브 공작부인 라파예트 부인 | 류재화 옮김
90 P세대 빅토르 펠레빈 | 박혜경 옮김
91 노인과 바다 어니스트 헤밍웨이 | 이인규 옮김
92 물방울 메도루마 슌 | 유은경 옮김
93 도깨비불 피에르 드리외라로셸 | 이재룡 옮김
94 프랑켄슈타인 메리 셸리 | 김선형 옮김
95 래그타임 E. L. 닥터로 | 최용준 옮김
96 캔터빌의 유령 오스카 와일드 | 김미나 옮김
97 만(卍)·시게모토 소장의 어머니 다니자키 준이치로 | 김춘미, 이호철 옮김
98 맨해튼 트랜스퍼 존 더스패서스 | 박경희 옮김
99 단순한 열정 아니 에르노 | 최정수 옮김

100 열세 걸음 모옌 | 임홍빈 옮김
101 데미안 헤르만 헤세 | 안인희 옮김
102 수레바퀴 아래서 헤르만 헤세 | 한미희 옮김
103 소리와 분노 윌리엄 포크너 | 공진호 옮김
104 곰 윌리엄 포크너 | 민은영 옮김
105 롤리타 블라디미르 나보코프 | 김진준 옮김
106, 107 부활 레프 톨스토이 | 박형규 옮김
108, 109 모래그릇 마쓰모토 세이초 | 이병진 옮김
110 은둔자 막심 고리키 | 이강은 옮김
111 불타버린 지도 아베 고보 | 이영미 옮김
112 말라볼리아가의 사람들 조반니 베르가 | 김운찬 옮김
113 디어 라이프 앨리스 먼로 | 정연희 옮김
114 돈 카를로스 프리드리히 실러 | 안인희 옮김
115 인간 짐승 에밀 졸라 | 이철의 옮김
116 빌러비드 토니 모리슨 | 최인자 옮김
117, 118 미국의 목가 필립 로스 | 정영목 옮김
119 대성당 레이먼드 카버 | 김연수 옮김
120 나나 에밀 졸라 | 김치수 옮김
121, 122 제르미날 에밀 졸라 | 박명숙 옮김
123 현기증. 감정들 W. G. 제발트 | 배수아 옮김
124 강 동쪽의 기담 나가이 가후 | 정병호 옮김
125 붉은 밤의 도시들 윌리엄 버로스 | 박인찬 옮김
126 수고양이 무어의 인생관 E. T. A. 호프만 | 박은경 옮김
127 맘브루 R. H. 모레노 두란 | 송병선 옮김
128 익사 오에 겐자부로 | 박유하 옮김
129 땅의 혜택 크누트 함순 | 안미란 옮김
130 불안의 책 페르난두 페소아 | 오진영 옮김
131, 132 사랑과 어둠의 이야기 아모스 오즈 | 최창모 옮김
133 페스트 알베르 카뮈 | 유호식 옮김
134 다마세누 몬테이루의 잃어버린 머리 안토니오 타부키 | 이현경 옮김
135 작은 것들의 신 아룬다티 로이 | 박찬원 옮김
136 시스터 캐리 시어도어 드라이저 | 송은주 옮김
137 고독한 산책자의 몽상 장자크 루소 | 문경자 옮김
138 용의자의 야간열차 다와다 요코 | 이영미 옮김
139 세기아의 고백 알프레드 드 뮈세 | 김미성 옮김
140 햄릿 윌리엄 셰익스피어 | 이경식 옮김
141 카산드라 크리스타 볼프 | 한미희 옮김
142 이 글을 읽는 사람에게 영원한 저주를 마누엘 푸익 | 송병선 옮김
143 마음 나쓰메 소세키 | 유은경 옮김
144 바다 존 밴빌 | 정영목 옮김
145, 146, 147, 148 전쟁과 평화 레프 톨스토이 | 박형규 옮김
149 세 가지 이야기 귀스타브 플로베르 | 고봉만 옮김
150 제5도살장 커트 보니것 | 정영목 옮김
151 알렉시 · 은총의 일격 마르그리트 유르스나르 | 윤진 옮김

152 말라 온다 알베르토 푸겟 | 엄지영 옮김
153 아르세니예프의 인생 이반 부닌 | 이항재 옮김
154 오만과 편견 제인 오스틴 | 류경희 옮김
155 돈 에밀 졸라 | 유기환 옮김
156 젊은 예술가의 초상 제임스 조이스 | 진선주 옮김
157, 158, 159 카라마조프가의 형제들 표도르 도스토옙스키 | 김희숙 옮김
160 진 브로디 선생의 전성기 뮤리얼 스파크 | 서정은 옮김
161 13인당 이야기 오노레 드 발자크 | 송기정 옮김
162 하지 무라트 레프 톨스토이 | 박형규 옮김
163 희망 앙드레 말로 | 김웅권 옮김
164 임멘 호수·백마의 기사·프시케 테오도어 슈토름 | 배정희 옮김
165 밤은 부드러워라 F. 스콧 피츠제럴드 | 정영목 옮김
166 야간비행 앙투안 드 생텍쥐페리 | 용경식 옮김
167 나이트우드 주나 반스 | 이예원 옮김
168 소년들 앙리 드 몽테를랑 | 유정애 옮김
169, 170 독립기념일 리처드 포드 | 박영원 옮김
171, 172 닥터 지바고 보리스 파스테르나크 | 박형규 옮김
173 싯다르타 헤르만 헤세 | 권혁준 옮김
174 야만인을 기다리며 J. M. 쿳시 | 왕은철 옮김
175 철학편지 볼테르 | 이봉지 옮김
176 거지 소녀 앨리스 먼로 | 민은영 옮김
177 창백한 불꽃 블라디미르 나보코프 | 김윤아 옮김
178 슈틸러 막스 프리슈 | 김인순 옮김
179 시핑 뉴스 애니 프루 | 민승남 옮김
180 이 세상의 왕국 알레호 카르펜티에르 | 조구호 옮김
181 철의 시대 J. M. 쿳시 | 왕은철 옮김
182 카시지 조이스 캐럴 오츠 | 공경희 옮김
183, 184 모비 딕 허먼 멜빌 | 황유원 옮김
185 솔로몬의 노래 토니 모리슨 | 김선형 옮김
186 무기여 잘 있거라 어니스트 헤밍웨이 | 권진아 옮김
187 컬러 퍼플 앨리스 워커 | 고정아 옮김
188, 189 죄와 벌 표도르 도스토옙스키 | 이문영 옮김
190 사랑 광기 그리고 죽음의 이야기 오라시오 키로가 | 엄지영 옮김
191 빅 슬립 레이먼드 챈들러 | 김진준 옮김
192 시간은 밤 류드밀라 페트루솁스카야 | 김혜란 옮김
193 타타르인의 사막 디노 부차티 | 한리나 옮김
194 고양이와 쥐 귄터 그라스 | 박경희 옮김
195 펠리시아의 여정 윌리엄 트레버 | 박찬원 옮김
196 마이클 K의 삶과 시대 J. M. 쿳시 | 왕은철 옮김
197, 198 오스카와 루신다 피터 케리 | 김시현 옮김
199 패싱 넬라 라슨 | 박경희 옮김
200 마담 보바리 귀스타브 플로베르 | 김남주 옮김
201 패주 에밀 졸라 | 유기환 옮김
202 도시와 개들 마리오 바르가스 요사 | 송병선 옮김

203 루시 저메이카 킨케이드 | 정소영 옮김
204 대지 에밀 졸라 | 조성애 옮김
205, 206 백치 표도르 도스토옙스키 | 김희숙 옮김
207 백야 표도르 도스토옙스키 | 박은정 옮김
208 순수의 시대 이디스 워턴 | 손영미 옮김
209 단순한 이야기 엘리자베스 인치볼드 | 이혜수 옮김
210 바닷가에서 압둘라자크 구르나 | 황유원 옮김
211 낙원 압둘라자크 구르나 | 왕은철 옮김
212 피라미드 이스마일 카다레 | 이창실 옮김
213 애니 존 저메이카 킨케이드 | 정소영 옮김
214 지고 말 것을 가와바타 야스나리 | 박혜성 옮김
215 부서진 사월 이스마일 카다레 | 유정희 옮김
216 사람은 무엇으로 사는가 레프 톨스토이 | 이항재 옮김
217, 218 악마의 시 살만 루슈디 | 김진준 옮김
219 오늘을 잡아라 솔 벨로 | 김진준 옮김
220 배반 압둘라자크 구르나 | 황가한 옮김
221 어두운 밤 나는 적막한 집을 나섰다 페터 한트케 | 윤시향 옮김
222 무어의 마지막 한숨 살만 루슈디 | 김진준 옮김
223 속죄 이언 매큐언 | 한정아 옮김
224 암스테르담 이언 매큐언 | 박경희 옮김
225, 226, 227 특성 없는 남자 로베르트 무질 | 박종대 옮김
228 앨프리드와 에밀리 도리스 레싱 | 민은영 옮김
229 북과 남 엘리자베스 개스켈 | 민승남 옮김
230 마지막 이야기들 윌리엄 트레버 | 민승남 옮김
231 벤저민 프랭클린 자서전 벤저민 프랭클린 | 이종인 옮김
232 만년양식집 오에 겐자부로 | 박유하 옮김
233 이상한 나라의 앨리스 루이스 캐럴 | 존 테니얼 그림 | 김희진 옮김
234 소네치카·스페이드의 여왕 류드밀라 울리츠카야 | 박종소 옮김
235 메데야와 그녀의 아이들 류드밀라 울리츠카야 | 최종술 옮김
236 실종자 프란츠 카프카 | 이재황 옮김
237 진 알랭 로브그리예 | 성귀수 옮김
238 말테의 수기 라이너 마리아 릴케 | 홍사현 옮김
239, 240 율리시스 제임스 조이스 | 이종일 옮김
241 지도와 영토 미셸 우엘벡 | 장소미 옮김
242 사막 르 클레지오 | 홍상희 옮김
243 사냥꾼의 수기 이반 투르게네프 | 이종현 옮김
244 훔볼트의 선물 솔 벨로 | 전수용 옮김
245 바베트의 만찬 이자크 디네센 | 추미옥 옮김
246 나르치스와 골드문트 헤르만 헤세 | 안인희 옮김
247 변신·단식 광대 프란츠 카프카 | 이재황 옮김
248 상자 속의 사나이 안톤 체호프 | 박현섭 옮김
249 가장 파란 눈 토니 모리슨 | 정소영 옮김
250 꽃피는 노트르담 장 주네 | 성귀수 옮김
251, 252 울프홀 힐러리 맨틀 | 강아름 옮김

253 시체들을 끌어내라 힐러리 맨틀 | 김선형 옮김
254 샌프란시스코에서 온 신사 이반 부닌 | 최진희 옮김
255 포화 앙리 바르뷔스 | 김웅권 옮김
256 추락 J. M. 쿳시 | 왕은철 옮김
257 킬리만자로의 눈 어니스트 헤밍웨이 | 정영목 옮김
258 오래된 빛 존 밴빌 | 정영목 옮김
259 고리오 영감 오노레 드 발자크 | 이철의 옮김
260 동네 공원 마르그리트 뒤라스 | 김정아 옮김
261 앨리스 B. 토클러스의 자서전 거트루드 스타인 | 윤희기 옮김

● 문학동네 세계문학전집은 계속 출간됩니다